評伝 J・G・フレイザー 下

——その生涯と業績——

ロバート・アッカーマン 著
小松和彦 監修
玉井 暲 監訳

法蔵館文庫

本書は二〇〇九年二月一〇日法藏館より刊行された。

下巻　目次

凡例

一、本書は、Robert Ackerman, *J. G. FRAZER: His Life and Work*（Cambridge University Press, 一九八七）の全訳である。ただし日本の読者にとって不必要と思われるところは省略した。また原著中に挿入されている写真については、掲載許可の取得が困難なため割愛した。

一、原著のイタリック体による書名、作品名、雑誌・新聞名は『　』で示し、〝　〟による論文・作品名は「　」で、また引用符〝　〟は「　」で示した。

一、原著の括弧については、［　］は〔　〕で、（　）は（　）のまま示した。

一、原著の強調を表すイタリックと大文字の使用は、適宜、〈　〉と傍点を用いて示した。

一、訳者による補注は、［　］で示した。

一、原著の英語以外の外国語については、適宜、〈　〉と傍点を使用したが、訳文の読み易さを考慮して記号を用いない場合もある。

一、ルビの使用と原語の引用は適宜行った。

一、原著の引用文中の省略（……）は、（中略）という表記で示した。

略号一覧

次の省略記号がフレイザーの著作を表す場合に注のなかで使用されている。各著書は、出版地はロンドンで、出版社はマクミランである。

C & E『原始社会の宇宙論における創造と進化、およびその他エッセイ』（一九三五）
FOT『旧約聖書のフォークロア』全三巻（一九一八）
GB『金枝篇』第一版、全二巻（一八九〇）
GB2『金枝篇』第二版、全三巻（一九〇〇）
GB3『金枝篇』第三版、全一二巻（一九一一—一五）
GBa『金枝篇』簡約版（一九二二）
GH『ゴルゴンの頭と文学的小品』（一九二七）
GS『穀倉に貯えられた束』（一九三一）
Paus『パウサニアスの〈ギリシャ案内記〉』全六巻（一八九八）
PT『サイキの仕事』（一九〇九）
T & E『トーテミズムと外婚制』全四巻（一九一〇）

その他の略号

DNB　『英国人名辞典』

FGB　R・A・ダウニー『フレイザーと金枝篇』（ロンドン、ゴーランツ、一九七〇）

JAI　『人類学協会雑誌』

JRAI　『王立人類学協会雑誌』

J.Z. Smith　ジョナサン・Z・スミス「栄光、冗談、謎――ジェイムズ・ジョージ・フレイザーと『金枝篇』」（イエール大学博士論文、一九六九）

TCC　ケンブリッジ大学トリニティ・カレッジ

UL　ケンブリッジ大学図書館

評伝　J・G・フレイザー——その生涯と業績　下

第9章　ボールドウィン・スペンサー、アンドリュー・ラング、エドマンド・ゴス

フレイザーはパウサニアスの翻訳を完成させたとき、言い知れぬ安堵を感じたにちがいない。その骨の折れる作業は、ときにシジフォスの苦役［ギリシャ神話の人物。生前その狡猾な言動から神々を怒らせ、死後冥界で、岩を山の頂上まで押し上げてはそれが転がり落ちるのを際限なく繰り返す苦役を科せられた］を思わせるものだったが、究極的には彼の心の支えとなったのだった。しかしパウサニアスへの序文で言われているように、彼は学問とは関係のない問題でも頭を悩ませていたのである。結婚生活の当初からフレイザー家の管理は妻がしていたものの、当然引越しにともなって仕事に大きな支障をきたす事態を避けられないという理由があったにしても、新居や家庭内の雑事も、彼を悩ませていたのだ。フレイザーのように自分の仕事に打ち込み、自分なりのやり方を身に付けているタイプの人間にとって、それは気の重いことであったろう。新生活を始めるにあたっていろいろと難題があったのである。

第一の問題は家を買うか借りるか、あるいはみずからの家を建てるか、であっただろう。

トリニティ・カレッジは既婚のフェローらに必要な設備の供給はしてくれなかったので、フレイザーは新しい家族のための住居を見つけなければならなかった。二人が結婚後に初めて送った手紙は、リリー・フレイザーからマクミランに宛てた一八九六年五月三〇日付のもので、彼女はマーケット・ヒル四番地（結婚の認可を受けた住所）からこう書いている。「私たちは今ケンブリッジにふたたび身を落ち着け、ともに仕事を再開しました」。この住所からの手紙はこれだけだ。住居は小さく、またマーケットに集合する店の一つの上の階にあって、どうしても騒音が届いてしまうため、この住まいは一時的なものであったのだろう。事実、そこは彼女が使う部屋しかなかったも同然で、夫婦がそこで一緒に暮らすことはなかったようだ。トリニティを出た後初めてフレイザーが送った手紙は一八九八年一一月二四日付のもので、ゲスト・ロード一三番地という住所になっている。そこは慎ましいテラスのついた家で、夫婦が永住する場所を決めるまでは（子どもたちと）足しげく通い、また間借りしていた所であった。一八九九年六月七日にはフレイザーは、豪邸がいくつか立ち並ぶ閑静なアダムス・ロードという通りにある、インチ・マ・ホームという名の「自分たちの新居」から手紙を出している。そこに彼と彼の家族はおよそ五年住むことになった。

フレイザー夫婦が結婚したての頃いかに暮らし向きをやりくりしていたかについては、いくつか知られているエピソードがある。一二年後の一九一〇年六月二五日、リリー・フレイザーはエドマンド・ゴスに率直な内容の長い手紙を送っている。それが送られたのは、ゴスが手を尽くして王立文学財団から彼女の夫を援助するための助成金を確保してやろうと活動していたからだ。財団の審議会で首尾よく説明するために、彼はフレイザーの身の回りの状況について十分知っておく必要があった。フレイザーはすでに情報をいくらか提供していたが、リリーは自分の手紙でそれを補い、夫が知っていたはずの家庭の経済事情をみずからゴスに示せれば賢明だと考えた。なぜ経済的危機に見舞われているかを説明するにあたって彼女がゴスに伝えたことは、J・G（これは彼女が普段手紙で夫を呼ぶ名称である）［以下、本書ではフレイザーと表記する］は一人でやっていく分には不足はない人なのだが、一緒に暮らすにはなかなか楽ではないタイプの人間である、ということである。というのは、彼は充たすのが難しい特別な必要条件を抱えていたからである。

彼には必要度の高いものがいくつかありましたが、これらが充たされなければ、彼は本を出版することができませんでした。彼が第一に求めているのは絶対的な平穏で、家の中でも外でも彼にはそれが必要です。少しの物音でも彼はいらいらするので、それはもっとも手に入れるのが難しい環境であることは経験上私には分かっていました。結婚するずっと前、フレイザーはネヴィルズ・コートにあるフェローの部屋を使っていましたが、その近隣に住む人々が火を熾《おこ》す音にも煩わしさを感じ、そこを離れて学部生用の部屋を使わなければいけませんでした。これはあくまでも一例ですが、仕事が増え、また歳を重ねるにつれて、彼は完全な静寂をますます必要としてきました。私が個人的に愛着をもっているような小さな家に住んでいては、家庭内においても屋外においても、静けさを求めるなどとうてい不可能な話です。私たちは二度試みましたがうまくいきませんでした。

次にフレイザーが求めているのは蔵書のためのスペースです。これはまたもう一つの、深刻に考えないといけない環境です。どれほど深刻かというと、トリニティ・カレッジ（グレイト・コートにて）で『金枝篇』の初版を執筆しているとき――これも結婚前のことですが――彼は自分が立っている床をこれ以上本で重くするなと言われたのです。私自身も彼がいる部屋の下の部屋の天井が帆のように膨らんだのを見たことがあります。

さらに彼が求めていたのは、彼の仕事用の蔵書が一つの部屋に収まることです。仕事のやり方として、彼はいかなる本でもすぐに参照できるようにしておかないといけないのです。彼はこれまで生涯そのやり方で仕事をこなし、老いた今でも変えることはありません。おそらく彼がもっと早く仕事を始めていれば、フランス流のカード分類法を使ったかもしれません。今ではこの通りもう遅すぎて、彼なりの方法ができています。ただそれは研究のための膨大で気の遠くなるようなスペースを要求するのです。

フレイザーの驚異的な体力を詳述した後——「フレイザーが仕事をするのは午前七時半から午後一時半まで、また午後四時から八時まで、そしてさらに午後九時から夜中あるいはそれ以上まででした！」——妻は続いて書斎にまつわるフレイザーの奇癖をこう書いている。

彼はあらゆる場所とあらゆる時代の人類を扱っていましたが、どんなときにも彼に必要なのは自分の蔵書——その蔵書のすべて——でした。彼ができないことと言えば、例えば、歴史家がよくやるようにある一つの時代を扱い、一度に数冊の書籍だけを扱って済ます、といったことです。そのため事実としてはっきりしたのは、彼は（自分の蔵書と執筆上のさし迫った必要により）以前のように、大学と家との間を行き来できないのであって、そうすれば必ず大きな時間のロスになるし、またおそらく目当ての本を見失ってかなりいらいらするのです。彼がパウサニアス、『金枝篇』第二版などを無心で完成させるために、私は結婚生活の初めの一二、三年間を彼と一緒に大学のないなかで過ごしました——たいていは朝の八時から深夜までです！

　彼女に多少誇張したがる傾向があったにしても、われわれはこの描写を額面どおり受け取らなければいけないだろう。一九一〇年にはゴスはすでに旧友だったので、そこに誇張があったとしたら気づいただろう。よってこの記述は、フレイザーを単に「奇人」として適切に描写したものであるか、あるいは「神経症者」といったもっと強い言葉がふさわしいのか、という疑問を解決するものではない。フレイザーが継子らといかにうまくやっていったのかについては記録には残っていないが、そういった関係も概してすぐに落ち着く問題ではない。どんな種類の騒音にも心底嫌悪を感じる「引きこもりの中年独身男」にとって、例えば近所の人が火を熾《おこ》す大きな音にかなりの「煩わしさ」を感じて耐えられなくなる男にとって、リリー・フレイザーの子どもたちがいかなる「煩わしさ」をもたらすことがあったのかを想像するのは難しくない。息子グレンヴィルは一八九六年には一八歳だった。娘リリー・メアリの歳は知られていないが彼女の博士論文の提出が一九〇八年だったことを考えれば、彼女も同じく一〇代の半ば過ぎだったにちがいない(1)。もちろん二人とも家を出て寄宿学校に行っていたかもしれない。しかし彼らの一方もしくは両方が家に住んでいたなら(またダウニーが言うにはリリー・フレイザーは子どもたちを学校へ遣るのには反対していた)(2)、また彼らが行儀のよすぎる子どもたちだと考えてみても、思春期の子どもは時に騒がしいものだ。だとすれば、今と同じく、彼らははしゃいで声を十分に制御できないときもあろう。控え目に言えば、彼らは徐々に慣れていったはずで、子どもの側からすれば、自分たちもまた境遇に合わせて努力していたのだ。というのも、われわれは彼らの父のグローヴ氏のことは何も知らないので何とも言えないが、得てして船長とケンブリッジの古典文学の教師はお互いに似ていないものであるからだ。

結婚生活の初めの頃、リリー・フレイザーは連日、一日中大学にいた（というのもフレイザーは週七日、年五〇週働いたのだった）ため、結局はそれがケンブリッジでの彼女の不幸の主な原因の一つとなった。彼女は厄介な選択を迫られていた。というのは、もし夫に会いたければ彼の研究室に決められた時間に行かなければいけなかったのだ。彼は生涯仕事中毒とより家庭的な生活形態とを取り変える気もなかったし取り変えることもできなかったため、彼女はそれ以外の状況では実質的には彼に会うことはできなかった。彼らは確かに結婚前には新生活の計画について話し合ったのだが、彼女は夫の行動についてどれほど怒りを覚えるようになるかは考えもしなかっただろう。いずれにせよ、今ではいつもフレイザーのそばに彼女が付き添っていたことはトリニティ・カレッジで語り継がれている伝承の一つである。彼女のことをはっきりと覚えている二人の年配の教師は、一八九〇年代以前の記憶を辿れないのは仕方がないとしても、当時彼女が大学にいたことだけは知っていた(3)。その二人の教師は次のようなトリニティ風と呼べそうな「表向きの」説明をした――フレイザーは結婚するまではほどよく社交的で人付き合いのよい男だったのだ、と。しかしそれに我慢のならない妻は彼を完全に大学内の付き合いから引き離し、彼が仕事をしていようがいまいが彼女は常にそこにいたのだった。彼女のことを考慮すれば、フレイザーが大学を出ようと決心したのは悔やむべきことではなかったのである。

しかしながら、よくあることだが、その物語には別の面がある。結婚したことはフレイザーにとって、新たな蔵書を設置したり小さからぬ足音に慣れたりする以上に、ずっと重要なものをもたらした。この時期の一八九八年七月一四日、マクミラン宛の手紙の以下の一節を考えてみよう。

親愛なるマクミランへ

あなたは手紙をお互いに書くときには堅苦しい「氏《ミスター》」をつけずにおこうと提案されましたが、お分かりの通り私はそれをしてみました。「氏」抜きで名前を呼び合い、またわれわれのあいだでできあがった友好的な関係を考えるのは喜ばしいことです。この関係は長く続き、またこの先長いあいだ、お互いにそれぞれのやり方で、よき目的をもって一緒に仕事ができるであろうと信じています。この幸運な結果の大部分は、その他の多くのよいことと同じく、妻のおかげだと感じずにはいられません、彼女がいなければ、あなたと私はおそらく今でも会うことはなかったでしょうから。結婚前、私は見知らぬ人の顔を見るのを病的といっていいほど嫌っていて、馴染みのある筆跡の持ち主の顔でさえ見たくなかったぐらいです。

これを読んでわれわれは思わず微笑んでしまうだろう――フレイザーとマクミランが「氏《ミスター》」を付けて呼び合うのをやめるほど気の置けない仲になるのに一四年かかったことは微笑ましい喜劇だから。しかし最後の一文はまさしく、何らかの危機を体験し、かつその原因をいくらか分かっていることを自覚している人の言葉にほかならない。決定的な証拠はないものの、伝記的記録は示唆を与えてくれる。ロバートソン・スミスの死後、不安もしくは落胆がやってきた。フレイザーはスミスを偲ぶ記事を書きパウサニアスの仕事を続けたが、一八九四年とそれ以降はかなりやる気をなくしていたため、リリーへの募る愛情が仕事をやり遂げる上での助けとなっていたようである。また、結婚を含めたこのときの一連の行動によって彼は神経衰弱からなんとか立ち直ったように思われたものの、その結果として、彼はトリニティでの多くの人との親交をなくした、ということもありうる。おそらく両方が真実であろう。

マクミランの手紙以上に重要なものがある。四半世紀後の一九二四年、ロンドンとパリでのホテル住まいの一年後、フレイザー一家はケンブリッジに戻った。エドワード・クロッドはリリーに手紙を書き、彼ら夫婦があまりにも数多く引越しをすること、とくにその引越しがフレイザー（このとき七〇歳だった）に与える影響に対して遺憾の意を示した。リリーはよくするように、彼女自身の性格を夫のそれへと投影し、みんなはフレイザーを憐れんでいるようだがその必要はない、と答えた。彼は（どんなときでも、彼女も常にそうだったのだが）気晴らしの必要な男だった。彼は大都市のなかにいることが大好きで（彼の騒音嫌いを考えれば信じがたいことだ。しかし彼女はロンドンを気に入っていた）、狭苦しいケンブリッジ（彼女がいつも嫌っていた場所）よりもそちらを好んでいたのは確かだった。手紙のなかで彼女が二人の出会いと結婚した当時を思い返す最後のあたりで、興味深い瞬間がやってくる。

私は多くの人を知っていますがそのなかでもフレイザーはもっとも幸福な人です――彼の友人は「哀れなフレイザー！」なんて言い続けていますけどね。過去をもたない人々のように彼は幸福です。一回や二回、あるいは二〇回ぐらいの引越しなど単なる大地の小さな震動にすぎませんし、何もぐらつかせることはありません。意図的でないにせよ、それでうまくいっているのです。しかしトリニティに作られた研究室（今はなんという研究室でしょう！）以上に深い錨を、底なき岸辺に投げ下ろすことのできるところなんてあるのでしょうか。あなたは彼には気が動転するなんてことはもはやないとおっしゃいますが、それは誤解です。彼にとって致命的だったかもしれない誤解（彼に尋ねてみてください）は、いつも彼の友人たちみんなが犯したのです。ただ唯一の例外はロバートソン・スミスでした。彼のフレイザーへの最後のねぎらいの言葉は「悪友でも、ないよりはいい」でした。スミスは死にましたが――私は彼のことは知りませんでした――、幸運にも私が現れました、悪友になるための悪女みたいなものです。しかし愛しい彼が二八年前に感じた完全な孤独を思い出すと私の心は今でも痛むのです――これまで彼が生み出してきたものを考えてください！　そしていかに彼が人生を楽しんだか、いかに彼が社交的で、いかに彼の仕事が生き生きしていたかを。

彼女が大げさに言いたがるのを考慮しても、「完全な孤独」のなかにいるフレイザーの姿は想像できるだろう。彼をもっともよく知っていたロバートソン・スミスは死ぬ直前、彼に他の人とも付き合うよう忠言したのだったが、スミスが死ぬとフレイザーは引き籠り、鬱状態になった。しかしその落胆は体が動けなくなるほどの深手のものではなかったので、次のように推測することはたやすいであろう。フレイザーは仕事に没頭することでそこから脱出し、同時に、当時一〇年ものあいだ日の目から遠ざかっていた際限のないパウサニアスを完成させることができると考えただろう、と。しかし、もし彼のショックがさほど大きいものでなかったのなら、これは理に叶った身の振り方だろうが、実際には彼はさらに内向的で孤立するようになってしまった。彼が自分を外から遮断し、誰とも会わず、仕事だけをこなしているさまを目に浮かべることはできる。これはいくらか誇張しているかもしれないが、しすぎとも言えないだろう。おそらく彼が落胆を乗り越えるためには、リリー・フレイザーのような、我が意を貫き人の反対を押し切るような性格の人が必要だったのだ。

二年前、彼はハッドンとともにニューギニアに行く予定を立てていた。もしフレイザーが一八九五年に失意のうちにいたのなら、ハッドンがメラネシアに再度出向こうと数年間真剣に考えていたなかで、フレイザーに同行を頼んだのにはいくつかの理由があったのも、至極もっともなことだ。その理由の一つはおそらく、その旅が「フレイザーを今の状態から連れ出してくれる」だろうという希望であったかもしれない。遠征が実際に行われる頃までにフレイザーはパウサニアスを完成させ旅の準備ができているだろうと、二人とも推測していたかもしれないが、どちらも彼が結婚することなど考えもしなかったことは明らかだ。通例に漏れず遠征が延期されたのち、それは一八九八年にようやく行われたが、その頃には彼は結婚し、再び彼流の肘掛け椅子の人類学に熱心に取り組んでいた。

その逸話は確実に人類学における大きな「ありえたかもしれない出来事」のうちに数えられるはずだ。というのも、もしフレイザーが長期間現地で暮らすことができたなら、捉えがたい現実によって彼の明晰すぎる観念が打ち砕かれたとしてもおかしくはないからだ（実際、彼の著書に見られる異色な特質のなかでよく見逃してしまうのは、事物に対して生まれつき一種の距離を置いて接してしまうという感覚である。未開人たちの行動は確かに突飛であったが、フレイザーは冷静に範疇分けを行うことによってその行動をすべて完全に理解可能なものにしたのだ)。今はなくなった遠征の可能性に言及した一八九七年のゴールトンへの手紙には、後悔の念はない。彼の苦悶は(あるとすればだが)もはや過ぎ去っていた。あるいはそうでなかったら、おそらく彼はこの遠征の企画が十分実を結ぶ機会があると信じなくなっていたのだった。

したがってわれわれは、彼が一八九〇年代半ばにロバートソン・スミスのことでずっと落ち込んでいたと想像すべきではない。なるほど彼には落胆が訪れる瞬間もあり、時にそれは何時間も何日も長引くこともあったかもしれないが、もし彼がこれらの感情を全部外に出していたのならパウサニアスを終えることはなかっただろう。フレイザーは神経質で確かに不安に陥りがちだったが、概して彼が前向きな行動を取り続ける力があったことと、またこの頃には別の色合いをもった別の瞬間が同様にあったことを考慮に入れれば、われわれは正しいバランスをもって彼を眺めることになるはずだ。

例えば一八九五年六月七日付の、彼の友人である民俗学者のシドニー・ハートランドへの次の手紙では、スミスとジャクソンに宛てた一八八八年の手紙にあった強い口調での嘲笑をふたたび聞くことができる。それはおそらくスミスを回顧したJ・F・ホワイト宛の驚くべき手紙と同じく、当時の真実を言い表している。ここではホワイトへのその手紙の日付――一八九七年一二月一五日の重要性を考えるべきである。パウサニアスの序文が一八九七年一二月となっているため、その手紙でずっとため込んできた感情が溢れ出たのは、彼がスミスの思い出を封じていた心の扉を、何年ものあいだ自分の生命を削って執筆に没頭してきたその本を完成させるまでしっかりと閉じていたからだ、と考えても間違いはなかろう。そのときにだけ彼は、深く感じ入りつつも長いあいだ押し殺していたそのような体験を蘇らせることができたのだ。おそらく出版社に最後の校正刷りを送ったその日のうちに彼はハートランドへの手紙を書いたのだと私は思う。

親愛なるハートランド氏へ

いかなる本も批評しない、というのが私の取り決め事の一つです。トマス・テイラーのような悪名高いほどに無能な学者の書いた本をひいきして、この特別な取り決め事を破りたくなるということは確実にありません。いかなる彼の著書も、再版されるのは残念なことです。

ケンブリッジ大学を促して人類学の教授を任命することに関して、私は何か働きかけをするように誰かを唆《そそのか》すことはなかったことを白状しなければいけません。扇動者の役は私の望むものではないのです。さらに、大学や学寮はみじめなほどお金がないために、それらの乏しい収入はそれ以上にもっと重要なことに当てる必要があるのです。例えば祝宴の開催、庭や聖堂の礼拝の維持、何百人もの怠けた学寮のフェローや修士たちの扶養などですね。あるいはこう言ってよければ、これらは学寮がエネルギーを注ぐべき第一の対象であり、これら必須のものが満たされたときに残る僅かな余りは大学本部の方に手渡され、科学や学識を向上させるという副次的な目的に使われるのです。このわずかな余りは人類学の教授の職を設けるのに十分ではありません。[4]

フレイザーがおそらくフォークロア協会を通して出会った弁護士であるハートランドは、彼の新しく知り合いになった唯一の人ではなかった。彼のもっとも重要な友好関係は、（結果的に考えて）著名な文筆家エドマンド・ゴス（卿）（一八四九―一九二八）とのあいだにあったことは疑いない。[5]

世俗的な言葉でいえば、フレイザーはゴスの輝かしい知人のなかでももっとも評価の低い一人であった。ゴスはおそらくフレイザーが親しく知り合いになった人のなかでもっとも影響力のある人だった。一八八五年、ゴスは結果的には実りのなかったクラーク記念講座の講演を行うためにケンブリッジにやって来ていたのだったが、そのとき彼らはJ・H・ミドルトンの紹介によってトリニティで出会ったのだった。[6]フレイザーはゴスを聡明な知性の持ち主として、きらびやかな名士の世界に入りながらも同時に高尚なことに徹底的に打ち込んでいる人として、極めて深く崇拝していた。フレイザーにとって彼は、ロンドンでは実際に可能な文学的で美的な生活を、想像通りに送っている人々の象徴だった。フレイザーは自身の感受性がこれまであらゆるものを食い尽くす埃臭い学問によって追い立てられて窒息させられると感じていたのだが、対面するときにせよ手紙にせよ、ゴスと一緒にいれば、彼は、その自分の感受性が思いどおりに満たされるのを感じた。

彼が初めてゴスに出した手紙（一八九五年五月一〇日付）では、著作者の立場に関する痛烈な批判が述べられている。彼が初めてマクミランと契約した一八九〇年、著作者協会に参加した結果として、フレイザーはこの協会の月刊雑誌『著作者』を受け取った。その「汚らわしい出版物」が彼を「嫌悪」させたのは、それが著作業を高尚な職業としてではなく、ただの金づるとしてのみ扱っていたからだった。

〔『著作者』〕は金を求める叫び声と出版者の罵声でしかない。私が唯一楽しんで読んだ記事はあなた自身のもので、（私が覚えているかぎり）そこであなたは文学を株式仲買業のように扱うことに対して抗議していましたね。そのような扱いは確かに間違っています。一般に人はただ金儲けしたいためだけに株式仲買やその他の取引を始めるのであり、取引が金を生まないとなると人はそれを手放すのです。しかし文筆家は学識への愛のために文筆家をしているのであり、それはただそうすることが彼の最高の喜びであり、それではした金さえ稼げなくともそれをしたいと思うのです。

これは、書店からの請求書や、ましてや次の食事代を払うためには、そのお金はどこから出すのか頭を悩ませる必要がけっして（まだ）なかった人だからこそ言える言葉である。単にフレイザーは、ジョージ・マクミラン以下の紳士的とは言えない出版者がいることや、文筆だけで生活を成り立たせている作家たちがイースト・エンドの仕立て屋とほぼ同じくらい必死になって汗水を流していることなど、想像もできなかっただけなのだ。フレイザーにとって困るのは、家業であるフレイザー＆グリーンの彼の持ち株を売らざるを得ないかもしれないということだけだった。それ以外では彼は完全に浮世離れしており、お金の関係するところでは赤ん坊のようで、（まさしく）家計を如才ない妻に完全に委ねる男だった。しかし、すぐに新たな家庭における責任が出てきたことで、彼はこれまで未知のものだった金銭面での不安を感じることになった。

パウサニアスが完成すると、フレイザーはスコットランドにいる家族や友人を訪れるためにほんの数週間だけ時間を割き、その後すぐに『金枝篇』の改訂に取り掛かった。新しい版を作ることは彼が長年考えていたことだった。一八九六年一〇月四日のマクミランへの手紙で、彼は追伸で次のように書いている。「『金枝篇』の売り上げが安定していて、むしろ若干上向きであることが分かってうれしく思っています。近々新しい版を出すことも考慮しなければいけなくなるでしょう」。それは増刷ではなく、あくまでも「新しい版」である。その本を書き改めることはしばらくのあいだ彼の念頭にあったが、彼はおそらく改訂がどれほど徹底したものになるのかまでは、そのときは分かっていなかった。

パウサニアスに取り掛かっていた数年間、彼は当時増加しつつあった学者の文献について行くことはできなかったものの、けっして人類学とは完全に接触を断っていたわけではなかった。『トーテミズム』や『金枝篇』の出版によって、彼は小規模ながら人類学＝民俗学の国際的な人脈内での重要人物となり、その立場で常に他の学者から本や論文や手紙を受け取っていた。フレイザーは彼らから出版物をもらったことに対して謝辞を述べるとき、パウサニアスに多くの時間を費やしてしまって、それによって、彼が本当に愛着をもっている人類学に戻るのが遅れていることを後悔する言葉をしばしばもらしている。

しかし彼が人類学へ戻りたいという熱意があったにしても、それだけでは、彼が新しいことを始めるかわりに『金枝篇』を改訂したいと思っていたことの理由の説明にはならない。彼には少なくとも二つの理由があったが、両方とも未開人の宗教や神話の研究の発展と関連している。一つ目は、あらゆることに網羅的で知識豊かなアンドリュー・ラングの大量の論文や著作であり、それらはすべて『金枝篇』で展開したいくつかの意見に真っ向からの挑戦を表明していたのだった。もう一つは、オーストラリアの人類学者W・ボールドウィン・スペンサー（一八六〇―一九二九）との非常に重要な友好関係で、一八九七年初期から書簡を通じて新たに、折よく始ったものであった。

まずはラングから見てみよう。一八七〇年代からラングは、古代や原始時代の宗教の起源と意味に関して、太陽中心説派とずっと論争を行っていた人類学者の中心人物となっていた。この論争は事実、啓蒙主義時代から続く原始宗教の本質についての哲学的議論の現代版であった(7)。正統派キリスト教を弁護する者たちがずっと主張してきたことは、原始時代の異教徒らは、間接的であったにせよ、ヘブライ人が受けた本来の神の啓示を信じているという点で一致しており、したがって彼らの宗教も初めは一神教としてあったのだが、のちに未開人のあいだで現在見られる迷信のごたまぜに堕してしまっただけだ、というものである。太陽中心説派は現代の比較文献学の方法を取り入れたかもしれないが、彼らが神話を「言語の病気」によって最後に生まれたものとして考えていることは、ただ退化説を別のかたちで説明したものにすぎない。

一方、進歩主義者でかつ進化論者であったフランスの啓蒙哲学者《フィロゾフ》らは、原始宗教の起源を、夢や幻影やそれらが生み出す恐怖という普遍的な心理的事実から論じた。この恐怖は先祖に対する贖《あがな》いに似た崇拝を通して軽減された。先祖たちは時を経て自然界の様々な役割を引き受ける神々へと進化したのだが、さらに何世紀も過ぎるうちにある場所でそれらが融合し、ついには唯一神になった、というわけである。この結果として必然的にいえるのは、キリスト教も間違いなく含めて、あらゆる種類からなる宗教は、原始時代の混乱と誤りによって生み出されたものだということである。タイラーとスペンサーはイギリスにおいてこの主張をし続け普及させたのだが、結果、それは第一次世界大戦前の半世紀のあいだに原始宗教を人類学的な視線で著述したほとんどの人々に受け入れられることになった（またその後の何年間もそれを受け入れる人がいたことも事実である）。

ラングはタイラーやスペンサーの学説を早くから追っていた人で、初めからこの進化論的系譜を採用していた。[8]一八七〇年代から八〇年代初期、ラングは太陽中心説批判を先導していた一方で、人類の最初期の宗教的告示を正確かつ十分に説明するものとしてアニミズムを認めていた。彼や彼と似た考えをもつ同僚たちが、おそらくは正しく見ぬいていた通り、退化説は隠れキリスト教的なものであるため、当然彼はその説をほのめかすようなことはいっさい避けた。しかし彼は常に——時に異常なほど——人に左右されない自立的な精神の持ち主であった。そして彼は、原始民族のなかには、ヨーロッパ人と初めて接触したとき、彼ら自身の「高尚な一神教」（つまり、他民族との接触という面からは説明できない、単一の倫理的な至高存在を信じるという信仰）を確かに所有していた民族もいた、と主張する彼の敵対者の挙げる事例を入念に調べると、調べれば調べるほど、彼の確信はより揺らいでいった。

ラングは『神話、儀式、宗教』（一八八七）を出発点として、オーストラリアのアボリジニーの宗教信仰や行動についての新しく、より包括的で、より信頼のできる情報が徐々に手に入りつつある状況のなかで、それらの情報の相互関連を考察するようになった。[9]原住民の信頼を得たり、時には彼らの神秘を授けられたことのある観察者から見れば、これらの説明は、一般的に世界でもっとも遅れた民族だと見なされているアボリジニーが、じつは高尚な神（「全父」）――世界を作り人間の道徳を制定した神――を知っていたことの証拠を示してくれていた。しかしこれをすべて終えた神はみずから退くか、あるいは何らかのかたちで隅に追いやられて、世界を日々管理したり働きかけたりすることがほとんどなくなってしまった。それは一つには、彼への崇拝が精霊や亡霊に関する誤った信仰や愚かな迷信によって取りかえられたり腐敗したりしたからである。この時点では、精霊や亡霊という考えは、そのような未開民族が進化論的な系譜における位置付けにもとづけば信じている「はずの」ものとぴったり合致していた。ラングはずっとマックス・ミューラーとの論争に関わっていて、そのときはこの新しい資料に十分当たろうとはしていなかったが、それでもやはりそれを無視する気にもなれなかった。彼は、一神教は「宗教」であり、迷信は「神話」である、というふうに、原始的な信仰において二つの要素を区別することで満足していた[10]。つまり彼は思想上の仲間とは違って、「宗教」から「神話」の段階へと退化する可能性を完全に無視したわけではなかったのだ。

一八九〇年代半ば、太陽中心説が主張されていた頃、ラングはオーストラリア人の原始的一神教の問題に立ち返っていたが、一九一二年に彼が死ぬまでそれは彼の念頭を離れなかった。彼の仕事のおかげで、第一次世界大戦までオーストラリアのアボリジニーの宗教は国際的な学会での激しい論争の的であり続けた（というのもフランス人やドイツ人さえその論争に加わったのだ)。彼は自分の見解を周囲の誰にも納得させることができなかったので、よく周囲の論争をかき立てる役目を果たし、また他人の過ちに対しては、手に負えないような機転を働かせて攻撃するのだった。ラングは聡明でありかつ生産的な人で、論争的なロンドンの雑誌の多くに目を通しては十人分の力を発揮し、敵対者への批判の手を緩めることはなかった。そして、なぜかははっきりしないが、彼が以前マックス・ミューラーを論難するのに使ったエネルギーを、今度は新たな論敵の頭——J・G・フレイザー——に差し向けた。一九〇〇年からラングが死ぬ一九一二年まで、フレイザーには、自分が出版した実際にはどんなものをも批判する記事を少なくとも一つは見つけることができた。

進化論的人類学の陣営における彼のかつての友人たちの目から見ると、その出来事は知的スキャンダルの名に十分値するものだった。ひと言で言えばラングは寝返ったのだ。一八九〇年代に書いた一連の著書や記事のなかで、太陽中心説派の敗北によって息の根を止められていたはずの退化説の仮説を、彼は新たに敬意を表して復活させたのだった。しかし、今回彼はかつての味方たちの人類学的証拠を持ち出して彼らを反駁したため、退化説の理論は以前よりはるかに確固としたものになったのだ。個人的なレベルで見ると、フレイザーは『金枝篇』第二版に対してラングの辛らつな批評を四度も受けたので、その後、二人の関係は終わってしまった。フレイザーは、彼が証拠にしがみついたり、もてあそんだりしているというラングの証拠なき言い立てに心を痛め、またおそらくそれ以上に、ラングの真剣さから常に出てくる軽薄な態度にも傷つき、もはや彼と会ったり話したりすることを拒んでしまった。

このダーウィン以後の神話研究者らの世代にとって、宗教に関する冷静で知的な関心と情熱的で個人的な意見とが分かちがたく交じり合っていたことは明らかである。しかしはっきりしないのは、ラングが意見を翻さざるを得なかったのはなぜか、というまさにその点にあった。日頃冗談を言っている彼は、プライベートについての、とくに自身の宗教的立場についての質問をいつもそらしていた。しかし動機が何であれ、彼が見解を変えたことは確実である。彼は一八九四年には、『鶏の小道と常識』において心霊術の研究を始めていた。心霊術はその当時、有名な霊媒者たちの証言に対する「心霊研究協会」(SPR)の調査が広く知れわたった結果、ニュースでかなり取り沙汰されていたものである。そして彼はこの研究を原始宗教の議論と組み合わせて進めていった。彼が示唆するように、正統派の進化論者が主張するのと同じく、神や不死についての考えはおそらく、「アニマ」の原始的観念が誤って発展したものだといえるだろう。しかし彼が自問したように、原住民が彼らの考えを練り上げるに際して、幽霊や夢などの「通常の事実」とともに、幻覚症状や透視力など、心霊術の語彙から取られた概念などの「特異な事実」を使うとしたらどうなるだろう。(11) ラングが次のように主張したのは正当なことだった。ハートランド、クロッド、グラント・アレン（タイラーは名誉なことに免除された）[12]など彼の同僚の合理主義者らのほとんどは、宗教起源の研究において自分は客観的であると主張しているが、彼らは実際には自分が関与するイデオロギー的な想定を発展させているだけなのだ、と。結果、彼らは先験的な心霊術やそれが提示するものすべてを拒否することになった。というのも彼らに言わせれば、それは、悲しいかな未開人の亡霊崇拝が現代にまで生き残ったか復活したかどちらかの、説明不能の遺物としてしか理解され得ないものだからだ。しかしラングから見れば、調査することすら拒否するこの態度は、偏見を受け入れ、かつ科学的規律を支持する彼らの職業的立場を損なうものにほかならなかったのである。

クロッドは一八九五年にフォークロア協会で行った自分の会長演説を利用して抗議と反撃を以下のように行った。科学者たちが心理的現象に真面目に関心を示すことは、あまりにも分かりやすい願望や恐怖に付け込むまやかしやいかさまにほかならず、研究者らにそれに見合わぬ地位を与えるだけである、と。宗教学専攻の真面目な学生がナンセンスやペテンに引き込まれることなく調査を行うためには、それが古代についてであれ現代についてであれ、かなり深刻な問題がいくつかあった。[13]しかしラングも負けていなかった。『宗教の創始』（一八九八）の第一部で彼は「心霊研究協会」の業績を弁護し、進化論者は、原始宗教がそのような現象にもとづいている可能性があるという理由だけであっても、心霊術を真剣に考えなければいけないと再度主張した。もしそれを拒むのなら、彼らは、有神論はアニミズムが誤った方向に成長した必然の結果だと主張することも論理的にできないはずだ、と。ラングが主張していたのは、心霊術が正しいという点ではなく、それは即座に捨てられるべきものではないという点だった。たとえ人類学者が洗練され、自身の研究によってそうした原始的信仰をすべて間違いのガラクタとして実質的に打ち捨ててしまえたと思っていようとも、打ち捨てられないだろうと言うのである。

この本の第二部では、文化的に低い未開人たちが崇める高貴な神々の存在について新しい説明が試みられた。一世代前、タイラーは『原始文化』でそのような神々に言及したが、そこでの主張は、その神々は他の同種のものすべてと同じく、もともと精霊だったがその仲間から選び出されて天上の王になった、というものだった[14]。ラングは神々の起源についてのそういった説明を否定した。そのかわり、これらの神々は来世という観念において想定されている自然死の考えが欠けた社会で見出されるのであり、また同じく進化論者が主張するような、高貴な神自体の概念モデルとして機能する階層制度が欠けた社会にも見出されるのである、という考えを示した。彼にとってこのことが示唆しているのは、原始人の宗教が真の一神教のかたちをとって始まったにもかかわらず、その一神教が亡霊や魂にもとづいた信仰によってのちに腐敗していった可能性が十分にあるということだった。ゆえにアニミズムの存在はかつていわれていたほど神学的基盤を作り上げるわけではなく、むしろそんなものではまったくないかもしれないのである。もしラングが正しければ、それは、犠牲や祈りによって言いくるめたり機嫌を取ったりできないような倫理的に高尚な神に対する古来の信念からの逸脱を示したことになるだろう。

しかしながら、ある場所、例えば古代イスラエルでは、アニミズムは有神論のかわりにはなっていなかった。友人に書いた手紙のなかでラングは、「魂の観念は神の観念をほとんど殺してしまったのであり、それはユダヤ人を除いてはみな同じ結果だったのだろう[15]」と言っている。

旧約聖書はエホバが彼の至高の立場に居続けるために行う持続的な努力の物語である。イスラエルの特質はその努力を行い成功させることにある。われわれが証明する通り、他の民族は、もっとも低次なものでさえ、神の観念の萌芽をもっていた。(中略)「しかし彼らの愚かな心は暗闇に閉ざされた[16]」。

この預言者たちは、エホバの宗教に蔦のように絡まり絞め殺そうと脅かしていたアニミズムを引きちぎり、一人の高貴な神への信仰を回復させた英雄であった。「人類の長く複雑で、神秘的な神学教育」が最高潮に達したのは、キリスト教がギリシャ経由の魂の哲学と預言的イスラエルの厳かな一神教を融合させたときだった[17]。

ここまで来れば、ラングがとうとう大切にしていた考えを捨てたという結論に至るまであとほんの一歩であった。進化論者たちは亡霊や聖霊が宗教の唯一の起源だと主張したのに対し、彼は宗教には主に二つの源泉があるとはっきり言った。

㈠われわれはどのようにそれが得られたのかは分からないが、人間に対して強力で、道徳的、永遠で、全知である父と審判者への信仰。㈡（おそらく通常の、あるいは通常以上の体験から発達してきた信仰で）、死ぬことのない人間についての何かに対する信仰[18]。

「われわれはどのようにそれが得られたのかは分からないが」という箇所への強引な注釈のなかで、うっかり尻尾を出してしまっている。「聖パウロの仮説はあながち的外れでないようだ」。秘密はもう明らかだった。ラングは（以前からだったのだろうか）クリスチャンだったのである[19]。

この後の一〇年間に、通念を裏切るようなラングの議論の見せ場がやってきた。彼は予想どおり、光よりも熱を大量に生み出したのである。おそらくラングが望んでいたことは、自分の主張を通して進化論者たちのうちでも誠実な人々が少なくとも彼のやり方に倣って事実を再検証すること、そして彼らが（たとえ個人的だとしても）自分の結論が多くの証拠からではなく吟味されざる前提から出されたものだったということを認識すること、であった。このようなことは今まで起こった試しがなかった。予想どおりの敵意ある批評は別として、彼はそれ以来、かつての友人や味方にひどく冷遇されてしまった。[20] 想像できる通り、この沈黙はあからさまな敵対心以上に彼をいらつかせ、鞭を自由に振り回していた彼に思わぬしっぺ返しを食らわせた。それはほかならぬフレイザーにも降りかかっていった。

その一方で、フレイザーはすでに一八九七年の初めに人類学に戻っていた。彼にとってこれは一八九〇年以来現れたすべてのことに追いつくためであり、それを彼特有の勤勉さと包括力でもって推し進めていった。しかし雑誌で読んだもの以上に彼に衝撃を与えたのは、彼の友人であり著名なオーストラリアの人類学者ロリマー・ファイソン師（一八三二―一九〇七）から一八九七年初めに受け取った手紙であった。[21] その衝撃は、ファイソンが同封していた別の手紙、オーストラリアの人類学者ボールドウィン・スペンサーから受け取ったばかりの手紙のなかにあった。

ハッドンのようにスペンサーは動物学者として研究を始めた。しかし中央オーストラリアの奥地への収集調査のときに、アボリジニーの文化が滅びる前に科学的訓練を受けた人間がそれらをすぐにでも記述しなければいけない状況を目の当たりにして、彼は人類学に研究の場を切り替えた。その後、彼はF・J・ギレン（一八五六―一九一二）と知り合い、友人関係になった。ギレンはアボリジニーの準保護者として、おそらく中央オーストラリアの先住民のことをもっともよく知っている白人だった。何年ものあいだ彼は可能なかぎり、オーストラリア大陸の中央奥地に住む、それまで比較的ヨーロッパ人との接触のなかった民族の記録を取っていった。フレイザーの関心を大いにかき立てたのは、アルンタ人のなかには「彼ら自身のトーテムを食べる者もいる」ことを発見した、とスペンサーが手紙の追伸で書いていることだった[22]。

『セム族の宗教』のなかでロバートソン・スミスは、原始時代にはトーテム信仰の民族は、普段ならタブー視されているトーテムの動物を時に秘儀の食として食べ、神との交流を図るということを論じていた（あるいは推測していた）。ただしスミスの問題点は証拠を見つけていない点にあった。実質的な彼の唯一の証拠は、聖ニルスが記述した、ラクダを供え食す前イスラム教のセム系遊牧民についてのものだったのである。それ以上の例が見つかっていなかったため、フレイザーはますますそれを疑わしく思うようになった。スペンサーが何気なく言及した、アルンタ部族たちがトーテムの動物を食べたことに彼が胸を躍らせたのは、こういうしだいである。アルンタ族がすべての原住民のなかで外部から受けた影響がもっとも小さい部族であったようであり、それゆえにその観察が彼ら自身の内部でなされたものだというのは、議論の上で最大の強みであった。

フレイザーはすぐにスペンサーに手紙を書き、質問とさらなる情報提供の要請をした。彼らの長期にわたる文通において、その第一の手紙であるスペンサーの長い返事（一八九七年七月一二日付）は重要である。その手紙において彼はこれまで自分とギレンがいかに共同していたかを伝え、そしてアルンタ族の信仰と行動についてのフレイザーの質問のいくつかに答えようとした。スペンサーは(ギレンと同じく)『金枝篇』を――特にフレイザーの文体を――深く敬愛しており、ゆえにその著者が自分の本に関心をもってくれていることを光栄に感じた[23]。人類学に遅れてやってきた動物学者であり、したがってこの新分野において新人であった彼は、師匠のフレイザーの門下生になる役を引き受け、ギレンとともにフレイザーの仕事を手伝った。自分で答えられない質問が来た場合には、彼は、奥地にとどまっていて現地で調査可能だったギレンにその解決を任せた。フレイザーからすればこれほどよい関係はなかっただろう。

フレイザーの次の仕事において、この後の数年間のスペンサーとギレンの調査と情報は誇張しすぎることはないほど重要なものだった。彼らのおかげで、フレイザーはトーテミズムの起源に関する理論を二つも提示することができた。彼は呪術と宗教との区別を行い、前者がどの地域でも後者に先行すると考えたのだが、その仮説をスペンサーとギレンは実証的に裏付けたのだ。また彼らは外婚制とトーテミズムとのありうべき関係に関する問題に脚光を浴びせることにも貢献した。これらのテーマは新世紀の最初の一〇年、フレイザーを夢中にさせた。

画期的な調査の賜物である一八八七年の『トーテミズムと外婚制』において、フレイザーは当時はほとんど知られていなかったその制度に関する現存する証拠をすべて集め、トーテムの生物が外部にいる魂を受け取る入れ物であるという原始人の考えからその制度が始まったという仮説で議論を締めた。その現象がトーテム信仰として大ざっぱに括られて理解されるかぎりは、彼が自由に参照できた民族誌的な資料は混同されたり不正確なものが多かったが、彼はそれらの資料をもとにして以上の仮説に行き着いたのだった。こうして、二人の一級民族誌学者が彼の要請を常に待ち受けつつ、非常に原始的な民族が信奉するトーテミズムを直接調査する理想的環境にあるなか、フレイザーが彼らと共同したことはすぐに新しい展開を生み出した。

フレイザーがスペンサーとギレンの業績を本にするための出版社を見つける手助けをすることになったのは、一八九七年に彼自身が直接申し出たからであった。彼らは感謝しつつそれを承諾し、その流れでフレイザーはマクミランのもとへ行って、彼らの著作『中央オーストラリアの原住民』を出版することに同意してもらった。彼はまた校正刷りを読むことも引き受けたため、(郵便がオーストラリアに着く時間を差し引いても)出版日が早まることになった。彼らは再度喜んでそれを了承した。もちろんフレイザーにとってこれはあらゆる新しいものを初めて見る機会を与えてくれたし、その本全体には驚くべき資料が詰まっていた。これらの資料にもとづいて、フレイザーは初めて仮説を立ててみたが、それは予想どおり功利主義的な観点からなされたものだった。その試みは一八九八年九月一五日のスペンサーへの手紙で言及されている。

あなたの著書の二度目の校正刷りに目を通していて、私はインティチウーマの儀式についてのあなたの記述に今まで以上に感銘を受けてしまいました。トーテムの植物や動物の繁栄を祈願したそのような儀式は（私の知るかぎり）世界のどこの地域からもまだ報告されておりませんし、あなたが述べられたほかの事実と併せて考えてみると、少なくとも中央オーストラリアの部族に関するかぎり、トーテミズムにまったく新しい光を投げかけているようです。まるで、これらの部族のうちではトーテミズムは食糧、水、日光、木々などを大量に確保する目的で特別に考案された制度であるかのようです。(24)

フレイザーによると、かつてはアボリジニーはトーテムの動物を殺して食べるのにためらいを感じていなかったのだが、どういうわけかそのような行為に対する否定的な感情が起こってきたのである。フレイザーの仮説ではアボリジニーはそのとき次のように考えたとされる。

私は（例えば）カンガルー男であり、食べるためのカンガルーをできるだけ多くこちらに呼び寄せたいのだ。しかしもし私が自分でカンガルーを殺して食えば、カンガルーは私のことを心の広いカンガルーとしてではなく、危険な生き物として恐怖と嫌悪の目で見るだろう。だから私はカンガルー仲間に対してかなり親切で寛大にならないといけない。私は自分の手でそれらを傷つけず、静かに呼び寄せることができれば、私の部族仲間は確実にそれらを傷つける（事実上殺し食べる）ことができるだろう。私の部族仲間がローストしたカンガルーで祝宴を開いている最中に私がそれを食べられないのは本当に残念だ。しかし別の方法で彼らはその埋め合わせを私にしてくれる。グラブ族の人間は自分たちでは手をつけないような貴重な幼虫を食べ物として持ってきてくれる。エミュー族はエミューという鳥を持ってきてくれる、などなど。

フレイザーはこのまさにあり得そうな物語を通じ、食糧供給をいかにすれば確保、拡大できるかを計算している合理的なアボリジニー像をもとにしてトーテミズムの起源についての本質的な経済的理論を展開した。スペンサーによる儀式インティチウーマの描写には、濃密な儀式を背景にした、すでに想定済みの要素が含まれていたのに対し、フレイザーはいかにも彼らしく、この「先住経済民族」の精神生活を再構築するにあたって、それを無視した。彼はジャクソンに宛てて、未開人の精神生活がどれほど現代人のそれと異なっているか、また現代ヨーロッパ人が彼ら未開人の思考のプロセスを理解するのがどれほど難しいか、これらについて手紙で伝えているが、われわれはここではそれについて推測をめぐらすのはやめておこう。カンガルー男は先住民の経済的計画に目を向け、また長期的な視座から考察する傾向があったため、もし彼が一八九八年にフェビアン協会にいれば居心地がよかっただろう。一方ロバートソン・スミス、ラング、R・R・マレットら、初期世代の著述家にせよ、後期世代の著述家にせよ、宗教的行事が潜在的にもっている神秘的な特性や、超自然的なものの存在に対する畏怖の念（少なくともその可能性）に対しては、みんなかなり敏感であった。

フレイザーへの返事（一八九八年一〇月二〇日付）のなかでスペンサーは彼自身の大きな提案を行った[25]。彼の見解では、トーテミズムの実践は部族ごとに異なるが、それ自体を全体的に見ると、宗教と社会という二つのまったく異なる側面をもった文化的制度だと見なすのが一番しっくりくるということであった。宗教的というのはフレイザーの言うトーテムの秘儀のことで、これは豊かな食糧の蓄えを生み出し保証するために企図された呪術的演出から成っている。社会的側面は食糧の蓄えではなく結婚の規約と大きな関係がある。というのは、多くの部族において男は同じトーテムをもつ一族の女性とは結婚せず、その外部に相手を求めなければいけないからである。後者の側面は後から付け加わったような観があるため、前者の方がより古くから存在しているように思われる。スペンサーは情報が得られている部族すべてに関して、宗教的、社会的要因が地理的観点から振り分けられていることに注目し、物理的条件がもっとも過酷な大陸の中心では宗教的側面が顕著になる（すなわち安定した食糧備蓄が必須となる）と結論付けた。それに対して沿岸部の部族においては、生活条件はより好ましく生存競争がそれほど過酷ではないため、社会的なトーテム制度は様々な程度において現れる――宗教的側面と時には同時並行的に現れ、時には補完的に機能するのである。

スペンサーはそれからフレイザーの理論に目を向けることになる。彼からすれば、トーテムの動物を殺して食すことのタブーが、動物への慰安の気持ちから生まれ、さらに、これによりなお一層動物を捕えて殺すことができるようになったのだ、という説には、いかなる証拠も見出せない。

二つの根本的な点は、(一)もっとも重要な点だが、人は自分のトーテムを増やす力があること、(二)現段階ではこれについての証拠はまだほんの少ししかないことは忘れてはいけないが、人はみずからのトーテムを捕まえるための特殊な力をもっていること。[26]

原始の経済人カンガルー男に関するフレイザーのシナリオによれば、その男がカンガルーをご馳走として食べるのはさし控えなければいけないが、今度は、自分たちのトーテムは食べない部族から別のご馳走をもらえることで納得する、という説明がなされていた。スペンサーはこのフレイザーの理論をやんわりと否定しているのである。そのかわり彼は、トーテムを食べすぎるとその動物を一族から遠のけてしまいかねず、「その結果、自分はトーテムに対してもはや支配力をもたないためにそれらを増やすことが保証できなくなる[27]」という。この議論も経済心理学と呼ばれそうなものを想定しているが――アルンタ族の暮らす環境が物理的に厳しいことを考えればそれは理にかなっている――、それはフレイザーの理論ほど見苦しくない、直接的で恒常的な自己利益についての理論である。

以上の手紙はフレイザーに大きな影響を与えた。彼はスペンサーの仮説に非常に強い感銘を受けたため、その仮説は妥当であり、また実際ありそうな話である、と述べる気になまでなっていた。スペンサーはアンドリュー・ラングがのちに「トーテムの秘密」と呼ぶことになるものを解決した人間であり、フレイザーはゆえに彼こそ歴史をさかのぼっていくべきだと確信した。そしてそれを確かなものにするために、彼はスペンサーに対して、すぐにでも『ネイチャー』誌か『アシニーアム』誌に手紙を書いて彼の意見の概略を伝えるか、もっといい方法として、人類学協会で論を発表するか、のどちらかをすべきだと提案した。スペンサーは短期滞在でイギリスに来る予定だったので後者の案は可能であり、フレイザーは彼のために協会での特別な学会を手配することを申し出、それを実現させた[28]。またそのときフレイザーは、彼自身もスペンサーが描いたのに一致する、トーテムにもとづく外婚制の起源についての理論を独自に作り上げていた、とも言った。その理論は、オーストラリアに加えて、メラネシアと北アメリカにおける外婚制によって二分された共同体から提供される証拠を比較対照をすることによって成り立っているものだった。

すべてこれは、トーテミズムが最初は純粋に宗教的制度（あるいは今の私なら呪術的と呼びたいところだが）として存在したこと、外婚制はあなたがおっしゃる通り何かしらの偶然でそこに付け加わったこと、を示している。（中略）要するにトーテミズムと外婚制は二つのまったく異なるもので、各自別々に存在しうるものであるし、また実際にそうであった。(29)

引用文中の括弧の箇所は、一八九八年遅くにはフレイザーはすでに呪術と宗教の区別をしていたことを示している。理論的なことを伝えたこの重要な長い手紙の後半で、フレイザーは、この二分法が単なる瞬間的なひらめきではなく、しばらく彼が温めてきた考えだったと明言した。このように主要な段階を踏んで精神的に成長していく一連の流れは、学部生時代のオーギュスト・コントの大きな感化からというよりも、コントの枠組みに似ていることは似ているのだが、むしろスペンサーが新たに示したオーストラリア民族の背景から直接導き出されたように思われる。

事実私はますます次のような結論をもつようになってきています。それは、宗教とは自然や超自然の力を宥めるもので、呪術とはそれらを威圧するものと定義すれば、どの地域でも呪術が宗教に先行するのだ、ということです。人間はみずからの願望を満たしてくれるようなより高次の力に対してへりくだって嘆願するのは、経験によってその力を支配できないことを知ったときだけなのです。長い年月が経つとやがて彼らはその嘆願すら無駄であることに気づき始め、ふたたび高次の力に対して支配を試みるのですが、しかしこの場合彼らの支配は以前の呪術より狭い範囲内で、かつそれとは異なった方法で行われるのです。要するに、宗教は科学に取ってかわられるものです。ゆえに人間の思考は、呪術―宗教―科学という順序で進展します。われわれが生きるこの世代は宗教から科学への移行期にあり、当然この期間はこの先何世代にもわたって続くでしょう。自分たちの全盛期にできる限り科学の最終的な勝利を促進しようとするのは進歩を望んでいる人々のためなのです。(30)

こうした人間の心的、精神的進化の段階は一見必然的なものに思われるが、フレイザーは中間の宗教的段階を、呪術で具現化された自然世界のより客観的な世界観から後退したものだと見なしていた。呪術は確かに粗野で原始的だが、それでも科学との重要な類似点がある。祈禱師もしくは呪術師は、明らかにばかげたことをしているにもかかわらず、自然界を支配できると信じ、それを実現させようと努力する点において基本的に科学者と同じである。呪術師は自然が不変で単一で支配可能であることを確信しており、この自然に向かってみずからの意思を働きかける技術を模索する。ただ残念なことに、彼は自分の把握可能な範囲を超えて力を及ぼそうとする。というのも、彼は事物が実際に立ち現れるときの自然法則を誤解し、この誤解が誤った心理と認識を生み出すからである。言い換えれば、呪術が混乱しまた究極的にはそれが機能しなくなるのは、「思考の二大根本法則、すなわち空間と時間における類似性による観念連合と隣接性による観念連合、のどちらかを誤用したこと」にもとづいているためである。[31] 呪術師は観念連合の重要性を正しく見抜いているのだが、いかに観念と事象が実際に結びつくかを誤解するため、無意味なものを生み出してしまうのである。

それら〔観念連合の原理〕は適切に用いられれば科学を生み出す。不適切に用いられれば呪術という科学の腹違いの兄弟を生み出す。ゆえに、すべての呪術は必ず虚偽で不毛なものであるというのはほとんど自明の理で同語反復ですらある。なぜならもしそれが正しく実りあるものとなれば、それはもはや呪術でなく科学だからだ。[32]

したがって、呪術師は効果的な呪術を生み出すことができずに挫折して身を引き、宗教的な隷属と混乱の世界のなかに社会を引っぱり込む人々がそのかわりとなって登場する。祈禱師は少なくとも儀式の際直立するのに対し、司祭は膝をついたりおそらく埃のなかに寝そべったりさえするという点を考えてみると、品行の面では前者は後者より上であるというのは示唆的である。前者は人間が自分の運命を決定する力があると信じているが、後者は全知の神と見なしたものの前でひれ伏す。人類が自信を喪失し未知なるものへの恐怖で押しつぶされそうになると、宗教が来るべき至福の時代のために力を発揮するようになり、その時代の世界にとっては科学がもたらす哲学的な明晰さや技術的利点が否定されるのである。しかし最後には呪術の特徴であった客観的な態度や世界観がより効果的なかたちで、どういうわけか科学として復活し、現在すべてがうまくいっている（あるいは究極的にそうなるであろう）。

『金枝篇』第二版においてこの三段階発展の図式が示されたとき、数種類の反論がなされた。宗教的行為が呪術的行為に先行したり、呪術的段階が見受けられないといった反例を出す批評家もいた(33)。またフレイザーが明晰かつ明確に示した三段階は彼が呪術と宗教を不十分に、特定の目的に合わせて定義付けた結果以外の何ものでもないと主張する者もいた。彼らに言わせれば、彼が作ったその定義は、圧倒的な力を前に怯え立ちすくむ人間の反応からのみ考えて作られたもので、人間が神を望んだり愛したり、あるいは少なくともそれに向かって突き進んだりする必要や願望を考慮に入れていないのである(34)。今日のわれわれが言えそうなことは、彼の説明は典型的に心理的で個人主義的であり、それらの段階の変化が起こる際の社会的文脈や過程を明示しておらず、また史実として記録が残っている時代については、宗教から科学へ思考様式が変化したと彼が見なしたときのその記述は事実に合致していない、という点であろう。

ピーター・G・ベイカーは、フレイザーが呪術を優先させたこの理論を展開したのは、未開人たちの高貴な神についてラングが提唱した新たな主張への直接的な返答としてであった、と考えている(35)。それによれば、フレイザーとラングの理論的な相違はこの時期(一八九八年)にはすでに重大なものとなっており、フレイザーが刺激を受けてラングとの論争を望むぐらい、個人的な敵対心がその相違を大きくしていた。フレイザーの主張は魅力的なものだが、証拠はそれを支えるようなものではない。個人的なレベルでは、このとき悪感情がお互いにあったわけではないのは確かだ。スペンサーへの重要な手紙のたった一か月前の一八九八年一〇月二五日、フレイザーはマクミランに手紙を書き、ラングからフレイザーに手紙が届いたと告げている。内容は、今ラングが自著『神話・儀式・宗教』を改訂中であって、最新の情報を取り入れたいので、『中央オーストラリアの原住民』の校正刷りを見せてもらえないかと、言ってきているということであった。フレイザーは、マクミランがスペンサーとギレンの稲妻のような鮮やかな功績を誰にも盗まれたくないと考えていたことを知っていたので、マクミランがこの申し入れに同意してくれるかどうか確信はなかった。しかしマクミランが、オーストラリア人の本がラングの本より先に日の目を見るのは確実であり、さらにラングの議論は彼らの作品への注意を引きうるものであると述べたとき、フレイザーは校正刷りを見せることに同意した。一八九八年一〇月二七日に彼はこう書いている。「それで大丈夫です。私の友人ラングに好意を示したいというあなたのお気持ちは十分理解しています」。

ゆえに、はっきり言って、フレイザーとラングの関係は一八九八年後半でもまだそれほど悪くなかった。さらに聖パウロの神学の明確な裏付けを含んだ『宗教の創始』には、一八九八年四月三日付の序文が付されており、その本は数か月後に上梓された。フレイザーはラングの著書を出版後すぐに読んだ（もしくはそれについての書評を読んだ）と考えれば、彼はそこで見つけたものに驚き、もしくは悲しみさえ覚えたかもしれない。しかし彼は返答として何かを書くほど心乱されたわけではなく、また彼はそれによって彼らの仲を台無しにはしなかったことも確かだ。これらを考え併せてみると唯一可能性として残っているのは、フレイザーが新しく理論を作る気にさせたのは、ラングの離反や個人的確執のためでなく、スペンサーからの新しい情報のゆえであったということである。

同時に、スペンサーとギレンが著書を書いているあいだフレイザーがその仲介者として貢献していたことで、それにより彼とタイラーが論争するという、予期せぬ副産物が生まれた。マクミランがこの本の出版を了承したとき、フレイザーは当然の礼儀として校正刷り一揃いをタイラーに送ることを提案し、それが実現した。しかしタイラーはその直前（一八九八年五月）に人類学協会に彼自身のまったく別の理論を提出したところだった。その理論は、（フレイザーの概要によれば）「先祖の魂はトーテムの動物や植物に命を与え、それによりそれら動植物は子孫にとって神聖なものとなる」[36]というタイラー自身のアニミズム的な推測から発展したものだった。おそらくスペンサーとギレンの証拠はタイラーの理論を立証しなかったので、彼らの本がすでに組み校正刷りになったとき、タイラーはマクミランに対して、重要なインティチウーマの儀式について詳細な描写をしている章は徹底的に簡潔にし、その多くの「退屈で不快な詳細部分」を省くべきだと提言した。フレイザーは、一八九八年九月一三日のマクミランへの手紙のなかで、かんかんになって強く反対した。

タイラーが「退屈で不快な詳細部分」を含んだものとして文句を言っている箇所は、私には著書全体のなかでもっとも興味深くもっとも重要なものに思われます。それは、少なくともそれらの部族のあいだに存在するトーテミズムの制度に、まったく新しくまったく予期せぬ光を当ててくれますし、本当のトーテムの秘儀らしきものを十分検証した第一事例を提供しているのです。それはこれまで、数少ない不確かな実例から推測されたことしかなかったものです。私の意見ではその章全体は、宗教の歴史にとってもっとも重要なもので、世界の多くの地域で遂行することがかなり望まれるであろう調査の道筋を切り開いてくれます。私は、タイラーが省略したくなるほど「退屈で不快な」なものと感じた詳細情報をもっと手に入れられないか確認するために、スペンサーに手紙をすぐにでも書こうと思っています。

短いやりとりの後、タイラーは手を引き、本は無傷のまま出版された(37)。

一八九八年遅く、フレイザーは読書の遅れを取り戻し、またスペンサーとのやりとりに強い刺激を受け、新たな『金枝篇』を書き始めた。いつもどおり、彼が迅速かつ手軽に書き改めたため、またおそらく第一版の書き方がすっきりしていたため、彼は改訂版は完成までさほど長くかからないだろうと考えていた。マクミランはいくらかがっかりした気分を味わったか、少なくともパウサニアスのときの既視感《デジャ・ビュ》の一つを味わったかもしれない。というのは、フレイザーが順調な滑り出しを予告してからすぐに、改訂の遅延を報告し始めたからである。一八九八年一一月二四日、彼は身内の病気のためスコットランドに赴かなければならなかったため、印刷者に原稿を送らなかったことをわびた。病人は彼の母親で、末期の衰弱状態になり、翌年二月に亡くなった。しかし彼は印刷者を安心させる言葉を残している。「しかし私は地道にこの主題に取り組んでおり、本の完成は少し時間がかかっているだけです」。しかしそれからしばらく何の音沙汰もなく、一八九九年の三月になって、彼はマクミランに頼み、印刷業者に、ページのあいだに白紙を挟んだ第一版の特別な綴じ込み版を印刷してもらうように希望した。彼が言うには、第二版には最新の参照文献を脚注に載せつつも、初版本の原稿の多くを修正を加えずにそのまま新しい本に組み込むことにするため、この作業は裁断と糊付けの手間を前もって省くためだったのだ[38]。このとき彼の計算によると、新しい資料は印刷時一五〇ページほど加えられることになるため、彼は、新版は二巻本に収めるためにより小さい字体で印刷すべきだと提案した。六月七日の手紙のなかでは、彼は、引越しのトラウマを経験したばかりで数週間仕事ができなかったと言っている。新しい環境のなかに自分自身を落ち着かせ、本を整理するのにそれほど長くかかったのだ。しかしそのあいだ、目標はふたたび遠ざかってしまった。

追加事項はかなりの量になることは分かっています。もし本を前回と同じサイズにしようとするなら印刷の字体は小さくし、おそらくよりいっそう薄い紙も使わなければいけないでしょう。しかし外見に関しては、第二版は初版と同じぐらい魅力的なものにしなければいけません。内容については、私は関心と価値をかなり高めることができると考えています。もしあなたが反対されないなら、最後の改訂の準備が整うまで本全体をスリップ〔ゲラ刷り〕のままにさせていただきたく思います。一番目の校正刷りから大きく変化することはないと思いますが、これによって私は新しい題材を取り込み、おそらく最後までいくらかの部分を書き換えることができるでしょう。

出版者と編集者は、著述家を見つけたときにその人と共同作業をしなければいけないものだ。今ではマクミランはフレイザーが度を越えて改訂しようとしていること、そして彼がいかなる場合でも最後の最後まで本文を変更し続けるだろうこと、に気づいたはずで、彼はフレイザーにゲラ刷りのまま本全体を彼の側に置いておくことを許可した。一か月後（七月八日）初めの二章が印刷業者に送られる手筈が整えられたとき、フレイザーは「第一章の追加事項はかなりの量になる」ことに気づいた。したがって彼は、本文が小さめの活字ではどのように出来上がるかを確認するため、何種類かの活字で印刷業者が見本として数ページ分刷ってくれないものかと打診した。それから追伸で、今思いついたかのように、本心が覗いた。「あなたが『金枝篇』を小さめの版型の三巻本で出すという可能性はお考えいただけるかどうか、私にはわからないのです」。初めの長い二章だけが完成すると、フレイザーは二巻本の体裁では読むことが不可能なほど非常に小さい活字になり、またページもぎっしり詰まったものになるだろうということにすでに気がついていたのだろう。マクミランは彼の申し出を拒否せず、翌年にようやく日の目を見るときにはその作品は三巻本になった。

この日付前後からのマクミランへの手紙で、フレイザーは出版すべき（そしてすべきでない）と考えている人類学の本についての推薦文を書くようになった。彼はマクラミンの正規の人類学関係の出版顧問となり、二〇世紀の最初の二五年のあいだ、その主題に関する当出版社の文献リストを、大学出版局も含めて、どこにも負けないものにするのに大きく貢献した。こうして一八九八年に彼は、『マレー人の呪術』（一九〇〇）として出版されることになる不完全な原稿をもとにしながら、W・W・スキートを評価する文を書いた。続いて他の多くの人――とりわけもっとも重要なのはマリノフスキーであった――がフレイザーの推薦を受け、また当初マクミランもフレイザーの提案をいつも受け入れていた。驚くべきことではないが、フレイザーが本を評価する際の基準はとくに以下の点にあった。事実が豊富に載せられていること、できるなら著者の側で一般化や比較を避けるように心がけること、あるいは理論化したいなら少なくとも事実と理論を明確に区別すること、そして穏当な、言い換えれば明瞭で技巧に走らない文体を用いていること、である[39]。

この時期あたりからマクミランとの文通における新しい側面として、リリー・フレイザー自身が、途切れることがないほどたえず手紙を送るようになっていたということがある。二人が結婚する前に彼女はすでにプロの書き手になっていたので、一八九六年よりのち、フレイザーは、フレイザー一家は一つの出版社に専属の家族になればどうかと提案し、マクミランもそれを了承した（つまりマクミランは彼女の本の出版の諾否を決める上で優先権をもっていた。彼が断ったものは別の出版社から出された）。この合意によって彼女は初めて夫と出版者を直面させることに成功した。しかしこのような好結果が見られたにせよ、リリーは手の焼ける人間だったため、マクミランがその決定を後悔することが幾度もあった。

いかなることがあっても、家事、子ども、夫の世話と並行して彼女は書き続けた——ほとんどは授業用に上演するためのフランス語で書かれた寸劇だったり、子ども向けの物語や詩の本だった。[40] さらに彼女は『金枝篇』第二版に取り掛かる際に、フレイザーの主要著書の一つ一つが出版された場合に備えてそれらのためのフランス語翻訳家を見つけ出し監督するという、重要な仕事の責任も引き受けた。つまり彼は一九二〇年代にはイギリスのみならずフランスでもほぼ同じくらい名前が通るようになっていたのである。

一八九九年フレイザーは思いもよらず名誉ある賞を受けたが、以来その後三〇年間にわたって一連の勲章をもらうことになった。六月、彼は、衝撃的なパウサニアスの翻訳に対して（そしておそらくパーシー・ガードナーの後押しにより）オックスフォードから市民法の名誉博士号を授けられた。リリー・フレイザーは「他所」から認められたことの皮肉に対して怒りを覚え、夫はいつもケンブリッジから見放されていたのだと確信するようになってしまった。なぜなら彼には自分からアピールすることも、そのような重大なことにかかわる人物たちを啓蒙することもできそうになかったし、実際できなかったからだ。オックスフォードの学位が国内で論議されたのは、一九〇七年に彼がリヴァプール大学への異動の申し出を承諾し、そこでの社会人類学の教授になったときであったようだ。そのときには彼は一八九九年よりずっと著名になっていたが、ケンブリッジはそれでも彼に何の称号も与えなかった。

『金枝篇』第二版の出版は知識界での大きな出来事であり、専門の学者層に加えて硬派な雑誌の読者にもフレイザーの名前がよく知られるきっかけとなった。しかしフレイザーの人生においてこの期間は、その始まりと同様幾分静かに、金にまつわるエドマンド・ゴスへの手紙で終わった。実情を伝える手紙は今回リリーからではなくフレイザー自身から送られた。ゴスはフレイザーの財力が貧弱であることを知り、彼への勲章の見込みについて王立文学財団の審議会にいる彼の同僚に意見を求めた。この打診はいい方向に向いた。その後彼はフレイザーに丁重に手紙を書き、求められれば援助の手は差し伸べられる旨を伝えた（フレイザーが財団の名前に言及しなかったのは彼の礼儀の表れであり、原始的な忌避のタブーではない）。

ご親切なお手紙ありがとうございます。あなたが言われている公共団体の審議会が私の仕事に対して評価の証を授けると提案していただいたことに深く感謝せずにはいられません。審議会が正しく理解してくださっている通り、私は本を出しても暮らしがよくなりません。『金枝篇』は何年間かは年に三〇ポンドほどもたらしてくれましたが（最後の年は四六ポンドを超えました）、ここ一、二年絶版になり、現在取り掛かっている新しい拡大版が出て利益を出し始めるまでにしばらく時間がかかってしまいます。来年からは年一度いくらか稼ぐことができる見込みはかなりあるのですが、パウサニアスの仕事からは今は私は何ももらっていないのです。また同時に忘れてはいけないのは、何年間も私の大学は私に研究のためにフェローの身分でいさせてくれたことで、著書が何ももたらさなかったとしても、ある意味で私は報酬を得ているようなものなのです。しかしながら、他の大学と同様この大学も現在被っている不景気ゆえに、私への手当ては収入に深刻な影響を与えるほど現在は減ってしまっています。こういった状況なので、私はあなたが代表として公共団体を通してたいへん慈悲深く寛大に援助の申し出をしてくださったことに非常に感謝しております。それは非常に現実的で喜ばしい援助となるでしょう。それによって私は、近い将来私に迫っていたかもしれない貧困の不安と苦悩をもつことなく仕事を続行することができると思われます。

援助は二五〇ポンドにも及んだが、それはその年のフレイザーの収入を二倍以上にしてくれた。というのも、当時農場の土地収益でまかなっていたトリニティからの手当金は、一八八〇年代には二五〇ポンドだったのが、不景気だった一八九〇年代には二〇〇ポンド近くにまで落ち込んでいたからである。フレイザーもまた家族のために余分な支出をかなりしていた。妻の著作は少々の収入をもたらしたが、周知の通り、子どもには金がかかるものだ。リリーも一九一〇年に書いているように、フレイザーは「不思議なほど特別な入用なもの、欲しいものなどなかった」が、彼が求める数少ないことの一つは、必要とする本はほぼどれも手元に置いておくようにすることであった。彼は図書館を使いたがらず、本はすべて購入していたが、それは満たすには高くつく欲求だった。またリリーが大学にいて一日中フレイザーを手助けしていたときは、誰かがフレイザー家を監督していなければならなかった。少なくとも一人の女中は貧しい中産階級の家庭でさえ必要だったのに、彼らは料理人を雇っていなかった。このようなことが次から次へと起こり、一八九九年にはフレイザーはゴスを本当に輝かしい救いの天使だと感じたにちがいない。フレイザー一家がもっとも援助を必要としていたときに手を差し伸べたのは、まぎれもなく彼だったからである。

（1）二人の子どもの情報はNational Union Catalogue of Printed Booksによる。
（2）*FGB*, p. 26.
（3）J・R・M・バトラー卿とT・C・ニコラス氏。
（4）TCC Add. MS b. 36: 33. トマス・テイラーは一七九四年にパウサニアスを英訳している。

（5） Ann Thwaite, *Edmund Gosse: A Literary Landscape, 1849–1928* (London, Secker & Warburg, 1984) を参照。

（6） Thwaite, p. 260. フレイザーがゴスの七〇歳の誕生日を機に書いた手紙（一九一九年九月二三日）ではトリニティでの彼らの初対面が偲ばれている。

（7） Frank E. Manuel, *The Eighteenth Century Confronts the Gods* (Cambridge, Mass., Harvard University Press, 1959); George Stocking, Jr., "From Chronology to Anthropology: James Cowles Prichard and British Anthropology, 1800–1850," introduction to J. C. Prichard, *Researches into the Physical History of Man* (Chicago, University of Chicago Press, 1973).

（8） ラングについての以下の議論は次の論文に従っている。Peter G. Baker, "The Mild Anthropologist and the Mission of Primitive Man" (Cambridge diss., 1980), chap. 5.

（9） A. W. Howitt, "On Some Australian Beliefs, "*JAI*, 13 (1883–84), 185–89; "On Some Australian Ceremonies of Initiation," *ibid*. 432–59; "The Jeraeil, or Initiation Ceremonies of the Kurnai Tribe, "*JAI*, 14 (1885–86), 301–25; "On the Migration of Kurnai Ancestors," *JAI*, 15 (1885–86), 409–21.

（10） Andrew Lang, *Myth, Ritual and Religion* (London, Longmans, 1887), I, 8.

（11） Lang, *Cock Lane and Common-Sense* (London, Longmans, 1894), p. 338.

（12） George Stocking, Jr., "Animism in Theory and Practice: E. B. Tylor's Unpublished

'Notes on Spiritualism' " *Man*, 6, n. s. (1971), 88–104.

(13) *Folk-Lore*, 6 (1895), 79–81.

(14) E. B. Tylor, *Primitive Culture*, 3rd edn (London, Murray, 1891), II, 310.

(15) Letter to Mrs Hills (MS: Brotherton Collection, University of Leeds), quoted in Baker, p. 247.

(16) Lang, *The Making of Religion* (London, Longmans, 1898), p. 220.

(17) *ibid*., p. 329.

(18) *ibid*., p. 331.

(19) ラングの宗教的立場の別解釈については以下を参照。Edward Clodd, *Memories* (London, Chapman & Hall, 1916), p. 211.

(20) この例としては以下を参照。Lang's "Australian Problems," in *Anthropological Essays Presented to Edward Burnett Tylor* (Oxford, Clarendon, 1907), p. 212. この論文では、関連のある話題（外婚制）についてラングはこう述べる。「私が気づいているかぎり、ヴァン・ジェネップ氏を除いて誰も私の主張と渡り合おうとしなかったし、それを引用の対象にもしなかった」。

(21) 伝記的背景については以下を参照。JGF, "On Some Australian Ceremonies of the Central Australian Tribes," in *GS*. p. 201; JGF's obituary of Fison is rpt. in *GH*, pp. 291–301.

(22) *GS*, p. 201.

(23) R. R. Marret and T. K. Penniman (eds.), *Spencer's Scientific Correspondence with Sir J. G. Frazer and Others* (Oxford, Clarendon, 1932), pp. 82–83; 以下、SSC と略す。

(24) SSC, pp. 24–25; 次の引用は p. 26.

(25) SSC, pp. 30–37.

(26) SSC, p. 35.

(27) SSC, p. 36.

(28) フレイザーの要望で、フランシス・ゴールトンは一二月一四日に協会の会議の招集を特別に呼びかけた。

(29) SSC, pp. 39–40.

(30) SSC, pp. 41–42.

(31) *GB^2*, I, 62.

(32) *Ibid.*

(33) A. A. Goldenweiser, "Totemism: An Analytic Study," *Journal of American Folklore*, 23 (1910), 179–293. このかなり批判的な論文は、この世代の論者たちが巻き込まれていた論争的雰囲気にとらわれていない「外部の」（つまり非イギリス系の）学者がフレイザーの理論を初めて批判したものだった。ゴールデンワイザーはラングとタイラーをもきつく批判したものの、この論評はフレイザーがトーテミズムの理論家として重視されなくなりだしたことの始まりを示している。

(34) Andrew Lang, "The Golden Bough," *Fortnightly Review*, 69, n.s. (1901), 235-48; "Mr. Frazer's Theory of the Crucifixion," *ibid.*, 650-62; *Magic and Religion* (London, Longmans, 1901), *passim*.

(35) Baker, p. 198, n. 58.

(36) SSC, p. 29; E. B. Tylor, "Remarks on Totemism, with Especial Reference to Some Modern Theories Respecting It," *JAI*, 28 (1898), 138-48.

(37) タイラーとフレイザーの文通は TTC Add. MSb. 37: 308-16.

(38) 彼は綴じ込み本に喜び、のちに改訂するときに、第二版も同じようなかたちでマクミランに刷ってもらうほどだった。

(39) しかし一九〇九年九月二八日にモーリス・マクミランがフレイザーに送った手紙を参照〔BM Add. MS. 55496 (1)〕。そこではフレイザーはバガンダ族についてのジョン・ロスコーの著作を出すよう出版社に頼んでいる。マクミランは、自分たちがそれに着手する前に原稿を見てみたいと述べた後、こう書いている。「その本は科学的な価値をもつことになることは間違いありません。しかし人類学的事実の単なる寄せ集めは、専門家にとって大きな価値をもつかもしれませんが、出版費用に見合うだけの十分な売り上げをたたき出す本になるとはかぎりません。それは〔A・W・〕ホウィット、〔W・W・〕スキート、〔W・H・R・〕リヴァーズら、われわれがここ数年間で上梓してきた著書の事例を見ても分かる通りです。と同時に、言うまでもありませんが、われわれはあなたが推薦してくださるいかなる原稿に対しても、好意以上の態度をもって拝見したいと思っております」。

(40) *Athenaeum*, 25 June 1898, p. 320, on *Scenes of Child Life in Colloquial French*, by Mrs J. G. Frazer:「これらは主要な対話で、フレイザー夫人が昨年出版したものとほとんど同じぐらいよいものです」。

第10章　『金枝篇』第二版

「序文は誰も読みはしない」という金言に英知が表されているにもかかわらず、非常に多くの著者同様にフレイザーもまた、研究上の客観的な姿勢から離れて、自分自身の声で語る機会をもってみたいという抗《あらが》いがたい魅力を感じていた。結果として彼の序文の多くは、望みや願いとか、本のその箇所以外の部分に載せることができないような別な種類の特殊な訴えなどのつまった宝庫となった。したがって序文は、彼の伝記作家にとってたいへん貴重なものだ。このことは、ひょっとすると他のどの本よりも『金枝篇』第二版に当てはまるかもしれない。

この序文でもっとも注目すべきは、華やかな修辞法が用いられていて、かつ彼の分裂した意識が表れている点から言って、結びの部分である。そこでフレイザーは、自分の理解する宗教の比較研究の破壊的性質と目的を、軍事的隠喩を用いて公にしている。

それ〔比較の手法〕をうまく扱うことで、近代社会の基盤にある弱点を明らかにすることができるならば、進歩を促進する強力な手段となる。堅固であるとわれわれが常々考えている多くのものは、自然の岩ではなく、迷信という砂の上にあるのだということを、この手法は示してくれる。丈夫な塔が避難所となるように、信仰は長いあいだ、人類の願望や熱望を人生の激動と抑圧からかくまってきた。その信仰の基盤に攻撃を加えるのは、実際のところ憂鬱で、ある意味、割の合わない仕事である。しかし一連の比較の手法が、あまたの優しく神聖な連想をともなう蔦や苔や野の花々に覆われた古く神々しい壁を破壊してしまうのは、遅かれ早かれ必ず起こることだ。今のところわれわれは、否応なしに銃を構えているところにすぎず、かろうじてまだ発砲していない。（中略）しかし〔何が宗教のかわりとなるかについて〕不確かであるからといって、便宜を図って、あるいは古くからあることを尊重するあまり、攻撃を思いとどまるべきではない。たとえどんなに美しくとも、擦り切れて時代遅れとなったことが明らかになった以上は、古い型を壊さなければならない。われわれは、その結果どうなろうとも、どこに連れて行かれようとも、真実のみに従わなければならない。真実のみが導きの星なのだ。すなわち、「この〔真実という〕しるしで打ち勝つだろう」ということである。[1]

彼は、理性という軍隊の砲手である自己の立場と、自分の感情とのあいだの緊張に気がついている。しかし、歴史学者としてどのような結果になろうと事実に従おうとする彼の高潔な義務感が、信心深い家庭で学んだことと相容れないだけでなく、宗教の敵となるという党派的な自分の決心とも対立することになるとは、分かっていないようだ。

しかしながら、比較の手法という攻城砲が宗教という古く神々しい要塞に砲撃を開始する用意ができたところで序文は終わっているが、砲撃はゆっくりと控え目に始められている。フレイザーに関するかぎり、主要な点は何も変わっていなかった。一八九〇年以来明らかになったことはすべて、彼の立場を強めただけであり、「砲撃」を部分修正する、ましてや止める理由などなかった。実際、一八九七年に出版されたベルギーの歴史学者フランツ・キュモンの（中世を舞台とした）『聖ダシウスの殉教』により、フレイザーは自説に確信を抱いた。すなわち、森の王は木の精霊の化身であること、そして昔は祭司たる王は、緑の自然界に住む神をその身に宿すという役割を果たし、豊穣が確かに続くように毎年殺されていたという説である。

さらに、自説を補強するこの証拠は思いがけないものではあったが、他に例がないわけではなかった。地球の反対側からは、オーストラリアのアボリジニーについてのいっそう驚くべき調査がスペンサーとギレンにより報告され、中央ヨーロッパの農民の農業習慣に関するマンハルトの研究を強固に補強した。それによると、オーストラリア先住民は、「雨を降らせ、糧とする動植物を繁殖させるという特別の目的のために、定期的に呪術的儀式を行っている」。この報告は、適宜修正を加えて考えてみると、『金枝篇』第一版で際立った位置を占めていた、ヨーロッパでの春から真夏にかけての儀式に当てはまるのであった。アボリジニーは農耕民族ではないので、収穫の慣習がない。しかしこの欠けている部分は、アボリジニーより幾分発展したマレー人の事例で補うことができる。これは、スキートの研究のおかげである。「マレー人はわれわれより文化水準は低いので、ヨーロッパではほとんど意味のない遺物となってしまったような儀式の重要性を強く意識し続けている(2)」。このように、同一の発展過程を進んでいるので、全世界は縁続きであることが証明された。

しかしながらフレイザーはある時点で考えを変え、宗教に対する呪術の関わり方に注目するようになったと彼自身認めている。一八九〇年には、この二つのそれぞれの本質を十分に考えておらず、そのため呪術を宗教の下等な形態に分類していた。しかしその後、一方が他方より発達しているというのではなく、本質的に互いに対立するものだと理解した。彼は反論を予期して、自分の付けた「呪術」と「宗教」の特別な定義に気を付けるよう、異論をもつ人たちに注意を促している。

フレイザーは、マンハルトの論を受け入れ続けたが、ロバートソン・スミスの考えとの隔たりを強調する機会を得た。一八九七年にフランスの社会学者アンリ・ユベールとマルセル・モースは、「死にゆく神」というフレイザーの説の基になったのは、スミスが主張したトーテムの神秘から得た動物の生贄の説であると述べたのだ[3]。フレイザーは、その関連性を否定するために、この機会を利用した——研究者は各々独自に自分の説に辿り着いたのであって、そして実際自分はスミスの説をけっして認めていなかった、と。フレイザーが当時異議を唱えた理由は証拠不足であった。今日でさえ、オーストラリアで驚くべき裏付けが得られたにもかかわらず、人類の発達の初期段階での普遍的特徴としてトーテムの神秘が存在することを主張するには根拠が不十分である。当然ながら、事実から判断すると、この説は一般論としては正しいと認めなければならないが、彼にはまだ認める心構えがなかった。しかし、事実の導く結論がどうであれ、彼は事実に従うだろう。すなわち、「この［事実という］しるしで打ち勝つだろう」ということだ。

宗教に対して人類学からの砲撃が開始される前に、一つ指摘しておかなければならないことがある。すなわち、フレイザーの研究を理解するための背景を読者は正しく認識すべきである。彼の本は、「歴史の外側に横たわっているあの暗黒時代における人類の思想や制度の発展の痕跡を探ろうとする、それ自体がまだ幼年期にある学問への貢献」である[4]。この学問は、成立して間もないものだが、並外れた展望を開き、それにより先史時代へのわれわれの視野を大いに広げようとしていた。人類学者たちは、一九〇〇年時点の自分たちの立場はルネサンス初期の人文主義者たち、つまり古典古代文化の輝かしい業績を目にすることを許された者たちの立場と同じであると考えた。人類の起源に関する人類学はさらに期待がもてる。というのも、そこから得られる展望、あるいは振り返り見る過去は、いっそう広大なものであるからだ。議論にほろ苦い結論が出るのは、このような雰囲気のなかであり、このような知的興奮を背景としているのだ。その結果、宗教という要塞が包囲され、気のすすまない砲手たちにより攻撃が開始される。「真実のみに従わなければならない」という結論は、われわれに悲哀をもたらす。なぜならそれは、現代の必然的に破壊的な仕事を憂鬱なものにしてしまう過去との複雑な感情的つながりから生み出されるだけでなく、またこの悲哀感は希望というレンズを通して見る未来像によっても生まれてくるからだ。この状況は同時代の小説『ワーニャ伯父さん』の悲痛な結末を思い起こさせる。この小説中、ワーニャは姪に明るい未来を築くために一生懸命働くよう言うのだが、残念ながら二人はその未来を目にする前に死んでしまう。フレイザーは疑いなく究極の道徳の存在と同様に、学問が最終的には博愛をもたらすという科学による救済を信じていたが、自分たちが二つの世界の狭間《はざま》で生きており、新しい世界はまだ地平線の彼方のかすかな光にすぎないことを意識していた。

一度序文を離れ、本文に目を向けると、木の周りを回っている恐ろしい祭司をふたたび目にする。増補された注を除けば、最初の六ページは一語一句第一版のままであった。だが、その直後からフレイザーは呪術と宗教との対照関係を示し、必然的に前者の呪術が後者の宗教より先に登場したと提唱した。この説は、それ自体で重要であるだけでなく、その研究に新しい理論体系を当てはめる試みの中核を担っていた。

『金枝篇』第一版は、植生、生産力、そして原始社会での王権を主題とした四つの長い章で構成されていた。王権については、黄金の枝のモチーフにより、ただ漠然と断続的に関連付けられていただけだった。推測による関連を示され落ち着かない気持ちだったかもしれない読者も、少なくともこの本の想像力に富んだ論旨や心地良い文体を楽しむことはできただろう。しかし、九〇年代における人類学研究の活況や経験から得たデータの増加により、『金枝篇』改訂版には、第一版に見られた論を示す上での緩さ（あるいは心地よさ）が入る余地はもはやなかった。読者が、その論を十分に理解するためには、より綿密な構成とより理路整然とした組み立てが必要であった。この目的のために、そしてオーストラリアからの新情報により確信を得て、彼は新しい版の理論的基盤を、呪術、宗教、そして科学に至る進歩の一連のつながりとすることを決めた。すなわちこの三つを、概念的に個別のものとして捉えるだけでなく、歴史的に連続しているものとして捉えるのである。それに合わせ、副題さえも変更された。第一版には「比較宗教学の研究」という一般的な副題が付けられていたのに対して、第二版と第三版では「呪術と宗教の研究」となっている。

呪術に関するフレイザーの記述は、それが精神の進化において初期の段階に位置するという論の上での単なる扱いにとどまらず、多くを費した。彼は呪術を現象として分析し、その無数の表れ方を説明する二つの単純な原理を特定する。それらは、類似の法則（つまり、同類は同類を生み出す）と感染の法則（つまり、一度接触をもったもの同士のあいだでは、離れた後も影響を及ぼし合い続ける）である。彼は、二つの法則があてはまる多数の例を挙げているが、ここではそれぞれ一つずつを示すので十分だろう。一つ目の法則の例は、相手を模した人形に針を刺して敵に害を与えること、二つ目の法則の例は、呪術をかけるのに相手の抜け毛または爪の切れ端を用いることである。現代の視点から見ると、この分析は不完全である。なぜなら、呪術が行われる社会的過程や、呪術によって満たされる呪術者と共同体との心理的要求が考慮されていないからだ。しかしながら、この分析が本当に有効であり、フレイザーの宗教人類学に対するただ一つの極めて重要な貢献であることに変わりはない(5)。

新版のその他の注目すべき特徴は、故意に「挑発的」である点であった。一八九〇年では、キリスト教という際どい話題を苦労して避けており、地理的にそして教義的にその周囲を回りながらも、けっして明確に言及することはなかった。読者はフレイザーの反宗教的主張に気づかないほど鈍感であったのであろうが、第一版での論調は明らかに議論を引き起こすようなものではない。しかしながら、第二版では序文の大砲の隠喩に合わせて、慎重さを捨て合理主義的、そして反宗教的目的を公にしている。

これらの攻撃的な目的のための手段は、古代異教の三つの祝祭についての詳細な分析であった。すなわち、ペルシアのサカエア祭、ローマのサトゥルナリア祭（農神サトゥルヌスの祭り）、そしてバビロンのザクムクの祭りである。これらの祝祭には、情報が相対的にほとんど残っておらず、彼が自由に推測することが認められていた。㈠サカエア祭（紀元前一六世紀頃）は夏に祝われた。祭りでは、死刑囚が王衣を着せられ、五日間王の特権（つまり後宮への出入り）を認められた。その後、衣を脱がされ、笞で打たれ、絞首刑にされた。フレイザーは、このまがいの王は代理として殺されたと推測する。この殺害が思い起こさせるのは、さらに前の時代、王は植物生長の法則を具現していると信じられており、一年だけ統治した後に殺されていたことである。人間や家畜が子を多く産み農作物が豊作であるためには王の犠牲は必要であった。したがって王の妾たちとの性交は、豊穣の呪術の模倣または調和であった。㈡サトゥルナリア祭は、冬至前後に祝われるローマの無礼講の祝日だった。一週間のお祭り騒ぎのあいだ、通常の権力は無効にされ、普段の人間関係はすべて逆転させられた。しかしながらフレイザーの考えでは、絶え間ない浮かれ騒ぎは元来人間の生贄をともなっていた。この考えの根拠は次のようなことだ。キュモンが公表した中世の手書き文書によると、下モエシア地方で三〇三年にダシウスという名のキリスト教徒のローマ兵が、籤《くじ》によって砦の祭りでのまがいの王に選ばれた。彼は一か月の馬鹿騒ぎのあいだサトゥルヌス神の役を演じ、そのあいだ王の権力と特権を与えられた後、殺害されることとなったのだ。彼はこの胡乱《うろん》な栄誉を辞退し、そのために殺された（殉教者とされた)。フレイザーはこの記述から、サトゥルナリアの無礼講の祭りを司る陽気なまがいの王は、神の役を担いその後殺されるという、あまり陽気でないまがいの王を原型としていると推察する。㈢最後に、バビロンのザクムクの祭りは、ずっと古い(紀元前三〇〇〇年頃)時代の春に祝う新年の祭りであり、王国とその一年間の王の運命を神々が評価した。

フレイザーにとって残念なことに、豊作と王国の繁栄を確かなものとするために祭司たる王を生贄にする完全な儀式は、これらの祝祭のいずれにもない。したがって、自説の趣旨に合う理想的なものとするように、それぞれの特徴を恣意的に融合させて儀式の全体像を作り出さなければならなかった。このことに理論上問題はない。というのも、これら三つの祝祭は、精神の進化の同じ段階で生じたものであり、潜在する全体像の前では地域ごとの相違は重要ではないからである。

これらの祝祭はすべて、推論の鎖をつなぎ合わせる環として詳細に記述され分析されている。しかしながら、個々の祝祭としては取るに足らないものである。大きな物議を醸《かも》した二つの推論を組み立てる足掛かりとしてのみ存在意義が認められている。プリムの祭りは、ユダヤ人たちがペルシアで奇跡的に絶滅を免れたことを祝うもので、バビロンを流浪した際に持ち帰った祭りである。フレイザーの主張では、プリム祭も農耕の呪術にもとづき、もともとは人間の生贄をともなった近東の無礼講の祝祭の一種だった。サカエア祭やザクムク祭と同様、祭りの根本にある概念は、王がもう一年支配することを神々に認めてもらうことであり、もとは血を流すことが必要とされていた。そのうちに人間の生贄は、まがいの王が笞打たれる儀式に代わった。したがって、エステル記の筋《プロット》やそこに登場する主要な登場人物たち、ハマン、モルデカイ、エステル、ワシュティらについては、バビロニアの原型にさかのぼれるかもしれない。

ユダヤ人の感情を害したのち、フレイザーは今度はキリスト教徒に目を向ける。彼が復元したプリム祭にもとづくと、キリストの受難の物語は次のような解釈となる。プリム祭では、そしてもしかすると過越《すぎこし》の祭りでも、ユダヤ人は二人の囚人を選んで、ハマン（殺害されるまがいの王）とモルデカイ（王座につく真の王）の役を演じさせ、祝祭の中心である受難劇を行う慣習があった「と推測できるだろう」。したがって、ハマンを「演じていた」イエスは殺害され、一方バラバはモルデカイとして赦免されたのだ。フレイザーが証拠として指摘するのは、バラバという名前が「父親の息子」という意味であり、本当の名前というより儀式の称号のようであること。そしてこのことは、セム族世界にある第一子を殺す風習を彷彿とさせる。ハマンとモルデカイの役割は、実際のところ同じ神の二つの側面、すなわち生贄になるものと復活するもの、だと推測している。

この論考全体は、宗教史上の謎に対して想定される解答となっている。死んで復活する型の神は、近東全域で広く目にするが、一か所、ユダヤ人の住むパレスチナ地方には広まっていないと、暗黙のうちに考えるのが常だった。それに対してフレイザーは、ユダヤ人が特例だというのは見かけだけのことだと断言している。それまでの定説に反して、ユダヤ教、したがってキリスト教も、先住カナン人のような民族が知っていた出産の原則をめぐる広く行きわたった残虐な崇拝の影響を免れてはいなかったのだ。ユダヤ教やキリスト教の儀式も、その他すべての宗教に見られるのと同じ季節ごとの周期的反復の実例であった。それゆえにそれらの儀式は、遠いアリキアで木の周りを用心深く歩き回る神聖な祭司たる王／木の精霊が行う豊穣の呪術と、根底で（もちろん、いくらか距離を置いてであるが）つながっていた。イエスは、（フレイザーの後の著作の表題を引用すると）アッティス、アドニス、オシリスといった死んで復活する神の、真の（そしてそれゆえに、フレイザーの還元主義的分析では、唯一の）例だったのだ。

しかしキリストの重要性は儀式の分野にかぎられているわけではなく、フレイザーは、イエスをヘブライ人の預言者や改革者の長い系譜の上に位置付けている。しかしながら、キリストが要人を怒らせたために、古くからのこの儀式劇で生贄となるハマンの役を与えられたとき、その預言者としての使命は、文字どおりの意味と同時に比喩的な意味で、神々しく姿を変えたのである。うるさがられると同時に人気のあった説教師は、このように片付けられたのだが、その死に方により、彼の、倫理的使命に天啓の性質を与えられ、それは父なる神の人の姿を借りた息子の受難と死によって頂点に達したようであった。このようなかたちでキリストの生涯と死の話は影響力を発揮したのであるが、もしこの偉大な教師が、一般に想定されているとおりに、卑しい悪人として死んでいたならば、話にそのような影響力はなかっただろう。(6)

このように論じられる。これはフレイザーの挑発的な推論の修辞的な頂点であり、それ以降は後退している。彼が記すのは、キリスト教徒は、キリストの死とレバント地方でのその他の儀式的殉教者の無数の死との類似性に直面して、後者の殉教者たちを、ただ、キリストのあまたの先駆者であると解釈するだろうということだ。神は、最善の策として人間の救済のためにみずからの息子を選んだ。このことは、まさに他の生贄による救済への道を開いたのだ。一方では懐疑論者によって、

ナザレのイエスはその他大勢の野蛮な迷信の犠牲者の位にまで引き下ろされるだろう。彼は道徳の教師にすぎなかったが、処刑の際の幸運な巡り合わせのため、単に殉教者というだけでなく、神の冠を授けられたと考えられるだろう。(7)

このように言われた。これらの見方のうちどちらが妥当であるのか。どちらが支配的とな

るだろうか。議論の全体の傾向から見てフレイザーの立場は明白であるが、にもかかわらず、彼は、最後には学問にふさわしい客観性を思い出し、時間のみが答えを示すだろうと、そして最終的には真実が勝利を得るだろうと述べている。

一九〇〇年九月二二日に、フレイザーはユダヤ人の友人ソロモン・シェクター宛の手紙に、完成間際の第二版について次のように書いている。「君が、『金枝篇』の増補新版に満足してくれると信じています。ユダヤ教徒とキリスト教徒が、とくにキリスト教徒がと思いますが、腹を立てそうなところがけっこうあります。知っての通り、私はどちらの信徒でもないですし、公平に双方を貶《けな》しても気にしません(8)」。彼は正しかった。実際に双方を怒らせた。そして双方を貶したのに応じて双方の人々から好意的な評判を得た。この本は非常に注目を集め、そのことが売り上げを後押ししたにちがいない。本が呼び起こした非難の合唱から、多くの人々が本の存在を知り、その理由から購入した人も何人かいただろう。

一般の批評家たちの反応はおおむね好評であった。一八九〇年に批評家たちは、その博識と洗練された文章に感心し、内容を批判することもできなかった。一方、同僚の専門家たちからは、思想的に味方であり賛同を得られるだろうと思われた人たちからさえ、賛否両論が出されて、概して否定的な反応であった。これらの専門家が非常に頻繁に異議を唱えていたのは、推論の上に推論を積み上げていくという、フレイザーの論考戦略の根本部分に対してだった。その後、その広い視野と優れた文体から、フレイザーは教養ある一般人のあいだで人気のある人類学者となったが、多くの身近な人たちは上記の点のため彼に反対するようになり、また反対し続けた。

一八九〇年に『金枝篇』第一版は、ロバートソン・スミスの『セム族の宗教』と一緒に『フォークロア』誌で書評された。一九〇〇年までに学問世界でのフレイザーの地位は劇的に上昇していた。[9] このことをもっともよく表しているのは、第二版に対しては『フォークロア』誌一九〇一年春号だけでも八つもの書評が、アンドリュー・ラング、A・C・ハッドン、アルフレッド・ナット、モーゼズ・ギャスターそしてシャーロット・バーンといった錚々《そうそう》たる人類学者や民俗学者から寄せられた事実である。[10] 予想通りのラングの反感を脇へ除けると、一人の例外を除いた残り全員の反応は、（明らかに当惑しているハッドンからの）穏やかな異議から、（プリム祭についてのフレイザーの説をばかげた妄想と見なし、著名な民俗学者であると同時にセファルディ［スペイン、ポルトガル、北アフリカ系のユダヤ人］の有名なラビであるギャスターが露わにした）卒中を起こさんばかりの怒りまで様々であった。

一人の例外は、主要な民俗学者であり後の民俗学会会長のナットであった。彼の論評は、その一〇年後のケンブリッジ儀式主義者によるギリシャ劇研究の方向性をある程度先取りしていた。フレイザーが再現する祝祭の正確さを宗教史学者がどのように批判しようとも、民俗学者は彼の見解を受け入れ続けるだろうとナットは考えていた。ナットが呼ぶところのマンハルト＝フレイザー仮説が受け入れられた理由は、「ごくわずかの者を除いて、すべての研究者が意識している心理学的条件を満たしている」からであった。フレイザーの説のよさは、十分で確実な食糧供給を求める普遍的な人間の欲求や、人が作物を育て収穫を待つときにつきまとう不確実さや不安を論拠としているところにある。時が経つにつれて発生した慣習で、作物への害を祓い実り豊かにするといわれるものにはどれでも、自動的かつ必然的に一般的な重要性が授けられるだろう。「どんな儀式、どんな神話でも、その社会的・経済的存在理由というべきものがなくなった後にも存続すると考えられるならば、それは重要な慣習の例であろう」。

これは、経済的な面での事の核心であるが、副次的には「慣習に力を与えるのは、模倣によって効力を発揮する感化力、模倣呪術である」。それは一方で、

劇的機能を生み出し発展させる。食物への渇望が人のもっとも際立った肉体的要求であるとすれば、劇的表象に感じる喜びはもっとも強烈な精神感情の一つである。人はパンにて生きる――人はパンのみにて生きるにあらず、この二つの言葉に、初期段階のマンハルト＝フレイザー仮説が含まれている。多様でほとんど無数の慣習、意見、そして民間伝承と呼ばれる空想を的確に説明するのに、私はこの仮説をしっかりと念頭においておく(11)。

とナットは言う。ナットにとって、アフリカの森で行われていたことに関してフレイザーの言うことが正確か否かは、彼の説全般の根本的な正しさを検討する上では重要ではないのだ。

フレイザー自身は、自らを歴史学の専門家と考え、歴史のなかで発展してきた（だろう）人の感情や精神作用について記述、あるいは少なくとも思索していると信じていたので、このようなナットの言葉は過度に形式的な称賛だと思われたかもしれない。しかし『金枝篇』第二版への一般的な反応に関するかぎり、ナットの是認、そして大衆出版物での是認は、アンドリュー・ラングによる圧倒的な否定の前では取るに足らないものであった。この本のためにラングが半ば発狂したというのは誇張ではない。彼は四度も書評を書き、『フォークロア』誌の寸評はそのなかでももっとも短くかつもっとも論理的に破綻したものであった。ラングは、本全般について長い批評を一九〇一年二月の『フォートナイトリー』誌に書いている。そのたった二か月後に、キリストの磔刑についてのフレイザーの説をずたずたに引き裂くことのみに徹した二度目の批評を同誌に出した。しかしながらこれでも不十分だったらしく、一九〇一年九月一五日に、そのとき執筆中であった本について友人への手紙に次のように書いている。

フレイザー氏の『金枝篇』新版への批判を主とする本の執筆が、私の唯一の喜びです。

『金枝篇』は、曖昧なものでも、二つの評価が可能なものでもない。ここ最近で、もっとも学術的でありながら、信じられないほどもっともばかげた本である。実際のところそれを批判するのは、子どもを殴るようなものです。才能溢れるこの著者は、〔ハンフリー・〕ウォード夫人が残しておいたキリスト教信仰すべてを粉々にしたと考えています。その愚かさを、人々はベッドのなかで声を出して笑うでしょう。[12]

ここで言及されている本は、『呪術と宗教』(一九〇一)である。宗教についてのラングの議論を集めたものであり、各章は様々な反対の立場の者を、例えば太古の未開人の神々に関して議論がすでに長年続いているタイラーを、批判することに向けられている。しかしながら、三〇五ページあるうちのほぼ三分の二は、一貫して『金枝篇』第二版の主要な論点の一つ一つを精読することに当てられており、どんなに長い雑誌論文があったとしても、これだけの分量と詳細を極めた論文はあり得ない。見逃されている点は何一つなく、妥当と認められた点は何一つない。

『呪術と宗教』でラングは、フレイザーの主な主張すべてに付けられた根拠を検証したように、その主張を真剣に受け止めることで究極の称賛を贈ったと言える。『金枝篇』の引用文献の数や風変わりな性格を考えると、『フォートナイトリー』誌に掲載された二つの書評をそのまま本に入れた事実を考慮しても、ラングの研究と執筆の労力がかなりのものであったことをこの本は示している。しかも執筆は最高速度で行われた。というのも、『金枝篇』が人々の記憶から薄れてしまった後に出版されたのでは、ラングの本は無意味だったからだ。結果として、この本の内容を要約してしまうと、彼が行った攻撃の強烈さを伝えることができない。『呪術と宗教』に表されているのは、九〇年代を通してラングがしだいに有神論へと向かっていく動きと、フレイザーがキリスト教の歴史的土台を切り崩そうとした攻撃により引き起こされた動きとが、ともに頂点に達していることを示すものであるからだ。

まず、ラングの非難である。ネミの祭司から、呪術の先行性、異教の祝祭の分析、そしてとくに聖書の物語にある祝祭の分析に至るまで、フレイザーの議論全体は、裏付けのない憶測、自己矛盾した主張、そして混乱した単純未熟な考え方をつなぎ合わせたものと、ラングは考えている。それだけでは足りないようで、フレイザーはまた大規模に偏向した報告を行っており、自分の考え方に都合の悪い証拠を隠していると述べている。その批判は、不快にも人格攻撃に近いものとなっていることもあり、そこにユーモアや嘲りさえもが付け加えられている[13]。

マリノフスキーによると、『呪術と宗教』を読んだ後、フレイザーは「激しく心を乱され、いらいらしており」、そのため「数か月」間研究を止めていた[14]。そして結果として、それ以降「自分の本に批判的な批評や書評はけっして読まなかった」。もし、週に五〇から一〇〇マイル走る練習を習慣にしている競走選手が突然走れなくなれば、肉体と精神に深刻な苦痛を感じる。このような喩えが一九〇一年までのフレイザーに当てはまる。この研究の〈競技選手〉は、少なくとも二〇年間、一日一二時間以上、週に七日研究することを習慣としていた。そんな彼が、数か月間どころか、二、三日間でさえ研究を止めたというのであれば、ラングの激しい非難が効果的であったことを示しているだけでなく、フレイザーが完全に意気消沈してしまっていることを認めているに等しい。時代遅れの表現を使うと、まるでフレイザーはラングの本のためにノイローゼになったようだ。

しかし、本当にノイローゼになったのだろうか。フレイザー自身が研究を止めたといったとマリノフスキーは書いているが、そのことに疑問を投げかける証拠が多くある。例えば彼の手紙からは、明らかにフレイザーが一九〇一年に、一か月間ですら、知的活動を止めたりしていないことが分かる。

事実は次の通りだ。第二版の出版まで漕ぎ着けると、フレイザー家は一九〇〇年一〇月一日から家を賃貸しして、イタリアへと出かけた。夫妻が結婚して以来、初めての本当の休暇であり、約九か月間留守にする予定であった。しかしながら、一九〇一年三月一六日に彼はケンブリッジに戻っていた。トリニティ・カレッジの学寮長H・M・バトラー宛のその日付の手紙に、賃借人が突然、予定していた復活祭の季節の終わり（六月）ではなく、四旬節の終わり（三月）に借家を出て行くと決めたことが説明されている。[15]

フレイザーは、いつ『呪術と宗教』を読めたのだろうか。このように問うことは、論点をはぐらかすことになる。というのも、私はフレイザーが『呪術と宗教』をけっして読んでいないと信じているからだ。この本が出版されたのは一九〇一年七月で、フレイザーはどういうことが書かれているか知っていたので、慌てて本を手に入れたりはしなかった。七月二一日付のエドワード・クロッドへの手紙にフレイザーは、「ラングの本を（本屋の店先で表紙を目にしただけで）まだ見ていないし、その書評も見ていない」と書いている。しかし、少なくとも『フォートナイトリー』誌に載った二つ目のラングの書評は読んだはずだ。なぜなら、一九〇一年六月五日のクロッドへの手紙に次のように書いているからだ。

今や慣例となった私への非難を書いたラングの書評に、ロバートソン・スミスへの言及が見られ〔ません〕。私は書評にざっと目を通しただけですが、その傾向を知るには十分でした。Rの抗議と、尊敬する我が親友ロバートソン・スミスに関して彼が述べたことには心から同意します。だが、もちろんラングが自分の言葉に無礼な意図はなかったと答えるのは容易《たやす》いことでしょう。

君の思いやりと温かいもてなしに、もう一度お礼を言います。オールドバラでの滞在はたいへん楽しいものでした。その思い出もとても心地よいものです。

このようにフレイザーは、ラングの非難は予測できたものであったとして退けている。ラングの書評に書かれたことで傷ついたかもしれないが、明らかに打ち拉《ひし》がれたりはしていなかった。『呪術と宗教』には、この書評や『フォートナイトリー』誌に載った最初の書評が入っているので、その再録が彼を挫けさせたりもしないだろう。精霊降臨節に多くの合理主義者の友人たちをオールドバラの家に招くのは、クロッドの毎年の習慣だった。クロッドは以前から何度かフレイザーを招待していたが、フレイザーはいつも研究の重圧を口実に断っていた。しかし、一九〇一年の春に、彼は招待に応じて楽しい時を過ごした。

たまたま、クロッド自身が、手帳に電信文体でほとんど判読不能の（それゆえにまったく率直な）日記を断片的に付けていた(16)。四月一七日には、「ハッドンによると、フレイザーに関するラングの書評のため、あの気の毒な男は不愉快な夜を過ごしている」と書かれている。その六日後には、「ハッドンから聞いた話だと、『フォートナイトリー』誌の書評に関して、フレイザーはラングに応じるつもりはないとは言っている」と記されている。それから、フレイザーがついにオールドバラを訪問した際（五月二五日に）、クロッドは次のように書いている。「『金枝篇』に対するラングの書評についてフレイザーといくらか話をした。ラングは自著の『宗教の形成』をタイラーとフレイザー自身が無視したことをけっして許さなかった、とフレイザーは言っている」。これがフレイザーの側の正当化であろうとなかろうと、苦悩があったとしてもすでに終わっていたのだ。

このことは、『フォークロア』誌で集中して批判されたにもかかわらず、（六月二二日の）クロッドへの手紙で明らかに機嫌がよいことからも確認できる。三週間後（七月一一日）のクロッド宛の次の手紙でフレイザーを悩ませていたのは、ラングではなく、目のことだ。彼は、ヴィースバーデンの有名な眼科医であり眼外科医のパージェンステッチャーの診察を受けるよう医者から勧められたのだ。彼とリリーは一〇日間ドイツへ出かけた。治療は成功したが、その後二五年にわたり（不特定の）不調にたびたび見舞われ、数回手術を受けなければならなかった。

二か月間手紙は出されなかったが、このあいだは旅行と病院で多くの時間を費やしていたにちがいない。そして、病院では読書も執筆も許可されていなかっただろう。したがって、結果として研究の中断は疑いようがない。仮に彼が当時意気消沈していたとしても、原因はラングよりも視力のことであった可能性がずっと高い。九月には手紙のやりとりが再開され、シドニー・ハートランドと『金枝篇』に関わる問題について活発な意見交換を行っている。九月二〇日にハートランドは次のように書いている。

不在のあいだにラングの狂暴な猛攻を読みました。もちろん鋭いものです。しかし行きすぎのところがあります。彼の主張はいくらか的を射てますが、結局『クロニクル』紙の書評に書かれていたことが正しいと思います。つまり、「ささいな問題に文句を付けたとしても、『金枝篇』の主要な説を覆すことはできない」ということです。長い目で見れば、ラングの攻撃はまったく害を及ぼさないでしょう。両方を読んだ者たち（熱心な研究者はすべて含まれるでしょう）は、ラングの主張の説得力のある点と弱い点を非常に正確に見分けるでしょう。そして、ラングの厳しい批判の多くが向けられているのは、主要な議論からかなり外れた話題で、一時的にかつ単なる推測として出したものにすぎないことを忘れないでしょう。(17)

これに対して、フレイザーは二日後に次の通り返事をしている。

私は、まだラングの本を読んでいないし、読むかどうかも疑わしいです。『宗教の形成』の出版以来、この問題に関する彼の意見を重視することを止めてしまいました。そして、『フォートナイトリー』誌に載った彼の書評（おそらく彼の本の中心となっているのでしょうが）からは、思うに本当の愚鈍さを表す思い違いを彼がしかねないことが分かりました。同様の愚鈍さを目の当たりにしたのは、スペンサーとギレンの本に示された中央オーストラリアのトーテム崇拝の新事実についてラングと手紙のやりとりをしたときであり、その問題に関する私の論文を発表する前のことでした。「インティチウーマ」の儀式が全体の問題を解く鍵となっていることは盲目の人でさえ分

かるだろうと私には思えたのに、彼はまったく何も理解しておらず、分からないとはっきり告げただけでした。(18)

一九〇一年のフレイザーの言葉は、一九〇〇年や一九〇二年のものとまったく同じであるようだ。変わったところはない。また、リリー・フレイザーからマクミランへ宛てた、取り乱した内容の「親展」の手紙もない。彼女は、フレイザーのことが心配なとき、時々マクミランに私事を話していたのだ。必然的な結論として、ラングの書評のために一九〇一年の一時期フレイザーが絶望の寸前まで追い詰められていたという、マリノフスキーの主張を裏付けるいかなる証拠も存在していない。

フレイザー一家がローマに到着したのは一九〇〇年一二月だった。ケンブリッジでの生活と比較して、確かにローマは刺激的だった。リリー・フレイザーは、ケンブリッジから出られて、とうとう『金枝篇』から逃れられて、自分と同類の（世慣れて洗練されている）人たちに囲まれて生き生きとしていた。ローマで彼らが会った人たちのなかには、当時『タイムズ』紙の通信記者で後の編集局長であるウィッカム・スティード、フレイザーのネミ旅行（ついに想像上の舞台でなく実際の場所になった）に同行した考古学者ジャコモ・ボニ、ケンブリッジからの友人ジェイン・ハリソンがいた。ハリソンは、短いが印象的なこの邂逅の情景を、一九〇一年二月のレディー・メアリー・マリーへの手紙の追伸に書き残している。

フレイザー夫人（あなたに瓜二つです！）は二時間私のベッドに座っていて、「知り合いとなるべきでない人」、つまりフレイザー氏に「ふさわしい敬意」を払っていない人、であることを私に告げていました。これは、私が『金枝篇』の下で気後れするような輝かしい時を過ごすことに支払った代価です。私は忠実な保守主義者ですが、著名な夫たちを保護する狩猟法の改革には喜んで賛成します。(19)

横柄なリリー・フレイザーとおとなしい夫というこの描写を裏付ける別の記述がある。フレイザー一家と同じペンションに滞在していた客のなかに、たまたまウィリアム・ジェイムズがいた。以下に示す面白くて洞察の鋭い彼の所見は、一九〇〇年一二月二五日の手紙に書かれたものである。彼らの議論を聞けたならば、人は多くのものを差し出すことだろう。

ペンションの隣室にいて食事を共にしているのは、J・G・フレイザー夫妻です。夫の方は、『金枝篇』、『パウサニアス』、そしてその他に人類学の該博な知識を示す三巻と六巻の研究書を書いた、ケンブリッジ大学トリニティ・カレッジの特別研究員です。彼は、謙虚な乳呑み児であり、書物以外のことに関してはまったく世間知らずでモグラのごとく目が見えていない。妻の方は、人の話に耳を貸さない生きる喜びに満ちたコスモポリタンのフランス人女性で、あらゆる方面で利発さを示しています。彼女は、まるで母親らしい心をもった未亡人で、彼を養子に取り、育てているみたいです。実際に彼を起き上がらせ、笑わせ、知恵を付けています。彼は、タイラー以降、原始人の宗教と迷信に関して今ではイギリスでもっとも偉大な権威であり、心霊研究について何も知らずに、未開人予言者や神託者の類の者の入神状態等をすべて偽装と考えているのです！　本当に科学というものは面白い。しかし彼は良心の化身です。そして私は心理学に対する彼の興味をかき立てています。そうすれば、次には陰気なこの分野で彼が膨大な研究を付け加えてくれるようになるのではないかと想像するからです。[20]

イギリスに戻ったフレイザーは、『金枝篇』を一部ジェイムズに送るようマクミランに依頼した。ただし、残念ながら陰気な心理学の分野で何らかの研究を付け加えたりはしなかった。フレイザーの心理学は総じて、またとくに呪術と宗教の分析は、明確に観念連合説に沿っていた。未開人はこういうことをやろうとして、好ましい（あるいは好ましくない）結果が生じる、そこに肯定的な（あるいは否定的な）関連性が成り立ち、その後強化され、それに応じてその者はその行為を続ける、という具合である。ジェイムズと話をしていたときフレイザーは大いに感動していたにちがいないが、のちに心理学における不合理な展望、もしくは深淵に気づいたのではないかと推測される。その展望は、ジェイムズが明るみに出したものであり、潜在的に混乱を引き起こす可能性が強い（つまり容易に時間の浪費となったり、狂乱のもとになりうる）ので、フレイザーがこの研究を進めていくことはなかったのだ。

フレイザーは平静さだけでなく寛大さも取り戻していた。一九一二年にラングが死んだ際、マレットに手紙を書き（一九一二年八月一四日）、追悼書が出るのであれば「彼の名声に敬意を表す小論」を寄稿したいと申し出ている。続けて次のように記している。

〔『アシニーアム』誌の〕死亡記事は、あまり寛大でも好意的でもありませんでした。思うに、彼の詩のことにほとんどふれていませんでした。彼の詩には、真の詩的な響きとたいへん音楽的な韻律が備わっているように常々感じています。彼の詩はその真価が正しく評価されなかったと思います。彼が後世に伝えられるのは主としてその詩によってであると考えたいほどです。アランダ族等に関する面白味のない議論のかわりに、もっと多くの詩を彼が書かなかったのは残念です。彼の軽妙な散文も、それはそれで魅力的でした。疑いなくその著作で原始人の研究を広めるのに大いに貢献しましたが、彼は本質的には、研究者というより文筆家でした。もしも彼が純粋な文学をもっと多く残しており、混ぜ物をして品質の落ちた研究とあえて呼ぶ物が少なかったならば、彼の評判にとっても、世の中にとってもよかったことでしょう。少なくともこのように私は、彼の実際の職業を悔やんでいます。彼の思い出に安らぎがあらんことを。[21]

ここには、一一年経った後でもまだフレイザーのラングによって傷つけられた心の名残が見られる。だが彼の言葉は、単に気のない褒め方をして済ませようとしたものではない。というのも、ラングの同時代人の多くは、彼の人類学の研究よりも、文学的著作の方を高く評価するというフレイザーの考えに同意しただろうからだ。もし詩を古典研究に置き換えるならば、このことはフレイザー自身の評価に当てはまると、今日多くの人が認めるだろう。

誰でも予想できるように、一九〇〇年から〇二年に書かれた手紙の多くは、様々な文通相手からの『金枝篇』に対する祝いの言葉や論評への返事である。しかし、この時期のちょっと変わった短い挿話には、選びとられることがなかった別の方向が示されている。一九〇〇年七月六日にフレイザーは、ドイツ人研究者アウグスト・マウが著したポンペイを詳しく描いた本[22]を送ってもらった礼状をマクミランに書いている。その本とともに届いていたのは、その本と対となるアテネについての本の執筆をフレイザーに勧めるマクミランの提案だった。表面上これは理に叶っていた。アテネに関するフレイザーの知識はまだ新鮮さを失っておらず、世間の関心も高かったからだ。しかしフレイザーはこの提案を辞退して、その際自分の将来の展望について次のように述べている。

私が主に関心をもっているのは、人類学、とくに宗教や慣習の古代史です。そして、健康と時間が許すならば、今後何年もこの線で研究に身を捧げる心積もりでいます。この主題に関する一冊の、いやむしろ一連の本を書くために、すでに多くの文献を収集しています。そして、もし同じ条件が認められるならば、それらの本を執筆して原稿が完成すれば、あなたにお渡ししたいと思います。考古学（実際それはまったく私の研究課題ではありません）を研究することは、自分で選び、（事情が許すならば）計画している一連の研究を完成するまで専念すると決心した、この線から脇に逸れることとなるでしょう。この研究は、単なる考古学的調査よりはるかに重要であると思います。なぜなら、もしうまく成し遂げられたら、極めて重要ないくつかの分野での思考過程に影響を与えるはずですから。どんなに美しくて興味深いものでも、ただ単に廃墟を描写するだけでは、そのようなことはけっして行えません。パウサニアスのために費やした年月を後悔しています。もっとうまく使えたかもしれないと思っています。そして、できることなら、同じたぐいの過ちをふたたび犯さないように決意しています。

これは、単刀直入で思慮深く、自分が何をしたいのか知っており、そこから逸れようとしない者の発言だ。彼は、研究そのもののためというよりはむしろ、自分の大望を満たすために研究を完成させようと望んでいる。いつでも彼は、「極めて重要ないくつかの分野での思考過程に影響を与える」という、その大望に突き動かされてきていたのだ。このこと全体を考えれば、マクミランへの次の手紙（八月一日付）で述べていることは奇妙である。手紙の最後には次のように書かれている。

アウグスティヌスの『告白』の新訳を出す余裕があると考えておられますか。この本のページをめくっていて、そこに書かれた思考と言葉の並外れた美しさに感動しました。この本をそれにふさわしい英語に訳す試みは、真の喜びを与えてくれるでしょう。今度の冬の海外滞在中にこの作業をして、空いた時間の気を紛らわすかもしれません。

これは、ほんの三週間前に言明した入念な将来計画と一致しないが、必ずしも正反対への方針転換でもない。この翻訳は、言うならば機知の遊戯のようなものだった。生涯を通じて、楽しみと息抜きのために彼は時折文学的娯楽に耽っていた。七月の手紙でふれていたのは、研究に関することのみだったのだ。マクミランは（八月七日に）その申し出を検討する時間が必要であると言っている。「唯一の問題は、あなたの、そしてわれわれの時間をかけるだけの十分な需要があるかどうかです[23]」。この件について、これ以上は分かっていない。彼が『告白』を翻訳していたならば、本来は注解のために請け負ったものではない、唯一の古典作品となっただろう。

それ以外には、一九〇二年の春、彼は約六週間海外に滞在し、その大部分の時間はパージェンステッチャーの病院で検査を受けていた（一九〇二年四月一四日付のクロッドへの手紙を参照）。彼と妻がケンブリッジに戻ったとき、待ちかまえていた仕事は新居への引越しという昔ながらの苦難だった。しかしそれも、一九〇二年七月二九日にはすっかり片付いていていた。この日、久しぶりにマクミランに宛てた手紙に次のように書いている。「今頃までに『金枝篇』の新版を出版したいと考えていましたが、実際九月以前には印刷に出せそうにありません。いったん始めれば、印刷機を忙しく稼働させ続けるようにします」。

フレイザーがすぐに出来上がると確信していたこの第三版とは何なのか。第二版の印刷注文部数は一五〇〇で、第一版より二〇パーセント多かった。商業的に見てこれは妥当であった。フレイザーは以前より有名になっており、キリスト教についての一触即発の可能性のある議論のために広く論評されるのは確実だったから。書評が引き起こした悪名により、初刷り分はすぐに、おそらくたった二年で、在庫切れとなった。そのため、早くも一九〇二年には、改訂とさらなる拡充という楽しくはあるが終わりのない作業に戻れる可能性が、フレイザーに知らされたのだろう。フレイザーは疑いなく、『金枝篇』の新版（つまり改訂版）のことを言っているのであり、再版のことではない。

それが何であったにせよ、実現はしなかった。というのも、これは直ちに、そして奇妙にも、後回しにされたからだった。フレイザーは、一〇月七日付のマクミランへの手紙に、マクミランが以下のような企画を認めてくれたことがうれしいと書いている。

アメリカ・インディアンに関する本の私の企画。それは、フランス人やスペイン人の著者による、今ではほとんどの学生が見ることができない初期の記述の翻訳からなるもの。表題は、「フランス人やスペイン人（テーヴェ、アリアーガ、シモン等）によるアメリカ・インディアンに関する初期の記述、編訳注ＪＧＦ」というようなものとなるでしょう。この本をまとめることに非常に関心をもっています。また、翻訳と注付けの作業は大したことではないでしょう。一般の人たちがどう考えようとも、人類学者には価値があり歓迎されるものとなるだろうと確信しています。

マクミラン社の記録保管所にある署名入りの契約書（一九〇二年一二月一七日付）を除くと、この本は幻である。二度と言及されることもない。フレイザーは、随分以前にインディアンに関するこれらの初期の記述を読んだことがあった。しかし彼があらゆるものを読んだのと同様の態度で読んだにすぎなかった。マンハルトが残したもののために、『金枝篇』の二つの版は非常にヨーロッパ中心主義的であり、古代近東の宗教と、そしてアボリジニーの呪術は二次的な焦点であった。上記の手紙まで、北米の初期の民族誌に彼が特別の関心を表したことは一度もなかった。実際、当時オーストラリアに関することに向けられていた熱狂的な関心を考えても、フレイザーがその関心から距離を置いて、アメリカ・インディアンについての昔の論評に取り組むことができたとは驚きである。

さらに、マクミランが同意したのも驚きだ。なぜなら、ますます評判となっていた『金枝篇』の改訂を遅らせることにしかならなかっただろうからだ。また、これが人類学の専門家というわずかな読者だけが関心をもつだろう本であると考えられるからだ。唯一の可能性は、トーテム崇拝に関する記述を見つけるためにこれらの文献を綿密に調べて、オーストラリアでの主要活動を補足する第二戦線を北米に開くことをフレイザーがもくろんでいたということだ。彼がこの企画に惹かれたのは、注釈の可能性のためのみであることは自明であると私は考えている。注釈を付けることで、北米のデータと他地域のものとの類似と相違を詳細に示すことができるということだったのだろう。実のところ、（パウサニアスの場合に実際にあったように）翻訳を圧倒する量の注釈を付ける可能性があるからこそ、なぜマクミランが同意したのか首を傾げざるを得ないのだ。しかしながら、フレイザーの北米への関心はけっして強くなかったのか、さもなければ『金枝篇』の研究に戻るという色褪せない魅力を前にして、その関心は急激に薄れた。間違いなくフレイザーとマクミラン双方の同意により、この本のことはふれられなくなったのだった。

一九〇三年四月一三日にフレイザーは、相手がきっと微笑みを浮かべるような手紙をマクミランに書いた。


私の本〔第三版〕は、確実にこの夏に印刷に出せるでしょう。このことに関してはまったく心配はいりません。

分量については、四巻以上になるとは考えていませんし、四巻必要であるかどうかも定かではありません。薄い紙を使うことにより、約六〇〇ページ増やしても三巻に収めることができるだろうと思います。増補分はその程度で十分なはずです。

今後何年も自由に他の研究を行えるように、今回は本当に大規模の発行部数にしていただきたい。

増補にあたり、学問的正確さと文学形式を満たせる範囲内で表現の簡潔さに努めます。そのことで、この本の真の価値を大きく高められるだろうと確信していますし、売り上げが減少することもないだろうと楽観的に予測しています。本を大きく増補したことが売り上げの大増加につながった、第二版のときのことを思い出してください。

実に奇妙なことですが、私に関しては常に、失敗するのは小規模な発行の場合で、大規模な発行部数の場合は成功するのです。

予想どおりの次の手紙（七月一八日付）はこのように始まっている。「たいへん残念ながら、新版の準備には思っていたよりも随分と時間がかかっています。読むべきものが多量にありましたが、ほとんど読み終えました。執筆の作業にはあまり時間がかからないと思います」。そして一〇月一四日には以下のように書いている。「現在新版を鋭意執筆中です。間もなく印刷所に送れるだろうと思います。批評家のなかには、膨大な事実に埋没して論旨を捉えにくいと不満を述べていた者もいました。この問題は、欄外に梗概を付けることで軽減されるでしょう」。マクミランも賛成し、これ以降のフレイザーの大著にはすべてこのような梗概が付けられた。

フレイザーは、その生涯の半分を『金枝篇』に費やした。この著作は道標の星のようなもので、運命付けられたとおぼしき道へといつでも彼を連れ戻した。その本は、けっして完成しなかったし、完成することはあり得なかった。他のものを完成させたときにはいつでも、まるで本能に従うかのように、『金枝篇』のさらなる改訂へ戻ったのだった。それは彼にとって、大いなる（果てしないとさえ言える）探究の旅に相当したようだ。聖杯の騎士のように、自分はけっして目的を成就することはできないと知っていたかもしれないが、成就不可能であることで、その務めから解き放たれはしなかった。先に進んでいくにつれて、本道から枝分かれしていく道が次々に開け、その一つ一つを最後まで辿っていった後、ふたたび探究の旅に戻った。今日でも、彼の古典の学識は依然として高く評価されている。そうでなければ、『金枝篇』以外の仕事のすべては、その業績のなかで明らかに重要度の低いものとして、難なく無視されてしまっただろう。『金枝篇』についても、彼が非常に長い時間をかけたので、彼の人類学研究のなかでもわれわれを今も魅了する力を保っている要素が含まれている。

（1） GB^2, I, xxi-xxii.

（2） GB^2, I, xv.

（3） H. Hubert and M. Mauss, "Essai sur la nature et la fonction du sacrifice," *L'Année Sociologique*, 2 (1897–98), 29–138.

（4） GB^2, I, xx.

（5） E. E. Evans-Pritchard, "Frazer (1854–1941)," in *A History of Anthropological Thought*, ed. André Singer (London, Faber & Faber, 1981), pp. 132–52 を参照。別の見方としては、Bronislaw Malinowski, "Sir James George Frazer: A Biographical Appreciation," in *A*

Scientific Theory of Culture and Other Essays (New York, Oxford University Press, 1960; orig. pub. 1944), pp. 196–201を参照。

（6）GB^2, III, 197.

（7）GB^2, III, 198.

（8）ニューヨークのアメリカユダヤ教神学校所蔵。司書M・シュメルツァー氏の許可を得て引用。

（9）一例を挙げると、「人類学の理論面についての最近の本で、信奉者と反対者双方が卓越していると認めているのは、J・G・フレイザー氏の『金枝篇』の大幅に増補された第二版である。タイラー氏の『原始文化』は出版後三〇年も経過しており、その間に『金枝篇』ほど学識に富んだ書は出されなかった。タイラー氏が研究していると考えられる主題でみずから新しい本を出すまで、フレイザー氏は比肩しうる者の存在を恐れる必要はない」。"Anthropology–A Science?", *Quarterly Review*, 195 (1902), 180–200. 上記引用は、p. 195から。

（10）*Folk-Lore*, 12 (1901), 219–43. 書評を寄せた八名は、E・W・ブラブルック、G・L・ゴム、モーゼズ・ギャスター、F・B・ジェヴォンズ、アルフレッド・ナット、シャーロット・S・バーン、そしてハッドンとラングだった。

（11）Nutt, *ibid.*, 239.

（12）セント・アンドリューズ大学図書館稿本3618. Peter G. Baker, "The Mild Anthropologist and the Mission of Primitive Man," p. 258 に引用されている。

(13) 幾分嘲笑的ではあるが、ラングのもっとも有名な皮肉は、「あらゆる人あらゆる物が植物神になってしまうフレイザー式の分析は、至るところに太陽を見出した、今では廃れてしまった太陽神話説の派の人々を思い出させる」というものだ。「太陽神話説の信者たちは、アキレウスのような英雄を認めなかった。彼らもまた太陽だった。しかし、植物学派、つまり神話学者のコヴェントガーデン派は、実際の人間と植物を混同している」。*Magic and Religion* (London, Longmans, 1901), p. 239.

(14) Malinowski, pp. 182-83.

(15) TCC Frazer 1: 19 所蔵。

(16) 日記は、エドワード・クロッドの孫、アラン・クロッド氏が所有している。氏の親切な許可を得て、日記から引用している。ピーター・G・ベーカーが労力をかけて日記の判読と書き起こしを行った。ここに引用することを寛大にも認めてもらった。

(17) TCC Add. MS c. 58: 15. *Daily Chronicle*, 26 July 1901, p. 3 の『呪術と宗教』の書評。

(18) TCC Add. MS b. 36: 42.

(19) J. G. Stewart, *Jane Ellen Harrison: A Portrait from Letters* (London, Merlin, 1959), p. 37.

(20) Henry James (ed.), *The Letters of William James*, 2 vols. (London, Longmans, 1920), II, pp. 139-40. 傍点はウィリアム・ジェイムズによる。リリー・フレイザーに関する二つの

文は、ハーバード大学ホートン図書館の許可を得て、ここに初めて掲載される。

(21) TCC Add. MS b. 36: 202. ラングの追悼書は出されなかったが、ラング記念講座が設置された。

(22) August Mau, F. W. Kelsey 訳、*Pompeii, Its Life and Art* (London, Macmillan, 1899).

(23) BM Add. MS 55463 (2).

第11章　ヘブライ人の世界

おそらくフレイザーは、『金枝篇』第二版が終わり、休暇から戻ってきたらすぐに、研究に戻ろうと考えていただろう。しかし実際は、一九〇一年と一九〇二年さえも、ラングの件や自身の視力の件、その他様々の騒動が続いたために落ち着いて研究ができなかった。この二年間は、その前の二年間より悪かった。というのも、少なくとも一八九九年から一九〇〇年にかけては、過労のなかでも『金枝篇』の新版が生み出されたが、その後に続いた雑音や論争はやる気を消耗させ、時間を無駄にしているという意識を生じさせただけだったからだ。

この気持ちの苛々した状態が、ハッドンに宛てた一九〇二年七月一〇日付の印象的な手紙の背景にある。その手紙には、知的財産の優先権という微妙な問題についてのフレイザーの苛立ちが表れている。もし、ある考えを初めて示すことが重要であると認め、それを示した者に財産権を与えるのであれば、それ以外の者がその恩恵を受けていることを認めようとしないのは、窃盗に等しい行為になる。このことはとくに、実直なフレイザーには重要であった。彼の研究は、実際数多くの注釈の山の頂上を極めるものだが、先行者がいなければあり得ないだろう。問題の手紙は、ハッドンが英国学術振興会の集会でH部門（人類学）の長として翌月行うトーテム崇拝に関する講演の事前草稿をフレイザーに送ってきたのがきっかけとなってしたためられた。[1] ハッドンが非常に多くの点でフレイザーの見解、すなわちトーテム崇拝は本質的に呪術であり、トーテムの動植物を増やそうとしていること、そしてそのような儀式には信仰心はまったくないということなどの見方を受け入れていることをフレイザーは喜んでいる。

三年前に初めて拙論を発表したとき、嵐のごとき敵意の籠った批判を呼び起こした、トーテム崇拝に関する多くの見解を受け入れていただけて喜んでおります。しかし、いくつかの極めて重要な点でわれわれの意見が一致していることについては、あなたがまったく口を噤《つぐ》んでいることに正直なところ驚いています。その一方で、あなたやほかの方々と私が意見を異にする、その他それほど重要ではない多くの点（主として語句や定義）については几帳面に言及されているように感じます。率直に申しまして、トーテム崇拝についてのあなたの見解は、私の見解から強い影響を受けているのでありまして、この一致していることを完全に黙殺して相違を強調したりしないで、まず見解の一致を認めることが適切であると考えます。もちろん認めるか否かは当然あなたが決めることです。しかし、もしお認めにならない場合は、あなたの私への対応について、私は決然たる態度を取らざるを得なくなるでしょう。そしてそのことを私一人の心の中にとどめておく必要はないと存じます。[2]

ハッドンは、このような非難を、それも最後の文にほのめかされているような脅迫で締め括られているものを受け取り、気絶するほど驚いたにちがいない。しかしこの件は円満に解決した。どうやらハッドンは、フレイザーの説を軽視する意図はまったくなかったことを釈明する手紙を書き、そしてフレイザーも気持ちを鎮めた。八月一三日の彼の返事は次のとおりだ。

あなたが故意に私や他の人を不当に扱いかねないなどとは、一瞬たりとも考えていません。批判覚悟で講演の草稿を送ってくれた事実だけでも、（私があなたを知らなかったとしても）あなたにそのような意図がなかったことは十分に分かります。しかしながら、人は意図せずに不当な行いをすることがあるかもしれません。残念ながらことは、互いに評価し合う際、本当に頻繁にわれわれ全員に起こることだと思います。今回の件について言えば、スペンサーと私が独自に辿り着いた見解をめぐって、あなたは非常に重要ないくつかの点で同意していながら、（そして他の見解については言及するに値するとあなたが考えているにもかかわらず）、それにはっきりと触れないというのは、間違いなくスペンサーと私に対して公正であると言えないだろうと思います。（あなたのものも含め）その後の研究は、私たちの見解が正しいことを立証してきました。そして、この見解が初めて発表されたとき大騒動が起こったにもかかわらず、人類学者たちから全般的な賛同を得られるのは時間の問題にすぎないと信じています。そのことは、事実が（そして、多くの事実がオーストラリアやおそらく他の地域からまもなく報告されるでしょうが）、自ずと物語ることでしょう。もちろん、トーテム崇拝に関して、まだ解決されなければならない付随的な問題が多く残っています。例えば、トーテム群の起源やその形成形態です。しかしながら、トーテム崇拝の意味については（私の意見では）われわれはすでに分かっています。それはつまり、生存に必要不可欠なもの、とくに食糧という必需品を共同体にもたらすための呪術的協力制度なのです。

締め括りに、タイラーを集中的に狙い撃ちにしている。

ところで、トーテム崇拝についてのタイラーの論はどういうものでしょうか。彼は、少なくとも三つの相異なる、見たところ一貫性のない説に賛同しているようです。すなわち、㈠トーテムには死んだ先祖の魂が入っているという説、㈡トーテムは外婚制をとる氏族の頂点にすぎないという説、㈢アランダ族のトーテム崇拝が唯一はっきりと理解可能な制度であるという説、ただしアランダ族の崇拝にはトーテムの氏族間の外婚も（タイラーには失礼ながら）魂の転生もありません。（中略）ここでタイラーが人類学者に与えた、トーテムの起源に関して早まって論を立てるなという重大な訓戒は、タイラーご本人が、二、三か月前に同じ部屋で、時間を割いてスペンサーとギレンの本を閲覧することもせず、トーテム崇拝の論を提起していたことを思い出せば面白い。タイラーは、彼らの示す事実を少しも尊重せずに、現に、説を提起したときには二人の著書の校正刷りを受け取っていたのです。このことが、早まったあるいは「性急」な見解でないなら、何がそれに当たるのか、まったく想像できません。(3)

この皮肉な一節は、啓示的であると同時に面白い。一八九八年にフレイザーがタイラーと仲違いを起こしたとき、そしてそれ以来完全には和解していなかったようであるが、フレイザーが今回ハッドンを非難したのとちょうど同じ問題で、タイラーがフレイザーを非難したことがあった。タイラーの判断では、『金枝篇』に先んじて出されたオランダ人学者ウィルケンのトーテム崇拝論を、フレイザーが十分に評価していなかったというのだ。(4)言わずもがなであるが、フレイザーは激怒した。というのも、彼は常に他人の研究を認めることに気を配っていたためだ。この問題をめぐっては、あいにく、スペンサーとギレンの本に関しては削除すべき部分があるというタイラーの提案が別の口論の種を提供したときでもあったので、フレイザーとタイラーは手紙のやりとりを通じてかなり熱く興奮していた。すでに一九〇二年までに、フレイザーがトーテム崇拝の起源と意味について二つの異なる説を提示していたという事実には、興味をそそられる。二つの説とは、外部の霊魂の保管所という説（一八八七年）と、食糧供給の確保と管理のための呪術制度という説（一九〇〇年）である。そして一九〇五年に、彼はさらにもう一つの説を唱えるのであった。

ハッドンとの友情は、この短い嵐を乗り切り、生涯続いた。しかし、世紀の変わり目において、おそらくフレイザーの一番の親友であったソロモン・シェクター（一八四九―一九一五）が、一九〇二年にケンブリッジを永久に離れニューヨークへ旅立った際、癒されることのない大きな喪失感をフレイザーは経験した。(5) 一九一四年までの一〇〇年は、ヨーロッパにおいては学問の黄金時代であった。そしてユダヤ人の世界には、二〇〇〇年にわたって途切れることなく続く、モーセ五書に造詣の深い人々からなる伝統があった。だが、一九世紀後半には新しい種類のユダヤ人学者が出てきた。それは、ナポレオン後のヨーロッパにおいてユダヤ人の解放により誕生し、若い頃に聖書やタルムード［ユダヤ教の律法集］に浸った後に近代の世俗的学問にさらされた者たちである。その後の異なる伝統間の融合と衝突により、ユダヤ人の新たな近代的自意識が形成された。ハインリッヒ・グレッツのような博識の歴史学者が思い起こされるだろう。ゲルショム・ショレムとザーロ・バロンの研究が示しているように、その伝統は二〇世紀にも続いている。シェクターもこのような学者の仲間に入れられる。彼は、ルーマニアからウィーンとベルリン経由でイギリスへやって来た。イギリスでは、クロード・モンティフィオーレに後期ヘブライ語（ラビ語）を教え、その後一八八〇年代にはロンドンのユダヤ教徒大学でタルムードの上級講師の職に就いていた。一八九〇年にはロンドンを離れ、ケンブリッジ大学でタルムードの講師となった。

彼が不朽の学問的名声を得たのは、カイロにある中央シナゴーグの「写本の墓場」ことゲニザ［ユダヤ教礼拝堂の書庫］から、大量の断片を回収した功績による。それらは、（死海文書の発見以前には）聖書およびその他の残存した最古の文書の大半を占めており、エッセネ派の文献としては当時知られていたほぼすべてに相当した。その優れた知性、カトリックへの関心や魅力的な人格により、彼はケンブリッジで非常に大きな友情の輪を得た。そのなかには、チャールズ・テイラー、F・C・バーキット、J・レンデル・ハリス、マンデル・クライトン、A・C・ハッドン、そしてロバートソン・スミスがいた。彼の伝記作家によれば、そのなかでももっとも親交があったのがフレイザーであった(6)。

彼らがどこでどのようにして出会ったかについてはまったく情報がない。しかし、彼はクライスツ・カレッジに所属していたので、ロバートソン・スミスが二人を引き合わせたのだろう。一八九四年にスミスが死去した後、シェクターがフレイザーの一番の親友となったようだ。フレイザーとシェクターは午後の散歩仲間であった。ダウニーによると、リリー・フレイザーはフレイザーがシェクターと過ごす時間に嫉妬して、二人を別れさせようとした。彼女は、「自分も運動が必要である」と告げ、「サイクリングは嫌いであったが二台の自転車を買った。そのため、友人との散歩の代わりに、フレイザーは妻とサイクリングをしなければならなかった」[7]。だがこれは、ダウニーのリリーへの反感によって歪められた話であるようだ。というのも、シェクターに宛てた現存する少数の手紙から、フレイザー夫妻とシェクター夫妻は仲がよかったことが確認されるからだ。『金枝篇』第二版の反宗教的な傾向に関連して、一九〇〇年一二月二二日付の手紙をすでに引用した。しかし、ユダヤ教徒とキリスト教徒の気分を害したことに触れたその文章は、じつは情報とゴシップも満載の長い手紙の一部分である。そしてそこには、「私の妻は直ちにシェクター夫人に手紙を書き、私ができるよりずっと上手くケンブリッジのニュースを彼女に伝えるでしょう」という一節がある[8]。

ケンブリッジでの生活は快適だったが、シェクターは満足していなかった。彼は、生まれながらの教師だったが、実質的に学生は一人もいなかった。そして、自分の知識を授けることやケンブリッジをユダヤ教研究の中心とすることができず、欲求不満を感じていた。また、当時ケンブリッジには少数の短期滞在のユダヤ人学生がいるだけで、定住している家族は実質的にはまったくなかったので、共同体のなかでのみ可能となる完璧なユダヤの生活を送るのは不可能であると、彼は強く感じていた。したがって、何度も誘いをもらった末にとうとう就任要請を受け、ニューヨークのユダヤ神学校の学長についた。この学校は、当時ユダヤ人社会の内部で立ち上がったばかりの保守派運動にもとづいて設立された最初のラビ神学校だった。

フレイザーは明確にユダヤ人びいきであった。これは、イギリス社会全体でも、またとくに大学機関のなかでも、めったにない感情だった。(9)「彼の親しい友人の何人かがユダヤ人」だっただけでなく、またお気に入りの近代詩人がハイネだっただけでなく、ユダヤ人を民族として称賛していたようである。一九一三年に彼は公の場で証言する機会があった。というのもその年に、古代から続くユダヤ人への中傷が帝政ロシア当局により蘇らされたからだ。メンデル・ベイリスという名のユダヤ人がキエフで逮捕され、過越《すぎこし》の祭のマッォー「パン種を入れぬパン」を作るのに使う血を得る目的でキリスト教徒の子どもを殺害したとして告発された。この告発はでたらめで濡れ衣であると非難するリベラルな意見がヨーロッパ中から一斉に出されたのに対して、審理の終盤に反動的な新聞が、過去におけるユダヤ教の儀式的殺人を告発するのを支持する文献とされる学問研究上の著作リストを掲載した。そのリストのなかでとくに目立っていたのは、その年に出版されたばかりの『生贄』(『金枝篇』第三版、第六部)から文脈を無視して引かれた一節だった。フレイザーはこのことを知ると直ちに、自分の研究が中傷を支持するものでないことを強く主張し、帝政ロシア当局の「卑劣な中傷」を非難する手紙を『タイムズ』紙に送った（一九一三年一一月一一日付）。その手紙が掲載された当日にベイリスは無罪放免となったので、彼の意思表示が影響したわけではなかった。ともあれ、彼は紛れもなく、そして本当に情熱的に正しい側に立っていたのである。[10]

ユダヤ人びいきの感情は、A・E・ハウスマンから『最後の詩集』を送られたことへの返礼の手紙（一九二二年一〇月二四日付）にも表れている。フレイザーの称賛は、ハウスマンの詩をハイネの詩になぞらえるというかたちで示される。

私はハイネを、人の考えや感情を表すために人の言葉を用いた最高の天才の一人と考えていますので、これ以上正当なことは申せません。言葉を操る彼の熟達の技は、ほとんど魔法か超自然の力のように思えます。ですから、どうか気を悪くなさらないでくださいい。私があなたと彼を比べたことを……私はもう少しで彼はドイツ人であると言うところでした。でもハイネは、ドイツ人ではなく、より優れた民族に属していたことをけっして忘れていません。この民族は、より粗野な、生まれついてのゲルマン民族が（私が知るかぎり）到達したこともない術を用いて、ドイツ語を駆使しその言葉から妙なる調べを引き出してきました。[11]

フレイザーのシェクターへの友情とヘブライ的なものへの関心は、その研究に直接表れている。一九〇四年もしくは一九〇五年に、ケンブリッジ大学の欽定ヘブライ語教授ロバート・H・ケネット師（一八六四—一九三二）は、説得されて少人数で内輪の、初心者向けのヘブライ語の授業を開いた。その受講者は、ジェイン・エレン・ハリソン、F・M・コーンフォード、A・B・クック、そしてJ・G・フレイザーといった、選り抜きで教師を怖じ気づかせさえするような者たちだった。彼らの目的は、旧約聖書を原文で読むだけの知識を身に付けることだった。四人のうちでもっとも勤勉で真面目であり、そして間違いなく学んだことをもっとも役立てたのは、フレイザーだった。レン図書館には彼が使ったヘブライ語の聖書が所蔵されている。[12]それを見ると、予想どおり彼の着実な進歩を目で追うことができる。創世記の最後の箇所に、「一九〇六年四月一八日水曜日、ヘブライ語で創世記を読了」とフレイザーが書いている。そして彼のヘブライ語＝英語版聖書の各書の終わりには、同様の書き込みがある。実際のところ、彼はヘブライ語の聖書全体を数回読み通している。例えば、創世記は（読み終わった直後に再度読み返して）五回、前預言書は四回、小預言書は一回だけである。旧約聖書を読むことが、二〇世紀最初の一〇年間における彼の主な学問的気晴らしとなった。一九〇六年から一九〇七年、一九〇九年、一九一〇年、そして一九一五年に、本文の大部分を繰り返し読み、後の箇所での読了の覚え書きには、「辞書をほとんど使わずに」という記述もあった。

フレイザーは、その長い生涯のなかで多くの言語を学んだ。そのなかでも（五〇歳で学び始めた）ヘブライ語は、ことによるともっとも難しいものだったかもしれない。なぜなら、この言語はインド＝ヨーロッパ諸語から大きく異なっているからである。しかしフレイザーは、他の三人の受講者と同様、訓練を積んだ言語学者であり、さらに重要なことに、彼には強大な集中力と忍耐力が備わっていた。彼がすぐに進歩したというのは驚くようなことではない。彼の使う聖書には英語版としては欽定訳聖書しかなかったので、すぐにその余白に改訳聖書の別解釈を書き込んでいった。そしてまもなく、彼独自の訳文修正や文脈上の補足注釈を提案し始めた。

彼は非常に自信をもつようになり、一九〇六年九月一九日にはマクミランに次のような手紙を書いている。

ここしばらくは、時々ヘブライ語を読んでいたのですが、原書の旧約聖書に大いに魅了されました。その学習のなかで、様々な本の腹案を得ました。このことについては、そのうち相談したいと思います。例を挙げれば、旧約聖書の選りすぐった箇所から成るヘブライ語の講読本など。本文を改訂し、対訳やことによると注をつけたものです。ヘブライ語学習者全員が一般的に使用してくれるようになる本を作るのは可能だと思います。私が知っているかぎりでは、そのような本はありません。しかし、ひょっとするとヘブライ語の本文を印刷するのはあなたの専門ではないかもしれませんし、私の方も『金枝篇』を完成するまで、こういった本やその他の大きな仕事には着手できません。

ここから何らかの成果が生まれることはなかった。しかしながら、上記の手紙と同時期に、彼の新しい関心が初めて真に実を結んだ論文を、一九〇七年のタイラーの記念論文集に寄稿している。世紀の変わり目までに、タイラーが知性の面で力を使い果たしたことは明白であった。一八九〇年から九一年に、タイラーはギフォード講座［アダム・ギフォードを記念して設立された、スコットランドの諸大学で開かれる講演会。自然神学と神の知識の普及を目的にするもので、第一回は一八八八年に行われた］において自然宗教について二つの講演を行った。その後、本の執筆を始め、この本は、一世紀半前のデイヴィッド・ヒュームの書名に倣い『宗教の博物誌』と題された。この企画は彼の思想を集大成するものであり、九〇年代を通じてタイラーはこれに専念していた。しかし、はじめの数章の活字を組むところまでは行ったが、完成はしなかった[13]。世紀の転換期に彼は老人性痴呆を患い、記憶力が衰え集中することができなくなったからである。長く待たれている本がけっして出版されることがないと明らかになったとき、友人たちは一九〇七年のタイラー七五歳の誕生日に論文集を献呈することを決めた。一八九八年の論争以来、タイラーとフレイザーは完全には和解していなかったが、フレイザーは寄稿するよう依頼された。そして彼は、「旧約聖書のフォークロア」を書き上げた[14]。

この長い（七三ページの）論文は、八つの互いに関連のない聖書中の題目への詳細な注で構成されている。それらは「カインの印」、「聖なるブナの木とテレビンの木」、「ケルンでの契約」、「ヤボクの浅瀬のヤコブ」、「命の包み」、「子どもを母親の乳に浸さないために」、「入り口の番人」、「センサスの罪」である。ここに共通の知的主題があるという点で、これらはフレイザーの主張を詳しく例示するものである。すなわち、彼がこれまで非常に詳細に書き記してきたが、それらの様々な「下等民族」の言い伝えに密接に関連しているか、あるいは少なくとも類似している一連の伝承なるものが、旧約聖書には組み入れられているという主張である。タイラーは聖書研究者でなかったので、この論文とタイラーの研究とのあいだのつながりは、細いものだが、もっぱら残存物に注目するという点にある。そして、記念論文集というものは、もともと寄せ集めで緩やかにまとめられたものであるから、そのことは深刻な問題ではなかった。

実際のところ本論文中の個々の短い論評は、フレイザーには、広範囲にわたる比較人類学的注釈を付ける機会を提供した。想像どおり、それらの主題のあいだには相互に関連がないことにより、全体が散漫なものとなっている。もしこれが例えば創世記に見られる伝承についての注釈を集めたものだったならば、それだけでも何らかの構造をかたち作ることができただろう。しかし実際は、この論文が七つや九つやその他の数の節でなく、八つの節に分かれていることにすらまったく理由はない。理由があるとすれば、フレイザーが費やすのを厭わなかった時間と、彼が旧約聖書の研究中に辿り着いた到達点が、この論文の分量を決めたようだ。事実、記念論文集出版後に、フレイザーはマクミランにその論文を一冊の本にすることを提案している（一九〇七年一〇月三一日付）。

「旧約聖書のフォークロア」を本として出版する案に関心を示してくれて、うれしく思います。これはたいへん評判になると思います。それぞれ独立した注釈で構成されているので、いつでもどれだけでも分量を増やすことができます。つまり、本にするために、数日の研究で新たな注釈を付け加えることができるのです。

極めてフレイザー的と言える流儀により、この論文を中核として、また試作として、一一年後の一九一八年に同名の三巻本が出版された。

パウサニアスには見事に合った注釈形式は、聖書にはあまりうまく合わない。その理由は、本文のもっている性質と、フレイザーのその本文とのかかわり方に見出すことができる。パウサニアスの案内記は、古典作品としては比較的長い歴史をもち、ルネサンス以来断続的に議論されており、最新の考古学研究の結果、改めて関心が急激に高まっていた。

フレイザーはパウサニアスの研究を数年間続けてきて、自分自身で発掘を目にし、その作品と議論となる問題を深く理解していたので、本当の権威をもって論じることができた。しかし、パウサニアスと比較すると、旧約聖書は単に長いだけでなく叙事詩であり、その注釈は大洋の水のように莫大な量である。さらには、一九〇六年に論文を書いた時点で彼はヘブライ語の研究者ではなかったばかりか、その自信ある態度にもかかわらず、実際は初心者にすぎなかった。聖書研究全般、とりわけヘブライ語に関しては、古典研究において一八七四年のトリニティ・カレッジ入学時の段階で達していたレベルと同じ程度にも、彼はまだ至っていなかった。一九〇七年までに、旧約聖書をヘブライ語でちょうど一度読んだばかりで、批評文献についてはまだ何も知らなかった。聖書本文やその研究史にどっぷり漬かっているどころか、聖書研究という広大な景色を初めて見た学者の旅人にすぎなかった。選りすぐりのヘブライ語文章の注釈付き教本を作るという提案をするなど、まったくおこがましいことだったのだ。『金枝篇』を改訂しなければならないという要求が続いていて幸いであった。さもなければ、ヘブライ語教本の企画を本当に実現させようとして、大失敗に終わっていたかもしれない。

一九〇七年の論文（とその一一年後に増補された著作）は、『金枝篇』で始めたのと同じ脱神話化の過程を進めたものであることをフレイザーは理解していた。彼の著作のほとんどにおいて特徴的である、単刀直入に事の核心に切り込む手法をとっているため、「旧約聖書のフォークロア」を支えているのは説得力に欠ける理論構造（正確に言えば、八つの論述の前置きとなる一ページ半の序文）だけである。その論は、次のように極めて簡潔な概略のみを示す三段論法で始められる。すなわち、ヘブライ人たちは他のすべての民族と同じ文化的発展の過程を経てきたので、その民族の書物である聖書にその他で見られるのと同様の原始的な要素が含まれていても、それは驚くべきことではない。したがって、その要素をもっともよく理解できるのは比較対照を通じてである。このように述べた後、聖書中のいくつかの主題とそれらと関連すると考えられる民族学的類似例とについて論じ始める。例えば、アブラハムが住まうマムレの聖なる樫の木を理解するために、原始世界では樫の木以外にも様々な種類の木が神聖とされていた様々なありようについて詳細に調査されている。しかし、これによりマムレの樫の木についての理解が深まるということはまったくない。なぜなら、フレイザーは別の時代と場所で見られる他の民族による樹木崇拝のみを示し、実際のところマムレの樫の木については何も述べていないからだ。

聖書のなかに古くからの伝承が存在しているということがはっきりと認識されるようになったのは、一九世紀半ばにイギリスで民俗学の概念が明確化されてからである。だが、それ以来進歩的な研究者たちの手で多くの研究が行われていた。その研究者のなかでもっとも有名であるのが、ロバートソン・スミスだった。フレイザーは、これより二〇年前に禁忌についての論文でこの主題にふれているが、そのときはユダヤ人の事例についてはスミスに頼っていた。一九〇七年の論文寄稿の背景と、このような広大で新しい学問分野に挑もうとする自信の源には、古代ユダヤ人を原始の異教徒や同時代の未開人の残りと完全に結びつけようとする意思があった。そして後者に関する記録文献については、たぶん当時の誰よりも彼がよく知っていた。スミスでさえも、理論上というよりは戦術上の理由からではあるが、『ユダヤ人の宗教』のなかで伝承と古代ユダヤ人の精神構造と「諸国の民」の精神構造とを結びつけることにあまり固執していなかった。しかしフレイザーは、『王権の歴史についての講義』の執筆中にトーテムの生贄の遍在性と普遍性を確信して、ユダヤ人を例外とはしないことにしたのだった。

新世紀の初めの数年間、ヘブライやユダヤの民間伝承に没頭する以前に、フレイザーは『金枝篇』の新版執筆に取り掛かっていた。原稿の束が出版社に渡され始めた。しかし、彼以外誰も驚かなかったが、この本も、パウサニアスや『金枝篇』第二版のときと同じことの繰り返しとなった。すなわち、差し迫った期限までに原稿を引き渡すことを約束し、数か月間音信が途絶え、その後遅延の謝罪と新たな約束がなされ、また最初から同じことが繰り返される。一九〇四年八月一二日付のマクミランへの手紙は、次のように書き始められている。

『金枝篇』の遅れをたいへん残念に思いますが、長い箇所を新たに付け加えているところです。この作業に数か月かかっています。この主要な変更と追加は必要なものです。この後、本の残りの部分は、比較的簡単で速やかに進むでしょう。もちろん、ここ六か月のような遅れは起こらないだろうと予想しています。

一九〇四年一一月一〇日の時点では、執筆は着実にはかどっており、最初の巻の終わりに近付いていていた。「来年の夏の終わりまでというのは無理でも、秋までには執筆を終え、年末までには出版したいと思います」。この五日後、再度次のように書いている。

本の進捗状況をお知らせしたときに『金枝篇』第二版が三巻本構成であったことにふれましたが、第三版が四巻本構成にならないだろうとほのめかしたつもりはありませんでした。前版よりかなり分量が多くなるのは確実ですが、どれほど多くなるかはまだ分かりません。より薄い紙を使うことで、ひょっとすると三巻に収めることが可能かもしれません。しかし難しいのではないかと思います。この問題に関してのあなたの希望は存じています。これまでに、本に欠かせない最重要な追加は済みましたが、まだちょっとした追加を大量に行わなければなりません。本を可能なかぎりよいものとするためにのみ努力しています。そして来年には出版できるよう全力を尽くします。

一八九五年、パウサニアスにかかりきりになっていたとき、彼は急にそこから逃げ出して、聖書からの名句選を企画した。一一月一〇日付の手紙にもいくらか似たところがある。『金枝篇』のことから話題を変え、マクミランの英文学古典叢書をどれだけ高く評価しているかに言及している。彼は叢書を称賛するだけでなく、そのシリーズに新しく六つの作品を提案したいという。予想どおり、すべて一八世紀の作品である。すなわち、ジョン・ドライデン詩集、ジョナサン・スウィフト選集、アディソンの評論集、『スペクテーター』誌からの抜粋集、クーパー詩集、そしてジョージ・クラッブ詩集だ。「叢書に積極的に寄与することができるならば、本当にうれしいです。例えば、アディソン（もしくは『スペクテーター』誌）、クーパー、あるいはクラッブの選集を作ることでお役に立てます」。フレイザーは軽々しくこの提案をしたわけではなかった。というのも、彼はのちに何とか時間を都合して、一九一二年には『ウィリアム・クーパー書簡集』を、そして一九一五年には『ジョゼフ・アディソン評論集』を編集したのだから。

しかしながら、このときの彼の動機は、文学的気晴らしを望むようなものでは全然なかった。そういう気持ちがあったにしても、そのような贅沢《ぜいたく》は、彼自身許される状況になかった。彼の慢性的な財政難は、一八九九年にエドマンド・ゴスの世話で保証された助成金で一時は緩和されたが、ここでふたたび問題となっていたのだ。印税収入は、実質的にはないも同然にまで減っていた。パウサニアスはまだわずかな額を生み出していたが、『金枝篇』第二版はほぼ枯渇しており、そして第三版は想像していたよりはるかに執筆に時間がかかっていた。

その上さらに、一か月以上も彼を精神的に動揺させる厄介な騒動が起こり、その間『金枝篇』はまったく進まなかった。

彼がジェイムズ・ホープ・モールトン（一八六三―一九一七）と親しくなったのは、八〇年代半ばに二人がケンブリッジ言語学会の会員として出会ったときだった(15)。モールトンは進歩的なメソジスト派の神学者であり、モールトンと出会うまでフレイザーはおそらく進歩的なメソジストというのを矛盾した言い方だと考えていただろう。モールトンの学問的専門は古代イランの宗教であり、『金枝篇』をたいへん高く評価していた。非常に長い手紙（現存していない）のやりとりにより、二人のあいだに、その後何年も続く親密な友情が芽生えた。騒動の発端は、一九〇四年に当時マンチェスターのメソジスト派神学校、ディッズベリー大学で神学教授を務めていたモールトンから、比較宗教学の講義をもつよう誘いがあったことだった。

フレイザーは講義をするのが嫌いで、お金の必要に迫られたとき以外は引き受けなかった。そしてそのとき彼は経済的に逼迫しており、また加えて親友モールトンの願いならば叶えてやりたかった。しかし、フレイザーには分かっていたように、問題は講義への嫌悪を克服するということでも、学期中マンチェスターへ出かけていくことにともなう煩わしさでもなかった。彼は良心的に次のように言い表した。講義の最中にキリスト教に対する自分の憎悪を抑えることができるのか。そして、たとえ抑えることができたとしても、それは正しいことだろうか。不安にさいなまれて、親友に助言を求めた。二人の親友、ヘンリー・ジャクソンとJ・S・ブラックへ送った手紙ともらった手紙が残っている[16]。一九〇四年四月一八日付のジャクソン宛の手紙でこの問題を述べている。

マンチェスターの一件について、再度煩わせますことをお許しください。あなたとお話ししたのち学長と面談し、またJ・H・モールトンからさらなる情報を得ました。期間は三年の予定です。求められている比較宗教学の講義回数は少なく(学長は、許容される範囲として一六回以上三〇回以下を示しました)、給料は講義の回数に応じて一五〇から三〇〇ポンドの違いがあるそうです。講義はすべて、一〇週からなる一学期の期間中に行われることになっています。住居に関しての指示はありませんので、私はケンブリッジを離れなくてもよいようです。

これまでのところ、この申し出は魅力的に思えます(どうか注意していただきたいのですが、まだこの職を提示されたわけではありません。職を示されたとき、それを引き受ける気が私にあるかどうかを学長は尋ねられただけです。学期初めに、彼がすべてを書いてきてくれることになっています)。しかし私は、引き受けることが本当に困難だと感じており、そして助言をいただきたいのは、とくにこの点に関してです。この講師の職に就くことは、（モールトンによれば）キリスト教聖職者養成のためにキリスト教徒によって設立された神学校の教職員に加わることです。私はキリスト教徒ではないどころか、この宗教を完全に偽りであるとして否認しています。しかし、もしこの職を引き受けたら、（学長が繰り返し要求しているように）私は学生の信仰心を傷つけるようなことは何も言わないようにしなければならないでしょう。つまり、キリスト教が偽りであるという自分の確固たる信念を暗黙のうちに隠さなければならず、学生の信仰心を覆しそうな事実を彼らの目の前に示してはならないのだろうと思います。これが誠実なことであるとお考えになりますか。もしあなたが私の立場であれば承服されますか。事態をこの観点から見る前に、私は学長に手紙を書いて、この職に任じられたら分別ある者の感情を傷つけるようないかなることも口にしないよう細心の注意を払うと述べました。使った言葉を正確に覚えているわけではありませんが、そのような内容のことです。もちろん、はっきりともしくは暗に約束していなかった場合でさえも、公にキリスト教を批判することなどするつもりはありません。そのような批判は嫌悪すべきものですし、その上不当なやり方だと考えます。しかしながら、比較宗教学が示す事実はキリスト教神学を覆すように思えます。そしてキリスト教への明確な言及をせずに事実を学生たちの目の前に示すとしても、彼らの信仰を覆しているように私は感じるでしょう。そうしないという暗黙の誓いに反して。現在のところ、この問題をこのように考えています。しかしひょっとすれば私は間違っているのかもしれません。この件を検討していただき、お目にかかったときに助言を賜れば、たいへんありがたく思います(17)。

彼がキリスト教を偽りであると信じていることは、驚くべきことではない。注目すべきは、教室で、主題から逸れて論争へ入ってしまうことはないという確信が自分自身もてないと感じていることである。キリスト教が課す耐えがたい負担を目の当たりにして、圧倒するような怒りを彼は抑えつけているようだ。疑いなく、彼が掌握している比較宗教学は、宗教との戦争で用いられる武器であり、それ以外の何物でもなかった。この手紙からは、軍事的隠喩が最初に考えたものより深まっていることが読み取れる。ジョン・キーツの言葉を引用すれば、フレイザーに完全に欠けていたのは「消極的能力」、つまり結論を急ぐ欲求に支配されることなく物事をありのままに見る能力であった。しかしながら一方では、彼は、一つの考えを熱心に支持しながら、ある特定の立場を長く支持し続けるということができなかった。したがって、生涯を通じて対立するさまざまな衝動の働きに揺すぶられて立場を次々と移していくことがあった。

ジャクソンは、(四月一九日付の)返信のなかで、フレイザーがこの職を必ず引き受けるということを少しも疑っていない。そしてそのことに気のきいた理由付けを授けている。

㈠比較宗教学の講師に、自分たちと同じようなキリスト教徒ではない者を任じようと考えるか否かの判断はあちらがすることです。㈡あなたがキリスト教徒でないことはまったく秘密ではなく、学長やモールトンに隠さずに話しています。㈢比較宗教学の講義中に、もしも誰かが信仰の妥当性の議論を始めるようなことがあれば、その者は比較宗教学からはずれ神学と呼ぶべきものへ踏み込んでいると思います。㈣あなたのこれまでの研究での方向性から推測すると、比較宗教学の講義におけるあなたの関心事は、現在のヨーロッパで支持されている宗教ではなく、原始的で野蛮な宗教だろうと思います。したがって、あなたが神学論争へと逸れていく恐れはありません。㈤あなたは、これまでにキリスト教に関する自分の立場を苦労しながら表明してきました。しかし、原始的で野蛮な宗教について知り得るわずかのことを記録する際、現在広く普及している宗教の原理を研究することも、その妥当性を調べることも、あなたは必要ではないと考えました。書物で必要ではないと考えたのであれば、論理的に考えれば講義でも不必要となるでしょう。

宗教、とくに野蛮で原始的な宗教に関する事実を教える教授を任用するのに、その人の本来の専門分野を放棄することはあるまいと確信しておきながら、非キリスト教徒ということで任用しない理由が、私には分かりません。また、そのような逸脱はないと信頼されているのを知りながら、この非キリスト教徒がこの職を引き受けない理由があるとは私には考えられません。自分を管理できないような人たちがいるのは事実です。論理学あるいはシェイクスピアについて講義を行っていても、実例を用いて神学論争を持ち込むような人たちがいます。しかしあなたは、知的に自制のできない人ではありません。

（中略）原始的で野蛮な宗教に関して確認された事実は、あなたの考えでは、必然的にキリスト教が偽りであることを示していると、おっしゃるでしょう。このような意見に対して、そのように考えていない者たちもいると私は答えなければなりません。私は自分をキリスト教徒と考えていますが、キリスト教のみが宗教であるという考えを私自身何よりも嫌悪しています。そして、異なった発達段階にいる人々がそれぞれの人生の構成に欠けているものを補うためのものが神話的仮説であれば、それらを宗教と見なすつもりです。そして仮説の表れ方がどれほど神話的であろうとも、そのような仮説を重視するつもりです[18]。

フレイザーは、その後二週間迷ったのち、マンチェスターの件は辞退することに決めたと、五月二日にジャクソンへ書き送っている。そのときの辞退の理由は以前とは変わっており、彼の書いていることの大部分は、道理にかなっているように見える。ただし行間を読むと、フレイザーとリリーとの苦悩に満ちた言い争いを漏れ聞くことができる。

一つ目の理由は、宗教に関する私の見解では、実質的にキリスト教聖職者を養成する神学校で教員の職に就くことに自分のなかでどうしても折り合いを付けることができなかったことです。この思いは非論理的かもしれませんが、自分のなかから消し去ることができませんでした。

二つ目は、一時とはいえ教職のために研究や文筆活動を止めることができなかったことです。私は研究をしていれば本当に幸せですし、研究は、携わることができるどんなことよりもはるかに自分に合っていると信じています。教えることに関しては、私には実際まったく経験がなく、自分に分かる範囲では、その適性も嗜好も全然ありません。なぜ、自分の好みに合い、かなりうまくやれると信じている仕事を放棄して、これまでやったことのない、気に入らない仕事を、そして気に入らないためにおそらくやり方がまずくなる仕事をしなければならないのでしょうか。環境の変化により、視野の明瞭さや、ことによるとその他の点で利するところがあるだろうとあなたは考えているのでしょう。確かにそのようなたぐいの利点もあり得ますが、私が性分に合わない仕事に苛立ち文筆活動の遅れに焦《じ》れることの埋め合わせとして得られるものではないことを危惧します。現在私は、新しい章を追加して著書（『金枝篇』）の新版を執筆している真っ最中です。それに相当の思考と労力を費やしてきて、今かなりうまくいっています。これらすべてを脇に置いて、アニミズムやトーテム崇拝など人類学でのありきたりのことに関する初級講義を作成するのは、私にとってひどく苦しいことでしょう。このようなことをするには、みずからに物理的な拘束のようなものを課す以外に方法はないでしょうが、それは講義のためになるはずがありませんし、また私にとって非常に害になるだろうことも確かです。最初からこのことをはっきりと理解しておくべきでした。そして、あなたをはじめ、友人たちを優柔不断な態度で煩わせるべきではありませんでした。しかし、妻の願いは私には非常に重いものでありました。そしてもちろん給料は魅力でした。辞退の理由を妻に十二分に説明しました。そして彼女は不本意ながらも私の決定にすっかり従ってくれています。[19]

ここには二つの観測が可能である。㈠プラトン主義者かつ教師として、ジャクソンは弁証法の有用性を支持しなければならなかったのだろう。ジャクソンの理屈としてフレイザーが曖昧に言及していること、つまり「環境の変化により、視野の明瞭さや、ことによるとその他の点で」フレイザーに利するところがあるかもしれないというのは、研究のみに時間を費やすのは誰にとってもよいことではないということ、自分の考えを生《なま》の聴衆に試してみるのが好ましいかもしれないということを意味しているのだろう。(二)リリー・フレイザーはケンブリッジでの生活に苛立ちを抑えきれなくなってきており、何とかそこを永遠に離れるための手段としてマンチェスターの件にすがったのも当然だった。彼女が不満を感じていたのにはいくつかの理由があった。彼女は、夫に対するケンブリッジ大学の扱いを不当だと考えていた。しかしながら彼女の不満の原因となっているのは、知性(それがフレイザーのものであっても)がそれ自体で尊重されるべきであるという純粋な願いだけではなかった。ケンブリッジのヒエラルキーのなかでは、学寮の特別研究員の妻にすぎない彼女は、社交界では誰にも気づいてもらえない存在だった。さらに、彼女には呼吸器感染症の素因があり、ケンブリッジの気候を嫌っていた。ただし、もし夫が教授の職に就いていたならば、彼女はケンブリッジもそこの気候も我慢できるようになっていたのではないかと考えられる。

彼がマンチェスターの件を辞退すれば、収入も断ることになり、そこには財政的に恵まれた生活か、銀行から多額の当座借り越しを延々と続ける生活かの違いがあった。そのような状況で、彼は自分でするべきであると分かっている唯一のことをした。すなわち、再度エドマンド・ゴスと王立文学財団に援助を求めた。九月九日にゴスに手紙を書いて、財団から二度目の研究助成を受けることができないかを尋ねている。彼は、この困窮は一時的なことにすぎず、『金枝篇』第二版が絶版になり、また第三版の執筆に予想外に時間がかかっていることの結果であると説明している。もし財団の援助が得られなければ、利用できる少額の資本（一五〇〇ポンドの国債）に手を付けなければならないが、彼はそうしたくなかった。というのもそれは、万が一彼が死亡した場合の妻の生活保障のすべてであったから。二日後にふたたびゴスに手紙を書いて、最初の手紙の内容を几帳面に訂正している。自分の資産を列挙する際、彼はフレイザー&グリーンの株式を挙げ忘れていたのだ。この株式により、年に二〇〇から三〇〇ポンドを得ていた（すなわち、本の印税を別とすれば、当時の彼の年収は、特別研究員奨学金と株式配当での変動を考慮に入れても、四〇〇から五五〇ポンドということになる）。

この訂正が重要であることはお分かりになるでしょう。私はこれを直ちにお知らせしようと思いました。もちろん、この訂正がなければ最初の手紙は有効でないとお考えでしょう。しかし、研究助成を除くと、私はお金を借りるか、あるいは資本を切り崩すかしなければならないだろうという事実に変わりません。この二つの選択肢のうち、私は後者を選びます。二度も手紙を差し上げて迷惑をおかけしました。しかしながら先の手紙では、重要な見落としにより私の状況を誤って伝えていると考え、そう考えると即刻訂正しなければ当然ながら気が休まりません。

一〇月五日に、リリー・フレイザーはゴスに秘密の長い手紙を送った。夫がこの嘆願の感情的背景を説明していないだろうと確信しており、それを書いている。このとき、フレイザーは彼の姉妹の一人と休暇に出かけていて、留守中彼女が彼の手紙類の管理をしていた。そして彼女は、ゴスから届いた手紙のことを彼に連絡したが、それを転送はしなかった。彼女がそうしなかった理由は、ゴスが同封した王立文学財団の申請用紙に関係していた。フレイザーはこれに記入しなければならないのか？　何といっても、前回彼は記入する必要はなかった（これは事実だった。フレイザーから申請書を得ずに、ゴスは何とかフレイザーのことを委員会に提出していたのだった[20]。結果、フレイザーは――疑いなくリリーの積極的な協力により――研究助成を「長期間にわたる報われない研究への報酬であり、単なる窮乏への援助ではない」と解釈するに至っていた）。この申請用紙を見ると彼が動揺すると彼女は理解していた。「彼は、どんな瑣事でもおろそかにすることを常に気に病みます。彼がささいなことをどれほど気にするのか、ご存じでしょうか」。二つ目の理由は、次のようなものであった。

あなたが、ケンブリッジ大学が彼に十分なお金を与えずに奇妙にも軽視しているとおっしゃるとは、本当に痛いところを突かれました。大学は、夫フレイザーにまったく何もしてくれません。学問の代表者に選ぶこともなく、その研究に栄誉を与えることもありません。彼のことを認知さえしていません。私たちは、このように大きな不満を感じておりますが、そのことをめったに口にしたりしません。大学教師というのは型にはまっていて想像力が欠けている人種であるという事実が、この不満の原因になっていると確信しています。慎みがあり遠慮深い性格で、自分の研究に誇りをもち、報われない根気のいる研究が認められることに感謝をするような人がいるだろうことを、彼らは理解できないのです。夫フレイザーへの軽視が非常にはっきりと表れたのは、グラスゴー大学の記念式典に代表団が送られたときです。グラスゴー大学は夫のことをたいへん誇りに思っているのですが、この夫が記念式典に出席するケンブリッジ大学代表団の一人に加えられることさえなかったのです。このような例は枚挙に遑《いとま》がないのですが、私たちは無視しています。私はいつでも夫に、平凡であってもあなたがいる、それで十分だと言っています。ただし休暇で出かけているときに、彼にこの問題をくよくよと考えて欲しくはありません。彼は素晴らしく雅量があるので、彼を特別研究員にすることで学寮が示した好意に強く感謝している旨を、あなたに書いてよこすでしょう。もし彼のような研究者のためでなければ、特別研究員というのは何のためにあるのでしょう。

「このような例は枚挙に遑《いとま》がないのですが、私たちは無視しています」と複数で述べているのは秀逸である。おそらくフレイザーは考えたこともないだろう。だがリリー・フレイザーは、夫が高い地位にないことを激しく不満に思っており、大学の軽視に対してフレイザーが自分と同じように憤っていないことに苛立っていたのだろう。

リリー・フレイザーには夫のことが分かっていた。彼が休暇から戻り、財団から送られてきた申請用紙を見ると、直ちに財団の事務局長に手紙を書いて申請しない旨を伝えた。そして(一〇月九日の)ゴス宛の手紙でその理由を説明している。リリーが見越していたように、申請者は家計が苦しい状況を公表しなければならないというのが理由だった。「妻が申し上げたでしょうが、単純に事実に反しますので、そのような公表をすることはできません」。また、マクミランの印税明細から、彼が思っていたのと異なり、『金枝篇』は絶版寸前だが完全に絶版になったわけではないことが分かった。あと二〇部残っていたのだ。大学が十分なお金を与えない理由に関して、答えは単純に説明されている。大学はすなわちお金がなかったのだ。実用的な分野に配分するお金はあった。「しかし、比較宗教学のようなまったく実用的でない分野にお金を出そうと考える人はほとんどいません。この分野が金銭的見返りをもたらすことはなく、ただ人々の信仰を揺るがして落ち着かなくするだけです」。さらに、彼は研究員のままでいることを望んでおり、講義には関心がなかったのだ。

しかしながら、ゴスはフレイザーという人間が気に入っており、また簡単に諦めるような人物ではなかった。その著者が困窮にありながら、自尊心からみずからの家計状況の深刻さを語ろうとしないために、偉大な研究成果（『金枝篇』）の出版ができるかどうか危うくなっていると、財団の理事たちに告げたにちがいない。彼らは、例外的に、必要とされる家計困窮の公表なしで助成金を出そうとしたのだろうか？　ゴスがどういうことを言ったにせよ、それは効果的であった。というのも、一一月一七日にフレイザーはふたたび二五〇ポンドの研究助成を受け取ったのだから。ゴスが再度彼を救ってくれたことへの礼状に、フレイザーは自分が努力しなかったわけでないことも述べている。彼はいくつかの雑誌に論文を書き、掲載されるのを待っているところであった。また、好むところではなかったが、講義をすることにも同意し、新しい本を部分的に教科書として使うということであった[21]。

これが、一九〇五年の四旬節（冬期）学期に、一八八六年以来初めて彼の名前がトリニティ・カレッジの講義一覧表に記載された理由である。彼が担当するのは、「原始社会における王の聖性と呪術的役割」という総合タイトルの付いた九回連続の講義だった。これらの講義のうちから、王位の発展の問題を扱う二回分の講演原稿を作り出して、彼はそれを、一九〇五年五月にロンドンの王立研究所において、より大勢の一般的な聴衆向けの講演に使った。全九回の講義は、『王権の初期時代の歴史についての講義』と題して、ゴスへの「友情と感謝を込めて」という献辞付きで、一九〇五年一〇月にマクミランにより出版された。その序文で、これらの講義が今のところ未完成の『金枝篇』第三版の一部であることが告げられている。

『金枝篇』第二版の好調な売れ行きから判断し、マクミランはこの講義集を二〇〇〇部印刷し、実際売れ行きはよかった。『金枝篇』第二版が論争を巻き起こした結果、人々の心のなかでフレイザーは無名の大学教師から広く知られた専門家へと重要な変貌を遂げていたのだ（この本が、相当な分量の一巻本として出された彼の初めての著書である事実も、売れ行きがよかった理由の一つであろう）。

しかしこれですべてではない。フレイザーの運勢は、変わるときには徹底的に変わったのだった。再度ゴスの援助を得て、一九〇五年一月一七日に年二〇〇ポンドの王室年金が与えられた[22]。王室費とは、王室を援助する目的で議会が交付を決定する巨額の予算の名称である。しかしながら、この年間歳出予算案は、首相が毎年少数の一般市民（言うまでもないことだが、有力な政治的保証人が付いている者）に、最大でも総額一二〇〇ポンドという少額の年金を授与するための便利な受け皿でもあった。当時王室年金を与えられていたのは、たいていは死去した士官または外交官の貧しい配偶者や子どもたちだった。通例、「生活の糧の不足（あるいは窮乏）を考慮して」という言葉が添えられる。そして、このような困窮している女性たちと並んで、国から感謝を得るに値する学者の名前も列挙される。そのなかには多くの人類学者が含まれていた[23]。フレイザーには、「その文学的功績と人類学の研究を顕彰して」という言葉が添えられた。疑いなくゴスが作成した文言であるが、当然「窮乏」についてはー言もふれられていない。

そして六か月のあいだに、ゴスが二度にわたっておせっかいをやいてくれたおかげで、フレイザーの収入は二倍以上になり（当然、王立文学財団の研究助成は一回限りであったが）、当面の生活は保障された。これで最低でもその後二年間は俗世の苦労に煩わされることなく、その間に（彼の考えでは）『金枝篇』第三版を完成させ、そこから収入を得られるようになるはずであった。その何年か前に、彼は執筆したい本の目録を作成していた。今やそれらの本を自由に書けるようになったのであり、安堵の吐息を大きくついた。もちろん、この計画のすべてが実現したわけではなかったが、概してその後数年の彼の財政状況は、彼の知的評判より常によかっただろう。

一九〇六年に新聞業界の有力者ノースクリフ卿は、長年にわたる『タイムズ』紙との確執の一部として、四年前に創刊したばかりで競争力が弱いと思われる『タイムズ文芸付録』紙に攻撃を加えようと考えた(24)。それで、毎週土曜日に『デイリー・メール』紙に載る『書物』という文芸付録の編集責任者にエドマンド・ゴスを任命した。イギリスでもっとも優れた文芸と批評の才能をもつ者を集めるよう言われ、ゴスは即座に実行した。参与したのは、ウィリアム・アーチャー、G・K・チェスタトン、トマス・ハーディ、アンドリュー・ラング、A・J・シモンズ、そしてJ・G・フレイザーらであった。この文芸付録は六か月しか続かず、その間、フレイザーはおそらく六回ほど書評を寄稿した。正確に何回寄稿したのかは、知ることはできない。というのも、フレイザー夫人が夫の著作目録の作成を依頼した際、この出来事全体が忘れられていたようであるためだ（ことによると、のちに述べる痛ましい事件が原因かもしれない）。結果として、彼の書評は一つも目録に載っていない。書簡のなかでの言及や唯一の署名記事から、いくつかの確実な筆者特定と、かなり正確な推測を行うことができる［それらすべては、本原著の「補遺一」に掲載されている］。

フレイザーは、（一八九五年にハートランドに向かって述べているように）、書評はけっして書かないというみずからの方針から考えて、この企画に参与したのはただゴスへの友情のためだけだった。以下の手紙に見られる哀調に満ちた言い訳も、文字どおり本心だと思われる。彼が書評したのは、いずれにしても購入し読んでいた人類学や古典の本だけであったので、研究への妨げは最小限で済んだ。学問世界での公理であるが、書評で（十分な）お金を得ることはない。したがって彼が受け取った報酬は、おそらく家計に大きな変化をもたらしはしなかった。

それゆえに、彼の伝記的観点から見て、報酬をめぐる誤解がこの『書物』の企画にかかわった件でもっとも重大な事件を引き起こしたのは、皮肉なことである。そのことは、一九〇七年一月一六日付のフレイザーからゴスに宛てた、以下に示す手紙に述べられている。

この手紙の極めて興奮した様子は、一八九七年にJ・F・ホワイトへ送ったロバートソン・スミスに関する手紙に匹敵する。手紙のなかでフレイザーは、自分がゴスに与えたかもしれないと考える苦痛に激しい自責の念を綴っている。

生涯の恩人であり、尊敬する友人、敬愛するゴス様、そのような恐ろしい考えが、私の頭をよぎったなどと考えないでください。一瞬たりともそのようなことはありませんでした。万が一私が狂気に支配されるようなことがあったとしても、その錯乱した頭脳がもたらす狂気の悪夢のなかでさえ、そのような考えを抱くことはありえません。あなたにそのようなことができないのと同様、私にもそのようなことは考えられません。友人がそのような残酷な考えを抱いていると思い、きっと数時間、ことによると数日間、あなたの優しい心が傷つくことがあっただろうと思うと、私の心は深い悲しみと恐怖に満たされます。これを最後に、そのような考えは捨ててください。

どうしてリンガード氏へ宛てた私の手紙がこんなに誤解され得たのか、想像もつきません。あなたに（送ることを最初は考えたのですが）ではなく、彼に手紙を書いたのは、単純に、あなたに関係ないと思われたことであなたを煩わせたくなかったからにほかなりません。あなたがかかわっているのは編集部門のみで、報酬の支払いには無関係だと当時推測し、今でもそう考えています。この推測が間違いであったとしても、少なくともそう考えるのは無理からぬことです。というのも、報酬が支払われるのは、住所が異なる別部署の別の人物（リンガード氏）からなのですから。したがって、手違いがあったとしたら、起こったのはあなたのところではなく給与部門であろうと考え、調べてくれるよう給与部門に手紙を書いたのです。ただし、誰かに騙されている（この言葉を書くことさえ嫌なくらいです）というような考えなどまったくもっておりませんでした。この件に関して以前にいただいた手紙から、原稿料には二つの基準があり、私は高い方の基準で支払われることになっていると推測していました。自分の記事の長さで大まかに見積もった（正確に測ったり語数を数えたりしたわけではありませんが）ところ、あなたがおっしゃった高い方の基準では支払われていないようでした。それで、給与部門の手違いで、高い方ではなく低い方の基準で支払われているのかもしれないと考えたのです。そこで、調べてもらうよう手紙を書き、私は高い方の基準で報酬をもらうことになっているとあなたが告げたこと（リンガード氏が承知していないかもしれないこと）を彼に伝えました。私が予想していたのは、私がまだ知らないこと、つまり何らかの手違いがあったかどうか、あるいは間違っているのは、給与部門でなく私の方であるかどうか、を知らせる返事が私宛にあるということでした。あなたの手紙に関して記憶違いがあるかもしれないし、記事の長さの見積もりに誤りがあるかもしれません。また支払いの基準や控除額に関して、そのようなことに不慣れであるために起こりうるのですが、考え違いをしているのかもしれないのです。私は、単に適切と思われる部署（私に金を支払う部署）に情報を与えてくれるよう連絡したのですが、リンガード氏から（もしあったのなら）私の誤りを正す返事、または彼もしくは彼の部下の手違いを正す返事を受け取るかわりに、今朝、青天の霹靂のごとく届いたのはあなたからの手紙でした。私は、リンガード氏から返事が来ないことに驚いており、一日か二日過ぎても連絡がなければ、このことをあなたへの次の手紙で（ファーネルの『ギリシャ国家の祭儀』の書評をさせてもらうようお願いする際）お伝えし、あなたにこの件の調査を依頼しようと考えていました。しかし、不必要にもあなたに面倒をおかけしたくなかったので、リンガード氏からの返事を数日待つつもりでした。これが、事の次第です。あなたが受けた苦悩を考えれば、（最初の衝動に従って）直接あなたに調べてくれるよう手紙を書かなかったことを激しく後悔しています。リンガード氏への私の手紙が、ことによると恐ろしく誤解されうると思い至っていたならば、彼に手紙を書くことはけっしてなかったでしょう。しかし、あなたが言葉に表したような考えが、私の頭をよぎることは、けっしてあり得ませんでした。親愛なる友よ、ほかでもない好意からとはいえ、あなたにこんなひどい苦悩を与えてしまったことを許してください。これまでの私の人生でこのようなことが起こったことはありませんでしたし、ふたたび起こることも確実にないでしょう。私が書評を書いたのは、友人であり恩人であるあなたに喜んでもらおうとしてのことで、報酬として受け取る悲惨な金額（悲惨なと言いますのは、あなたと私を悲惨な目に遭わせたからです）のためではないと分かっていただけるでしょう。あなたを喜ばせるという喜びのためだけに私は書くのですが、それでも報酬は喜んで感謝していただきます。しかしながら、このようにあなたを苦しませなければならないのであれば、一銭たりとも報酬を受け取らない方を選んだでしょう。

もちろん、直ちにリンガード氏に手紙を書いて、不幸にも私の手紙が彼に、そしてあなたに与えたようであるひどい誤解を解くつもりです。その後は二度と彼に手紙を書かないよう気を付けます。

さてゴス様、顔を合わせてわだかまりをなくさなければならないと思います。私を訪ねていただけますか。それとも、私が訪問いたしましょうか。あなたにお会いして、あるいは少なくとも手紙をいただき、誤解の恐ろしい雲があなたのなかですっかりと晴れ、故意でなかったとはいえ私が苦痛を与えたことを許すと告げられるまで、私の心が安まることはないでしょう。妻とともにお宅にお邪魔してもよろしいでしょうか。彼女は、あなたにお会いして、私たちがあなたにしていただいたすべてに感謝したいと強く願っています。そして彼女を知れば、その高潔で美しい性質にふさわしく、私の親しい友人たちと同様にあなたも彼女が気に入り敬意を抱くことでしょう。連絡をいただくだけで構いません。そうすれば直ちに訪問いたします。どうかすぐに手紙か電報で、万事解決して私たちは以前と同じく友人であるとおっしゃってください。いずれにせよ、今でもそして終生私はあなたの友です。

自らの不安と落ちこんだ気持ちを滔々と綴った、このような驚くべき文書をフレイザーに書かせることとなったゴスの手紙が残っていないのは残念である。ひょっとすると、毎日どの大都市でも大量に書かれている、とくに日に数十通ものしつこい要求に目を通す編集者がよく書くような素っ気ない商業通信の文面だったかもしれない。もし、そのような形式張った手紙だったならば（ゴスは、想定される詐欺の告発から身を守ろうとしたようだ）、フレイザーのように純朴で傷つきやすい人物に送られたのは奇怪な誤りと言えるだろう。

親しい友人で無二の恩人だと考えている人物から不当にも自分の目的を非難されて、フレイザーは取り乱した。彼はどうしてよいかまったく分からなかった。利己的、あるいは考えや行いが敵対的と責められるようなところが、彼にはなかったということだけではない。むしろ、子ども同士の友達関係によく見られるパニックや感情の爆発を彷彿とさせる。子どもには、身を隠すような仮面や口実はない。一番親しい学友と全力でけんかをして、泣き出すか殴り合いになるかで終わった後は、すべてをなくして解決策もないように思われ、ただ純粋で果てしなく惨めな状態が残る。

フレイザーの手紙は、子どもが自分の感情を抑えがたく泣きじゃくっているのと同じである。彼は、釈明してゴスとの友情を回復するために、何でもするつもりだろう。また、すべてが恐ろしく悪夢のように不当であるという意識、これも感受性の鋭い子どもが世の中に対して絶えず感じるものであるが、この意識により彼の自暴自棄の思いは強くなるのだ。ブロニスワフ・マリノフスキーやウィリアム・ジェイムズがフレイザーのことを世間知らずと言うのを耳にすることと、五三歳の男が感情をむき出しにして和解を懇願する文章を目にすることとでは、受ける衝撃はまったく異なっている。ここでは、「世間知らず」というよりもっと強烈な表現が必要になる。

フレイザーはたいへん傷つきやすく、そんな彼が、できるかぎり論争をするのを避ける理由を、この手紙から理解することができる。彼には論争をする意欲はなく、そして重圧下での自分の反応が信頼できなかったのだ。また、原始人の人間関係から感情的要因を排除して考えようとする彼の根深い思考傾向の源と考えられるものを、この手紙に見つける人もいる。彼は、自分や他人の感情の深さと強さにうまく対処する術を知らず、その結果、感情に対する防御手段として知性を発達させるような人々の一人だったのかもしれない。

この件が丸く収まったことは言っておくべきだろう。ゴスは直ちに誤解があったことを理解し、二人は完全に和解し、以前のように交友が続いた（一九〇七年四月九日付のフレイザーからゴスへ宛てた手紙参照）。ゴスが『デイリー・メール』紙を去ると、フレイザーはすぐに書評を止め、その後一五年間書くことはなかった。一九二二年、編集者からたびたびの要請を受けて、彼は『タイムズ文芸付録』紙に書評を書くことに同意した。そして四年にわたって人類学の本の書評を同紙に書いた。

（1） A. C. Haddon, 〔Presidential Address〕, *Report of the British Association for the Advancement of Science ... 1902* (London, Murray, 1903), pp. 738-52. 出版された版では、フレイザーとスペンサーを大いに認めている。

（2） UL Haddon 3054.

（3） *Ibid.*

（4） TCC Add. MS b. 37: 308.

（5） Norman Bentwich, *Solomon Schechter* (Cambridge, Cambridge University Press, 1938).

（6） *Ibid.*, p. 87. ベントウィッチは、シェクターの死後（夫人宛か?）フレイザーが送った現存していない手紙から次のように引用している（八八頁）。「知性と教養に秀で、それ以上に温かい愛情と高潔な目的に対する熱意をもった人の、極めて親しい友人の一人として認められ、誇りに思います。彼との友情は、これからもいつでも大切にする栄誉です」。

（7） Downie, *FGB*, p. 25.

（8） リリーがシェクターを追い払おうとたくらんだというのはダウニーの誤りだが、だからといって彼女がジェイムズの他の友人たちを締め出そうとしなかったわけではない。彼女がハッドンを遠ざけておくようにしていたというダウニーの話（*FGB*, p. 123）は、H. D. Skinner, "Christ's College in 1917–1918," *Christ's College Magazine*, 60 (May 1967), 39 に確認できる。この参照については、ポール・ネイディッチに感謝したい。

（9） トリニティ・カレッジの教員談話室での反ユダヤ人的風潮の一例としては、J. McT. E. McTaggart, TCC Add. MS c. 184, no. 179 参照。

（10） 「情熱的に」というのは次のような理由からだ。ケンブリッジ大学でのシェクターの後継者イズリエル・エイブラハムズの娘、フィリス・エイブラハムズによると、ベイリス事件の最中に、告発は虚偽であり審理はでっち上げだと非難する手紙を新聞社へ送る準備がされて、イギリスの主要な学者たちが署名することになっていた。エイブラハムズが座って興奮しながらそのことをフレイザーと話していたとき、リリーが部屋に入ってきた。彼女は、研究から夫の気を逸らせていると彼に腹を立てた。しかし今回ばかりは、おとなしいフレイザーも反抗した。彼は、「おい、きみ、放っておいてくれ。これは生死に関わる問題なんだ」と妻に向かって叫んだそうだ。フィリス・エイブラハムズからダウニーへの手紙（一九七〇年九月一三日付）より。ダウニーから私に伝えられた。

（11） 議会図書館所蔵。全文は、Robert Ackerman, "Sir James G. Frazer and A. E.

Housman: A Relationship in Letters," *Greek, Roman and Byzantine Studies*, 15 (1974), 339–64に掲載。

(12) TCC Adv. c. 20–23.

(13) Peter G. Baker, "The Mild Anthropologist and the Mission of Primitive Man" (Cambridge diss., 1980), pp. 389–92.

(14) "Folk-Lore in the Old Testament," in *Anthropological Essays Presented to Edward Burnett Tylor* (Oxford, Oxford University Press, 1907), pp. 101–74.

(15) William F. Moulton, *James Hope Moulton* (London, Epworth, 1919) 参照。おそらくW・F・モールトンがケンブリッジ言語学会の評議員だったので、弟のJ・H・モールトンは大学生のとき、一八八五年一一月一二日に入会を認められたのだろう。*Proceedings of the Cambridge Philological Society*, no. 12 (1885), 19参照。フレイザーが学会に入ったのは一八八四年三月一日。*Ibid.*, no. 4 (1884), 8参照。

(16) ブラックの手紙は、ジャクソンのものほど長くもなければ興味深くもないが、彼もまたフレイザーが引き受けることに賛成している。TCC Add. MS b. 35: 66.

(17) TCC Add. MS c. 30: 47.

(18) TCC Add. MS c. 34: 3.

(19) TCC Add. MS c. 30: 48.

(20) 王立文学財団の記録には、フレイザーの収入に関する事実を説明したゴス作成の申請書が入っている。ゴスからの手紙は、フレイザーが文学的かつ学問的に卓越している状況を示し、そして彼が「切迫した貧窮の状態」にあることを述べている。ジョージ・ダーウィン教授からの手紙は、一八九八年にトリニティ・カレッジの特別研究員奨学金の配当報酬が一七五ポンドまで本当に急減し、すぐには改善の見込みがないことを裏付けている。ダーウィンはまた、フレイザー家が一時は力仕事のための家政婦を一人一日二時間使う以外使用人を雇えない状況にまで陥っていたことも述べている。しかしながら今や一家は、使用人を一人置けるようになった（Royal Literary Fund-file A/RLF/1:2563）。王室費奨励金については、Nigel Cross, *The Common Writer* (Cambridge, Cambridge University Press, 1985), p. 85 参照。

（21）(1) "Artemis and Hippolytus," *Fortnightly Review*, n. s. 76 (1904), 982–95; rpt. in *The Magic Art, GB*^{3} (1911), I, 24–40. (2) "The Beginnings of Religion and Totemism among the Australian Aborigines," *Fortnightly Review*, n. s. 78 (1905), 162–72, 452–66; rpt. in *T & E*, I, 139–72.

（22）下院議事録1904–45: 1905 (201) xliv. 139. 王室年金受給者の選考および保証でのゴスの役割については、Ann Thwaite, *Edmund Gosse: A Literary Landscape, 1849–1928* (London, Secker & Warburg, 1984), pp. 350, 452 を参照。

（23）ヘンリー・リン・ロスは一九〇二年に七〇ポンドの年金を受け取った。また、フレイザーの友人ロリマー・ファイソンは一九〇五年に一五〇ポンドの年金を受け取った。

（24） Thwaite, p. 428.

第12章　『王権の歴史についての講義』とリヴァプール

『王権の歴史についての講義』は、とても重要度の高い書である。様々な点において、フレイザーの思想がもっとも深く行き着いたところを示しているからだ。しかし、フレイザーの著作には関心がある人もこの書を取り上げることは少ない[1]。なぜかというと、『金枝篇』の第三版に取り込まれることによって吸収されて見えなくなってしまったからだ。第三版は、それほど大きくはない過去の二版の存在をかき消してしまったが、ましてこのような小品についてはなおさらである。

理由は何であれ、注目されていないのは残念だ。この書の大きな長所は、二点ある。一つは、講義というかたちをとっているため、フレイザーの語りが必然的に直接的で簡潔になっているという点である。一回の講義ごとに一つか二つの要点に絞る必要があり、それぞれがそれまでに述べられた事柄と直接結びつけて話さなければならない。フレイザーが自分に課した自己統制がこのように有益に働いた例をみると、われわれは、彼がその思想を、しだいに膨張し収拾がつかなくなっていく著作群のなかに埋もれさせるのではなく、もっと積極的に一般の人々に向かって明瞭に分かりやすく発表してくれていればよかったのにと思う。一九一一年以降もフレイザーは数多くの講義を行っているが、これは自分の著作の校正刷りの一部を朗読していたのであって、『王権』にはのちの講義にはない何かがある。つまり、この講義という形式は、それだけで十分というわけではないが、必要なものであった。

この後に失われていった要素で、この書を有意義なものにしている第二点目のものは、学問に対するエネルギーである。『王権』に勢いがあるのは、ロバートソン・スミスの死後初めて他の研究者と共同作業を行った成果が表れているからだ。共著者は、ケンブリッジにおけるフレイザーの友人で同僚でもあった、アーサー・バーナード・クック（一八六八—一九五二）だ[2]。A・B・クックは、その博学において、ケンブリッジでフレイザーと肩を並べることのできる数少ない古典研究者の一人である。クィーンズ・カレッジのフェローとカレッジ講師以上の地位には最後まで就かなかったクックであるが、おそらくケンブリッジでもっとも優秀な古典考古学者であったといえる。フレイザーがその半生を『金枝篇』の著述に捧げたように、クックは半生を『ゼウス』の著述に捧げた[3]。簡単にいうと、クックは『ゼウス』で、このオリンパスの支配者に関しての、様々な分野——文学、人類学、言語学、碑文研究、考古学、宗教学——にまたがる情報の膨大な言語資料を編纂しようと試みた。『ゼウス』は、フレイザーと行ったこの共同作業から生まれた。

優秀な研究者ではあるが大学内での地位は高くないという以外にも、クックとフレイザーには似通ったところがあった。両者とも学問に身を捧げ、学問に理想を抱いていたのである。もちろん相違点もある。クックは生涯を通じてクリスチャンであり、そのためギリシャの宗教をキリスト教の不完全な先駆と捉えていたが、フレイザーにとってはギリシャ宗教は原始の宗教の一形態にすぎなかった。フレイザーがナザレ人のように学問に専心したとしても、そのことは、彼が専門的見地から意見を表明していた宗教に関する問題に活動家として取り組むこととは相反しなかったし、むしろそれを助長した。一方クックは、みずからの研究に対して自分の宗教観を論争的なかたちで取り込むことをよしとはしなかった。フレイザーと異なり、クックは専門外での注目を必要としてはいなかったし、楽しんで読めるようなかたちで自分の研究を発表することに長けてもいなかった。その結果、彼は大学の外では無名のままであった。また彼は強く自己主張するタイプではなかったこともあって（フレイザーと同様に）、長いあいだ周囲から認められず、ようやく退職直前の一九三一年になってケンブリッジ大学の初代ローレンス講座考古学教授の称号を授かった(4)。

一九〇二年一〇月、クックは、『金枝篇』第二版についての辛らつで非常に批判的な長文の批評を発表した(5)。クックは元来考古学者かつ言語学者であったが、人類学や民間伝承にもかなり前から興味をもっており、このためフレイザーとも長年にわたって親しくしていた。その交流から、フレイザーは、彼が控え目で誠実であるがゆえに、学識のあるクリスチャンでありながらも無益な論争には興味がないのだと理解していた。ラングからの執拗な攻撃や『フォークロア』誌の書評者たちからの集団的な敵意を体験した後で、フレイザーは、意見が異なる点は多くあるものの、クックこそは学ぶべきことのある相手と考えていた。よって、(マリノフスキーの場合とは異なり)フレイザーはクックの批評を読んでも、それにくじけたりひるんだりはしなかった。それどころか、率先して、一九〇二年一二月二一日、クックを招いて、彼の批評に取り上げられた問題点を話し合う機会をもった。[6]クックは、自分の批判にもかかわらずフレイザーが招待してくれたことに感動し、すぐにこれを受けた。[7]

この対話は二人のどちらにとっても刺激的なものとなり、それから数週間にわたって、二人は何度も知的で興奮に満ちた長く熱い議論を交わし、フレイザーはロバートソン・スミスの回想録のなかにそれを記録している。クックとは(あるいは他の誰ともそうであるが)、スミスほどには意気投合できなかったものの、実際の仕事上の関係としてはよりよいものであったといえるかもしれない。なぜなら、年齢においても学界での評価においてもフレイザーの方が上であり、スミスに対するような緊張を感じることはなかったからだ。この対話の成果はフレイザーにとって非常な励みになるものだった。というのも、結局フレイザーはいくつもの重要な論点においてクックの意見を変えさせるよう説得できたからだ。一九〇三年二月六日には、クックは数か月前に論文によって攻撃したフレイザーの当の諸説について、その多くの発言をすすんで擁護している。[8] さらに、一九〇三年から五年にかけて、新たな持論を表明する七編に及ぶ考古学や言語学の論文のなかで、クックはこのフレイザー擁護を推進した。[9] これらの論文は、のちに『ゼウス』という大きな樹に成長する小さな種子となった。

『金枝篇』第二版へのクックの書評は、その分量や、細やかさ、緻密さにおいて、フレイザーがそれまで受けたなかでもっとも優れた批評の一つといえる。クックはこの本には大きな欠陥があると思ったものの、それを真剣に取り上げて、敵意や先入観のない書評を行った。フレイザーの主著のいくつかが扱っている微妙なテーマを考えるならば、このような態度は希少なもので、なぜフレイザーがこの批評をありがたく受け取ったかが理解できる。クックは、批評家がよくやるように作品を切り捨てるのではなく、フレイザーが『金枝篇』をもとに別の著書を出すことを望んでいた。彼が提案した概要をふまえた別のかたちの表現形態をとれば、そこに含まれている有効な題材が生かしきれるだろうと考えたからだ。

クックが『金枝篇』に感じた多くの欠点は、二つの種類に分けられる。一つは形式的な問題で、原始の宗教についてのフレイザーの論が、ネミの森の儀礼分析の枠組みの範囲の中で進められているのを、クックは大きな欠陥であると考えた。それゆえ、この奇妙な儀礼の解説に含まれる原理だけしか論じられていないからだ。フレイザーの照準は関連ある非常に広い範囲に合わされているので、結果として、多岐にわたる分野がネミの森の分析につながっていく。にもかかわらず、宗教についての全般的な理論が展開されたにしても、間接的にしか行われていない。クックは祭司と金枝は文字どおりの仕掛けにすぎないと理解したが、その人為性がかえって不要な制約を課すことになっていると考えていた[10]。さらに、『金枝篇』がそのアリシアの信仰の解説として意図されているがゆえに、もしその信仰についてのより説得力のある解説がなされると、そちらの方が受け入れられてこの著書の存在理由がなくなってしまう。それは、残念で不当な結果である。クックは、フレイザーが第一版の序文で述べているテーマであって、『金枝篇』を書くために注意を向けるのを避けざるを得ない課題であった、「原始の迷信や宗教についての全般的な著述」という研究にもふれてほしいと注意喚起した。そして将来フレイザーがその仕事に戻ることも提案している。

二種類目の批判は、内容に関するものである。クックは、『金枝篇』が推測の積み重ねであるという点は意に介していない。クックは、とくにこれからもその証拠が見出せないであろう現象を説明する場合をはじめ、完全に推論にもとづいた理論を展開しても問題視しない。しかし、原始の精神を再構築するこのような過程には、それを過ぎてはならない二つの限界がある。内容は本質的に一貫していなければならないし、本質的にあり得ないような推論にもとづいて結論を出すことはあってはならない。クックはこの二点において、フレイザーが非難されるべきだと考え、書評の後半で細部にわたってこれを立証した。とくにクックは、アリシアの聖職者が樫の神の代理もしくは化身であるというフレイザーの論を批判している。最終的には、クックは遠く離れたバルドルとの比較ではなく近隣のローマの神聖な王権制度との比較にもとづいてこの宗教について別のかたちの解説を行うことを提案している。

クックは、もし自分が正しければ、そして表面上においてでも小さくまとまった自分の解説の方がフレイザーの論よりも確かに見えるのであれば、アリシアの森の枠組みは『金枝篇』から外されるべきである、と結論付けている。クックは次のように述べる。「この書の真の価値は、アリシアの森という特定の事柄の仮説――それは間違っている――にあるのではなく、呪術や初期の宗教の総括にあり、その大部分は疑いなく正しい[11]」。

この対話のなかでフレイザーは第二版を完成させて以来集めていた情報をクックに提示した。その結果、クックは、樹の中に宿る神は実際にジュピターであり、実際この樹は樫であるという見解に達した。おそらく一つ一つの資料はクックの意見を変えさせるほどのものではなかったが、いったん疑いを捨ててしまうと、様々な種類の例証から、ジュピター（ゼウス）と樫の結びつきの可能性もあるように思えはじめ、やがてもっともらしいように感じられ、ついにはかなりありえそうに見えてきたのであろう。クックも彼なりのやり方でフレイザーのように推論を進める傾向があったが、いったん推論を始めると止まらなくなってしまうところも似ていた。フレイザーが有能な言語学者としての才能以上のものをクックに要求したわけではなかったが、クックはこの方面に実際天賦の才能をもっており、先史時代の諸関連を指摘する語源学者としての業績を多数生み出した。

二人は共同で仕事を進める実り多いこのやり方に浮き立ってはいたが、第三者の客観的な意見を聞かずに有頂天になって我を忘れてしまわないように慎んでいた。フレイザーはクックのアイディアのいくつかについて、マンチェスター大学のラテン語教授であるR・S・コンウェイ（一八六四―一九三三）に意見を求めた。コンウェイは、クックの空想めいたいくつかの意見には批判的であったが、だいたいにおいてかなり肯定的であり、自分自身の意見も述べてさえくれた[12]。クックが一九〇三年、一九〇四年、そして一九〇五年に『古典研究』と『民間伝承』に発表した一連の論文は、この問題を他の学者たちに連続的に提示した。それゆえ、『王権の歴史についての講義』を出版する理想的な準備として大いに役立った。

この講義集は王権制度の発達に関する推論を展開している。講義はネミの森の王の分析に始まり、それによって終わっているが、『金枝篇』におけるネミの森の分析とははっきりと異なっている。二つの思い切った切り捨てがある。金枝そのものにも、バルドルとヤドリギにもふれられていないのだ。どちらもこの儀式を解説するのに必要ではないということは、どちらもこの議論に不可欠ではないということである。この二つが省かれたのは、アリシアの森という枠組みを外すべきであるというクックの提案に直接応えた結果と見なされるべきであろう。ウェルギリウスとスカンジナビアの例を参照するのを控え、原始の類似例をあまり提示しないことで、フレイザーは初めて、そしてただ一度だけ、全体の議論を完全に考え直す試みを行った。

これはこの著書の価値を少しも損なうものではなかった。『金枝篇』第二版では、呪術から宗教への一枚岩的な移行——非常に限られた一部の有能な知識層の意識のなかだけで起こった移行——が起こったと単調に主張しただけであったが、フレイザーはここでは、この基本的な認識論的移行からどのような社会的かつ政治的な結果が生じたかを示そうと試みている。それによってフレイザーは一つの逆説を展開しているのであるが、その萌芽なるものははるか以前の一八八八年のタブーに関する論文に最初に表れている。そこでは、人間の生活の有益な制度の多く、例えば政府、私有財産、結婚などは、「迷信」に起源をもち、そこから発展していったものとされる。つまり、迷信は、現在もまたこれからも、理性と対立する場合が多いのだが、だからといってそれだけのものとして片付けてしまうのは適当ではない。迷信の真理値はほとんどゼロであるが、にもかかわらず、人間の生活において重要な多くの事柄の起源になっているとフレイザーは理解するようになった。この考え方は、迷信の一形態としての宗教をこれまでも、そしてこれからも有用であると捉えるもので、ここにきて初めてフレイザーは、人類全体が理性の光に向かう一直線の進路とは外れたところにある、何か別のもっと複雑なものを認識したのである。

フレイザーが「公共の」呪術者と呼んだ原始の王たち。彼らが自然界の仕組みに対してもっていた関心から判断すると、彼らは原始の共同体でもっとも知性のある集団に属していたことが分かる。これを論じるにあたって、フレイザーは、王たちが早い段階から自分たちの呪術の効力がないのを認識していたにちがいないと述べる。ひとたびそのような認識に達すると、王たちが次にとる行動として二つのパターンができ上った。信じやすい大衆を意識的に騙し続けるか、呪術への信奉は保ったまま自分たちの技術が間違っているだけだと考えるかであった。この二つのパターンのうち、フレイザーは前者を支持した。

一般的な帰結として、社会発展のこの段階では、最高権力はもっとも知性がありかつ平気で悪事を働く人物の手に渡る傾向がある。このような者たちが行う不正な行為がもたらす害と、彼らの優れた聡明さがなせる利益を比べてみれば、善が悪を大きく凌いでいるのが分かるだろう。おそらく、知性ある悪者たちよりも誠実な愚か者によって引き起こされる損害の方がこの世には多いのだから(13)。

さらに、呪術という職業の発達によって公共的な問題がもっとも能力ある者に任せられるようになるため、呪術の活動によって、政治の形態が、部族全体の民主主義から限られた個人による専制へと変形させられ、それによって、それがなければ不活発で保守的な状態にとどまってしまう集団の生活に革新がもたらされることになる。さらにこれは、経済的、社会的、知的発展を生む。専制政治においては個人が自由に思考できるのは自分の内面だけに限られるが、にもかかわらず指導者の威力は民主主義的な大衆が麻痺状態に陥っていたところに発展を引き起こすのだ⑭。

フレイザーのような主知主義者にしては、このような推論は驚くほど社会学的なものといえる。フレイザーは、また、社会機能の分化が進むなかで起こった呪術から宗教への移行がどのようになされたかについて、スペンサー風に論じている。人民中心から王権の神聖化へ、民主主義から専制政治への変化にも、このようにしだいに入り組んでいく展開がみられる⑮。ネミの森を再び論じるにあたって、ついにフレイザーは次のように結論付けた。ネミの森で起こったであろうことについてはこのように言い換えることができる――「ローマの王は、ネミの森で、あるいは他の言い伝えによるとローマの城壁の外のどこかの森で、樫の女神ディアナと結婚した⑯」。『金枝篇』第二版でもこのような聖なる結婚を取り上げていた。それは、模倣としての呪術の儀礼で、模倣によって人間や作物や動物に多産をもたらす役割を負って、儀式を司る祭司間で行う性行為に至る儀式である。しかし、この『王権についての講義』では、この概念がより一層重要なものとされている。今や、みずからの宿命が下されるのを待ちながら慎重に樹の周りを回る孤独な祭司の像は遠く隔たったものになった。

この時期にフレイザーが受けた批判はクックからだけではない。クックが異論を呈したのは歴史的な背景についてであるが、一九〇四年六月には、オックスフォード大学の人類学者R・R・マレット（一八六六―一九四三）が心理学的な背景について反論を述べている[17]。マレットの論調はクックと同様に友好的で礼儀を重んじてはいるが、『フォークロア』誌に発表された「呪文から祈りへ」という長い論文では、フレイザーが呪術と宗教を対立的に示している点にうかがわれる観念連合主義的心理学を検証したうえで、その根本的な欠陥が指摘されている。呪術と宗教という二つの世界観の相異を対立的に位置づけても、自然界にみられる事象の答えにはならない。そこでは、あらゆる場面において進化は徐々に起こっていくからである。マレットは、これにかわって、呪文から祈りへの段階的な移行について、フレイザーと同じく直観的であるが、はるかに複雑な分析を進めた。

この論文は二〇世紀の初めの一〇年に書かれた一連のシリーズの一篇で、ここでマレットは人類学に応用された観念連合主義的心理学に対し重要な批判を展開している。マレットは、原始の人間がかなり漠然とした問題解決の方法をもち、それにとどまっていたのを認めるが、これがのちの精神的な発展へつながっていると論じる。原始の人が推論よりも直感で動いていたその段階を、初期のマレットは「前アニミズム」と呼んでいた（のちに「アニマティズム」と変更された）。彼らは漠然とした、しかし実感としてある超人的な力を感じ取っており（メラネシア人たちにはその力は「マナ」と呼ばれ、イロコイ・インディアンには「ワカンダ」と呼ばれていた）、恐怖ではなく畏怖の念を抱いていた。同様に、マレットは、呪術者が儀礼を行う際についても、呪術者を客観的な科学者の原型か狡猾な詐欺師のいずれかに分類するよりも、行為を行う呪術者の主観的な感情に注目していた[18]。マレットがフレイザーと同様に実地調査型の学者ではない点にも留意すべきだ。マレットは経験から導き出された反証の例を挙げてフレイザーの理論を批判しているのではなく、観念連合主義によっては十分説明しきれないとして、思想や感情の複雑な構造についてのみずからの主観的感覚によって批判を展開した。

マレットは手強い論争相手ではあるが、彼には敵を奇襲してやろうといった意図はなく、一九〇四年六月の終わりに、『フォークロア』誌に掲載される発表前の論文について予告する手紙をフレイザーに送っている。それは、それ以降三五年間にわたる文通と友情の始まりとなる七月四日付の返信で、フレイザーは早速彼の丁重さに謝意を示した[19]。フレイザーの手紙は心の籠ったもので、マレットの批判を建設的であると確信し歓迎している。フレイザーはここでも別のところで言い続けたことを繰り返した。人類学はまだ若い学問で、自分の理論はまったく誤ったものかもしれない、それゆえ、そのいずれについても新たな証拠に照らして修正したり棄却したりする心構えが常にある、と。「時々私は、人々が私のことを理性に耳を貸さずに自分の意見に凝り固まっているると考えているのではないかと心配しています。というのは、私は、自分があまりにもひどい明らかな誤りを犯したと認めなければ、論争を避け、批判にはほとんど応じないからです。しかし、実際私はあらゆる健全な批判から得るものを得ようと努めているのです」。

まだマレットの論文を読んではいないが、自分たちの相違点が本質的なものではなく言葉上のものであると判明しても驚くに値しない、とフレイザーは続ける。彼は、原始の人々と現代人との認識論的な乖離を表すのに適当な言葉、現代人とは大きく異なる原始の精神の実態を伝え、現代人の頭でも理解可能な言語を見つけることの困難さを痛いほど感じていた。その結果として誤解が生じ、おそらくそれが繰り返されていくのだ。「文明化された人々の言語は徐々に発達し、文明化した複雑な思考を表現するにふさわしく洗練されています。それは生のままで曖昧な原始の思考には適用できず、それを表現することはできません」。フレイザーは、マレットの論文を読んだ後で直接あるいは文面でお互いの相違点を話し合うことを望んだ。

それから二〇年もフレイザーとマレットは語り合い、手紙をやりとりしたが、互いに際立った影響を与え合うことはなかった。フレイザーは、ジェイムズ・ウォードやウィリアム・ジェイムズの心理学が理解できなかったように、マレットの難解な心理学を把握することができなかったのだ。お互いに理解できないということを理解し合い友人であり続けたのはよかったが、共同研究ができなかったのは残念である。というのも、フレイザーの大きな弱点は心理学で、原始の人の精神について非常に非現実的な単純化を行っていた点にあるからだ。結果的にマレットは、フレイザーの著作を書評し続け、原始の宗教の基盤をなす社会心理学についてのみずからの理論を研ぎ澄ますためにそれを刺激剤として利用した。[20]

マレットへの次の手紙（一九〇四年一二月一七日付）から分かるのは、フレイザーがのちに『アドニス・アッティス・オシリス』となる豊穣の神に関する論の見直しを行う一方で、彼の大きなテーマであるトーテミズムの研究を速いペースで進めていたことである。一九〇四年、W・ボールドウィン・スペンサーとF・J・ギレンは前著の姉妹編となる『中央オーストラリア北部の諸族』を発表し、フレイザーはふたたび雑誌でこれを読むことになる。フレイザーとの関係を考えると不思議ではないが、呪術、宗教、トーテミズムについての彼らの結論はフレイザー的であり、マレットは書評のなかでこれを批判する。[21]フレイザーはそれに対する反論を行わなかったが、少しユーモアのある対応で、次のような意見を述べている。

あなたが意見を表明しているあらゆる点において、私の考えうる範囲で言えば、あなたはこれ以上不可能なくらい真実から隔たっています！　つまり、あなたの意見がまったく逆のものであれば、それは現在のところ可能なかぎり真実に近いということなのです。私の言いたいことは、もうすぐ『フォートナイトリー・レヴュー』誌に発表するトーテミズムの初期段階に関する私の論文で明らかになると思います。

その論文――それは二本の論文になってしまうのは避けられない分量であったが――にはトーテミズムの起源についてのフレイザーの三番目の、そして最終的な理論が掲げられており、スペンサーとギレンの最新の発見にもとづいているのは容易に想像できるところだ。その説明によれば、一八九九年のフレイザーの持論――トーテミズムは食物の生産増大を目的とし広範囲で行われる共同の呪術行為の制度であるというもの――というのは、その奇妙な制度の歴史上における比較的洗練されたかたちとその二次的な発展を記述したにすぎないものとなった。現在の彼の意見では、トーテミズムの初期段階もしくは起源は、性行為は子作りとは無関係であるとアボリジニーのあいだで信じられていた信仰に由来する、となる。性行為から胎児の最初の胎動まで比較的長い時間があるので、アボリジニーたちはこの二つのあいだの関連を否定していた。彼らは、そのかわりに、母親が最初の胎動を感じる瞬間に、先祖の生まれ変わりである子どもが母親の胎内に入るものと信じていたのだ。

フレイザーが懐胎のトーテミズムと呼んでいたこの理論を用いると、北部の種族では子どもは母親もしくは父親のトーテム一族に属するのではない理由が説明できる。外婚制というものに特徴づけられる段階までには社会的発展を遂げていないこれらの種族では、自然環境はトーテムの力をもつ土地と見なされるものに分割され、そこでは複数のトーテムが支配権をもつ。子どものトーテムは、胎動が初めて観察された土地の地霊《ジーニアス・ローサイ》にあたる動物や植物や事物によってランダムに決定される。その後に、トーテミズムとはほんのいくらかの重なりは認められるものの、因果関係や論理的関係はないと今では見られている外婚制の制度が生まれ、初めて子どものトーテムの家系が系統付けられるようになった。

『王権の歴史についての講義』はフレイザー家の家計の経済的な必要から取り掛かったという点で例外的な書であるが、学問的には価値のあるものとなった。それだけでなく、マクミランが出版した一五〇〇部はすぐに完売となった。フレイザーは同時に『金枝篇』第三版の執筆も進めており、当然のことながら、それはすぐに活用できるものになっていた。とくに植物の神であるアドニスとアッティスとオシリスの崇拝を論じた部分が大きなものに発展していたので、『王権』の成功の勢いもあって、フレイザーはマクミランにその部分を別の本にして出版することを提案した（一九〇六年三月八日）。

この本の内容は変わったものではなく、娯楽的な面白みはありませんが〔フレイザーは『王権』にはユーモアがあると考えていたようだ〕、多くの人がもっと関心を寄せてくれるでしょう。主題はイースターの神々の死と復活で、私はそこでの儀礼がカトリックやギリシャの教会で行われているキリスト教のイースターの儀式にも影響を与えていると考える根拠を示してみます。私は、このテーマを理性ある人の気分を害するようにはいっさい扱っていません。十字架についての私の仮説はこの本には入れません。それについては『金枝篇』の後半で述べます。(中略)『金枝篇』そのものについては、その執筆は現在ゆっくり進めていますが、出版は来年以降になるでしょう。実際のところ一九〇七年中に出版できれば幸いだと思っています。

この手紙で注意すべき点は二つある。死にゆく神々とイースターに関するものは一四章で論じる。ここで注目したいのは、一九〇六年の時点でフレイザーはまだ『金枝篇』第三版の最終的な分量や内容を決めていなかったということだ。『アドニス・アッティス・オシリス』も『王権』もその一部として計画されていた。同時にフレイザーは二つの相違も意識している。『王権』は第三版に組み込まれることになるだろうが、それ単独で十分なものとはなり得ないだろうし、またなっていないと分かっていた。一方、マクミランに告げているように(五月一五日付)、『アドニス・アッティス・オシリス』は「『金枝篇』から派生していますが、それ自体で完成し理解できるものとなっています」。こういった理由で、『アドニス・アッティス・オシリス』の再版が必要になった場合に備えるためだけでなく、「『金枝篇』第三版の一部となるので」、その活字を組んだままにしておいてほしいとフレイザーはマクミランに頼んでいる（七月六日付）。

さらにフレイザーは、『タブー』（一八八七）と『聖書からの引用』（一八九五）の二冊の版権を出版元であるA・&C・ブラック社から買い取ることができるかどうか質問している。これには多少の困難があった。というのは、一八九七年に『タイムズ』社が、『ブリタニカ百科事典』の版権をもっていたブラック社との譲渡契約がまとまり、当時もう古くなっていた第九版を非常に値引きした安い値段で販売することになっていたからだ。この第九版にはフレイザーのトーテミズムの論文が掲載されていた。そこで、これを拡大解釈するなら、この論文にもとづいて出版された本『トーテミズム』の版権はブラック社にあることになる。

ブラック社は、『トーテミズム』の版権を所有していることをマクミランから知らされて、いま、その再版を出版することを希望した。『トーテミズム』の再版がブラック社から出るにせよマクミラン社から出るにせよ、フレイザーはこのなかに一八九九年と一九〇五年に『フォートナイトリー』誌に掲載されたトーテミズムの起源に関する二編の論文を収録したいと言った。「この二編の最新の論文は、『金枝篇』第三版の一部として書かれたので、もちろん貴社の同意なしに再版を出すことはできません」とフレイザーはマクミラン社に書き送っている（一一月一〇日付）。この問題はマクミラン社がブラック社から二つの版権を買い取ることで解決し、マクミランはフレイザーにとって唯一の出版元となった。しかし、問題なのは、一九〇六年の時点では、フレイザーは第三版にトーテミズムについての総括的な分析を載せようと考えていたことである。実際は、そうはならなかった。フレイザーは一九〇七年に第三版の内容を最終的に決定したが、初期の三つの論文を含めトーテミズムに関するほとんどのものが外されることになった。そのかわり、これらの論文は、『アドニス・アッティス・オシリス』と第三版の残りの部分を執筆するあいだにフレイザーを夢中にして（あるいはその気を散らしながら）書かれた『トーテミズムと外婚制』の理論的序文としてとっておかれ、生かされることになった。

『アドニス・アッティス・オシリス』をフレイザーはこれまでで最高の出来栄えの著作だと考え、読者の反応がよかったことにも満足した。[22] 第一刷一〇〇〇部はすぐさま売り切れた。マクミランが重版（このたびは一五〇〇部）を決定したとき、当然のようにフレイザーはこの機会を利用して「誤植を訂正し、数か所言葉を見直し、この本の価値を上げるため若干の付け加えを行いたいのです。加筆について心配しないでください。極めて少ないものですから。雪だるま式に膨らんだりしません。出版されてからまだあまり時は経っていませんから」と伝えた（一九〇七年二月三日付）。今回こそは、フレイザーは約束を守った。この「第二版、改定と補足を含む」は一九〇七年一一月に出された。

一九〇七年一〇月、フレイザーとリリーは、さらに膨張を続ける『金枝篇』第三版の内容に関する問題点をマクミランと話し合うという重要な仕事のためロンドンを訪れた。この会合で、リリーは素晴らしいアイディアを思いついた。彼女は、第三版は、第二版の単なる拡大版ではなくて、実際は関連のあるテーマをもつモノグラフをいくつか集めたものになっていることから混乱が生じているのだと考えた。それならば、第三版はそういうものであるという理解の上に立って、著者と出版社が読者に対して明言すべきだ、と考えた。この彼女の考えは筋が通っている。フレイザーがのちにマクミランにしたためたところによると、残念なことに、そのとき彼はリリーにこの考えを持ち出すのを許さなかった。「一つには誤解していたからで、一つには不必要な議論にあなたの貴重な時間を割いてほしくなかったからです」。しかし、フレイザー夫妻は結局この案をめぐって議論したものと思われる。なぜなら、リリーは手を引っ込めて黙って夫の意見に従うようなタイプの女性ではないからだ。フレイザーは妻の意見に従って、マクミランに持ちかけてみた（一九〇七年一〇月一八日付）。全体を統合するタイトル・ページを全巻のすべてに付けることによって、収録されたモノグラフは本書全体の各部分であることを示そうとするこの案は、シンプルでよいではないかと伝えたのだ。さらに、これによって、これから出版される巻だけでなく、『アドニス・アッティス・オシリス』の売り上げも伸びるだろう。読者は、それぞれが一連の出版シリーズの一部であると考えるからだ。そして、もちろんあからさまには言えないが、シリーズ全体が完成したら、フレイザーは一巻本の縮約版を書くことができると思った。

マクミランはこの案が優れていると感じ、すぐに同意してくれた。そして、まずはすでに印刷された『アドニス・アッティス・オシリス』のすべてに新しいタイトル・ページを挿入することですぐにスタートしようと二人の意見は一致した。[23] 唯一の問題は、フレイザーの本の分量がどんどん膨れ上がっていく傾向を考えると、このような早い段階では、『アドニス・アッティス・オシリス』が何巻目になるかフレイザーにも判断できないということである。中盤のどこかにくるとだけは分かっていたが、フレイザーははっきり決断するのに気乗りがしなかったし、できもしなかった。このため、彼は「巻」ではなく「部」によってこのシリーズを分けてこの問題を回避した。第何巻にするかの見通しはなかったが、何部になるかは分かっていたからだ。『アドニス・アッティス・オシリス』は『金枝篇』第三版の第四部を構成することになるだろう。

『金枝篇』第三版の包括的リストが決まると、フレイザーは驚くような動きに出た。その企画を完全に離れて、トーテミズムに取り掛かった、というより、トーテミズムに戻っていった。一九〇八年三月一六日にはマクミランに次のように書き送っている。

現在知られているトーテミズムについてのあらゆる重要かつ十分に実証されている事実を含む、新しい「トーテミズムの地理的調査」を書いているところです。これは地理や民族に従って配列されており、総括的な要約と結論が付いています。おそらく全体の分量は厚手の八ツ折本二巻になり、私の著作のうちでももっとも重要なものとなるでしょう。そのうち単なる転載論文〔『トーテミズム』と二篇の『フォートナイトリー』誌の論文〕は、一八〇ページほどにすぎません。

書きだすと必ず分量が増えてしまうのがフレイザーの常なので、『トーテミズムと外婚制』(一九一〇)は結局は二巻ではなく厚手の四巻本となってしまうのだが、それに対してこのような説明をしているのは奇異なことではない。

『アドニス・アッティス・オシリス』でこれまでにない多くの読者を獲得し、これまで一番の成功を収めたことを考えれば、なぜこの時点で『金枝篇』の執筆を中断したのだろうか。『トーテミズムと外婚制』の序文では説明されていない。そこでは、一八八七年に出版された『トーテミズム』が絶版になって久しいが、まだ需要があるために再版を思い立った、とだけ述べられている。そして、このテーマについてより新しい見解を含む『フォートナイトリー』誌の二つの論文を収録せずに再版するわけにはいかないと判断したとされている。そこまではいいのであるが、その次にかなり仰々しい文章による奇妙な説明が続く。

私の当初の提案は次のようなものだった。トーテミズムという作物が収穫され蓄えられるまで、このテーマについての論文の執筆を延期するつもりだった。さらにその当時、二年少し前（すなわち一九〇八年）であるが、私は途中で中断したくない別の仕事に専念していた。さて、今になってみると、トーテミズムという作物は多くの畑で白く乾いたまま鎌で刈り取られるのを待っているのだった。それは、他の人が束ねて家に持って帰るのを待っていたのかもしれない。太陽は西に傾き始め、私は長くなった影を見て、日のあるうちに作業をしなければならないと思い始めた。

時折眼の不調を感じる以外には健康上の問題はない五六歳の人間が、このような芝居がかった比喩表現を用いるのは大変奇妙な感じがする。なぜ急に、太陽が傾きかけていると言っているのか。なぜ自分の人生を晩秋の頃と考えており、他の仕事（『金枝篇』第三版）に専念しているのに、トーテミズムの研究を続けるのか。その答えは彼自身にも分かっていない。『トーテミズム』の単純な再版ではなく、新たに発見されたオーストラリアの事例を組み込んだより大きな仕事へ移った結果、彼は自分もそれまでと同じ地点にとどまるのではなく世界全体に対し同様のことをしなくてはならないのではと感じてはいたようだ。

「かくして、気づかぬうちに（傍点著者）、私はこの本の大部分をなしているトーテミズムの民族誌的研究について書くよう導かれたのだ」[24]。マクミラン宛の手紙でもこの件ははっきりしない。先に引用した手紙では、なんの断りや説明もなく、トーテミズムの研究を執筆していると述べられているだけだ。

しかしながら、トーテミズムのために『金枝篇』第三版の仕事を中断するという決断が、フレイザーの人生の微妙な時期になされたのは確かである。ここにきてようやく、彼の仕事は順調にはかどり、名声も頂点に達した。フレイザーはおそらく人生最大の変化（結婚を除いて）の時機にさしかかっていた。一九〇八年四月、フレイザーは、学生時代そしてフェローとして、成人してからの人生のほとんどにあたる三四年間を過ごしたケンブリッジ大学を去ることになった。フレイザーが移ったのはリヴァプール大学で、その職は、リヴァプール大学にとってだけでなく世界でも初の社会人類学の教授の地位であった。この異動にともなう避けられない混乱を考えると、新版『金枝篇』のような、独創的な思考を持続する必要がある仕事よりも、『トーテミズムと外婚制』のようにすでにあるものを編集する仕事の方がフレイザーには容易に感じられたのかもしれない。

ケンブリッジを去る決心をするのは困難で辛かったにちがいないが、様々な事情があって決定されたものであった。リヴァプールからの招聘《しょうへい》の申し出を受ける以前の一九〇七年四月九日、フレイザーはゴスに手紙を書いている。「妻と私はケンブリッジを離れてロンドンの近くに住むことを真剣に考えています。実際、私たちはよい住居がないかと目を配っています。あなたからも何かよい知らせがあると嬉しいのですが」。この家探しの裏には、リリー・フレイザーの長年にわたるケンブリッジへの不満があると考えられる。[25] フレイザーはケンブリッジを去ることを真剣に考えていたので、リヴァプール大学からの申し入れがあったとき、それがすべてに対する答えを意味した。ロンドンやその周辺の何かに漠然と「目を配る」のではなく、実際の新しい場所や職業や付き合いに彼らの関心が向けられることになった。突然リヴァプールでの現実的な計画が持ち上がり、フレイザーとリリーは浮き立った。

リリーにしてみれば、ケンブリッジは夫を無視していた。一方、リヴァプールでは夫は「教授」(彼女は教授夫人)になるのだ。[26] リリーにとってケンブリッジは、大学の巨大で格式ばった存在ゆえに、どこに行っても息の詰まりそうな、何も起こらない小さな町だった。これに対しリヴァプールは町自体が大きく、新しい分野である社会人類学の教授職の設立が示すように、大学は巨大でもないし格式ばってもいない。さらに言えば、リヴァプールは国際的な色合いのある洗練された都市だった。そこでは様々な種類の人々に会うことができるのだ。メンバーが変わったとしても同じような大学教員の小さな集団をなし、度合いは異なるとしても、そのうちの多くが狭い分野の知識の専門家でありながらそれ以外のことには関心をもたない人々だけではなかった。様々な種類の人々に会うことができるのだ。加えて、フレイザーが一九〇七年一一月二四日付のゴールトンに宛てた手紙からは、リリーは最初の結婚における生活の何年かをリヴァプールで過ごしており、再会したい友人が数多くいたのが分かる。

このような様々な理由や不満がからまり合ってかたちを変えていった事情は、リリーにとってはそれまでも夫とのあいだの中心的な問題であり続けたものだが、フレイザー自身がケンブリッジを去らねばならない理由とはどういうものだったのだろうか。フレイザーには自分本位なところは少しもないが、それでも、彼の研究のすばらしさに目をつけてリヴァプール大学が招いてくれたことはたいへん喜ばしかったにちがいない。教授としての職を得るという事実は、リヴァプール大学が人類学に高い評価を与えていることをよく示している。この点でケンブリッジ大学は対照的で、長いあいだ苦労してようやく設立されたハッドンの准教授の地位が、そこではもっとも高い地位であった。そして、教授という高い地位に就けば自分の言葉がどれだけ広く深く受け入れられるかを認識すると、フレイザーにとってその希望自体が本当に魅力的なものだった。

リヴァプール大学からの最初の申し出は一九〇七年の四月から七月のあいだにあったはずだ。これが初めて他人に伝えられたのは、一九〇七年七月二六日のゴスへの手紙である[27]。そのなかで、フレイザーは大学側にこの職の申し出を受けると告げたと言っている。それは「名誉上」のもの（つまり、給料が支払われない）であるが、いくつかの条件がついていると書いている。この条件のうちの大きなものは、研究や執筆活動の妨げとなるのならば、通常の講義を行う義務はないというものである。フレイザーは自分の就任によってリヴァプール大学が人類学の中心になるのを望んでいたが、一方では、この目的のため自分の研究時間を犠牲にするほどではないとも考えていた（一、二人の学生の面倒を見る可能性については大学側もフレイザーもふれていない。もしそれがこの職の条件であれば、それだけでフレイザーはリヴァプールに行くのを止めたであろう）。長年過ごしたケンブリッジ大学を去るのは辛かったが、リヴァプール大学は知的な雰囲気が非常に強く、学問の発展に対し非常に熱心であるとフレイザーは教えられていた。

リヴァプール大学の側からしても、フレイザーの就任は輝かしい出来事であった。新しい学問分野において自分たちが創設した地位に世界的に有名な人物を迎えられるのだ。しかも、何よりも、いっさい費用がかからない。大学の世界でPR活動はそれほど重視されていなかった当時でさえ、このような見通しが考慮されなかったわけではない。この就任は、リヴァプール大学が、将来を見通した動きをしていたことをはっきりと示している。(28)

この申し出が副総長によって正式になされ、フレイザーがそれを受けたことは、一一月九日にゴスへ手紙で知らされている。大学側はフレイザーの条件をのみ、これで彼は大学内で好きにできることになった。「教授職の大きな難点である教育や試験をする義務」からいっさい免れているのだ。「副学寮長〔ヘンリー・ジャクソン〕は、かつて神学優等試験を担当するよう依頼されて、飢えでもしないかぎりそんなことはしない、と答えられたそうですが、私もそれに激しく同意します」。フレイザー夫妻は家を他人に貸すことにした。そうすればリヴァプールが合わなかったときは戻って来られる家がある。しかし、フレイザーは、リヴァプールはとても暮らしやすい場所だろうと大いに期待していた。ゴールトンに対しては、引越しについてこれとは少し異なった説明の手紙を出している（一一月二四日付）。今度の地位はこれまで届かなかった自分の声を届けるための説教台のようなものになると期待できる、とフレイザーは書いている。彼には特別な提案があったのだ。

就任講演で提案しようと思っているのですが、手遅れにならないうちに未開の人々についての情報を収集する人類学の実地調査のための基金設立の計画をもっています。リヴァプールは資金も豊かですし、海外との結びつきも強いので、このような計画を実行するのにおそらく最適な場所だといえるでしょう。さらに、旧大学や、王立協会、人類学協会、大英博物館にもこの計画に加わってもらい、基金の運営を手伝ってもらうつもりです。

このフレイザーの言葉には、いかにも組織運営についての素人の響きがある。いくつかの機関、とくに、ここにあるような権威あるものに、それ自体が管理するのではない計画への協力を要請するのがどれほど難しいことかについて、非常に認識が甘い。

　フレイザーはこれまでも実地調査の資金計画を構想してきた。五年前の一九〇二年には、歴史・考古学部門で英国学士院（ブリティッシュ・アカデミー）の創設メンバー七〇名のうちの一人に選出されている。[29] 学士院は、自然科学の代表といえる王立協会《ロイヤル・ソサイエティ》に相当する役割を、「歴史科学」の分野で果たす目的でつくられた。その当初の仕事は国際的な研究プロジェクトに参加し、その分野に関連した専門知識についての問題を発表したり助言をしたりするというものであったが、独立した研究への資金提供も企画されていた。フレイザーが一九〇三年一二月八日に、人類学分野の実地調査に資金を提供する基金創設の提案を提出したのは、まさにこの二番目の業務に関するものであった。[30] この提案はあまりにも時期尚早といえた。この時点で学士院にはまだ何の管理体制も資金基盤も整っておらず、このように冒険的なものにかかわるのはとても不可能であり、もちろん何事も実現しなかった。

　リヴァプール大学の職はフレイザーがこのように長年温め続けた夢を実現させる機会をふたたび与えてくれたのだ。フレイザーは、彼の基金で最初の援助を行うのはスペンサーとギレンによる西オーストラリアでの実地調査にしようと決めていた。[31] こうしたことに不慣れであったが、実現に向けて動き出さないかぎりこの計画はけっして実現しないことはフレイザーにも分かっていた。こういった理由があって、性分に合わないながらも、フレイザーは活動して、いくばくかの資金を調達した。リヴァプールの住居を確保する前に彼はエジンバラに足を運んで、「チャレンジャー」遠征隊のリーダーを務めた探検家のジョン・マレー卿に計画を見せると、マレー卿は二〇〇ポンドの提供を約束してくれた[32]。実地調査にかかる費用は一五〇〇ポンドほどだったので、計画を実現させるためにはこのような寄付をあと七つほど取り付ければよかった。交渉可能な進歩的で裕福なリヴァプールの住人は七人以上いるにちがいない。というわけで、フレイザーはスペンサーに緊急の手紙を送った——もし資金ができたら、行ってくれますか？　スペンサーは電報で回答することになっていた。もし「イエス」なら、フレイザーは五月一四日の就任講義ですばらしい発表ができる。しかし残念ながら、答えは「ノー」だった。スペンサーはこれまでの実地調査で頻繁かつ長期にわたって大学を離れていたので、少なくともあと二年は大学を空けられなくなっていた。この結果、フレイザーは、実地調査の基金設立ではなく、スミソニアン協会をまねて、大英帝国を形づくっている諸地方に住む原始の種族の行動や信仰を、ヨーロッパ人の影響で完全ないしは永遠に変化させてしまう前に、それらの種族を研究する機関の開設を要求する提案に変更した。

じつはフレイザーには実地調査実現のための別の手があった。しかし、これもくじかれてしまった。当初からフレイザーは基金実現の際の候補者として二つのグループを想定していた。スペンサーとギレンを西オーストラリアへ、そしてジョン・ロスコーを中央アフリカへ。ロスコー（一八六一―一九三二）は、フレイザーの人生後半を通じての親しい友人で、有名な伝道師でアフリカ民族誌学者である。フレイザーとロスコーは一八九一年に文通を始め、ロスコーが布教活動を休んで帰国した一八九六年に初めて対面した[33]。

二人は長い期間熱心な手紙のやりとりをしたが、その半分にあたる一七年間の文通の記録が残っている[34]。一九〇七年五月から始まる現存する最初の手紙で目に付くのは、結びでフレイザーが「親愛なるフレイザーより」"Yours affectionately" とサインしている点であり、これはそれ以降も締め括りの表現として引き続き用いられている。フレイザーはこの言葉をほかの誰に対しても使っておらず、意味もなくこのような表現を使う人物でもない。ほかに二人の親交の深さを表すものとして、一九〇七年にロスコーがフレイザーの蔵書目録を編纂したことがあげられる。本の虫であるフレイザーが、気に入らない人間にそのような作業を任せるはずはない[35]（文通の中でリリー・フレイザーについて語られる厳しい言葉から考えると、最終的にロスコーとの親交は双方の妻も含まれたものであったといえる）。

ロスコーは、土木技師としての訓練を受け、一八八四年に聖公会宣教師会に加わり、ウガンダで二四年間生活した。彼は古くから民族誌に興味をもっており、アフリカ滞在中に『人類学協会ジャーナル』や『人間』誌に寄稿していた[36]。折よく、ウガンダでの最後の二年間の任務に就く前に、彼は一九〇七年にイギリスで半年間過ごした。現存するフレイザーとの最初の手紙はこの期間のものである。ロスコーがウガンダに戻った直後の一九〇七年一二月一五日、フレイザーは間近に迫ったリヴァプールへの引越しと人類学の基金の計画について書いている。これから二年間何があっても聖公会宣教師会を離れるわけにはいかないのですか、とフレイザーは尋ねた。もしリヴァプールで基金の計画が支持を受け、ロスコーが宣教師会を抜ける見通しがはっきりするなら、当時はほとんど知られていなかった中央アフリカへの実地調査を率いてほしいとフレイザーは考えていた。行きたい気持ちはロスコーにもあったが、最後の二年間の任務を全うする義務を感じており、結局、翌年にフレイザーがリヴァプールで計画を発表する際に探検家の候補として名前を挙げることは不可能になった。

実際のところ、フレイザーがリヴァプール（アバクロンビー・スクエア二四番地）で暮らしたのはわずか五か月（一九〇八年の四月から九月まで）で、この間に成し遂げられた仕事はほとんどなかった。彼のリヴァプールでの滞在は、ただちに大きな落胆をもたらしただけだった。トーテミズムの研究をするはずであったが、引越しと蔵書の整理にともなう面倒な作業で、就任講演「社会人類学の眺望」の準備をするにとどまってしまった。

この講演は短いものであったが、何の知識もない聴衆に社会人類学の概要を丁寧に説明するところから始められ、民族誌の研究機関設立の提案だけでなく多くの話題が含まれていた。フレイザーは理性にもとづいた生活にはかぎりない利益があると信じていたが、彼の個人的な現状はあまりにも辛いもので気分が落ち着かず、それは明らかにこの就任講演にもうかがえる。この講演では、人類学の長期にわたる社会的政治的状況について、救いようもないほど悲観的な予想が述べられている。彼個人の苦境が講演にこのような憂鬱な調子を生じさせた明らかな原因ではないかもしれないが、その感情が表に出るのにひと役買っているはずだ。就任講演の思想も表現も、普段は人前には出さない彼の心の一面を表している。

フレイザーの考えでは、人類学は二つの領域に分かれている。それは「未開の人々の習慣と信仰」と「文明化された人々の思考や制度のなかに残っているこれらの習慣と信仰の遺物」であり、いくつかの点において、どちらかというと、西洋の教養ある人々の生活に直接影響するという理由から後者の方がより重要視される。[37] その総称としては民間伝承《フォークロア》という名で知られているが、これらの遺物の根源は、「自然界の、宇宙の、根絶できない人類の不平等」のなかに見出される。一八九〇年の『金枝篇』の序文で、フレイザーは、現代ヨーロッパの農民の気質が本質的には古代アーリア人のものであるとしている。しかし、その後進性は生来の無能力によるものではなく、歴史的な結果である。けれども、多くの、いやほとんどの人々が、「頭が鈍い」という避けがたい状況にあるのもまた、残酷な事実である。このため、「いくら隠蔽しようとも、人類がつくる政府というものは常に、そしてどのような場所でも、本質的には貴族的な性質をもつ。政治の機構を巧妙に操ってもこの自然の法則は避けられない」。貴族的という言葉でフレイザーが意味しているのは、世襲的な政治カーストではなく、「知識を先取りした思想家たち」という「優れた頭脳の一部の人々」である。名目上の指導者のみならず、どの時代においても、その名を知られていない統治者、王冠を被らない王はこのような頭脳集団なのである。

明らかに、『王権の歴史についての講義』でみられたようなこれまで馴染みのない社会学的な思想傾向への進出はここでは捨て去られ、フレイザー本来の主知主義的、プラトン主義的傾向が十二分に発揮されている。

社会の内部の機能と文明の進歩とについて研究すればするほど、どれほどこれら二つが様々な思想の影響を受けているか、はっきりとしてくる。その思想というのは、いつ、どこでかは分からないが、優れた知能をもつ者たちによって生み出され、しだいに広がって地域社会や人類全体の愚鈍な集合体全体に作用を及ぼしていくのだ。

おそらくこのような思想は、人類の進化の契機となった様々な物理的相互作用の精神的な側面を述べたものであろう。現実の世界で繰り広げられる個人と人類全体のあいだに起こる、存在をめぐっての同様の厳しい闘争もまた、知的な生の法則である。しかし、最終的には、「私たちが真実と呼んでいる、優れた思想が勝利を収めるのだ」。新しい思想が生まれて古い先入観を覆そうとするときはいつも、その先入観を思考の拠り所としていた無知な大衆はそれに激しく抵抗し、あらゆる手を使ってそれを広める者（もっとも恩恵を与えてくれる者）を打ち倒そうとする。

エルネスト・ルナンの思想を用いて、フレイザーは、人類は梯陣をなして一様ではない発展をしていくと述べている。ある国の、または複数の国々のある時期において、ひと握りの者が残りの者よりもはるかに先んじている。この優越の理由は、彼らが、

遅れている人たちには重荷となり歩みを妨げ続けている迷信という負担を捨て去ってしまっているからだ。比喩を使わずはっきり言うと、迷信は生き残っている。その理由は、共同体のなかの文明化された人にとっては、その迷信が憤慨するようなものであっても、迷信は、優れた者たちによって教え込まれて、表面的には文明化しているにもかかわらず、心の底では未開人や野蛮人であり続ける他の者たちの思考や感情とはあい変らず調和しているからだ。

ここで述べられる一般大衆とは、「アーリア人の農民」が示すよりも、はるかに後進的で下等なものである。彼らは、その知的程度の低さにおいて本質的に救いがたいところにあるからだ。

もう一度言うが、ヘンリー・メイヒューや他のヴィクトリア朝の社会調査研究家たちのような考えを借りるなら、われわれ現代人はまだ二つの国が存在する現状のなかにいる。そこでは、自分たちの近辺に野蛮人の無知の遺物がどの程度残されているのかをもっとも教育のある者でさえ理解していない（一九世紀の「二つの国民」という考え方は――野蛮な人々、もしくは貧しい人々であれ――彼らを人間の一部としてそのなかに加えるか、別の種として人間扱いしないか、判断するのに揺れている）。これは、グリム兄弟の功績にさかのぼらなければならない。彼らは、田園地帯に行って最初の報告をもち帰った。他の多くの人々によって認識されたことだが、それによると、「あらゆる文明化された国々の大衆は、大多数ではないとしても、いまだ知的には未開の状態にあるという驚くべき、いや警戒すべき真実がある。実際、文明社会のなめらかな表面の下は迷信によって蝕まれているのだ」。

この時点でフレイザーは文明を貴重でもろい構築物であると考えた。それは、力を合わせて行動している人類のうちでも啓発された指導者たちの思想によって秘密のうちに作り上げられ、あらゆる面からそのふちに打ち寄せてきて脅かそうとする闇の力にも屈せず奇しくも発展した。その文明について、将来を見通すような予言的な強い言葉でフレイザーは次のように述べている。

学問を身に付けてこの問題に取り組んだ人間のみが、われわれの足元の地面の下がこのような状態、見えない力によってまるで蜂の巣のようになっているその状態の深みに気づく。私たちはまるで、火山の上に立っているかのようだ。それはいつ何どき煙や炎を上げて噴火し、何世代もの人の手によって一生懸命作りあげられた古代文明の庭園や宮殿に瓦礫を撒き散らしてしまうかもしれない。パエストゥムのギリシャ神殿の遺跡を見て、それをイタリアの農民のむさくるしさや未開状態と比較して、ルナンは言った。「私は文明に対し身震いを覚える。それは非常にかぎられたもので、あまりにも脆弱な基盤の上に立ち、優れた文明をもつ国においてでさえ非常にかぎられた人の手中にしかない」。

フレイザーにはこれ以上は何もできない。理性主義と人間の行動の比較研究によって、彼はこの暗い深淵にたどりついた。そこでは彼はそれを見つめ続けるしかない。フレイザーは政治家ではないし、原始的な錯乱状態を目にしても——それはある種、社会の本能的エネルギーの源泉のようである——それはあまりにも広範囲にわたる全体的なものであり、教育や改革のための改善処方の見通しを立てることもできないほどである。ここには人間性と社会機構の普遍の本質について彼が抱いていた概念がよく分かる。社会は本質的に険しいピラミッド型をしており、これからもずっと大きな部分を占める暗い最下層部の上に成り立つ。福音書の書き直しを行ったとき、フレイザーは次のように述べている。われわれは常に無知な人々とともにある。というのは、優れた者たちの思想が何とか大衆にまで浸透したとしても（もしそんなことがあるとしたらであるが）、その頃には古びた不適切なものになっており、頂点と下部の精神的な距離はけっして縮まりはしないからである。

これはほとんど知られていない言葉であるが――この講演はフレイザーが編纂や転載を希望しなかった珍しいものの一つである――［ジョン・］ラスキンが『一九世紀の嵐雲』（一八八四）のなかで気象のイメージで描き出した、ヨーロッパ中を席巻し、やがてすべてを圧倒してしまう、あの取りつかれたようなあるいは取りつくような力をもった見解に匹敵する。フレイザー自身にはこのような預言者のような力を保ち続けることはできなかった。足元で沸き立つ人間のマグマをはっきり知覚した結果、彼は自分の見たものとそれを変える不可能性の双方に怯んでしまった。それは、彼の進化と理性の力への信奉を完全に否定するものである。フレイザーが聴衆に向かって人類学のこのような不吉な末路を示すことは二度となく、この講演そのものが行われなかったもののように扱われた。文明に対して問題提示する、時代の見解が表れたこのような預言者的な一連の発言には、他の一九世紀の発言者としてニーチェやドストエフスキーが連なっているが、次なる人物としては、フレイザーの同時代人フロイトの出現が待たれることになる。フロイトはフレイザーの辿り着いた地点を踏み越えて火山の奥に進んでいく。

リヴァプール滞在は九月までであったが、実際には、ケンブリッジを離れてすぐにフレイザーはそれが間違いであることに気づいた。就任講演の一週間前、リヴァプールに着いてわずか一か月の五月五日には、友人でベルリンの古典学者であったヘルマン・ディールスに宛てた手紙に、意気消沈の様子と身体の不調が暗く迷いの多い調子で綴られている。

私は本来の研究は自分の書斎で行っています。書斎を離れて表に出て行くのはいつも苦痛です。教授の椅子に座るのは落ち着きませんし、これからずっとその椅子に座っているのだろうかと思ってしまいます。落ち着いた美しい町で歴史あるケンブリッジを去って、商業的な港町の喧騒のなかにやって来たのは大きな変化でした。私は自分の心をケム川の柳並木に置いてきてしまったようです。すぐにでも、その失われた財産を取り戻しに行ってしまいそうです。(38)

事実上リヴァプールに来るやいなや、フレイザーはケンブリッジに戻ろうと決めたといってもよい。後は大学側にそれを伝えるだけで、それは七月八日のことになった。副総長宛の手紙には、リヴァプールに根を下ろしてずっと滞在する気持ちは強かったが、どうしてもうまくいかず、次の学期が始まる前にケンブリッジに戻りたいと書かれている。

三三年以上を過ごしたケンブリッジへの執着は思ったよりも強かったと、この経験から知らされました。私の根っこは、ポリュドロスの根っこのように、血を流さずに引っこ抜くことはできないようです。事実、ケンブリッジに戻ってそこに暮らすことが、私の幸福、ひいてはよい研究を行うために欠かせないことだと分かりました[39]。

ケンブリッジで、フレイザーは、煩わしさや気を散らすもののない、自分のやり方にぴったり合った生活スタイルを築いていた。初めからフレイザーはリヴァプールには合わないものを感じていた。それは、騒音や人ごみや初めて会う人々であっただろう。それが何であれ、引き籠っているのは不可能だった。彼は結婚しており、社会的な義務のある大学教授で、大学町ではなく大都市に住んでいるのだ。自分の仕事とひいては生活のため必要な日々の雑事をこなす新しいやり方をうまく身につけることができず、フレイザーは完全に行き詰まってしまったようだ（マリノフスキーは、この挫折の原因を間違ってアンドリュー・ラングの批判のせいにしているのではないか?）。ディールスへの二番目の手紙（一九〇八年八月二九日付）では、望みを失って落ち込んでいると繰り返されている。「私はリヴァプールを去って、ケム川の川辺に置いてきた自分の心を取り戻そうとしています」。そして、フレイザーらしくハイネを引用している。「私にはかつて美しい祖国があった。あの樫の木はそこにとても高く育っていた（Ich hatte einst ein schones Vaterland / Der

Eichenbaum wuchs dort so hoch.)」。

さて、ついにリリー・フレイザーの反応について述べるときがきたが、それは友人でケンブリッジの鉱物学教授であるM・J・ルイス宛の率直な手紙（一九〇八年九月一日付）がよく伝えている。

あなた方のようなご親切な友人とふたたびお付き合いできるのはうれしいのですが、リヴァプールを去るのは本当に残念です。仕事のことなど考えると、フレイザーは大きな間違いを犯しているのではないかと感じないではいられません。しかし人の気持ちに理由などないのですね。今、私がすべきなのは、荷物をまとめたり解いたりということだけ、そして、後は気にしないということだけです。[40]

リヴァプールの件は、屈辱的で大きな失敗だった。スペンサーのオーストラリア遠征とロスコーのアフリカ遠征のための実地調査基金の計画、大英帝国版スミソニアン協会の提案は、まったく実を結ばなかった。初めて自分の家を離れて夜を過ごす子どものように、フレイザーは惨めで、新しい環境に馴染めなかった。フレイザーにとって一番たいへんだったのは、悩みながら引越しの計画を立て、ケンブリッジを離れてリヴァプールに住まいを構え（しかも惨めな気持ちで）、そして今度は逆の作業を行うことで、ほぼ一年が無駄になったことである。さらに、その職は無給であったので、一年のうち二度の引越しは大きな金銭的負担となり、それから何年にもわたって家計を圧迫した。そして何といっても無視できないのは、引越しを決めるにあたって、リリーの不満を呼び起こすような話し合いを何度も重ねなければならなかったことである。結論は最初から決まっていたようなものであるし、結局フレイザーは自分の欲していたもの、すなわちケンブリッジへの帰還を成し遂げるのだが、リリーにしてみれば問題は何も解決していないのは明らかである。[41]夫妻は敗れてケンブリッジに戻ってきた。ところが、ケンブリッジを永久に去ることになるのは時間の問題だった。それには六年の歳月を要したが、フレイザーが一九一四年に『金枝篇』第三版を完成させると、夫妻はロンドンに移り二度とケンブリッジに暮らすことはなくなった。

九月の終わりにフレイザー夫婦はケンブリッジに戻ってきた。これまでの自分たちの家は賃貸に出されていたのでそこに戻るわけにはいかず、グレーンジ・ロードにセント・ケインズと呼ばれる大きな家を借りた。九月の半ば、リヴァプールからケンブリッジに戻る途中、夫妻はオックスフォードに立ち寄って、第三回宗教史学会国際大会に出席した。リヴァプールを去る前から、フレイザーの心は間近に迫ったケンブリッジ帰還後の計画で浮き立っており、クックに宛てた手紙(八月一八日付)には、また一緒に散歩をして話ができるのを楽しみにしており、ヘブライ語の勉強を再開してみようと思っている、と書かれている[42]。九月二九日には、『トーテミズムと外婚制』の完成の計画についてマクミランに手紙を書いている。ケンブリッジに戻ったことによるフレイザーの精神的な復活が最初にかたちになったのは、一九〇九年二月五日に王立科学研究所で行われた、『サイキの仕事』という題の思弁的な講演である[43]。

神話では、サイキ（プシュケー）は混ざり合った大量の種を種類別に仕分けするという労働を課されている。フレイザー自身は、現代のサイキとして、そして悪魔の擁護者の役割をひき受けながらも、良い種と悪い種が似通っていながら完全に混ざっているために、この労働がいかにたいへんなものになっているかを立証することに着手した。マクミランは、このタイトルは奇妙であるし内容が伝わらないのではないかと考えたが、フレイザーは次のように説明している（一九〇九年二月一三日付）。

この本は、サイキが様々な種類の種を選り分ける労働を与えられたように、迷信と呼ばれる大量の悪い種のなかから良い種を選び出す試みです。深い意味では生命（サイキ）の本質は死という悪を避けて善を選び出すことにかかっています。ですので、タイトルは哲学的な意味において主旨にかなっていますし、乾いた科学的な研究に彩りを与えるようなイメージと詩的な要素を初めに見せるのは効果的だと思います。（中略）そして、読者の注意をひくという実用的な観点から見ても、「サイキの仕事」の方が「諸制度の発展に対する迷信の影響」よりもはるかによいタイトルにちがいありません。後者のものはタイトルというより説明です。（中略）最初のものの方が簡潔で、はっきりしており、インパクトがあります。（中略）同じように考えると、『金枝篇』はそのタイトルで多くの読者を惹きつけたのであり、もし、『呪術と宗教の初期の歴史についての研究』などという長ったらしい抽象的なタイトルがついていたら多くの人はこの本に見向きもしてくれなかったでしょう。ラスキンの数々の本の成功もあの人目をひく詩的なタイトルによるところがあると思われませんか。

フレイザーの基本的な論旨は次のようなものである。現代生活には大きな価値のある四つの柱があり、それは、（君主制の）政府の尊重、私有財産の尊重、結婚と性道徳の尊重、人間生活の尊重であり、それらの起源は「迷信」にある。『王権の歴史についての講義』ですでに明らかにしたように、フレイザーは自信に満ちた若い頃のように、迷信――この言葉はフレイザーにとって理性によらないあらゆる信仰や行動を意味する――を単なる「誤り」として切り捨てるつもりはなかった。彼は、人類の発展が、それまでの未開の泥の中から脱出する道を見出した例外的な個人によって達成されたとは思ってはいなかった。

人間は奇妙な動物です。知れば知るほどその習癖は奇妙なものに思えてくるのです。その愚かさにもかかわらず、いやおそらくその愚かさゆえに、人間は常に上に向かっていくのです。人間は、間違った出発点から時には正しい結論に至り、妄想から正しい実現方法を導き出すのです。(44)

この逆説からフレイザーはよくある穏当な結論を引き出した——彼が信じていたように、これらの中央の諸制度が混沌もしくは虚偽の上に築かれていたとしても、それらが腐敗していたということに結びつかないし、またそれらは改革や棄却されるべきだということにもならないのだ。

この講演はある種の緊張感をもって始められた。フレイザーは、迷信についての論点を設定するためには迷信を擁護するものが必要であるという持論を述べ、理解しやすいように話題の範囲を限定してみせる。ここでは世俗的、一般市民的な制度のみにしか言及しないことにすると。しかし皮肉な口調で次のように語った——「宗教や教会の制度については、私はこれから何も言いません。宗教でさえも聖なるものゆえに汚点がないというわけにはいかず、迷信の助けとは縁がないわけでもありませんが、それを明らかにするのはおそらく可能でしょう」。しかし、それはこの講演の要点ではない(45)。これは、偏りがなく洗練されたやり方だった。というのは、フレイザーは、宗教的な論点に照準を合わすよりも、馴染みのある社会生活の基盤に新たな光を当てることを望んでいたからである。しかし、これは四つのセクションのうちでもっとも人々の興味をひきそうな、結婚制度についてのセクションで初めて明らかにされたわけではない。

性的規範の逸脱に対して神が厳罰を望むという信仰がどれほど広い範囲に及ぶ地域で信じられていたかを示すために、フレイザーは、いつものように、あらゆる原始の世界からの例を用いた補足を過剰なまでに示してみせた。この考えは、人間の多産が動植物の繁殖と共鳴作用があると、あるいは呪術的な関連があるとされていたことに由来する。もし人々のあいだで逸脱した性行為が行われたら、その共同体は食糧危機に遭遇するであろう。呪術が宗教にその地位を譲ったとき、禁忌の基準は自然的なものから超自然的なものへと変化し、神の戒律に委ねられることになった。しかし、フレイザーによると、懲罰の機軸が現世的な場から来世的な場へ単純に移行してしまったのは不適当であった。「というのも、私たちは、神は人間の創造物であると心にとどめておかねばなりません。人間はみずからの姿に似せて神を創り上げ、神の好みや意見は人間自身のものが漠然と投影されたにすぎないのです[46]」。もちろんこれはキリスト教からみた異教を背景として語ったものだが、寓意的な意味合いがあった。そうするつもりはないと言いながら、フレイザーが聴衆の一部の気分を害してしまった可能性は十分にある。宗教がもつ修復しようのない愚かな欠点とは、固定観念である。こうして見ると、フレイザーがマンチェスターの教職を断った事件に思いが至る。おそらく、学生の信仰心を傷つけないように常に自分自身を抑制する自信がなかったのであろう。

この講演での主張にはほかにも興味深い点がある。呪術と宗教の相違点を繰り返し述べるにあたって、フレイザーはさらにエスカレートしていく。原始の宗教における禁忌には、さらに深遠で不思議な疑問がある。すなわち、それぞれの社会は、互いに大きく異なるのに、どのようにして、また、なにゆえに、一様に、ある性的な関係を不道徳と位置付けるのであろうか？　特定の性的関係それ自体が正しくないと人々によって判断されて初めて、そのような不道徳が自然界の秩序を乱してしまうものだと裁定されたにちがいない。

この疑問により、私たちは社会の歴史のなかでももっとも深遠で暗い問題、すなわち現在の文明国においても結婚や性関係を規定している規律の起源の問題に直面することになります。大まかに言って、私たちが今日このような事柄に関してもっている規律は、原始の人々のなかにも認められます。もちろん異なる点もあって、原始の人々には性的な禁忌がわれわれよりもはるかにたくさんあり、それを破ることははるかに大きな恐怖をもたらし、破った者への処罰ははるかに厳しいものでした。この問題はこれまでずっと論議されてきましたが、まったく解決していません。おそらくこれは、私たちが「自然の謎」と呼ぶ、スフィンクスにまつわる多くの謎のようなもので、永久に未解決のままなのかもしれません。いずれにしても、これはあまりに複雑で深遠すぎて、ここで話題にするにはふさわしくないのかもしれません[47]。

この講演の原稿は、フレイザーが『トーテミズムと外婚制』の執筆に専念していた時期に書かれたとみてよいだろう。この本は、フロイトが『トーテムとタブー』を書くきっかけとなったが、そのなかでフロイトは、(他の著作でと同じように)この問題を真っ向から論じている。

すでに、『トーテミズムと外婚制』の計画外の誕生について、つまり、フレイザー自身にとっても「いつのまにか」、世界中の原始民族のあいだでトーテミズムの慣習が生まれた状況についての概説を、トーテミズムに関する以前の研究の焼き直しに付け加えていったさまはすでに述べた。この大要をまとめたことで、フレイザーは同時代の人類学者たちに大いなる貢献をもたらした。『トーテミズムと外婚制』以前であれば、研究者たちは一つの分野に専念しているだけでよしとされた。しかし、世界中のトーテム的な行為を集積した上で検証を行ったこの業績によって、どんな研究者も局地的な情報をグローバルな視点で捉える比較研究を行うことが求められるようになった。この意味では、これまで例をみないほどの広い範囲に照準を定めたフレイザーの研究は、研究分野全体を再考するきっかけとなり、さらに再検証の必要があるテーマを示してみせたのは明らかである。一八八七年の『トーテミズム』は、当時フィールドワークを行っていた初期世代の研究者にとっても研究主題を実質的には創り出し定義する点において、『トーテミズムと外婚制』でも彼が提示できた多くのデータを取り出して見せるのに役立った。さらに、この初期論文それ自体は、これによって多くの人々がトーテムに夢中になる契機を与えられ、トーテミズムとその痕跡をあらゆるところに探すようになった。おそらく、『トーテミズムと外婚制』の重厚で権威的な存在感は、この浮かれ騒ぎを鎮める効果もあっただろう。

第三巻までの研究は地理に従ってまとめられている。オーストラリアから始まり（スペンサーとギレンはトーテミズム研究の新たな足場を築いた。これは彼らの大きな業績である）、オセアニア、インド、アフリカの民族に見られるトーテミズムの解説（ウガンダのロスコーが集めた新しい情報を含む）に進み、アメリカ大陸に至る。それにはトーテム時代の人々に見られる外婚制についても述べられているが、フレイザーは、この二つの現象にはとくに関連はないとしている。

第四巻には、要約と結論があり、ここまでの三巻の注と正誤表が付けられているが、これまでとは別種の面白みがある。タイトルにもかかわらず、このセクションは要約というよりもむしろ分析であり、フレイザーはこの両者の複雑で相互関連性の深い制度の特質を引き出してみせようと試みる。フレイザーは、「明らかに」原始的であるトーテミズムと外婚制の理解を通じて、人間の諸制度の起源に迫ることができると確信している。

『フォートナイトリー・レヴュー』誌に掲載されたフレイザーの論文を読んだ者にとって、このトーテミズム論は、まったく驚きではなかった。もちろん、W・H・R・リヴァーズがバンクス諸島で発見した「起源のパターン、極めて原始的なタイプのトーテミズム」のような新しいデータもあるが、フレイザーは、一九〇五年に発表した「観念としての」トーテミズム論を主張し続けた。しかし、外婚制の起源についていうならば、答えはそれほど明確ではない。外婚制には、氏族を二つ、時には四つまたは八つの階級に分け、その共同体のどのメンバーもそのうちの一つからしか結婚相手を見つけることができないという複雑な特徴がある。このような制度がどのようにして生じたと想像されるか、フレイザーには二つの見解があった。彼は、スペンサーとギレンの意見に従って説を提起している。それによると、少なくともオーストラリアに関しては、近い親族内での結婚を不安に思ったり偏見をもって嫌悪したりする同族の者たちを見て、そのような結婚を禁止する法を発布した原始人の立法者が現れて、この制度そのものが完成されたのだ、という。[48] これは、原始の人々の行為は継続的な思想の産物と見なすフレイザーの体質に合っていて、これにより、現在のわれわれも自分たちの行為を批判する際にそのような行為を批判する根拠が与えられることになった。

しかし時には、例えば北アメリカの外婚制の場合においては、フレイザーにはこの考えが根本的に間違っているようにも思えた。アメリカの人類学者ルイス・ヘンリー・モーガンは、まず社会関係の分類法の重要性を悟った人だが、彼は、イロコイ・インディアンの氏族制度は、インディアン社会でのモーセやリュクルゴスにあたるような万能の人物がはるか昔に創り出したものであると主張していた。これに対しフレイザーは次のように応じている。

これらの氏族のトーテムの制度は、異なる部族を婚姻や血族関係によって結びつけるために賢明な未開の立法者たちによって工夫のうえつくられたものとは、もはや考えられなくなった。しかし、共同体全体から氏族への解体においてこのような現象があったのは否定できない。(49)

フレイザーは自分の矛盾には気づいていないようである。

現在の人類学者にとって、この本は興味の対象にはならないが、それはテーマによるものではない。(50)現象としてのトーテミズムは、もはや問題を提起しない。なぜなら、かつては根拠なく論じられていた未開の人々の雑婚の概念に対して、今では強い関心はもたれてはいないし、フレイザーが外婚制という単一の見出しのもとにまとめた思想や行為は、発生学的にではなく構造や機能の面で分析されているからだ。しかし、社会階層と血族関係の中心的概念としての外婚制は、非常に大きな理論的関心であり続けている。それよりもむしろ、『トーテミズムと外婚制』は、その思想的な前提が否定されてしまったために、顧みられなくなってしまったのだ。

三〇年ほどのあいだ「進化」について論じられることはなかったが（フレイザーの世代にはあらゆる社会的な現象を解明する鍵と考えられていたせいであろう）、その後、人類学者たちはふたたびその重要性を認識した。しかし、現在では、人類の歴史の経過が未開から文明へと着実に上昇し、トーテミズムや外婚制といった制度の存在や不在がその発展の明らかな指標となると考える者はない。同様に、フレイザーが考えていたように、トーテミズムを（また他のいかなる社会制度も）豊かに枝を伸ばした迷信というベンガルボダイジュの木の「目にも鮮やかな」果実であると見なす人も今はいない[51]。この「目にも鮮やかな」という言葉はトーテミズムの暗い側面も示している。フレイザーの意見では、トーテミズムの研究は人種差別的な結論にも結びついていくからである。次のパッセージにこめられた内容を考えてみると、フレイザーの思考において、人種差別の正当化が「推論を排除し、事実にのみ目を向けるような」観察者に気に入られてしまうのは非常に皮肉である。

もし、推論を排除して事実のみに目を向けるならば、おおまかに次のように言えるでしょう。トーテミズムは、多くの未開の異邦人たち、われわれが卑しい人種と呼ぶ人々の慣習です。彼らは、熱帯地方や南半球に住み、皮膚の色は真っ黒や、濃い茶色、赤色です。アッサム地方のいくつかのモンゴロイド種族が幾分疑わしい例外ですが、黄色人種や白色人種にはトーテムの習慣はありません。実際そう見えるように、概して皮膚の色の白さや黒さに従って文明の程度が異なるのであれば、トーテミズムは熱帯地方や南半球、そして北アメリカに住む皮膚の色の黒い、文明度の低い人々に特有の慣習であるという仮説を立ててもよいでしょう(52)。

現在でも『トーテミズムと外婚制』に関心が寄せられている理由は、フロイトが本書を(J・J・アトキンソンの一九〇三年の論文「原始の法」と並んで)、みずからの幻想的なメタ心理学の著作である『トーテムとタブー』(一九一三)を書くための人類学的な論拠としたからである。この書の副題は、「未開人と神経症患者の精神生活の一致点」となっており、フロイトは、フレイザーのトーテミズムと外婚制についての分析を参考にし、人類全体の精神の進化という大きな背景でみる個人の性心理の発達に関する説明に組み込んでいる。フロイトがトーテミズムと外婚制に関心を抱いたのは、古代人の思考パターンの表れが、現代の神経症患者の精神生活に彼が見たものと同等の思考傾向を示していたからである。『トーテムとタブー』は、フロイトの見解のなかでは優れたものとは見なされてないが、それはフレイザーに依拠したせいではない[53]。そうではなく、アトキンソンの説をそのまま提示したにすぎないという批判を受けているからだ。その説では、原始の部族で「息子の父親たち」が性的な優越を求めて争った結果起こった「夢の時代」(アランダ族の呼び方による)の立ち退きについて論じられている[54]。

しかし、伝記的な見地からは、『トーテミズムと外婚制』は次の二つの点で面白い。

(一)この本は、どんなものも捨てずに再利用するというフレイザーの強迫的な性格を示す多くの例のなかでももっとも顕著な例となっている。すでに別の主張をもっているにもかかわらず、どうして以前の著書を再版するのかは、序文では説明されていない。わざわざフレイザーがやらなくても、他のどんな学者でも、その当時有効や有用であったものをここから引き出し、残りを廃棄したであろう。

(二)フレイザーは、セム族のトーテミズムという厄介な問題を避ける選択をした[55]。彼自身は根拠となる資料を見てこの回避に踏み切ったと述べているが、これは、意識的にせよそうでないにせよ、フレイザーがロバートソン・スミスから離れていこうとした努力の一歩を表している。というのも、世間の目には、セム族のトーテミズムは、本質的にスミスと同義であるからだ。また、フレイザーがふたたび宗教論争を敬遠したのも明らかである。セム族のトーテミズムを論じると、ユダヤ教とキリスト教につながっていく。一九〇一年の時点で、フレイザーにはこれから生涯をかけて取り組まねばならない論題がすでにたくさんあったのである。

（1）『王権の歴史についての講義』について、ましていわんやその重要性を評価していないが、ただ言及している唯一の人は、『雑踏した堤』のスタンレー・エドガー・ハイマンである（Edger Hyman, *The Tangled Bank* 〈New York, Atheneum, 1962〉, pp. 203, 205, 236, 263.）。

（2）Charles Seltman, "Arthur Bernard Cook, 1868–1952," *Proceedings of the British Academy*, 38 (1962), pp. 295–302.

（3）A. B. Cook, Zeus, 5 vols. in 3 pts. (Cambridge, Cambridge University Press, 1914, 1924, 1940).

（4）『ゼウス』最初の分冊に対する書評で、ジェイン・ハリソンは、作者の唯一の欠点は「自分を引き立たせる技術」の欠如であると指摘している。「ゼウスとディオニソス」『スペクテイター』誌一一四号、三〇四ページ（Jane Harrison, "Zeus and Dionysos," *Spectator*, 114 〈27 February 1915〉, 304）。

（5）"The Golden Bough and the Rex Nemorensis," *Classical Review*, 16 (1902), pp. 365–80.

（6）MS: TCC Frazer 1: 58.

（7）クックは返信（一九〇二年一〇月一六日付）に次のように書いている。「自分がそれまで温めてきた意見を攻撃されたとき、あなたのように真実への愛情をもって率直かつ公平にそれに向き合う人はほとんどいないのではと感じずにはいられません」（TCC Add. MS b. 35: 226）。

（8）フレイザーは、一九〇三年二月六日付のヘルマン・ディールスへの手紙でそのように述べている（MS: Sammlung Darmstaedter 2b 1890〈41〉, Staatsbibliothek Preussischer Kulturbesitz, Berlin）。原稿の管理者であるI・シュトルツェンベルク博士に引用を許可していただいた感謝を述べたい。

（9）"Zeus, Jupiter and the Oak," *Classical Review*, 17〈1903〉, pp. 174–86, pp. 268–78, pp. 403–21; 18〈1904〉pp. 75–79, pp. 325–28, pp. 360–75. "The European Sky God," *Folk-Lore*, 15〈1904〉, pp. 264–315, pp. 364–426; 16〈1905〉, pp. 260–332.

（10）クックは学術論文における文学的な文体をあまり評価してはいなかった。ジェイン・ハリソンによれば、クックは論文を「問題にかかわる事実の集積である」と考えているが、ハリソンにしてみれば事実は解釈されなければ意味をなさない。ハリソンは、最終的に、クックに説明の明晰さの重要性を理解させることができなかったことを嘆くに至る。J・G・スチュアート『ジェイン・エレン・ハリソン――手紙からみた肖像』一六九―七〇ページ（J. G. Stewart, *Jane Ellen Harrison: A Portrait from Letters*〈London, Merlin, 1959〉pp. 169–70）。

(11) 「金枝とネミの王」三八〇ページ。
(12) MS: TCC Add. MS b. 35: 211. クックの知的想像力と他人を助けようという寛大さを示す他の言葉については、スチュアート一〇二ページ参照のこと。
(13) 『王権の歴史についての講義』八三ページ。
(14) この先史の時代の文明的な卑劣な行為に対する見解は、フレイザー自身の自由主義的な政治的傾向と完全に一致する。フレイザーは、個人の努力を信じており、中央集権化された政府や政治思想には不信を抱いていた。
(15) 『王権の歴史についての講義』一五〇―五二ページ。
(16) 同書、一九六ページ。
(17) R・R・マレット「呪文から祈りへ」『フォークロア』誌、一五号、一三二―六五ページ(R. R. Marett, "From Spell to Prayer," *Folk-Lore*, 15〈1904〉pp. 132-65)、『宗教の出発点』再録(*The Threshold of Religion*〈London, Methuen, 1909〉)。マレットについては、愉快な調子の自叙伝『オックスフォードのジャージー人』(*A Jerseyman at Oxford* (London, Oxford University Press, 1941))、H・J・ローズ「ロバート・レナルフ・マレット、一八六六―一九四三」(H. J. Rose, "Robert Ranulph Marett, 1866-1943," *Proceedings of the British Academy*, 29〈1943〉, pp. 357-69)参照のこと。
(18) マレットは、『王権の歴史についての講義』に対する書評(『人間』誌、6号)〔*Man*, 6〈1906〉, no. 29〕で、同種療法的で伝染性のある魔術についてのフレイザーの表題が分類上有効であるのは間違いないとしながらも、「しかし、私たちは呪術の行為の本質からあまりにも遠く隔たってしまった」と述べている。

（19）MS: TCC Add. MS b. 36: 189.

（20）マレットはフレイザーの出版物のうち重要度の高いもののほとんどに書評を書いた。ほぼ完全なリストについては、L・H・D・バクストン編マレット記念論文集『習慣は王である』三〇三―二五ページに収録されているT・K・ペニマンによる参考文献を見よ（*Custom Is King* 〈London, Hutchinson, 1936〉）。

（21）R・R・マレットの『中央オーストラリアの北部部族』書評で『オックスフォード・マガジン』二三号（*Oxford Magazine*, 23 〈23 November 1904〉, 100）に収録されているが、ペニマンのリストにはない。

（22）『人間』誌、6号（*Man*, 6 〈1906〉, no.114）掲載の『アドニス・アッティス・オシリス』の第一版に対するマレットの書評は次のように始まっている。「この書は、文学的見地から見て、傑作である」。しかし、さらに進むと、理論的な箇所のいくつかに予想できる異議を申し立てているけれども、全体的にマレットの熱烈な反応は一般読者の典型といえる。

（23）『アドニス』第二版（一九〇七）へのタイトル・ページの挿入に、ベスターマンは、それを『金枝篇』第三版に組み込もうとする回顧的な決定とみている。タイトル・ページは、前扉がキャンセルされてそこに貼り込まれた。フレイザーは、第三版全体の見通しを示す総合目録的な概要も作成した。

(24) 『トーテミズムと外婚制』第一巻、xページ。

(25) 例えば、リリー・フレイザーから学士院の書記官であったヴィクトール・ゴランツに宛てた、一九〇二年一一月一五日付の手紙には次のようにある。「本当に、まあ！ あなたと違って、私たちはここで化石みたいになっていますので、町で一日過ごすのは大きなイベントです。ですので、フレイザーとともに一日出かけるつもりです」(MS: British Academy Archives)。

(26) 大学の規則にはないが、ケンブリッジ大学の慣習では、名誉博士号は専任のフェローや講師には与えられないことになっていた。リヴァプールに移ったので、フレイザーへの博士号授与が提案された。しかし、すぐにケンブリッジに戻ってきてしまったので、それが協議される間はなく、一九二〇年になるまで候補者から外されたままだった。J・J・トムソンからレーリー卿宛の一九〇八年五月二〇日付の手紙を参照。「J・J・トムソン・メリット勲爵士の生涯」一〇八ページ（*The Life of Sir J. J. Thomson O. M.* 〈Cambridge, Cambridge University Press, 1942〉)。この件の照会についてはポール・ネーデイッチ氏に感謝したい。また大学の専任教員への学位授与の規則（の不在）について教えていただいた、ケンブリッジ大学アーカイヴ館長のドロシー・オーウェン博士にも感謝の意を示したい。

(27) 六月二八日付のクロッドへの手紙にも、それとなく書かれている。

(28) 一九〇七年一一月一二日付の『リヴァプール・デイリー・ポスト』の記事によると、このとき就任したのは三名で、そのうちでもフレイザーの着任がもっとも注目されている。また、この三名は「大学に保証された講義と研究の完全な自由」に魅力を感じていると締め括っている（Archives of the University of Liverpool, S. 2508）。この照会については、リヴァプール大学アーカイヴ副館長のA・A・アラン氏に謝意を表したい。

(29) フレデリック・G・ケニヨン『英国学士院——初期の五〇年』参照のこと（Frederic Kenyon, *The British Academy: The First Fifty Years* 〈London, Oxford University Press, 1952〉）。

(30) MS: British Academy Archives. 学士院副書記官のP・R・ウィリアムズ氏の協力に感謝したい。

(31) R・R・マレット、T・K・ペニマン（編）『スペンサーのJ・G・フレイザー卿およびその他の人々との学術的往復書簡』一一二—一一四ページ（R. R. Marett and T. K. Penniman 〈eds.〉, *Spencer's Scientific Correspondence with Sir J. G. Frazer and Others* 〈Oxford, Clarendon, 1932〉 pp. 112-14〉、および一九〇八年五月六日付のシェクターへの手紙（MS: Jewish Theological Seminary of America）。

(32) ジョン・マレー卿（一八四一—一九一四年）。一八七二—七六年、チャレンジャー号での探検航海を行う。フレイザーは研究機関の設立を本気で考えており、閣内委員会のメンバーそれぞれに、自分の就任講演の原稿を該当箇所に印を付けて送りつけた（マクミランへの手紙、一九〇八年五月二一日付）。ケンブリッジに戻ってから、フレイザーは、オックスフォード大学が西オーストラリアでの探検調査を再開するだろうとマレットから伝えられる。一九〇九年三月一一日付のマレットへの手紙（TCC Add. MS b. 36: 195）には、マレー卿への打診について書かれている。また、オックスフォード大学が関心をもったことがリヴァプール大学を刺激し、何らかの動きにつながるのではないかと述べているが、それは実現しなかった。

（33）『タイムズ』紙、一九三二年一二月五日付、一七ページ。「ロスコーのこの一八年間のウガンダ滞在中に、フレイザーは惜しみない協力と励ましを与えた」。フレイザーの追悼文「ジョン・ロスコー修道会士」（C&E, pp. 73–79）も参照のこと。フレイザーがロスコーとウガンダのトーテミズムと外婚制について語った一八九六年一一月一九日の会話のメモも残されている（BM Add. MS 45449〈99–100〉）。

（34）フレイザーからロスコーへの手紙はトリニティ・カレッジ所蔵（TCC Add. MS b. 37: 33–64, 66–74, 76–106, 108–44, 146–71）。トリニティ所蔵のフレイザー16: 77–78はロスコーからフレイザーへのアフリカに関する手紙やメモである。

（35）フレイザーからロスコーへ、一九〇七年七月一九日付（TCC Add. Ms b. 37: 35）。

（36）ロスコーの初期の民族誌には次のようなものがある。「バガンダ族の風習の記録」（"Notes on the Manners and Customs of the Baganda," *JAI*, 31, n. s. 4〈1901〉, pp. 117–30）、「続バガンダ族の風習の記録」（"Further Notes on the Manners and Customs of the Baganda," *JAI*, 32, n. s. 5〈1902〉, pp. 25–80）、「キブカ、バガンダ族の軍神」

("Kibuka, the War God of the Baganda," *Man,* 7〈1907〉, no. 95)、「バヒマ、ウガンダ保護領のエンコル牧牛民族」("The Bahima, a Cow Tribe of Enkole in the Uganda Protectorate," *JAI,* 37, n. s. 10〈1907〉, pp. 93-118)、「ナンタバ、ウガンダ王の女性物神」("Nantaba, the Female Fetich of the King of Uganda," *Man,* 8〈1908〉, no. 74)、「バゲシュ族の記録」("Notes on the Bageshu," *JAI,* 39, n. s. 12〈1909〉, pp. 181-95; rev. of W. S. Routledge, *With a Prehistoric People, Man,* 10〈1910〉, no. 63)。

(37) マクミラン社は、一九〇八年に『社会人類学の眺望』をパンフレットのかたちで出版し、一九一三年に『サイキの仕事』の第二版を収録する本として再版した。このテキストからの引用は、再版の一六六—七〇ページからのものである。

(38) MS: Sammlung Darmstaedter, 2 b 1890 (41), Staatsbibliothek Preussischer Kulturbesitz, Berlin. 引用許可については、原稿司書のI・シュトルツェンベルク博士に感謝の意を示したい。

(39) MS: Archives of the University of Liverpool. これ以降、フレイザーがリヴァプールに居をかまえることはなかったが、一九〇九年春に『サイキの仕事』の大要を伝える四連続公開講演、一九一〇年三月「トーテミズムと外婚制」についての二回の講演、一九一一年一一月「穀物の女神としてのデメテルとペルセフォネ」についての二回の講演を行っている。フレイザーが、リヴァプール大学のその講座教授の席を正式に退いたのは一九二二年になってからである。この情報は、リヴァプール大学アーカイヴ副館長のA・A・アラン氏による。

(40) MS: TCC Frazer 1: 30.

(41) リリーはフレイザーにほかのことにも金銭的な我慢を強いた。病気で転地していたヘンリー・ジャクソン宛の長い手紙（一九〇八年一一月三〇日付）で、J・M・イメージはトリニティやケンブリッジの噂話を伝えている。そのなかの一説によると、「私はまだフレイザー氏にお会いしていません。噂によると、こちらに戻ってくるための金銭的状況から、自宅で食事をとらざるを得なくなったそうです、教官用食堂ではなくて」。MS: Henry Jackson collection, Lilly Library, Indiana University, Bloomington, Indiana.

(42) MS: TCC Frazer 1: 60.

(43) 『サイキの仕事』（一九〇九）、改訂増補の上、フレイザーの就任講義を含めて一九一三年に再版され、一九二七年に『悪魔の弁護人』（*The Devil's Advocate*）というタイトルで再発行される。これをはじめいくつかの文献的な問題を解明してくださったセオドア・ベスターマン氏に深く感謝したい。

(44) 『サイキの仕事』viiページ。

(45) 『サイキの仕事』一―二ページ。

(46) 『サイキの仕事』四四ページ。

(47) 『サイキの仕事』四七ページ。

(48) 『トーテミズムと外婚制』第四巻一二一ページ、第四巻二八〇ページ。

(49) 『トーテミズムと外婚制』第三巻九一―一〇ページ、第一巻三四六―四七ページと比較。

(50) 『トーテミズムと外婚制』に対する、ハッドンの率直な反応が、一九一〇年六月一八日のクロッドの日記に綴られている。「彼(ハッドン)は、『トーテミズムと外婚制』はフレイザーの名声を高めはしないという意見に賛同していました。ハッドンが言うには、彼は文学的な人間で、科学者ではないということです。また、理論に取りつかれて、人間の本質を理解していないとも言っていました」。また、A・W・ハウィットがスペンサーのイギリスへの出発を見送ったときのハウィットからの手紙をフレイザーが写したものが残っている(BM Add. MS 45451, 25–26)。「しかしながら、私にとって絶対確かだと言えるのは、あなたが書かれていたようなかたちでトーテムを認知するような精神状態を経験したオーストラリアの黒人はいないということです。最初にトーテムの習慣を始める前に、トーテミズムについて考えた者はありません。それは自然発生的なもので、意図的な製造物ではないからです。そしてその発生の源は記憶される以前に消えてしまいました。私の意見として極めて確かなのは、私たち自身の目であの習慣を見たならば、あの未開人たちが分かっていることが私たちにはけっして分からないということです。私たち自身の精神をもって彼らを理解しようとしても、けっして彼らの精神を理解することはできません」。

(51) 『トーテミズムと外婚制』第一巻一四ページ。

(52) 『トーテミズムと外婚制』第四巻一四ページ。

(53) 『トーテムとタブー』については、アーネスト・ジョーンズ『ジークムント・フロイト

——生涯と業績』二巻三九二―四〇四ページ（Ernest Jones, *Sigmund Freud: Life and Work* 〈London, Hogarth, 1955〉, II, 392-404）参照のこと。これによると、精神分析の潮流のなかにいた人々のほとんどは、この著作を空想的作品と見なしていた。後年になっても、評価が上がることはない。

（54）フレイザーとフロイトの関係についてのダウニーの解釈を補足するよい機会であろう。『フレイザーと「金枝篇」』二一ページでは、フレイザーが「あのフロイトのやつ」と言っていたとなっている。さらに、「フロイトがフレイザーに『トーテムとタブー』を送ってきたとき、フレイザーはその本の価値が分からなかったか、その方面について研究してみようとはしなかったかである」。「あのフロイトのやつ」というのは言葉どおりの引用であり、フレイザーがどのような調子でこの言葉を発したか想像するのは容易である。しかし、現在の地点から当時のフロイトの評判を考えてみるならば（フレイザー自身の説明を待たなくても）、フレイザーの反応はそれほど興味もない軽蔑であり、恐怖や嫌悪ではないと分かる。これは、一九二〇年四月四日にロスコーに宛てた、打ち解けた調子の長い手紙（TCC Add. MS b. 37: 134）に出てきた言葉である。また、フレイザーが『トーテムとタブー』というタイトルを間違えているのも示唆的である。「『トーテミズムとタブー』という新しい本が手元に届きました。ドイツかオーストリアの心理学者の本の翻訳です。著者は、私の本の事例を借用して、心理作用、とくに精神異常者の夢という点から説明を行っています！　私にはあまり見込みのない研究手法に思えます。一部の人のあいだではかなりもてはやされている人物のようですが」。

(55) ロバートソン・スミスの友人かつ弟子であったスタンリー・A・クックの論文、「イスラエルとトーテミズム」(Stanley A. Cook, "Israel and Totemism," *Jewish Quarterly Review*, 14〈1902〉, pp. 413-48) のテーマである。

第13章　フレイザーとマレットの批判

一九一〇年四月、『トーテミズムと外婚制』の完成を記念して、フレイザー夫妻は長期の海外旅行に出かけた。夫婦ともに疲れたようだが、フレイザーが実際どんな体調であったかは分からない。というのは、リリーの方は夫が疲れ果てていると記録しているのに対し、フレイザー自身はたいへん調子がいいと書き記しているからだ(1)。事実、リヴァプールでの不遇のときを除いては、一九〇一年以降フレイザーは休むことなく全力で仕事をしてきた。一見、強靭な体力でどんな激しい仕事もこなしているが、それでもフレイザーの活力は幾分衰えてきたのであろう。

リリーといえば、常に呼吸器の不調を訴え、長期にわたる病気から回復したところでもあったが、さらに難聴を抱えるようになっていた。一九〇九年一〇月二日にフレイザーがゴールトンに手紙で伝えたところによると、彼女の片側の耳は時にまったく聴こえなくなってしまい、よい方の耳で聴くことも同じように困難になっていた。それから数年間彼女はほぼ聴力を失った状態になり、補聴器をつけていた。当時補聴器の性能はあまりよくなく、その補聴器をめぐって、リリーは丸い大きな補聴器をペンダントのように鎖で首にかけていたとか、それでもよく聴こえなくなることもしばしばあって、耳にラッパ形の補聴器をつけたりしていた、といった話も残っている。しだいに聴力を失っていく多くの人の例にもれず、リリーはだんだんと怒りっぽく、疑い深くなっていった。一九三〇年代にダウニーが彼女と初めて会ったときにはこの症状はさらに進行しており、彼女はかなり誇大妄想的である、とダウニーは記録している。それでも、リリーの話題は、彼女自身ではなくて常に夫のことであった。結婚以来リリーは、他の学者たちは人のよいフレイザーから情報を探り出すことにばかりに興味をもっており、その見返りには何もしてくれない、という考えを捨てられずにいた。彼女からしてみると、彼らは大切な仕事から夫の注意を逸らす存在でしかなく、それゆえできるだけ夫から遠ざけておかなくてはならなかった。聴力が減退するに従って、彼女は夫の訪問者たちの話の内容が分からなくなり、会話に参加するのが困難になった。このため、訪問者たちの意図を最悪のものとして捉えがちで、誰であってもフレイザーと話しにやってくるのを嫌がるようになっていった。[2]

夫妻はその休暇を順調に過ごし、パリ、ミュンヘン、バーデン・バーデン、エンガンディン地方のポントレシナを訪れた。フレイザーは散歩や登山の喜びを味わい、もともとリリーは激しいアウトドアの活動をするタイプではなかったが、それでもきれいな空気や知らない人に会うのを楽しんだ。二人とも、とくにリリーは、休暇が終わりに近づくのを悲しく思った。一九一〇年六月一三日にポントレシナからケンブリッジのＭ・Ｊ・ルイスに宛てて書かれた手紙で、リリーは休暇を早く切り上げなければならないことを残念に思う、と書いている。とくに、その理由というのは、長く滞在する金銭的余裕がないからだった。これがきっかけとなって、また不当な扱いに対する彼女の不満の口火が切られることになる。リヴァプールを去ってからおよそ二年経っていたが、しかしその記憶はまだ胸にうずいていた。

時としてケンブリッジ大学がフレイザーに何もしてくれないことが少々つらく感じられ、単なる感傷からあそこに戻ったのは愚かだったという気さえしてきます。リヴァプールではフレイザーにはちゃんとした地位がありましたし、その気になれば給料だってもらえていたはずですから。私と同様に彼も今は後悔しています。あなたをはじめとする幾人かのお友達がいらっしゃらなかったら、私たちはセント・ケイン屋敷の必要以上に立派な環境のなかで惨めなほどに寂しい思いをしているでしょう。ですが、笑って（もしくは呻きながらでも）これに耐えるしかありません。フレイザーはとても疲れていて（自分では気がついていませんが）、大都市の騒音や緊張を我慢することができなくなっています(3)。

二人は併せて一一週間旅に出ていたことになる。そして、七月の初めにイギリスに帰ってくると、金欠という昔からの問題に直面する。金銭的困窮から救ってくれた一九〇四年の王立文学財団からの助成金はもうとっくの昔に使ってしまっていた。もちろん二〇〇ポンドの年金はありがたく受け取っていたが、家計簿のもう一方の欄を見ると大きな支出がたくさんあった。印税の収入は少なくなっていた。『金枝篇』は絶版となっていたし、『トーテミズムと外婚制』はまだ何の利益も生んでおらず、リヴァプールへ移ったことと、そこから引き上げたことによる二度の引越しで支出がかさんでいた。ケンブリッジでの新しい住まいであるセント・ケインの屋敷は、あまりに広すぎてそれゆえ維持費がかかり不経済であったが、夫婦が急にケンブリッジに戻ってきたときには空いている家はほかにはなかった。このため、リリーの不満にもかかわらず、この家に落ち着いたのだ。予想どおり、フレイザーの貯金はほとんどなくなってしまい、銀行から多額の借り越しをすることになった。

家計を任されていたリリーは、借り越しなどといった不快なことでフレイザーを煩わせないように常に努めていた。それを知らせても夫を心配させて仕事の妨げになるだけである。しかし、いつまでも家計の困窮を夫に隠しておくわけにもいかなかった。フレイザーは大陸にいた時点で厳しい現実に気づいてしまった。そこでスイスからマクミランに手紙を書いて、この借り越しをきれいにするために『金枝篇』第三版の印税を前金で三〇〇ポンド支払ってくれるよう依頼したところ、マクミラン社はすぐに応じてくれた。しかしこれは一時しのぎにしかならず、一九一〇年六月一七日、フレイザーはこれまでも世話になっていたエドマンド・ゴスに再び手紙を書くことになった。フレイザーは、王立文学財団に前回援助を受けてからの自分の業績をかいつまんで説明し、第三版が完成して利益を生むようになるまでのあと数年間の支援が必要であると述べた。

一週間後（六月二五日）に、リリーもゴスに手紙を書いている。この手紙のなかで二人の新婚当時について語っている箇所はすでに引用した通りである。リリーは、収入がどこに消えていくのか、支出を明細に記している。法外に高い家賃（家主が電気を使えるようにしたばかりだから）、フレイザーの書籍や雑誌の驚くほどの支払い、「どうしても必要な使用人一人」などである。さらに、またリリーはここでもリヴァプールを去ることになった不満をぶちまけている。「あのときはどうしようもないホームシック」にフレイザーは襲われていて、ケンブリッジに戻って来る以外しようがなかったのだ。そして、また、夫のような学者の偉大さを無視するなんてケンブリッジは見通しが甘い、という愚痴でリリーはこの手紙を締め括る。

夫は執筆に時間と気力と体力のすべてをつぎ込んでいますし、『トーテミズム［と外婚制］』は（多くの人からうかがうところによると）、一世一代の傑作として大勢の学者の方にご満足いただいております。完成させるのに、一日の休みもなく二年半もかかったのです！　このような立派な仕事を成し遂げて、国や大学に何らかの報酬を望むのは不自然でしょうか。労力と知性を注いで大学や国に栄誉を捧げたのですから。たとえ実際に貧窮にあえいでいないとしても、何か報酬があってもいいのではないでしょうか。

いかにも当事者ならではの言い分ではあるが、彼女の主張は不合理なものともいえない。ケンブリッジにしても他の大学にしてもフレイザーほどの評判と業績をもつ学者を抱えているところはそう多くはないが、往々にしてそのような人物が認められないことがある。しかし、問題はフレイザーの学者としての優秀さとは関係がなかった。おそらく、フランス育ちで中央集権的な教育システムに馴染んでいたため、リリーはケンブリッジ大学独特の組織のあり方を理解できなかったのだろう（とはいうものの、ケンブリッジの特異さは多くの外国人だけでなくイギリス人までも困惑させることがあった）。一八八二年の改革によって、ケンブリッジ大学はそれぞれのカレッジに対して権力をもつようになっていたが、とくにまだ金銭的な面においては弱く、実質を欠いたものであった。もし副学長がそのことに思い至っていたとしても、おそらくケンブリッジはフレイザーに何もできないと言ったであろう。なぜなら、フェローとしてのフレイザーは、少なくとも教育的な面において大学に何ら実質的な貢献はしていない。フレイザーはトリニティ・カレッジの終身フェローの資格をもっていたが、トリニティもまた、金銭面についても、昇進という意味においても、フレイザーに何かをしてくれるわけではなかった。フレイザーには講義をする意思がなかったし、いずれにせよ、どこのカレッジにも人類学教授のポストなどは存在しなかったからだ。

こんなことはこれまでなかったが、ゴスからは何も返事がなかった。一九一〇年以降、王立文学財団にはフレイザーに関する資料は残っていない。つまり、フレイザーからもゴスからも公式な援助の依頼がなかったということである。資料がないので、ゴスもフレイザーも申請を続行しなかった理由は分からない。委員会では重要な役割を果たし自分の意思で様々な事柄を進めることができたゴスが、三回目の助成金を交付しようとすればできたのは確かである。フレイザーが助成を受けていた一八九九年から一九〇四年までの五年間にわたる基金の控帳を調べてみると、その期間には少なくとも一人の特別に優遇された申請者（トム・テイラーというジャーナリスト）が六期目の助成を受けているが、ほとんどの者に対する援助は一〇〇ポンド以下で、五〇ポンド以下という例も少なくないことが分かる。五年間でそれ以上の援助を受けたのは、唯一の例が三〇〇ポンド与えられたジョゼフ・コンラッドで、フレイザー以外で二五〇ポンドを手にしているのはわずか二人である。フレイザーにとって、この財団はとてもありがたい存在であった。

理由はどうであれ、今回はゴスにもこの財団にも頼れないと、フレイザーはすぐに判断した。それから一か月もしないうちに、フレイザーはヘンリー・ジャクソンに手紙を書いて（七月一九日）、トリニティ・カレッジから援助が貰えないかどうか尋ねている。(4) フレイザーは自分の財政状態を正直に語り、次のように締め括っている。もし援助がなければ「かなり少なくなりつつある財産が」底をついてしまうか（一九世紀の紳士にとって、それは中流階級から脱落してしまう可能性さえともなう恐ろしいことであった）、もしくは、

すぐにも金になるような他の職を探さなければならないでしょうが、私の年齢で（私は五六歳です）は簡単に見つからないでしょうし、見つかったところで不本意ながらしなくてはならないようなものでしょう。なぜなら、私が人生をかけてきた研究の仕事をそれによって中断せざるを得ないからです。

ジャクソンの返信は残っていないが、当時のカレッジの学則ではいかなる措置をとることもできない、という主旨のものであったにちがいない。フレイザーが、友人か親戚の誰かに借金を申し込むことはできないと感じていたのは明らかである。このため、著述を続ければ続けるほど負債が大きくなるように思えた。フレイザーにとっては、このような生活はすぐに耐えがたいものになったであろう。しかし、幸運の女神は彼を見捨ててはおら

ず、ほどなくして救いの手が差し伸べられることになった。『金枝篇』の執筆を再開してわずか六か月後の一九一一年二月、セント・アンドリュース大学の二期にわたるギフォード記念講義の講師に招聘されたのである。この名誉と高額の講師料をともなうギフォード記念講義の講師職とは、アダム・ギフォード（一八二〇―八七）の遺贈によって一九世紀末に設けられたものである。ギフォードはエジンバラの裕福な弁護士で、のちにスコットランドの上訴院判事を務めた人物であるが、彼が設立した講座は、毎年一度、一人の講師が宗教の歴史的または哲学的進化に関するテーマについて一〇回からなる一連の講義を行うというものであった。

フレイザーはすぐにこれを引き受けた。テーマとして選ばれたのは、不死の信仰と死者に対する崇拝であるが、哲学的というよりも歴史的な面を考察することにした。これは「何年間も取り組んできた研究課題です」と、セント・アンドリュース大学の学部長宛の手紙にフレイザーは書いている。(5) 経済的な理由から、フレイザーはできるだけ早く講義を始めることを希望し、実際、第一期の講義は一九一一年の一〇月に、第二期は翌年に始められている。(6) 一期あたりの講師料はフレイザーの年収とほぼ同等の四〇〇ポンドにもなり、合計八〇〇ポンドの収入は瞬く間にフレイザー家を経済的困窮から救った。フレイザーはふたたび『金枝篇』の執筆を中断してこの講義の準備を始めたが、これは二五年間にもわたる読書によってまとめられたノートから掘り出された成果からなっている。

この間にフレイザーは、R・R・マレットとのあいだで、短くはあるが意義深い意見交換を行っている。その手紙は、昔からの様々な個人的、学問的テーマの集大成ともなり（神話学の意義や起源について、またロバートソン・スミスの説について）、原始宗教の研究者としてマレットが目指している方向は、フレイザーとは遠く隔たっていることをよく示している。このやり取りがとくに貴重といえるのは、フレイザーには意見の対立を嫌い事実そのものに着目していく傾向があり、理論的な議論やまして論争などに加わることはたいへん珍しいからである。個人的な感情によるところもあるだろうが、最後にはフレイザーが自分の立場の正当性を証明するためにロバートソン・スミスの考えを幅広く再現していることが、この手紙のなかにはっきりとうかがえる。

この事件の発端は次のようなものだ。一九一〇年、マレットはタイラーの後任としてオックスフォード大学の人類学講師に任命され、一〇月二七日には「謙遜の誕生」というタイトルで就任講演を行い、その直後それを印刷したものをフレイザーに送った。[7] 約六か月後の一九一一年の五月一一日、フレイザーはようやく感謝の手紙を出している。通常フレイザーは、他の学者から著書が送られてくると、受け取った直後、読む前にお礼の返事を出すことにしていた。そうすれば、内容についての意見を述べる必要がないからだ。当時フレイザーとマレットは親しい友人同士だったので、フレイザーはそのときばかりは気楽に対応してもよいと甘えてしまったのであろう。マレットには気を遣ったり儀礼的になったりする必要はなかったのだ。

マレットは、新しい批判的な社会心理学の研究を進めていた多くの学者の一人であった。この研究は従来の思想の学派に属するものではなく、マレットはそれを原始宗教の研究に応用しており、自らの就任講演を、学問的立場の表明の場とする決意をした。この一派のなかには、ウィリアム・マクドゥーガル（一八七一―一九三八）、リュシアン・レヴィ＝ブリュール（一八五七―一九三九）、手紙に名前は挙がっていないが、アーノルド・ヴァン・ジュネップ（一八七三―一九五七）、エミール・デュルケーム（一八五八―一九一七）がいた。彼らはみな、タイラーやフレイザーの主知主義的な宗教心理学を受け入れなかった。彼らが否定したその概念とは、原始のコミュニティは不連続な精神の集合体によって構成されており、それぞれが独自の思想形態をもち、呪術的な儀礼や宗教の教理を合理的に考える、というものである。これに対し、マレットらが進めていた社会心理学は、個人的な事象より集団的（マレットがおどけて使っていた言葉を借りれば「群集的」）な事象の分析を本質的に行うもので、個人やグループのあいだに起こる相互作用をより段階が進んで複雑になった重要性の高いものと見なし、非合理的な精神や感情を迷信やヒステリーとして切り捨てずに重視する。さらに、ジェイムズ・ウォード（やF・H・ブラッドリー）らは、様々な心理状態に応じて細かい分類を試みている。これは、かつて観念連合主義者が認知しようとした以上に多層な段階にわたる分析である。大きな観点から見ると、これらの学者たちは不合理なるものに着目した思想的潮流の重要なパートを占める。その形態は、生気論、集産主義、精神分析などであるが、いずれにしても、世紀の転換期において次第に力を強めていた。[8]

フレイザーとマレットの手紙の話に戻ろう。もっと早くに感謝の手紙を出さなかったことを謝罪した後で、フレイザーはただちにマレットの意見の「誤り」と思えた部分を訂正しようとする。講演のなかでマレットは、観察によって認められたすべての事実を考慮していないとして、フレイザーの主知主義をはっきりと批判し、どのようにすればフレイザーの宗教心理学の解説が改善されるのか提案している。マレットは「謙遜の誕生」という語を、原始社会の敏感な賢者たちが呪術に失望して宗教に向かうようになった際に体験したにちがいない自己不信や卑下の複雑な感情を表すものとして使用しているが、フレイザーの意見については、とくに、宗教に取って代わられた呪術について正しく認識しているならば、「謙遜の誕生」についてもっと説明が必要であると述べる。マレットから見た主知主義の欠点は、集団の（個々の構成メンバーに対する）感情的な働きの重要性を認識していない点や、集団内でメンバーたちが外に表れた感情表現を模倣し合って一つの感情を帯びていくことで感情の増殖が起こるのを理解していない点にある。[9] マレットは、人間の感情や行動は精神的なものからでなく生理学的な（すなわち、神経性の）刺激から起因すると捉えて理解することを提案し、最新の心理学分野の研究（ウィリアム・ジェイムズや

C・G・ラングに関連するもの）に言及している。[10] この理論によると、例えば、突進してくる闘牛の像を見ると、知らず知らずのうちにアドレナリンが分泌され、心臓の鼓動が速くなり、人の体は防御の体勢をとる（この場合は、逃げるために）が、これが起こるからこそ、またこれが起こった後で、ようやく精神的な「恐れ」という感情が表面化する。主知主義がもっている精神と非精神とのあいだの柔軟性のない区分を打ち破ろうと望んでいたマレットにとって、このような心理学的な見地は宗教心理学の分野における応用可能な分析上のヒントを与えてくれるものであった。「儀礼、言葉を変えれば、外にかたちとして表れる所作は、歴史的に見ても教理に先行しています。これは、何年も前にロバート・トソン・スミスや他の学者によって主張されています[11]」。これに対してフレイザーは噛みついた。

あなたの側にこそ誤りがあると思われる部分を訂正するのをお許しください。[12] ロバートソン・スミスの親しい友人の立場からしても、また彼の著作をよく読んでみても、あなたがおっしゃるように、「儀式は歴史的に見て教理《ドグマ》に先行する」などと彼が主張したことは一度もありません。逆に彼は、そのような見解を明らかにばかげたものとして否定するはずです（私と同様に）。完全なる公正さをもって彼が実際に主張したことは（そしてこの点で私は彼に全面的に賛成ですが）、多くの教理や神話なるものは歴史的に見てみると儀式の後に来るものとなっており、それらの教理は、それらの儀式を説明するということになっているが、それゆえそれらの説明としてはつまらないもので、それらの儀式からただ導き出したものにすぎないということです。しかし、神話や教理は普遍的に儀式の後に来ると総括し断言するようなことは、彼はけっして意図していません。逆に、教理は儀式に先行するという前提を彼はもっており、彼の研究の目的は儀式のもとになっている概念（教理でも、神話でも何でもよいのですが、要するに思想です）の発見でした。そのような流れに沿って、彼は、例えば供犠について研究していました。人は神の存在と交われるという信念をもち、それを実行するために供犠を捧げると彼は想定し、いやむしろそれを証明しようとしたのです。あなたのお考えのように、まず供犠を捧げその後に理論なり教理を生み出したと見なしていたわけではありません。それは彼の考えによると（私の考えでもありますが）、物事の正しい因果関係をひっくり返していることになります。もちろん、儀式のもとになった概念は時には忘れられて、人々は誤った意味のない説明を作り出したりすると彼は考えて主張していました。そのような誤った説明は、宗教の歴史を研究する者には否定できますし、否定すべきです。このテーマに関して彼の主張を注意深く読めば（『セム族の宗教』で）、私が彼の見解を正しく説明していることがお分かりいただけるでしょう。説明した通り私は彼の主張に全面的に賛成で、自分の本を書く際にも常にそれに従って、宗教の歴史の研究では神話（教理）よりも儀式に重きをおいております。

これは、儀式が教理や神話に歴史的に先行すると思っているからではありません（それは完全に誤っていると思います）。そうではなく、儀式は教理に比べると脈々と続いてきた性質が強いもので、意識的にせよ無意識的にせよ偽造されるようなことは、はるかにありえず、それゆえ、より確かな研究の基盤を提供してくれるからです。これこそが私の親友ロバートソン・スミスの考えであると私は確信しています。

このような間違いをしたのは、あなたが初めてではありません。ドイツ人のR・M・マイヤーも、『宗教学の書庫』のなかで、ロバートソン・スミスについてだけではなく私についてもまったく同じ間違った書き方をしています。そのような考え方をばかげたものとして否定しているこの私に対しても、です。[13] 儀式が神話に対し普遍的に先行するという見解（今はそれが流行しているようですが）は、ロバートソン・スミスの見解についての単なる誤読か、私が思うに、心理学の間違った応用によるものと考えられます。下等な形態の生物においては――原生動物や滴虫といったものであれ何であれ――運動が、思考、もしくはそのような下等な生物において思考に相当するものに先行するという見解は正しいかもしれませんが（私はこの問題に対して意見を述べる資格はありません）、そこから全般的に宗教行事が先に行われ、理論や教理はその後に作り出されるという考えが引き出されています。原生動物から人間へというこのような驚くべき学問的飛躍をする権利などわれわれにはないのではないでしょうか。

宗教的な儀式は、どんな下等な野蛮人のものであっても、非常に複雑な思考、感覚、行動からなる現象であり、原生動物や滴虫、軟体動物といった生物の本能的なけいれんするような運動や動きをそれに比べたり同じレベルで扱ったりすることは、私にとっては非常に非論理的に思えます。私がこれまで研究したところでは、野蛮人の儀式にも、文明化した人間の行動とまったく同じくらい明らかに、目的をもち内省した形跡があるように見えます。いずれにしても、ロバートソン・スミスがきっぱりと否定していたはずの見解について、彼が同意しているなどと主張すべきではありません。他の人が同じような間違いをしないように、『人間』誌にこの訂正を掲載したいと思っています。

二日後、マレットはオックスフォードから返事を出している。

ロバートソン・スミスが「儀式は歴史的に見て教理に先行する」と主張していると した私の見解について、間違いであるとご指摘いただいた点について意見を述べたいと思います。私の表現が曖昧で不十分（それは仕様がないのですが）だったせいにちがいありませんが、私の意図を完全に誤解していらっしゃいます。全体の背景を明確にするため、私はロバートソン・スミスが使用したのとまったく同じ意味で「教理《ドグマ》」という言葉を使っています。例えば、『セム族の宗教』一八ページの「すべての古代の宗教において、神話が教理のかわりをしていた」という箇所をご参照ください。ここで「教理」という言葉の意味するものについては、他の多くの箇所からも明らかですが、例えば次（二一ページ）をご覧ください。[14]「古代の宗教においては、理論はまず教理として作られ、その後に実践に移されたわけではない。逆に、実践が教理の理論に先行しているのである。人々は、原則を言葉で表現する前に行動原理を形成している。政治的な制度が政治理論より以前にあるのと同様に、宗教の制度も宗教理論以前のものである」。簡単に言うと、彼にとって教理とは、理論または「道理を通した」信念ということになります。スミス氏は、宗教の裏側には「偉大な宗教的改革者」が存在し模倣といった知覚的作用に頼るだけではなく理論的に思考していたことは証明せずに、「無意識の力」が古代の宗教を発展させたと述べ、宗教的な伝統そのものも「無意識的」（一ページ）とさえ定義していますが、このような定義の仕方に私はついていけません。これが、彼の言いたいことであり、私の言いたいことです。それ以上の何ものでもありません。私は確かに原生動物のことなど考えていませんでしたが、あなたが考えていらっしゃるよりもさらに徹底した意見をもっており、原生動物には概念と同様に知覚（単なる感覚とは逆のものです。もしそのようなものがあればですが）を含む広い意味での思考を示すものがまったく欠如していると思っています。

あなたは、「私がこれまで研究したところでは、野蛮人の儀式にも、文明化した人間の行動とまったく同じくらい明らかに、目的をもち内省した形跡があるように見えます」と書かれていますが（もしここで「内省」が心理学で通常使用されるような意味ならば、または実際通常の英語で使われる意味ならば）、私はこれに全面的に反対です。この言葉をこのような不適切な意味で使用してご意見を発表されることになれば、ウォードを含めヨーロッパ中の心理学者があなたを批判するでしょう。未開人の宗教には内省の作用がないなどと言う愚かな者はおりません。程度の高いものであれ低いものであれ、知覚的なものであれ概念的なものであれ、私たちはこれについて比較と分析を行い、このなかでいろいろなことが明らかになり、今や相違点は種類についてではなく「程度」にあると分かっています。しかし、内省の痕跡が「まったく同じくらい」明らかであるということは、未開人の宗教と文明人の宗教が同じくらい内省的である、かたちこそ違え内省の度合いは同等であると言っているように見えます。反対に、未開人の宗教には明らかに内省の作用はほとんどなく、同じくらい明らかに、文明人の宗教にはその作用があるとおっしゃるならば、誰もあなたを批判しないでしょう。ただ、両者をはっきりと対照させて、後者に対して前者を「非内省的」と呼ぶ権利を主張するはずです。そして、ロバートソン・スミスはさらに先を行き、それを「無意識的」と呼んでいるのです。

おや、反論に熱くなりすぎてしまったようです。しかしこれは、あなたのような偉大な人に挑む場合、激しく攻撃しなければ、そちらの指一本で軽く叩かれただけで打ち負かされてしまうからです。

われわれ――例えばマクドゥーガルやフランスのレヴィ＝ブリュールらですが――が試みているのは、原始の宗教や原始の生活の「群集的な」性質を強調することです。おそらく私たちはそれを強調しすぎているのでしょうが、問題はありません。釣り合いの取れる状態に至るまでは、常に大きな振動はあるものですから。

ところで、オーストラリアでは原始の立法者が結婚制度などを制定できたと主張されたとき、ハウィットとスペンサーを援護者にしていらっしゃいましたね。このような問題提起はその取り柄において是非を問うものです。心理学者が一般的な意味の「群集性」について意見を述べる場合、実証された事実と比較検討することはなく、これから起こるであろう事実を想定します。『トーテミズムと外婚制』ではオーストラリアのリュクルゴスについてうまく説明していらっしゃいました。彼らは「踊りで宗教を表現するのであって、宗教から理論を引き出すのではない」というのは、広い意味で全体として妥当であると思います。

このように、事実ということについて最終的に私たちの意見は食い違っていないと思われます。

この激しい攻撃に対して、フレイザーは四日後に返事を出したが、幾分当惑の色はあるものの、けっして守りに回っているわけではない。

ご説明たいへんありがとうございます。私があなたの意見を誤解していたこと、あなたの就任講演の内容から私が判断したほどには、この件に関するわれわれの見解が大きく食い違ってはいないことが分かってよかったと思います。あなたが私に注意を促してくれたロバートソン・スミスの言葉の引用部分は、確かに、私がこれまで思っていたよりもずっと、彼の意見についてのあなたの解釈の正しさを確証するものです。しかし、私にはまだ、彼が新しい見解（神話や教理に比べた場合の儀式の研究の重要性）を強調していて、その際に次のように説明することを省いてしまったように見えるのです（おそらく彼にとっては当たり前だったからでしょう）。つまり、あらゆる儀式において、はっきりとつながった一連の論理的思考が、それを作り出した人のなかでは儀式に先行しています。たとえ、その一連の論理的思考が教理のようにははっきりと言葉で説明されたり広められたりしていないとしてもです。少なくとも私はそう考えていますし、ロバートソン・スミスはこれに同意してくれるはずです。未開人の儀式が文明人の行いと同じ思考に基づいた特徴があると言っているわけではありません。しかし、文明人の行いと同じくらいはっきりと何らかの思考や目的にもとづいた特徴があると私は考えています。この問題について、未開人の儀式について専門的に研究している者よりも心理学者の方が判断するにふさわしいとは言えないのではないでしょうか。私の友人のジェイムズ・ウォードは心理学者ですが（何年間にもわたってほぼ毎週一緒に散歩をしながらありとあらゆる問題について話をしました）、彼は、自分の方がこの問題について語るによりふさわしい、と主張するとは思えません。

ここには明らかな逆説がある。フレイザーは全般的に強固な合理主義者であるが、先史の人間について著述する際は一九世紀のロマン主義的歴史学の伝統を代弁する立場に立っており、変化を引き起こす主要な因子は常に偉大な個人、またはこのような場合では、個人のかたちをとった偉大な精神であるという前提をもっていた。原始心理学の言葉で言うならば、この前提は、フレイザーが英雄的な名もなき原始科学の思想家たちを称賛していることから起こっている。この英雄的な思想家たちは、まず自然の世界を理解しようという無欲の努力から呪術を考え出し、そしてその呪術に根本的な欠陥があると気づいたとき、それを取りやめたのだ。この考え方は、また、フレイザーが、原始社会の鈍重な一般大衆を軽蔑する姿勢にも見られよう。これらの大衆は、根っから保守的な傾向をもち、思考のための思考にはまったく興味がなく、変化を受け入れず、優れた者たち、すなわち偉大な思想家たちが進めた改革に、仕方無く歩調を合わさせられていたという。

マレットは、ロバートソン・スミスの神話と教理と儀式の見解を正しく理解していただけでなく、スミスを反主知主義の伝統に位置付けたことにおいても正しかった。スミスは、合理主義者の面もあったが、一方では原始宗教の本質について、心理学というより社会学的な分析をイギリスで初めて行った人物である。[15] スミスの学説によると、古代の宗教社会で本当に崇拝されていたもの、つまり神が体現していたものは、理想化されたものであれ、神格化されたものであれ、社会的な秩序、もしくは社会そのものであった。つまり、原始の宗教は、物事の現行の秩序を正当化するような超自然的裁可とでもいうものを提供していた。原始の人々には、その秩序が自然にかなったもので、避けられないもので、それゆえ神によって定められたものに見えていたのだ。

「原始宗教にはほとんど信念はなく、制度と慣行のみから成っていた」ので、スミスはセム族の宗教について儀式を集中的に検証している。その儀式の大きな特色がトーテムと供犠であった。[16] セム族の供犠について、もっとも注目に値するのは、通常は自分たちのトーテム的兄弟として、神聖化してタブー視している供犠にされた動物を食用にする点である。フレイザー自身がスミスの死亡記事に書いているように、「スミスは、自身が秘儀や聖餐の供犠と呼んでいたものの正しい性質を初めて認識した人物である」。その特色とは、殺《あや》められる供犠対象は「人々が神聖な存在として崇拝している動物または人間であり、人々は神との厳粛な合一を行うために、時によってはその肉や血を摂取するのであった[17]」。

スミスの論じる、死にゆく神の存在は、直接的で強い影響をもっていた。フレイザーが『金枝篇』第一版の序章でことわっているように、「私の論の中心となるテーマ、屠《ほふ》られる神という概念の直接的な源は、友人のロバートソン・スミスの説[18]」である。

スミスは、原始の宗教儀式を分析した結果、古代の儀式は教理のかわりを果たしているという主張を学者たちに突きつけている。儀式を解明するのに神話を利用するのは、教理に重点をおくキリスト教の立場から見れば「自然」であるが、スミスは、実際の関係は逆であると主張する。神話は、儀式においてその宗教を崇拝する者たちが行っていることを言語で示す説明にはなるが、人々の崇拝の気持ちに何らかの規制を与えるものではない。このため、ある儀式の解釈を変更することでその部族の者たちは悩まされることはないが、儀式のやり方を変更することは彼らの気持ちを害することになりうる。このような集団において、宗教は、同意されながら形成される提案をつなげて作られたものではなく、実践の総体や人生を全体として提示したものと理解されるので、信仰は必ずしも必要ではない。「必要とされているもの、賛美されるものは、宗教の伝統によって作られた、聖なる行為の実践である[19]」。次に挙げた文章がこの論をよく説明している。

神話が儀式の解説であるとすると、神話の価値は二次的なものである。そして、あらゆる場合において、神話は儀式から生まれているが、儀式が神話から生まれているわけではないことが確かめられるだろう。なぜなら、儀式は変化しないが神話は変化していく。儀式は絶対であるが、神話のなかに何を信じるかは、それを信じる者たちの裁量にまかされている。[20]

基本的に、神話は儀式を作り上げていく過程でかたちをなしていき、神話がそれ自体で成立するのは儀式の元来の意味が誤解されたり忘れられたりする場合のみである、とスミスは主張している。つまり、ある神話を理解するのに正しい方法は、その神話が解説を与えようとしている儀式を検証することであり、もし現在その儀式がどのようなものであったか分からなくなっているならば、その神話を過去へと読み進んでいって、その儀式を再現するしかないということになる。したがって、スミスの神話の形成についての解釈とその研究方法は、マックス・ミューラーとは逆になっている。ミューラーは、神話は社会的な活動ではなく言語的な活動の必然的な産物であり、儀式とは無関係であると考える。

しかし、聖餐の供犠に関するスミスの理論に対してと同様に、フレイザーはスミスの神話の起源の理論全般に対しても違和感をもっていた。スミスの影響が一番強かった時期に書かれた『金枝篇』第一版には、この二つの問題が取り上げられている。一八八八年にジャクソンやブラックに宛てられた手紙によると、フレイザーもスミスも表向きには自分たちのあいだに生じてきた距離を認めてはいなかったが、フレイザーがそれ以前から独自の道を進み始めていたのが分かる。「いつまでもその死が惜しまれる」「敬愛する」友人と意見が分かれていく様子は、『金枝篇』第二版の序文にもうかがうことができる。ここでフレイザーは、自らの殺められた神の理論とスミスの聖餐の供犠の理論をはっきりと区別している。一九〇〇年には、H・ヒュバートとM・モースが彼とスミスをしつこく結びつけようとしたことに困惑している。にもかかわらず、マレットの批判の時点では、フレイザーはなぜマレットとマイヤーが同じ誤りに陥っているのか理解できていない。フレイザーは、時間の経過やスミスと自身のあいだの学問的相違を無視して、感情的にスミスの死後の評価を維持する必要を感じているのだ。一九一一年の時点では、無意識に自分のイメージのなかで、自分の現状を肯定し正当化してくれるまったく新しいスミスの像を作り上げたために、一種の学問的健忘症に陥らざるを得なくなっていたと言える。

これらを見てくると、神話の起源と意味および儀式との関連性の問題について、フレイザーの立場はどのようなものであったのだろうかと考えざるを得ない。明らかにこれは、『金枝篇』における世界の神話の研究の中心的な問題である。しかし、その答えとして言えるのは、これは簡単に説明することができない、ということである。トーテミズムとの比較は啓発的だ。トーテミズムをめぐって、フレイザーは著書のなかで自らの意見を二度修正しているが、以前の持論を否定するのではなく、新しい考察のもとに埋め込むというかたちをとっている。いずれにしても少なくとも一八九九年と一九〇五年にフレイザーは論の転換を意識しているのは確かである。一方、神話と儀礼については、自分の論旨が様々なかたちをとり、それぞれのあいだに矛盾があることをまったく理解していないようだ。ただ一度だけ、『金枝篇』第三版を完成させた後、神話についてみずからの信じているところをはっきりとさせる理論的な解説を表明しているが、それはそのときだけに限られる。

三つの版と合計一七巻からなる『金枝篇』の随所には、互いに矛盾する三つの思想を主張する記述が見られる。この三つとは、エウヘメロス説、認識主義、儀式尊重主義である。エウヘメロス説とは、古代にまでさかのぼり長年にわたって持ち上がってきた説で、啓蒙主義の哲学者たちによって強く支持された。これによると、神話は、それほど厳密でないとしても、実在の英雄や王の生涯に起こった出来事にもとづいたもので、つまり、この英雄や王たちが神の原型にあたる。フレイザーは、とくに時々表明していた教権反対の立場において、エウヘメロス説寄りの傾向があった。というのも、この立場には、元来、宗教を、混乱や強制や不正によって生じた過ったものと見なす傾向があったからである。この三つの思想がどのように共存しているかを明らかにするために、すべて第三版からの引用であるが、それぞれの例をここに挙げておきたい。エウヘメロス説に関する見解は、『麗しのバルドル』第二巻にも述べられており、これはこの作品の最後の巻にあたるので、おそらくフレイザーの最終的な言葉と見なされうる（一九一三年の時点では）。

この仮説〔バルドルは実在の人物であった〕を受け入れたとしても、ノルウェイのソグネ・フィヨルドの聖なる森のバルドルと、ネミの聖なる森のディアナの祭司たちのあいだに私が見出した類似性は否定されない。むしろそれは両者の類似性を強化すると考えられる。というのは、ネミのディアナの祭司たちは実際に生きて死んでいった人間に間違いないからである。(21)

二番目の認識主義は、神話は原始の人間が論理を辿って思考する目的で作られた、とするタイラーの論である。つまり、神話は、世界がいかにして今あるかたちとなったのかを説明する原因論的寓話であり、科学的な説明を試みた結果の誤りということになる。フレイザーは、とくに第二版においてこの論を好んでいる。これは、呪術は単純に科学の先駆である、という自信がもっとも強かった時期にあたる。しかし、第三版でも、この論はかなり強く支持されている。

しかし、いかにしてこのような混合物としての神が創り出されたか考えなくてはならない。……この大きな作用の隠された源泉を暴いて探る試みは、乱暴な企てであろうか？　人間は長い歴史のほんの初期の段階で、これらのことを深く考え素朴な理論を発展させたのだ。この理論が人間の知識への渇望をある程度満たしたのは確かである。

バビロニアやフリギアの賢者のこのような深い思索からはアドニスやアッティスが、エジプトの賢者の思索からはオシリスといった悲劇の人物が生まれた[22]。

三番目の、儀式尊重主義は二つの前提から始まる。一つ目は、宗教とは、呪術や自己を有効に働かせる儀式によって世界をコントロールしようとした人間の試みであるという前提で、二つ目は、マンハルトとスミスの論から導き出されたもので、人間は何よりも演技者であるという主張だ。人間が何かをするのは、人間に向けられる神の顔色を輝かせるためである。このため、人は歌ったり、踊ったりする[23]。これらの行為を行うとき、人は自分たちのために神にしてほしいことを演じる。例えば、食物がたくさん採れるように、穀物が豊かに実るように、狩の成果があるように、女性や畑や家畜が多産であるように叶えてほしいといったことだ。神話が生まれるのは、宗教的な改革や、時間の経過のなかで生まれる単なる忘却や誤解のような何らかの原因があって、儀式が廃れるときである。そのとき、結果として、それまで聖なる行為の付属物にすぎなかった、または付属物でしかなかった言葉が、それ自体の独立した存在となるのだ。

このような言葉は何を表現しているのか。もともとは、神に叶えてほしいことを演じる際の演技者や踊り手の動きを記述した台本として生まれたものが、今や神の行為そのものを語ったもの、つまり神話となったのである。このように神話には、原型としての儀式、やがて神話へと変換される儀式が前身としてある。それゆえ、儀式を検証すれば、原始の人々が自身と宇宙との関係をどのように考えていたか明らかになる。つまり、神話は基礎となる（ゆえにそれ以前からある）儀式を再編した副産物なので、この意味において、儀式よりも重要度は低い。儀式の方が神話よりも伝統があり、宗教の歴史研究においてより確実な拠点となるのはもちろんで、一方、神話は、フレイザーをはじめ古典研究の素養がある学者にはよく理解されているように、言葉が容易に変造されてしまう可能性があった。

私たちは、今日知っているかたちをもった多くの神話が、かつて呪術と同じようなものであったとか、別の言葉で言えば、神話が比喩的な言葉で行事を説明し、その行事を作り出す手段として機能していたのだ、といった誤った認識に陥ることはないだろう。時として儀式は廃れて神話は残るが、私たちは現存する神話から消えてしまった儀式を推測するしかない(24)。

このような記述が同時にあること、そしてそれらが共存することについて、フレイザーが気に留めている様子はないが、われわれはそれをどのように解釈すべきなのであろうか。もっとも簡単な答えは、すでに分かりかけてきたように、フレイザーは同時に支持していたいくつかの理論の、その矛盾する意味を追究しようともしていなかったし、気にしてもいなかったというものである。フレイザーを分析力のない人間と考える者にとっては、おそらくこの説明で事足りるであろう。しかし、同時にほかの可能性もある。例えば、マレットは数年後にも同じ疑問を抱いている。それは一九一四年、『金枝篇』第三版の完成にあたって書かれた長い書評のなかでのことだった。[25] ここでマレットは、『金枝篇』が発展するにつれて、フレイザーとスミスのあいだの距離が大きくなった、と述べている。マレットが推測するには、フレイザーは学問上の必要からスミスと意見を異にするようになった。フレイザーは、トーテミズムに関して、古代の人々の呪術的なトーテム崇拝と供犠を供する行為は、宗教として解釈できるものとは完全に異なったもの、あるいはその対極にあるものと考えるようになっており、そのためスミスから離れる必要があったのだ。これが実情であったが、しかしこれは、フレイザーとスミスのあいだの個人的な関係を完全に無視した場合に限られ、ましてマレットはその複雑さを理解してはいなかった。一方、五〇年後、スタンレー・エドガー・ハイマンが、心理学的な解釈を行い、このような立場の変化が、フレイザーが心の中で行っていた自身の宗教とのあいだの終わることのない対話と齟齬を来した、と述べている。

フレイザーには、どんな人もどんな証しも自身を納得させることができないという感覚があった。しかし、葛藤し揺れている心は常に自分が到達した立場を支えてくれる意見や証しを探していた。それゆえ幼い頃から親しんだ長老教会派のキリスト教三位一体説から自分自身が離れていきそうなとき、フレイザーの心にはマンハルトやスミスが現れ、自分の意向によってユニテリアン派に移行する際にはロスコーやバッジが現れた(26)。

ここではハイマンの意見に賛同したいが、フレイザーがどのような気持ちを抱きながら、ついに精神の放浪に終止符を打つことなく迷い続けたのかを明確にするような事例を挙げてみたい。一八八八年に書かれた手紙からは、『金枝篇』以前のフレイザーが、人類学者は自身の認識論的前提に敏感でなければならず、そうでなければ原始の人々の行動を完全に誤読してしまう危険に陥ると考えていたことが分かる。同時に、フレイザーの研究にはこのような配慮や自意識が欠けていることも否定できない。おそらく、まれな場合を除いて、元来フレイザーには偏見をもたずにはいられないところがあり、相対論的な見かけをもつもののなかに暗に含まれている道徳的な価値観に噛みついたりしてしまう自分を抑えることができない性質だったのだろう。これはおそらく、キリスト教が彼に対して見せた誤りに強い憤りをもっていたためである。さらに、マレットとハイマンの見解は相互に矛盾するものではなく、むしろどちらも正しいといえるが、どちらの解釈が正しいにせよ、次のように結論付けることができる。フレイザーは、合理主義と進化論および比較研究法の意義に関してはけっして迷うことはなかったが、その他のほぼあらゆるものについては常に意見を修正する必要を感じており、実際にそうしてきたのだ。

これまで見たように、『金枝篇』執筆期間にあたる四半世紀のどの時期においても、宗教の起源と意味、および宗教と儀礼の関連についてのフレイザーの見解を一貫性のある言葉として確定するのは不可能である。なぜなら、『金枝篇』にはこの問題に関しての理論的な混同があるからだ。ただ、作品中に散らばった、この問題についての言葉からその真意と思われるものを拾い集め、時間に沿って並べて比較するならば、いつどのようにフレイザーの見解が展開していったのか辿ることはできるはずだ。しかし、そのように骨を折ってみたところで、その当時フレイザーが自分の意見を変えたことやその変化によって起こった理論上の結果について認識していたかどうかについての決定的な答えは得られないだろう。そして、たとえ彼が自分の立場を変えたことを意識していたと分かったとしても、自身の理論的な矛盾に対するフレイザーの一見した無関心のために、問題は解決されないままで残っただろう。肝心なのは、『金枝篇』第二版の序文でしばしば繰り返される、事実と理論の相関的重要度について述べているフレイザーの言葉に注意を向けることである。

私は、事実と、その事実同士を結合させるための仮説のあいだに、できるだけはっきりした境界線を引くことを希望し、意図してきた。仮説は必要であるが、それはばらばらになった事実をつなぐため一時的に架けられた橋にすぎない。もし私の軽い橋がいずれ壊れてしまい、より強固なものに取って代わられるとしても、私の本が事実の集積として人々の役に立ち、人々に興味をもってもらえたらと願っている。(27)

ここで『金枝篇』の注釈本を作るつもりはないが、最後の巻でのフレイザーの最後の言葉(一九一二三年の終わりに書かれている)が、極めてエウヘメロス主義的であるのを指摘しておきたい。ところが、あるときフレイザーはこの混乱した状態から抜け出し、この問題について明確な意見を述べることになる。それは、フレイザーが手がけて第一次大戦後最初に出版された主要な書、ローブ叢書から出されたアポロドーロスの『ライブラリー』、すなわちビブリオテーケー』(一九二一)の序文においてである。『ビブリオテーケー』は、ギリシャ神話の研究書であり、研究生活を通じ神話に没頭していたフレイザーにとっては、この解決しがたい問題について語るのにふさわしい場となった。

神話とは、人間の生活や外部の自然現象についての誤った解釈であると私は理解している。この解釈は物事の起源に対する本能的な好奇心から生まれている。知識がより高度に進化した段階では、哲学や科学のなかに十分に妥当な解釈が得られるだろうが、無知や誤解のなかでその解釈が生み出される場合、それは常に誤ったものとなる。しかし、もしそれが真実ならば、それは神話ではなくなってしまうのだ(28)。

認識主義の明確な定義は、タイラーの著書にはない。しかし、この言葉から確かに言えるのは、フレイザーの見解は本質的には変化していないということだ。フレイザーは、儀式主義者であるときでさえも、常に合理主義者であり続けた。未開の人間が舞台上で神の聖なる行いを再現した祭りを考える際でも、そこでは儀式が主で神話は副次的になっているが、フレイザーは神話とは廃れてしまった儀式を解釈するために後になって作られたものと認識していた。そして、もちろん、エウヘメロス説は究極的には認識主義と同じくらい合理主義的であり、どちらの思想も、意識的で目的のある精神活動を神話のなかに見出す。それが、一方は理論的で哲学的なものとなり、一方は歴史的で寓話的なものとなる。

しかし、フレイザーは主知主義に対するこの明々白々な肯定に満足していたわけではない。もし、仮に、他の者がマレットと同じ「誤り」を犯さなかったとしても、明らかにフレイザーは、自分をスミスと儀式主義に結びつける人に、どんどん我慢ができなくなっていったはずである。それゆえ、この（上の）一節に付けられた脚注では、わざわざ次世代の学者たち、ケンブリッジ儀式主義者の一派を攻撃さえしている。それは、フレイザーが第一人者であった儀式主義の立場を引き継いだ学派であるが、まだしっかりと確立されたものではなかった。

現在の研究者のなかには、どういうわけか、視野が狭く神話を研究するのに儀式だけに注目する者がある。まるで、人間が物事の起源について疑問をもったり深く考えたりするのは儀式のためだけだと言わんばかりだ。神話のなかには、そのもとになっている儀式の起源が忘れ去られたものもあるのは確かだが、そうではない題材や起源をもつものに比べれば、その数は極めて少ない。(中略)神話と儀式を真剣に研究する者は、その民族の民間伝承を楽しんだりしないで、神話や儀式の解明に懸命になって、ロマンスの庭に侵入し、鎌を振って幻想の花々をごみくずの中に刈り倒してしまいがちである。研究者は、あらゆる生垣の向こうに牡牛を探したり、あらゆる薔薇の中に害虫を探したりするように、すべての寓話のなかに神話や儀式を探したりしてはいけない、と時々意識する必要がある。

フレイザーは自身の認識論によって袋小路に追い詰められ、ついには自分が読者に見せることに成功した神話や儀式の途方もない多様性を前にして、その意味を把握することに絶望したかに見える。ここで使われている比喩が、彼の混乱をよく示している。神話は、「人間が物事の起源について疑問をもったり深く考えたりする」結果生まれたものだが、同時に、非現実的な「ロマンスの庭」に咲く「幻想の花々」であり、学者はその庭に「侵入し」て、花を刈り取り、ついには塵屑にしてしまうというのだ。神話の力や機能および神話学の方法論や有用性に対してフレイザーが感じていた理解の限界を示すのに、これ以上に要領を得た表現は求めようがない。

一九一一年のマレットとのやりとりからは、批評家たちが彼に対して主張し続けていた誤解にフレイザーが苛立っていたのが理解できるだけでなく、この出来事全体が、フレイザーが友人たちとさえ学問の上で異なる意見をもっていたことの表れとなっている。ただ、これは、一〇年前のラングとの論争のような醜いものになる恐れはなかった。マレットの場合は、その気になれば辛らつな論客となる人物だったが、フレイザーに対しては常に穏やかであった。マレットは二人の友情を尊重していたので、フレイザーと自分の見解の相違を常にはっきりと理解してはいたが、同時に先輩であるフレイザーに心から敬意を表していた。このため、フレイザーは、マレットが自分の著書の批評をしてくれることをいつも快く思っていた。これはずっと後の一九三〇年代の話だが、リリー・フレイザーは、世間にフレイザーを忘れさせてはならないという強迫的な思いから、フレイザーの過去の著作の最新版や簡単に焼き直しただけのエッセイ集を出版し続けた。律儀なマレットは、三分の一世紀の間を通じて幾多の試練にも耐えた友情から、これらすべてに称賛に満ちた批評を書いている。

（1） J・G・フレイザーからジョージ・マクミランへの一九一〇年四月一日付の手紙とリリー・フレイザーからM・J・ルイスへの一九一〇年六月一三日付の手紙（TCC Frazer 1: 31）。

（2） 三つの逸話がある。

㈠一九一二年にトリニティ・カレッジのフェローに選ばれたT・C・ニコラスが、一九八四年に次のように私に語ってくれた。一九一九年に除隊後ケンブリッジに戻ったところ、カレッジの学寮の家での晩餐会に夫婦で招待されると、このとき、他の招待客のなかにフレイザー夫妻がいた。ニコラス氏の妻は、聴覚に障害があった母親がこのような補聴器を使用していたため、耳の不自由な人が大きくて見た目の悪いこの器具によく悩まされているのを知っていた。男性たちがポートワインと葉巻のある部屋に移動したとき、ニコラス夫人は、自分の母の経験を話すことによって少しでもフレイザー夫人の気持ちを和らげられればと考えた。この良心的な心配りに対し、フレイザー夫人は、「ほかに話すことがないのかしら」と厳しく応じ、ニコラス氏の妻は涙にくれることになった。

㈡フレイザー記念講義の前夜、講師に敬意を表して常時開かれる晩餐会での出来事。一九七三年に、E・E・エヴァンズ＝プリチャード卿が語ってくれたところによると、彼は一九二六年（記憶によると）にオックスフォードで開かれた晩餐会に出席している。その夜、フレイザー夫人の補聴器がよく聞こえず、彼女は会話についていくために話の大筋を自分のラッパ型補聴器に大きな声で話してくれと主張した。このことにより大幅に会話の流れが遅いものとなった。しかしながら、冗談やウィットに富んだ発言があると、彼女はそれがもう一度繰り返されるだけでなく、同じテーブルにいた人たち全員が彼女と一緒にもう一度笑うことを要求した。エヴァンズ＝プリチャード卿は、それは自分の人生でもっとも長い夜の一つだったと話してくれた。

㈢一九八五年にレイモンド・ファース卿が語ってくれたところによると、フレイザー夫人は、相手の話に納得がいくまで自分の補聴器を相手に指差し続け、それが叶えば補聴器をはずして去っていくという癖があった。

（3） TCC Frazer 1: 31.

（4） ヘンリー・ジャクソン所蔵。MS: Henry Jackson collection, Lilly Library, Indiana University, Bloomington, Indiana.

（5） J・G・フレイザーからアンドリュー・ベネットへの一九一一年二月一六日付の手紙。MS: St Andrews University Library.

（6） この最初の二期の講義は、一九一三年に『不死の信仰』（*The Belief in Immortality*）として出版されている。フレイザーはこの書から、トリニティ・カレッジでの講義のように、次の著作の一部（校正原稿を通して）を読むという形式の講義を始めている。

（7） ここからの論考の大部分は、『思想の歴史誌』（*Journal of the History of Ideas*, 36〈1975〉, 115-34）掲載の、私［ロバート・アッカーマン］の論文「フレイザーの神話と儀礼」（"Frazer on Myth and Ritual"）から取られている。

(8) 不合理主義に向かう動きについては、ランスロット・L・ホワイト『フロイト以前の無意識』(Lancelot L. Whyte, *The Unconscious Before Freud* 〈New York, Basic Books, 1996〉参照のこと。ノエル・アナン『イギリスの思想における実証主義の奇異な力』(Noel Annan, *The Curious Strength of Positivism in British Thought* 〈London, Oxford University Press, 1959〉)を見ると、フレイザーはヨーロッパ大陸の思想の発展からははるか遠い位置にいるとしても、イギリスの思想における主流の典型であるのは確かである。

(9) R・R・マレット『謙遜の誕生』(R. R. Marett, *The Birth of Humility* 〈Oxford, Clarendon, 1910〉)。『宗教の出発点』第二版(*The Threshold of Religion*, 2nd edn 〈London, Methuen, 1914〉, pp. 169–202) 再収録。

(10) ジェイムズとラングの生理学的心理学と同時に、マレットはギュスターヴ・ル・ボンの『群集心理』(Gustave Le Bon, *The Crowd; A Study of the Popular Mind* (London, Unwin, 1896) も視野に入れている。

(11) この手紙の出典は TCC Add. MS c. 56b, 198–200。マレットのフレイザーに対する批判は、フランツ・シュタイナー『タブー』(Franz Steiner, *Taboo* 〈London, Cohen & West, 1956〉) 八章参照のこと。ここからこの章のタイトルが取られている。

(12) 『謙遜の誕生』一二ページ(『宗教の出発点』一八一ページ)。

(13) リチャード・M・マイヤー「新時代の神話学」(Richard M. Meyer, "Mythologische Studien aus der neuesten Zeit," *Archiv für Religionswissenschaft*, 12 〈1910〉, pp. 270–90)。

（14）実際は、二〇ページ。
（15）T・O・ベイデルマン『W・ロバートソン・スミスと宗教の社会学的研究』（T. O. Beidelman, *W. Robertson Smith and the Sociological Study of Religion* 〈Chicago, University of Chicago Press, 1974〉）参照のこと。
（16）W・ロバートソン・スミス『セム族の宗教』第二版（W. Robertson Smith, *Religion of the Semites*, 2nd, rev. 〈London, A. & C. Black, 1894〉）一六ページ。ヴォルテール（『習俗試論』〈*Essai sur les Mœurs*〉 I, 50）と比較のこと。ヴォルテールは一世紀も前にローマ人の宗教的寛容さについて論じている。「教理がまったくなかったので、宗教的な争いもまったくなかった」。"Car il n'y eût point de dogmes, il n'y eût point de guerre de religion."
（17）J・G・フレイザー「ウィリアム・ロバートソン・スミス」『ゴルゴーンの首と他の文学的小編』（"William Robertson Smith," GH）二八一ページ。
（18）『金枝篇』第一版、第一巻、xivページ。
（19）『セム族の宗教』一七―一八ページ。
（20）同、一八ページ。
（21）『金枝篇』第三版、第一一巻、三一五ページ。J・G・フレイザー『不死の信仰』（一九一三）二四―二五ページと比較のこと。「自然宗教の歴史の内部を探れば探るほど、エウヘメロス説に含まれる真実の要素の大きいことが分かってくる」。

(22)『金枝篇』第三版、第六巻、一五八ページ。
(23)「歌は踊りよりも後になって生まれた。歌は副次的であり、不可欠ではない」。C・M・バウラ『原始の歌』(C. M. Bowra, *Primitive Song* 〈London, Weidenfeld & Nicolson, 1962〉)二四三ページ。
(24)『金枝篇』第三版、第九巻、三七四ページ。
(25)R・R・マレット「呪術か宗教か」『心理学と民間伝承』(“Magic or Religion?” *Psychology and Folk-Lore* 〈London, Methuen, 1920〉 org. pub. in Edinburgh Review, 219 〈1914〉, pp. 389-408)一六八―九五ページ(とくに一九〇―一九一ページ)参照のこと。
(26)フレイザーの個人的な清廉潔白さのピューリタン的な基準を明らかにする逸話については、ダウニーの『フレイザーと「金枝篇」』二三ページ参照のこと。
(27)『金枝篇』第二版、第一巻、xv―xviページ。
(28)J・G・フレイザー訳、アポロドーロス『ビブリオテーケー』(Apollodorus, *The Library*, trans. J. G. Frazer 〈London, Heinemann, 1921〉)第一巻、xxviiページ。

第14章　『金枝篇』第三版

『金枝篇』第三版の出版年は、慣例的に一九一一年から一五年とされているが、実際には『アドニス・アッティス・オシリス』の最初の版が出された一九〇六年にさかのぼる。フレイザーはずっと、これを『金枝篇』の一部としようと考えていたのだから。一九〇六年の『アドニス・アッティス・オシリス』と『金枝篇』第二版内の同主題を扱った部分との主な相違点は、分量を別とすれば、情景描写の要素により注意を払うようになっている点である。

フレイザーがいつでも風景の描写にたいへんな注意を払っていたことは、『パウサニアスと他のギリシャ・スケッチ集』を出版したことにも表れている。かのパウサニアスの大著から絶景の場所の描写を集めたこの本は、原著を読む学識に欠けているか、あるいは原著を買う六ギニーを持ってはいないが、フレイザーの土地の霊を捉える才能を味わいたい読者に向けたものであった。今日この本のページを繰ってみると、彼が描き出すギリシャは絶望的なまでに文学的に見える。彼が描写した後経過した一〇〇年のあいだに、旅行記は大いに変化し、そしてフィクションと同じ心理学的方向へとありようを変えている。つまり最近では、旅行先の風景やそこで起こったことだけでなく、旅行者の印象も主題となっている。さらに、旅行記の文体は、その他の種類の物語と同じように、写実主義的な平板なものとなっている。今日では誰も、フレイザーのように聞き慣れない古風な語句や構文を多用した格調高い文体で書いたりはしない。

注意すべきは、この格調高さは後に付け加えられたものではないということ、重い足取りでギリシャを旅して、その後その豊かな空想性と高尚さをケンブリッジの快適な書斎で生み出した、もしくは再生したのではないということだ。それどころか、彼は生来自分の目で見たことをありのままに描写することができなかったようで、それゆえいつも、ただちに彼は散文的写実性を捨て「華麗な文章」を求めて書くようになったようである。確信をもってこのように言えるのは、一八九五年のギリシャ旅行時の現地での手記が残っているからだ。フレイザーは自分の記憶力を信頼していなかったので、ギリシャでは訪問地の最初の印象をその場で鉛筆で書き、そしてその日の晩に、同じ手帳に鉛筆での覚え書きをもとにインクで詳細に書き直していた。そのときのインク書きの文章は、実際に著作の本文として使えるものとなった。彼の日記と出版された本とを比較すると、驚くべきことに、鉛筆での覚え書きの文章が出版本のなかにほとんど変更されずに残り、直接印刷されて入っているのを、非常にしばしば目にする。そのなかから一例を挙げると、一八九五年一〇月にダウリスで書かれた手記は、その場で鉛筆で書き込まれたものが削除や修正がされずに残っているので、彼のそのときの印象をそのまま写し出している。そして出版された本には、一語一句そのままで載っていたのだった。

〔ダウリスの〕荒涼としたロマンティックな美しさは、古代ギリシャの詩にうたわれた伝説の舞台というのにふさわしい。この山上の要塞は、鷲の巣のごとく断崖から足下に大きく広がる平原の国を見下ろしている。それは、テレウスのような野蛮で邪悪な王の要塞に適している。テレウスの非道な行いについては、農夫たちがその孫たちにその恐怖にみちた話をすることだろう(1)。

これは、他人に見せる意図はなかった備忘録からの抜粋である。したがって、読者に感銘を与えようと意図されたとは考えられない。むしろ、実際に見たものを（知覚の伝達手段でもっとも強力なのは、いつでも視覚である）「文学」へと昇華させずにいられないような彼の本能の表れである。一八世紀的な響きを備えたこの荘重体は、著作での特別効果をねらうために取っておいた表現法ではなかった。彼はいつでもこのような文体で書いていた。

ダウリスについてのこの描写は、ギリシャをめぐる古代ツアーの記録から抜粋したもので、そこには景色の要素が重要かつ適切に明示されている。比較宗教学という新しい学問に貢献する『金枝篇』は、彼がもつ強烈な絵画的表現傾向を表すはけ口とはなかなかなり得なかった。したがってこの衝動は、ターナー風の冒頭やルナン風の結びのような挿話部分を例外として、主として序文に追いやられてしまっていた。しかし今やフレイザーは、自分の文学嗜好を発揮する正当な理由を見つけた。それは、大幅に増補された『金枝篇』第三版、まさに彼の最高傑作のためだった。『アドニス・アッティス・オシリス』の序文で、彼は以前よりも自然環境に注意を払うつもりであると述べている。

なぜなら、他のすべての制度と同様に、宗教も周りの物理的な環境に強く影響されていると、これまで以上に確信しているからだ。そして外界の自然が、ある民族の思考や習慣や生き方に、消すことのできない印を刻むというそのさまざまな側面を正しく理解しなければ、宗教を理解することができないと確信しているからだ。(2)

フレイザーはこのことを新しい発見のように示しているが、じつは常套的な考え方であり、少なくとも一七七〇年代のJ・G・フォン・ヘルダーの、原始民族が環境との弁証法的関係を通じて自意識に目覚めるという主張にまでさかのぼれる。興味深いのは、この後に続く箇所である。フレイザーは東洋を訪れたことがないので、この必要な背景を補うのに、自分の意見は信頼できないと述べている。したがって、彼がこの欠点を補おうと考えた手段は、次のようなものだった。

実際に見たことのある人による多くの描写を比較することだ。そしてそれらの描写から、この本の執筆中にふれてきたいくつかの景色についての合成画と呼べるものを描き上げることだ。たとえ、漠然としたものであっても、東洋の景色や雰囲気や華やかな色合いについての考えを、信頼できる出典から捉えてきて、それを読者に伝えられたら、まったく無駄ということにはならないだろう(3)。

じつのところ、この言葉は身勝手な主張にすぎない。なぜなら、『アドニス・アッティス・オシリス』にせよ、第三版の他の部分であるにせよ、宗教は少なくともいくらかは地理的条件により、そして暗に他の知的でない要素によって進化してきたのだという認識を表す証拠はほとんど示されてないからである。むしろ、その言葉は、読書と想像力から、「東洋の景色や雰囲気や華やかな色合い」に満ちた優れた定型的作品――それは第三版を特徴付けるものであるが――を、自分が作り出すことを認めるための口実となっている。

様々な資料を景色の効果のために一つにまとめるこの手法は、人類学の資料を扱う手法と同じものだ。彼の文章には注釈の番号がちりばめられているが、生のデータをきれいに統合することは、単に権利ではなく、義務であると、彼は常に信じていた。彼はいつでも、人類学は人間の学問であると理解していた。すなわちそれは、教養ある読者ならば誰でもそれを理解できるようなものでなければならないということだった。素材を魅力的に提示すること、教育すると同時に喜びを与えること、このように彼が感じていた義務感は、一八世紀の歴史家が感じていたようなものだった。[4]

『金枝篇』第三版では景色に大きく注意が傾けられるようになり、大きなスペースが割かれているのだが、このことと、事例の大幅な増加以外にも、まったく新しい要素がいくつかある。もっとも顕著なものは、古代ギリシャやローマの宗教と「より低級な民族」の宗教とのあいだの類似点を描き出すことに、第二版のときほど時間をかけなかったことだ。原始的で地理的に隔たった民族から地中海東部の民族へとつなげる推論は少なくなり、根源についての推測も減っている。例えば古代の遊牧民の性的共産主義といわれているものに見られる神聖な売春の起源についての考察も、予想より少ない。また、当然のことながら、彼の示す証拠のほとんどは、近東の歴史および古代史から得られており、第二版で大きな特徴となっていたオーストラリアやその他の異国についての話はずっと減っている。もしかすると、このような（相関性を重視する）研究分野の確立への関心[5]が意味しているのは、フレイザーと彼の後に続く者たちが民族学の別館といえる古典宗教へと移っていくにつれて、一部の古典学者がますます不安を募らせるようになり、その懸念をフレイザーが深刻に捉えたということかもしれない。[6]

この本の中心となっているのは、当然ながらアドニス、アッティス、オシリスである。彼らは依然として、植物のなかに棲まう精霊の化身であると想像されており、その儀式は緑の世界が一見滅びたように見えることに対する崇拝者の絶望と、その後、春に生命が戻ってくることへの喜びとを劇的に実演するものであると理解され続けている。これらのしばしば残虐で「猥褻な」祭儀とキリスト教の祭儀との類似性が、機会があるたびに指摘されている。時には、詳細を述べずに類似性の存在を指摘するだけで、人間の欲求と望みはいつどこでも変わらないという考えを強調しようとし、またキリスト教徒が自分たち独自のものであると考えている主題が、別の場所、別の時代にも見られることを読者に示そうとする。また一方で、類似性を取り上げて皮肉を述べることがあり、とくに聖職者制度をだしにして星をかせぐことができるときなどに皮肉を述べる。例えば、古代近東の神聖な娼婦と現代の修道女とを、次のように根拠なく結びつけている。

〔娼婦の〕職業は、恥ずべきものと見なされるどころか、おそらく長いあいだ俗人から一般的な美徳以上のものと考えられていた。そして驚嘆と崇敬と哀れみが入り交じった称賛を得ていた。それは、自分たちの性の生来の役割と人間の深い愛情の籠った関係を捨てることにより、別のかたちで創造主を礼拝しようとする女性たちに対して、依然として世界のある場所で与えられている敬意に似ていなくもなかった。このよう

にして、人間の愚かさは危険であって悲惨である両極において同様にはけ口を求めるのだ。(7)

最後の文を読むと、フレイザーがもっとも高く評価した歴史家はエドワード・ギボンであったことの理由が分かる。(8)

すでに一九〇六年には、『金枝篇』第二版がとっていた積極的に反宗教的であろうとした方針を改めている。サカエア祭、サトゥルナリア祭、プリム祭に関して、それらは、一九〇〇年には非常に重視され、地理的にも妥当であったにもかかわらず、『アドニス・アッティス・オシリス』ではふれられていない。合理主義者陣営の強硬派仲間の一部が当時主張していたような、キリストは神話的存在であるという考えを、フレイザーは注意を払いながら距離を置いている。(9)かわりに、彼が同様に歴史的実在を認めていた仏陀をキリストと比較している。ここでギボンを捨てマシュー・アーノルドを支持し、彼はキリストと仏陀は共に「弱くて過ちを犯す我々の本性を支え導く」ために時々現れてくるような「美しい精霊」であると述べている。(10)

神学的な役割がどういうものであるにせよ、キリストや仏陀やその他の倫理面での改革者たちは、フレイザーの歴史の認識、歴史の哲学に、必要不可欠な存在である。そうでなければ、原始時代の愚かさから呪術へ、呪術から宗教へ、そして最終的に宗教から科学へと、人類が大きく飛躍してきた様を思い描くことができないと考えていたからだ。「偉人たちの影響を抜きにして歴史を語ろうとすることは、野卑な人々の虚栄心をくすぐるだろうが、哲学的な歴史家が気に入るところではないだろう」[11]。明らかにフレイザーは、自分もそのような歴史家の一人と考えている。彼独自の主題は、哲学体系にみずから望みながらも入ることのできなかった者たちを哲学的に描くことである。『アドニス・アッティス・オシリス』のこの箇所につけられたエウヘメロス説（神話の神々の背後に歴史的モデルがいることを認める説）的な注が、第三版を通じてますます重要になっていく。

『トーテミズムと外婚制』が完成し、一九一〇年七月に彼とリリーが休暇から戻ってきた。そして、ようやく彼は大きく遅れた第三版の完成に思うまま取り組むことができた。間紙を挟んだ特別版への書き込みというかたちで、第二版の改訂と書き直しは早くも一九〇二年に始まり、二〇世紀最初の一〇年間、絶え間なく行われた。したがって、一九一〇年までには、彼の手元には相当量の原稿がすでにそろっていた。そしてついに、それらが印刷所へ送られ始め、絶え間ない読書、執筆、校正が四年にわたって驚くべき忍耐で行なわれ、第三版全体が姿を現した。『金枝篇』がどのように評価されるかにかかわらず、第三版完成までの彼の仕事は、学問的偉業としてもけた外れであるため、詳細を以下にまとめておく。

フレイザーはまず、第一部、第二部、第三部を、立て続けに以下の順番で出版した。一九一一年三月に『呪術と王の進化』を二巻で、その二か月後に『タブーと霊魂の危機』を、そしてその五か月後には『死にゆく神』を出版した（一九一一年出版のこれら四冊だけで、総ページ数は一五九四に達し、たいていの人ならその校正だけで数か月はかかるだろう）。第四部の『アドニス・アッティス・オシリス』はすでに一九〇六年に出ていたので、彼は、そのまま第五部『穀物の霊と野生の霊』の二巻に取り掛かり、一九一二年七月に出版された。一九一三年九月には第六部『生贄《スケープゴート》』が出され、最後の第七部『麗しのバルドル』二巻は一九一三年一二月に出版された（これらの五冊を合わせると一七九八ページになった）。それから、彼は第三版の観点から『アドニス・アッティス・オシリス』を読み直し、足りないところがあることを認め、六四〇ページの二巻本として増補して一九一四年四月に出版した。第一二巻の『総索引』（五三六ページ）は、各巻の索引をひとまとめにして、全体の文献目録を付けて一九一五年四月に出された。

第三版がこのように段階的に世に出されていたとき、同時に彼は一九一一年と一二年に二〇篇のギフォード講座の講演原稿を書き上げ、講演を行い、それらの原稿を一九一三年三月に『不死の信仰』という題で出版した（全四九五ページ）。また、一九一二年六月にはウィリアム・クーパーの書簡集二巻を編纂し、一〇〇ページ規模の伝記的紹介を序文に付けている。一九一三年九月には『サイキの仕事』の改訂（すなわち増補）を行った。一九一三年一二月には友人ウィリアム・リッジウェイの記念論文集への短い寄稿論文を書いている。まさに、マレットが『呪術と王の進化』についての書評にて冗談で抗議しているように、「フレイザー博士は、弟子たち（われわれ全員がそのようなものだが）が読むことができるよりも速く執筆する」[12]状況だった。

『呪術と王の進化』についても、フレイザーの序文というのは精読の価値があるという原則の例外ではない。ここでは、その告白形式のスタイルが関心の的である。反宗教の姿勢からの戦術的撤退は規模を拡大して続いている。彼は今ではネミの祭司の外来的な性質を喜んで認めるだろう。祭司は、読者が議論のもつれ合ったやぶの中を進んでいく手助けとなる修辞的な仕掛けにほかならないし、また常にそうであった、と彼は認めている。祭司は、読者が物語の方向性と意味を心にとどめておくのに都合がよかっただけでなく、彼自身芸術的価値ももっていた。それをフレイザーは典型的な絵画的隠喩を用いて次のように表している。

科学論文としての堅実な内容を犠牲にすることなく厳めしい形式を捨てることで、この題材をより芸術的に成型し、そうすることで、より厳密に論理的で体系的な事実の羅列に嫌気を感じていたかもしれない読者の興味を惹きつけることができるだろうと考えた。こうして、謎めいたネミの祭司を前景におき、その他の同種で地味な存在を集めて背景においた。これはもちろん、これらの存在の重要性が低いと考えたからではない。樹木の茂ったイタリアの丘にいるネミの祭司という絵になる自然環境、彼を取り巻く神秘性、そしてとくにウェルギリウスの韻文詩の忘れられない魔法が、すべて一つとなり金の枝を持つ悲劇的な存在に妖しい魅力を与える。それゆえに彼は、暗いキャンバスの中心にいるのにふさわしいのである(13)。

それゆえに、『呪術と王の進化』では、ターナー風かつウェルギリウス風序文をもった増補版(14)と同じく、読者が期待するようになった方法でもって始めている。また『金枝篇』全体の議論と森の謎の解明とを結びつけ続けることが時々あるだろうとフレイザーは序文で述べている。しかし彼はすでに、生贄の祭司がみずから犠牲とならなければならないだろうという可能性を、読者に分からせようとしていた。このような操作の裏には、一九〇二年に出されたクックによる説得力のある批評がある。クックは、フレイザーがネミの謎を重視しすぎるのは愚かであるという。というのも、この儀式の意味についてよりみごとな説明が出されたなら、『金枝篇』全体が捨て去られてしまうからだ。

この古代イタリアの祭司が、結局のところ神に扮する人という古くからの役割に由来するにちがいないということが明らかになったとしても、たった一つの手抜かりで、私が示したと思う論証が、すなわちこれまでの想像以上に神に扮する人間がはるかにありふれており、神を軽信する崇拝者たちも怪しんでいた以上にはるかに数多くいたという論証が、まったく無効となることはないだろう。同様に、この特別な祭司制度に関する私の理論全体が仮に崩れたとしても（よって立つ論拠が薄弱であることは私自身十分承知しているが）、その論の倒壊により、原始宗教と社会の進化について私が示した全般的な結論は、これとはまったく独自で、信頼性が十分に証明された膨大な事実にもとづいているゆえ、少しも揺らぐことはないだろう(15)。

第三版のなかでも『呪術と王の進化』は特異である。というのも、これは『金枝篇』第二版の改訂ではなく、二つの版の合間に書かれた『王権の歴史についての講義』の改訂であって、その改訂部分を大量にとり込んでいるからだ。『王権の歴史についての講義』からの主だった理論的変更というのは、マレットが連続的に寄こす批判に応じて、それまではっきりと示されていた呪術と宗教とのあいだの区別を幾分見当違いにも曖昧にした点である。マレットによりこの問題についての再考を求められていると承知しながら、フレイザーは、自説の個人主義的観念連合説とも一致せず、またマレットのような「やかましい」社会心理学者を満足させるほど固まっていない、混乱した解決策を提出する。一九一一年『呪術と王の進化』出版の数か月後のマレットとの手紙のやりとり（第13章参照）にあるように、フレイザーは二人の違いを次のようにまとめている。

〔二人の間の相違は〕主に言葉にあります。仮定した神秘的な力を、彼はメラネシア語で「マナ」と名付けています。私はその力を、いわば呪術と禁忌の物理的根拠となるものと考えます。もっとも両者の論理的根拠は観念連合の法則を誤って適用することで成り立っています……。しかしながら彼の批判に敬意を払っていますので、ここでは件《くだん》の理論を示すのに『〔王権の歴史についての〕講義』のときより断定を避けています。

両者の相違はささいな言葉の問題にすぎないという主張は、フレイザーが、マレットが述べていたことを本当には理解していなかったことを示している。最後には態度を曖昧にして、「禁忌のすべての原則は、あるいはともかく大部分の原則は、類似と接触という二大法則を用いて、共感呪術を特別に適用したものにほかならないように思われる」と述べている[16]。

まじないの呪文がしてよいことを示しているのに対して、否定の呪術として理解される「禁忌の原則」は、してはならないことを定める禁止の体系である。そしてこれが第二部『タブーと霊魂の危機』の主題なのである。序文と、狩人と漁師にかかわる禁忌についての三三ページ分を除けば、第二部はすべて、『金枝篇』第二版の題材から成っており、それらは増補され、最新情報が取り入れられている。『金枝篇』第一版、第二版では、神聖な祭司たる王を保護する神性として禁忌を研究していた。しかしながら、『金枝篇』第三版の序文と追加された部分を見ると、『サイキの仕事』で提起された問題、すなわち「迷信」と倫理の発展とのあいだの複雑で曖昧な関係が、フレイザーの関心を長期にわたって捉えた主題となっていたことが分かる。しかしこの大きな問題は、第二版の枠組みのなかでは容易に説明できなかった。このため、第二版の論理と構成が向かう方向性と彼が望んだ方向性とのあいだの緊張が、悔しさがはっきりと表れた序文を生み出したのだ。序文で彼は、禁忌の現象全体を論じられないことに苛立ちを示している。しかしフレイザーは、踏みならされた道にとどまることをことさらに厳格に考えることはなく、狩人と漁師に関する新たな議論では、倫理の発展という大きな問題へと脱線している。

彼の論評は、罪の告白という慣習の意味について別の学者との意見の相違から生じている。この相違がさらに興味深いのは、もう一人の人類学者がフレイザーと同時代を生きたドイツ系アメリカ人フランツ・ボアズ（一八五八—一九四二）だからだ。ボアズは、原始社会の研究において歴史の重要性を強調したグループの中心的存在だった。フレイザーは、鯨とあざらしを追うエスキモーの漁師が従わなければならない多くの禁忌に関して、ボアズの言葉を詳しく引用している。もし漁師が禁制を一つでも破れば、人前で告白しなければならない。さもなければ、その者とその仲間たちは不幸につきまとわれ、死ぬことさえあるだろう。ボアズは、宗教の起源について長い推論を避けており、この行為の説明もごく短いものである。それによると、違犯者が告白するのは、他の者たちが自分や自分が汚したかもしれない物に近寄らないよう注意を与え、他の者たちが知らずに自分同様汚されることがないようにするためである。フレイザーは、みずから鯨のような大きな獲物を追っているが（彼が追っているのは呪術の宗教への発展であるが）、このように単純で実利的な説明は行わないだろう。

禁忌の侵犯すなわち罪は、もとはほとんど物理的なものと考えられていたようである。何か病的な物質が罪人の体内に潜んでおり、精神的な浄化や嘔吐のように、告白によりそれを体内から追い出すことができたのだ[17]。

悪、すなわち体内の有害物質で吐き出さなければならないと理解されているものを追い出すために、実際に浄化を施した人々の多くの例を彼は提示している。このような「低い」発展段階から、原始人類は、悪は文字どおりに追い出すことはできない倫理的汚れであると、より形而上学的に理解するようになる。倫理の発展においてエスキモーが位置しているのはこの段階である、とフレイザーは言外に述べている。そして悪をこのように解釈すれば、告白は新しい意味合いを帯びてくる。より高い発展段階における複雑な倫理観への適応となるのだ。現在告白が表しているのは、人類は自力では世界に対処できず、自分の誤りを全能の神に告白し、神が改悛した罪人を許すことのみを頼みとするしかないという認識である。

慰めを与えるこの教義が教えるところでは、悪行の結果をぬぐい去るためには、ただ謙虚で改悛した心でそれを認め告白するだけでよい。そうすれば慈悲深い神は我らの罪を許し、我らと我らの行いを報いから解放してくださる。このように簡単に過去を消し去ることができれば、また失言を撤回することができれば、また復讐の女神の飛翔のごとくすべての悪行にともなって続いてやってくる一連の結果を止めることができれば、実際世の中は申し分ないのだろう。しかしそれは不可能だ。われわれの言動には、それが正しいものであれ誤ったものであれ、必然的な、不可避の結果がともなう。神は罪を許してくださるかもしれない。だが自然の摂理は許さない[18]。

この一節をマレットは、彼の概して批判的な書評のなかで引用している。この時点でマレットはもはや腹に据えかねて、彼には珍しい酷評を長々と始めた。彼にとっては、これらの言葉は、フレイザーの哲学が二〇世紀のものではなく一八世紀のそれであり、フレイザーは「進化論が存在していなかった時代の自己満足的な一貫した合理主義」の代弁者であることを示していた[19]。マレットは、さらにその誤りを次のように指摘する。フレイザー

の信じるところでは、

精神の進化は、物質粒子の再配分のような生命をもたない「変動」に喩えることができるというが、それは誤りである。しかし、純粋に機械的な過程、動く歩道のようなもの、と考えられる進化は、人類学にとっては役に立たない。誤った哲学からは優れた科学は生み出されないのだ。フレイザー博士が、その百科事典的労作で同時代の人々の精神的視野を広げたと、と主張するのはもっともかもしれない。しかし、すべての基礎となる事実を誤って捉えているため、人の生き方の真相を大きく概説する彼の哲学的解釈は無効である。根本的な事実とは、すなわち人の生は生であるということ、そして、そうであるからより完全な人の生をめざして進化するということ。換言すれば、人の生は「神」から「自然」へ進化しているのではなく、「自然」から「神」へと進化しているのだ。

この激しい批判に対して、次のような指摘ができるだろう。㈠誤った哲学からは優れた科学は生み出されない、というのは正しくない。科学者としての価値と哲学者としての価値のあいだには、明白な相関関係はない。㈡さらに、悪夢のような四分の三世紀を経過した後から見れば、希望を抱かなければ幻滅することはないという理由からでも、マレットの楽観的生気論よりフレイザーの厳しい機械論を支持する者がいても仕方のないことだろう。といっても、このことは、とくに初期の著作に見られた（「この慰めを与える教義」に見られるような）フレイザーの独りよがりに対する非難から彼を解放するわけではない。しかし、知識を書物からのみ得ていたこと、未開人に対する慇懃無礼な態度、そして直観的な単純化の傾向などが見られたにもかかわらず、年齢を重ねるにつれフレイザーの精神的洞察力は深まっていったように思われる。曖昧さを拒む彼の態度も軟化しており、『金枝篇』第三版では複雑性を受け入れることを厭わなくなっていた。マレットは多くの点でフレイザーより多く人の世を見知っていたが、この点ではフレイザーの方が進んでいたかもしれない。

第三部『死にゆく神』は、全一一巻の四番目の巻にすぎないが、『金枝篇』全体の象徴的な中心となっている。その主題は、『タブーと霊魂の危機』での王の禁忌についての研究から直接発展したもので、すなわち力が衰えたときの王たる神の殺害についてである。殺害は未開人にとっては必然である。なぜなら、そのような王はもはや政治的指導者ではないからだ。むしろ、指導者であり得るのは、宇宙の理法を具現化し保持しており、人の世と神の世をつなぐ者であると信じられているからにほかならない。したがって、もしその者が病にかかったり自然に歳をとることがあったりすれば、呪術的共鳴の原則により、その民や土地も衰退することが意味されている。それは、一般の民にとっても、未開人の哲学者にとっても、（それぞれ異なった点から）許容できないことである。

以前にフレイザーが主張していたところでは、世界を維持するために、原始社会の王は殺され、その後継者に神の霊魂は弱められることなく譲渡されなければならなかった。だが、このようなことが実際に行われたことを明確に示す具体的な証拠はないことを、『金枝篇』第二版では認めている。[20]古代の報告と現代の報告がいくつか存在したが、それらははるか昔に行われたことについての記述であり、不十分であった。このような証拠の欠落のため、エドワード・ウェスターマークは、王たる神が殺されることがあったのであれば、むしろ譲渡されたのは霊魂ではなく聖性であっただろうと述べている。[21]しかし、一八九八年にスペンサーとギレンの「インティチウーマ」の儀式についての記述が発表された。それは、ちょうどフレイザーが呪術と宗教とを区別する経験的証拠を必要としていた時期であった。また、折よく一九一一年にはC・G・セリグマン（一八七三—一九四〇）がシルック族の王たる神のことを発表した。フレイザーが、まさに『死にゆく神』を執筆しているときであった。

チャールズ・G・セリグマン（Charles G. Seligman,一九一四年まで自分の名前をSeligmannと綴っていた）は、優れた内科医であったが、一八九〇年代に病理学の分野から自然人類学へと転向した。[22]一八九八年に、ハッドンがすでにトレス海峡への調査隊の人員を決めていたにもかかわらず、ほぼ出発直前に彼は話を付けて同行することを認められた。（調査に参加した全員がそうであったように）この旅でセリグマンの生涯は変わってしまった。このののち彼は自分のすべてを人類学に捧げ、妻のブレンダとともにニューギニア、スーダン、セイロン（スリランカ）への重要な現地調査を行った。シルック族やディンカ族と呼ばれるニロートの民に遭遇したのは、一九一〇年、スーダンでのことだった。

一九一〇年一二月三日にロンドンに戻ると、彼は当時まだ知り合っていなかったフレイザーに、次のような頼まれてもいない手紙を書いた。

フレイザー博士

私は、今年前半にスーダンで集めた資料を、今まとめているところです。このシルック族とディンカ族の情報は、あなたの気に入るものだと思います。シルック族には、民族の始祖の霊魂の化身である王たる神がいます。系譜研究によると、半ば歴史的に実在した半神の始祖がいたのは、二〇から二六世代前のことです。王は年老いるか身体が不自由になると、儀式にもとづき殺されていました。その際、彼の墓は神聖な場所となりました。王の殺害は、特別な家系の者とシルック族の領土内のそれぞれの地区の首長とが協力して行いました（地区という用語は、それほど厳密な意味ではありません）。もしこれらの民族自身の物語や信仰に何らかの信憑性を認めるならば、それ以前に、王を攻撃し、殺した、誰か（王族の者？）が新しい王となる時期がありました。

当然これらのことは、ほんの大要にすぎません。

ディンカ族は、独立した、そしてしばしば対立した複数の部族の集まりのようにしか見えません。その民族では、偉大な雨乞い師たちは年をとり老いれば殺されました。雨乞い師たちは、とくに讃えられた先祖の霊魂の化身でした。ディンカ族に関して、ことを複雑にしているのは、彼らの極めて激しい先祖崇拝とそのトーテム崇拝です。ほぼ全体でトーテム崇拝が見られる部族がある一方で、ほとんどまったく見られず、トーテム崇拝に疑いを抱いているような極端な部族もあります。

おそらく六週間から二か月あれば、これら二つの宗教の概略をはっきりと示すことができると思います。

『金枝篇』新版の次の巻をいつ出されるのか分かりませんが、もし時機が合い、この件に関する発表の資料をお望みでしたら、喜んで一部お送りします。(23)

疑いなくフレイザーは、強い関心をもっていることをセリグマンに示した。セリグマンは言葉どおり一九一一年二月一日に、シルック族についての調査結果をまとめた短いタイプライター印刷物を送ってきて、フレイザーがそれを利用することを認めた。調査結果に示されていたのは以下のことであった——シルック族にとって王は民族の文化的英雄ニュイカングが顕現した存在であり、彼らの王はすべてニュイカングを内在していると信じられていること。王の弱さは民に感染し、作物が枯れ家畜が死ぬため、王の肉体的な力が衰えることは許されないこと。したがって、衰えつつあることが見えれば、その王は儀式的なやり方で殺害されること、などである。[24]

セリグマンが伝えた情報は、聖なる王殺しの現代における最初の信頼できる証拠であり、衝撃的なものであった。それは二つのまったく異なった結果を引き起こした。フレイザーに関しては、この後主な関心の対象となる地域がオーストラリアからアフリカへ移り、その結果、人類学の共同研究の相手がボールドウィン・スペンサーからジョン・ロスコーへ変わったことである。[25] 人類学の世界に関しては、大きな論争を巻き起こした。一九二〇年代から後の三世代の年月にわたりすでにフレイザー的なものすべてに対して徹底的な反動が起こっていたのだが、さらに、セリグマンの情報も何度か再検討されることになった。もっとも有名なのは、E・E・エヴァンズ＝プリチャード卿によるもので、セリグマンの基本的な主張すべて（とフレイザーによるその利用）に異論を示した。[26] エヴァンズ＝プリチャードやその他の反フレイザー派の者たちの考えでは、ボールドウィン・スペンサーと同様にセリグマンは最初からフレイザーを称賛しており、したがってそのことが調査に影響を与えた（言い換えると、歪めた）という事実に問題の一部があるというのである。セリグマンが熱狂的なフレイザー信者であると見なされたことは一度もないが、調査結果の発表前にフレイザーに手紙を書いたこと、そして発表の際に自分の発見をフレイザーの仮説における「失われた環」を明白に補うものであると述べていることから、実際にフレイザーの説がセリグマンの調査や思考に影響を与えたと推測される。

このような影響は残念なことと判断されるだろうが、しかしそれは仕方がなく、実際に避けられないことだ。どのような学者でも自分の読んだものの影響を受け、次に、その後の見たり考えたりする対象や、見方・考え方にも影響する。しかし、本や理論の影響が、その読者に直接あるいははっきりと表れると考えるのは、あまりにも単純である。メラネシアに行ったときにマリノフスキーはフレイザーの影響を受けたことをみずから認めたが、だからと言って思想面で彼の弟子であるということはできない。

問題（もしあるとすれば）は、すべての着想は何かをもとにして生まれるという不可避の事実から生じる。当時の英語圏の人類学者すべてと同様に、セリグマンはフレイザーを読んでいた。したがって、セリグマンがフレイザーの王たる神の概念に感服し、感銘を受け、魅了され、意識内にその概念がとどまっており、読んで考えたことと著しく一致するような状況に出くわした際に特別の注意を払った、というのは驚くべきことではない。いずれにせよ、フレイザーによって広められたセリグマンの調査資料は、アフリカ諸地域での社会的、政治的構造の調査を大きく促す結果となった。一九二〇年代以来、その他のアフリカの部族のなかに「フレイザーのいう王たる神」の存在を認めたとする数多くのフィールドワーカーたちの報告がなされている。両方の立場からそれぞれの主張がなされ、説得力のあるものもあった。論理的かつ客観的に見れば、実際にこのような形態の王権がアフリカのいくつかの場所に存在していたようであると結論付けられるだろう[27]。

第五部『穀物の霊と野生の霊』は、その前の巻『アドニス・アッティス・オシリス』の続編である。後者では、地理的に限定して古代近東の三つの祭儀形式に焦点を合わせていた。前者の二巻本は、地中海での題材をより多様に拡大して扱っている。第五部で最初に取り上げられているのは、穀物、ブドウ、そして山羊の神であるディオニュソスだ。神話や儀式に表されるように、この神が死んで復活するのは、多くの点でアドニスやあとの二人と類似している。当然ディオニュソスは、デメテルやペルセポネ、そして世界中で見られる多くの同様の存在を連想させる。それらに非常に類似したものでは、隣接するフリギアの地にリテュエルセースがいる。それからフレイザーはいわゆる高等な（あるいは農耕の）民族から、狩猟、漁猟そして遊牧の社会へと対象を下げる。このような民族は、食糧に利用している動物の死に自分たちの生存が文字どおり依存していることを毎日目の当たりにしており、このような復活信仰の仲間に加わろうとはしないだろうと考えられるかもしれない。しかしながら、その考えは誤りで、このような民族でも、動物は神の化身であり、同様に不滅であると信じられている。フレイザーは、アニミズムの観点からこの行為を説明し、死人や死んだ動物についての未開人の想像あるいは幻想では、われわれが死後の「虚無」と見なすところへ、彼らは死んだものを連れて行き、住まわせているという。

マレットの批判の要点がまったく分からず、自分との相違は本質的に言葉の面にあるとフレイザーは主張したが、実際はそうではないことが第五部の二つの巻から分かる。以前のフレイザーは、未開人の単純さと彼らの異なった考え方を指摘し、主として非難することで満足していた。これらの特徴は、彼らとわれわれとのあいだの進化の面での隔たりの大きさを示しているにすぎなかった。しかし今では、マレットへの反発にせよ、あるいはパリのユベールやモースの生贄についての複雑な分析に対する反発にせよ、ケンブリッジのジェイン・ハリソンのギリシャの祝祭についての社会学的かつ心理学的論考に対するものにせよ、『金枝篇』第三版の後の方の巻では呪術の遂行を特徴付ける畏敬や畏怖という心理的状態に、フレイザーはより強い関心を本当に示しているように思われる(28)。

フレイザーが根本的に変わったと言っては、誇張のしすぎだろう。所信は変わっておらず、論調が変わったのだ。単に未開人の愚かなしくじりと見えていたものに対して、第五部とそれ以降の巻では根気強い態度を示しているようだ。性急に判断しないようになったことは、次のような拡大された視覚的隠喩の一例に見ることができる。

理性のほのかな冷たい光に照らされた人間の知識の円は微小なものであり、その照らされた円の外側に広がる人間の無知の暗い領域は計り知れないほど広大である。そのため、想像力が境界線まで進んでいき、その小さい角灯の暖かで色彩豊かな光を暗闇のなかへ向けざるを得ない。そして、暗がりのなかをのぞき込んで、自分の姿に反射した影を、深淵で蠢く物体とよく見間違うのだ。簡単に言えば、知られていることと知られていないことを区別する明確な境界線が分かる人はほとんどいない。たいていの人にとってその境は、知覚されたものと想像されたものが不可分に融合している霞んだ領域なのだ。したがって、想像力によって死後の虚無の世界に死んだ動物や人間の霊が存在していると考える未開人にとって、それらの霊は、生きている動物や人間がもたらす確かな存在感に劣らず現実的である。そしてその両者は、同様に未開人の思考や活動に影響を与える(29)。

人間が知識を得るのは、理性のほのかな冷たい光が輝いている領域でのみである(この考えには、以前のフレイザーが垣間見える)。しかし現在、われわれの無知に比べて、知識の領域は惨めなほど小さい。その事実から考えると、未開人が願望と現実を混同するという誤りを犯しても、それは嘲笑されるものというより、まったく人間的であり理解できるものだ。どういうわけかフレイザーは、これらの誤りに対して、そしてひいてはそれを犯す人々に対して、新たな理解とまではいかないが、新たな憐れみをもったようである。

芽吹きつつあるこの複雑さの感覚は、原始宗教は単に生存しようとする生物の基本的要求が神話の次元に膨張したものではないということをフレイザーがすすんで認めることによって強められている。明らかにわれわれは飲食をしなければならないが、それらの要求が満たされるやいなや、起こる性衝動も同様に無視できない。

性衝動がかたち作るわれわれの民族の宗教的意識の様々な形態には、大ざっぱで容易に分かるものもあれば、微妙で分かりにくいものもある。その研究は、極めて興味深いものであって、と同時に極めて困難で細心の注意を要する仕事の一つだ。今後の宗教史研究者たちの登場が待たれる[30]。

性衝動についてのこの文章は、フレイザーが新たな領域に進んでいったことを示している。性衝動と宗教との関連を分析するのは、彼の仕事ではなく「今後の宗教史研究者たち」のものだ。そう言いながら、自分がこれまで進路を決める際に従っていた光はどうも不適切であると彼は感づいており、また追加の明かりを見つけるべき場所の着想をすでに得ているようである。

これですべてではない。今ではフレイザーは、人間の社会的発達がもたらされたのは、原始時代の学者たちが作った規定により定められた境界内において強力な衝動の単なる作用以上の働きによって引き起こされた結果だと考えている。彼が言うには、人間に独特なものの多くは、純粋に（生物的とは対照的な）社会的な力から生じている。そしてこのことは結局、個人の心理だけでは人類の発達を説明するには不十分だと認めていることとなる。しかし残念ながら、社会学者フレイザーというのは幻にすぎない。彼ならば何かを見て感じ取ったかもしれないにせよ、まったく遅きに失したのだ。彼は一生身につけた習慣を棄てることができなかったが、それでも当時大きく広まっていた風潮に対する彼の反応は記録に値する。

相互防衛の必要性、協力がもたらす経済的利益、模範の伝播、知識の伝達、高い塔から光を放射するように偉大な人物から周りに放たれる優れた考え――これらと、およびその他多くのことが、人々を共同体のなかに引き入れ、彼らを連隊のなかで訓練させ、彼らのその力を凝縮させて進歩の道を進軍させる。そのような軍隊に対し、単なる無政府主義や個人主義の結束していない散兵が永遠の抵抗を持続させることなどはけっして望めない。それゆえ、人類というものがそのもっとも高く評価される恩恵を社会にどれだけ強く依存しているかを考えると、われわれが自由に観察できる、人類の運命を決定づけた様々なあらゆる力のなかで、一人の人が別の人に対して発揮する影響力が断然大きいものだと、おそらく認めることができよう[31]。

しかしながらこの時点までは、表題が示すように『穀物の霊と野生の霊』は、大きくなりすぎてはいるものの、本質的に『金枝篇』第一版、第二版でのマンハルト的論考を直接に受け継いだものだ。第一版、第二版では、農夫兼猟師の民間伝承を大量に寄せ集めたものにもとづいて、一般的行動様式が、その根拠となる心理と同じく、組み立てられていた。確かにここでは農耕以前の社会も対象に入っており、その結果広範囲にわたる描写が示されているが、全体的な様式は同じである。だが、『穀物の霊と野生の霊』第一巻がマンハルトの遺産を表しているのであれば、第二巻は（必要な変更により）まったくロバートソン・スミスの遺産である。ここでの焦点は、鎮めと犠牲と神の動物を食べることであり、トーテムの聖餐と非常に近いものがあるのに気づかされる。二度、そして二度とも唐突に示されるのだが、フレイザーは思い出したようにネミの祭司にふれる。ちょうどロレンス・スターンがその小説『トリストラム・シャンディ』で、階段を上っている途中、片足を上げたままの状態で数章ものあいだ放置しておいた、あのトビーおじさんを扱うように(32)。しかしそれ以外には、世界の民間伝承にもとづいた（とくに第二巻）全体的な議論を、ネミで行われている出来事に結びつけようとする試みはまったく行っていない。今ではネミは、実際はるか遠くに離れてしまったように思える。

第二版でのそれに相当する箇所と比較すると、第六部『生贄《スケープゴート》』には一つだけ変更点がある。そしてそれは重要なものだ。もっとも偉大な生贄に関する議論のなかで、キリストが磔にされたのは、近東における死と復活の儀式のパレスチナ・ユダヤ版に登場するハマンと同様である、とみる刺激的な見解をフレイザーは引っ込めている。しかし、フレイザーらしいことだが、その見解を完全に押し隠すことはできず、巻末に注として転載している。このようにした理由を、興味深くも次のように述べている。

〔ここで〕述べた仮説は、その後の研究により裏付けられたわけではなく、間違いなくかなりの程度において推論であり不確かなものだ。したがって本文からは取り去ったのだが、多くの推量のもとで最後には問題解決に貢献するかもしれないいくつかの真実を含んでいる可能性があるので、補遺として付けておく。(33)

実際、このように半ば放棄する前に、彼はこの説を補強しようとしていた。「その後の研究」については詳述していないが、それは次のようなものであった。一九〇〇年、ケンブリッジ大学のアラビア語の教授A・A・ベヴァン（一八五六―一九三〇）が、その恩師であるストラスブールの東洋学者セオドア・ノエルディークに、『金枝篇』第二版を贈った。ノエルディークは、この本に関して二通の手紙をベヴァンに書いた。その一通（一九〇一年一月一二日付）が部分的に残っている。(34) ノエルディークはフレイザーの説をすべて受け入れるつもりはなかった。民間伝承《フォークロア》的モチーフが至るところで見られるのは伝播のみが原因であるとフレイザーが信じようとしていたことに批判的であったし、ハマン＝キリストの関連についての推論を頭から否定していたのだ。しかしながら全体としては、イギリスの大多数の批評家より好意的な反応を示した。確かにノエルディークは、フレイザーの仮定に賛成していた。すなわちそれは、ヨーロッパの農夫のあいだに広く見られる「迷信」は古代世界から直接受け継いだものであり、したがって現在の農夫から得た実例を用いて（実際フレイザーが行っていたように）数千年前に普及していたとされる考え方を示すことができるという仮定である。

ノエルディークの許可を得て、ベヴァンはこれらの手紙をフレイザーに見せたが、フレイザーは彼らの異論に返答しなかった。かわりに、ノエルディークの穏健な論調に勇気付けられ、別の関連する問題について直接ノエルディークに意見を求める手紙（一九〇一年五月一一日付）を書いている。[35] J・S・ブラックは、ウィンクラーという名のドイツ人学者の「エステル記」［旧約聖書のなかの一つ］に関する論文をフレイザーに送っていた。ウィンクラーは、ジーラで崇拝されていたとしてストラボンが言及しているペルシアの神ホマノスとホマダティスは、ハマンとその父ハメダサと同一であると、F・C・アンドレアスという学者が述べていると報告していた。フレイザーは、アンドレアスを知っているノエルディークに、この同一視をどう考えるか尋ねたのだ。仮にノエルディークがアンドレアスの説を支持したならば、フレイザーは確実に新たな学問的成功を収めつつあるということだった。明らかに推論にすぎないが潜在的爆発力をもった説にとって、まさに絶好の時期に、極めて重要な支援が出てきたことになったのだ。

フレイザーの手紙によると、ノエルディークがアンドレアスの説を支持すれば、次のように推測に推測を積み上げていく心積もりだった。㈠問題の箇所でストラボンはセミラミスの塚について述べており、彼女と「イシュタル（エステル）が同一であるという高い蓋然性はロバートソン・スミスによって確かめられた」。㈡ペルシアの女神アナイティスは「間違いなく以前その地でイシュタルが占めていた位置を継いだ。おそらく、ペルシア征服によって名前のみが変わったが、以前のまま古い崇拝が続いたのだった」。これは、㈢少なくともジーラでは、次のように言われていることを意味している。

> エステル（イシュタル）とハマン両者への崇拝はキリストの時代まで続いていた。そして、ストラボンの記述から私たち二人ともが分かりますように、まさにこの聖域でサカエアが奉られており、プリムをサカエアと同一視したことはほとんど確実になる。さらに、キリストの磔とその結果に関する私の説へのもっとも強い反論の一つを打ち消すことができるでしょう。それは、たとえキリストがハマンと同様に磔になったとしても、このことが小アジアでその信仰が広まったことに寄与したわけではない、なぜならば当時もはや誰もハマンを神と考えていなかったから、という反論です。しかしアンドレアスが正しければ、ハマンはキリストの時代までまさに小アジアの一部

（ポントス東部）で神として崇拝されていた。その地では、一世紀末までにキリスト教がしっかりと根を下ろしていたことがプリニウスの記述から分かっている。これは、キリストがハマンの役割を担って磔になったことが、彼が神であるという認識をアジアの人々のあいだで確実にしたことに実質的に役立ったという私の説とちょうど一致する。タンムズ、アドニス、ハマン等、どのように呼ばれていようとも、神の死と復活という概念や儀式を、アジアの人々はすでによく知っていたのです。

どうやらノエルディークはすぐに返事を書いたらしい。というのも六月二六日付の返信で、フレイザーは返事が遅くなったことをまずわびているからだ。遅くなったのは、別の所でイラン宗教史の研究者たち、例えばケンブリッジ大学のサンスクリット学者Ｅ・Ｂ・カウエル（一八二六―一九〇三）やベルギーの東洋学者のフランツ・キュモン、そして友人のＪ・Ｈ・モールトンに尋ねていたからだ。ノエルディークは、アンドレアスの同一視説に深刻な疑念を示したにちがいなかった。そしてモールトンも同様の返答をした。フレイザーは、名前の類似はまったくの偶然によるもので重要性はないと研究資料から学んだ。イランのヴォヒュマナーはじつのところ知恵と善性の化身であり、邪悪なハマンとは想像しうるかぎりまったく対極の存在だ。したがって、アンドレアスの説を捨てると、そして発展させる心積もりだった一連のめくるめく推論のことを忘れると決心をしたと、フレイザーはノエルディークに告げている。手紙の結びには、次のようにある。

ハマンの役割を担ってキリストが磔になったことが（起こったのならば）、キリストの神格化に、そしてその崇拝が小アジアに広まったことに寄与したかもしれないという私の意見を批評してくださり、誠にありがとうございます。いただいた反論を大いに尊重して、現在自分の意見をすべて撤回する方に心が傾いております。ひょっとすると、私の本の新版が出版される前に、新しい決定的な証拠が見つかって、私の説が裏付けられるか、あるいは反駁されることになるかもしれません。

このように専門家たちから一斉に反論されても、フレイザーは諦めようとしなかった。彼の意見にみんなが冷や水を浴びせかけた。彼は、身を引かなければならないと分かっていても、依然としてそうすることを望まず、「ひょっとすると、新しい決定的な証拠が見つかるかもしれない」と言っている。しかし、フレイザーの幸運もここで尽きてしまい、何も見つかりはしなかった。ほかの者にとっては、これで、その説は無価値になり、放棄されるべきであるということを意味していたのだろう。だが、フレイザーは何かを削除してしまうということができない性質だった。したがって、その説は補遺のなかへ追放されたのだ。

先に引用した、補遺への転載についてのフレイザーの説明は注目に値する。彼によると、補遺に残した理由は、不適当であることが明白である（つまり、肯定的な証拠は皆無で多くの反証がある）にもかかわらず、この説が「問題の解決に貢献するかもしれない」ということだ。これに対して、どの「問題」のことかと当然疑問が出されるだろう。いわゆる問題というのは、彼が、キリストとハマンを同一視し、その根拠としてプリムとサカエアとを重ね合わせ、さらにその根拠としてサトゥルナリアと推定的に関連付ける、等々、知性の水平へ推測の鎖をつなぎ合わせていく過程でフレイザーが作り出したものにすぎない。何ら裏付けとなるものがなくとも、彼の心が乱されることはまったくないようだ。そのような逆境にあって、このように自信をもっていられる学者は多くはないだろう。知的強靭さと穏やかで内気な気質とが合わさって、彼の人生や研究での永続的な矛盾を作り出しているのだ。

第七部『麗しのバルドル』の二巻で、『金枝篇』は終わりに辿り着いた。最後に話はネミの祭司へと戻ると同時に、修正主義者の傾向を維持している。キリストをハマンと同一視する見方をすでに放棄しているため、この極めて長い旅の結びでフレイザーは言葉を続けて、バルドルの本質については未解決であると、無分別にも表明している。こうすることでこの研究全体の理論的統一性を失うという事実を顧みていないようである。一九〇〇年の時点でのフレイザーの主張では、祭司が守っているのはオークの木で、金の枝はヤドリギの枝。その枝を用いて挑戦者は祭司を殺害しようと試みる、ということだった。もしこの主張が正しいのであれば、この木の植物霊の化身である祭司は不死身のバルドルと比較されるだろう。バルドルも、ちょうどヤドリギの枝でのみ殺されるのだ。双方の場合とも、ヤドリギがそれぞれの肉体を離れた霊魂を宿していた。

しかしながら、「長年にわたって心を占め、また楽しみであった」大事業をすべて終えるにあたり、締め括りとなる最終的な序文（一九一三年一〇月一七日付）に、彼は次のように述べている。両者が聖なる存在の同じ部類に属していると主張するのではなく、この件全体が、実質的に彼の関心外のこととなった。

今では、以前ほどイタリアの祭司と北欧の神との類似性を重視しようとは思わないが、それが有効だとは認めている。なぜなら、このことから民間の迷信における肉体を離れた霊魂という一般的な問題だけでなく、ヨーロッパでの火祭りを論じる口実を得られるからだ。これは、バルドル神話でもアリチアの森の儀式でも火には果たすべき役割があるためだ。このように、私にとって麗しきバルドルは、二つの真実という重い荷を運ぶための隠れ馬にほかならない。バルドルについて真であることは、ネミの祭司にも同様に当てはまる。そしてその祭司は、これらの巻を読んだ者に示されてきた、人間の愚行と苦難との長い悲劇の名目上の主人公であり、その上にちょうど幕が下ろされようとしている。彼はまた、古風な衣装を身に纏い、そして舞台上を威厳をもって歩き回ろうとも、単なる操り人形である。そろそろ彼の仮面を外し、そのあとで箱の中に片付ける頃合いだ[36]。

要するに、二五年前に原始神話の総合的研究からの脱線として始められた『金枝篇』は、じつは一貫してその謎めいた総合的研究であったと、最後に明らかになったのだ。ネミの祭司、金の枝、バルドル、そして彼が長々と論じたその他の題材はすべて、単なる操り人形、読者の関心を引くための物語装置であり、それを作った者はその間により大きな獲物に忍び寄る。つまり、われわれが科学として理解している完全に合理的な自己意識をめざして、ゆっくりとしばしば横這いで上っていく、まさしく人間精神そのものの進化がねらいであったのだ。しかし、常にそのようなより大きな問題に目を向けていたと自ら認めたにもかかわらず、じつはフレイザーはこの作品の真の主題を、あるいは祭司や金枝を使ったすでに放棄済みの無言劇のかわりとなるだろう結論を、奇妙にも明示することができないでいる。まるで、道なき森に切り開いた小道をもはや思い出すことができないかのようだ。彼にできることは、せいぜいこのような複雑な研究につきまとう困難について述べることだけである。そこには、記録の欠如という明らかな問題点に加えて、われわれが未開人の精神世界に住むことを実質的に不可能にしている偏見の霧を、読者の目の前から晴らい散らすという課題がある。

彼はこのように言ったあと、少しも新しくはないが、一八九〇年の第一版の序文からそのままもってきたと思われる発言を少し行っている——われわれにはもう一度「全民族のなかでも比較的発達していない人間精神の働きと本質的に類似したものをもっていて、それは、比較解剖学が明らかにしたように、体格の本質的類似性に呼応している」という説を聞くことになる。しかし、身体的発達の概略と方向性は明確であるのに対して、文化の拡散の事実がもたらした決定的な差異は、社会や精神の進化における正しいコースというものを最終的に確信できなくしている。彼がこの文化的拡散に関して、その重要性までとは言えないにしても、その存在を認めたのは、実質的にこれが初めてである。ましてや、無数の思想家たちが個別に利害を超えて世界の構造について熟考して得る推論こそが人類が発達する主要な手段であると主張していた彼のような説に対して、この文化的拡散の観点から提起される問題点などは、彼はこれまで気にとめることさえなかったのだ。

祭司とバルドルとの同一視だけが、彼が考えを変えた唯一の重要問題というわけではない。ヨーロッパの火祭りの特質に関する古くからの自説を、今では放棄している。マンハルトの影響を受け、火祭りは本質的に共感呪術が引き起こしたものであり、太陽の力を再生させようとする儀式であると彼は理解していた。この見方にもよい点がいくらかあると信じ続けながらも、今ではウェスターマークの次のような説を受け入れている——つまり、火祭りが第一に目的としているのは浄化であり、したがってかがり火は、物質的なものでも精神的なものでも、人間の生命を脅かす有害な存在を焼き払う意味があるという説である。

このように大きく変わった彼は、さらに先へと行く。今や彼は、これらの火祭りが対処した邪悪は魔術《ウィッチクラフト》であり、祭りの儀式的山場は、実際に、あるいは潜在的に、魔女の火あぶりだったと信じている[37]。これはまた、一八九〇年の序文での見解を復活させるだけの意見を呼び起こす。ただし今回は、この主題についてさらに二五年間研究、執筆、そして思考を続けてきた成果として発表されている。そのためにそこにある深刻さは、その四年前に『サイキの仕事』のなかで（同じ隠喩を用いて）鳴らした終末論的警鐘を思い起こさせる。彼の見解では、魔術《ウィッチクラフト》やその他の不合理な妄執の敗北はこれが最後ではなかったし、けっしてなくなることはない。理性的な支配階級による警戒を万が一すり抜けるようなことがあれば、古代の狂気は蘇りこの世に噴き出てくるだろう。驚くほどさりげない意見として彼が言うには、農民たちが土地を離れ、都市に移住してきている事実のなかにこそにのみ、われわれが唯一希望をもてる理由があって、この都市で農民たちは新しくてもっと進歩的な思考様態を身につけるのだ、という。ここでもまた、束の間の社会学の輝きをわれわれは目にする。

実際は、今日に至っても農民は根底では異教徒で未開人のままであるようだ。農民の文明は薄いうわべにすぎず、人生の強い打撃ですぐに剝がれ、下に隠された異教信仰や野蛮性の強固な核をさらけ出す。ただし文明化した社会という外殻の下にある、無知と迷信の底知れぬほど深い層がもたらす危険は縮小している。それは、田舎の人が生来もつ鈍く不活性な気質のためだけではなく、近代国家で都市人口と比べて地方人口が漸進的に減少しているためでもある。というのも、街に集まった職人たちは、田舎の職人たちよりもはるかに容易に未開の思考様態を忘れてしまうという事実が明らかになるだろうと思うからである。(38)

『金枝篇』全体に広がった発達についての際立った隠喩は、暗に期待を呼び起こす。だがその期待は、『麗しのバルドル』によって修辞の面から完全にくつがえされる。ネミの祭司の存在は、『金枝篇』という作品の構造と雰囲気に強い影響を及ぼしていた。その祭司を放棄することで、火祭りに関する考え方を変えることで、そして『金枝篇』第三版の最後に第一版の冒頭で言っていたことのみを繰り返すことで、フレイザーはある意味でこの事業全体の支えを急に取り払おうとしている。このような理由から、そして人類が真理に向かって進む困難な道のりの長さを考えて、また当然ながら『金枝篇』第三版の長大さの点からも、この作品全体を読んだ読者が、非常に長い時間をかけて、長い距離を旅してきて、結局一歩も進んでいなかったも同然だと気づいて失望するだろうことは、容易に想像できる。しかし実際のところ、当時の反応はそうではなかった。何らかの点で失望する者は本当にほとんどいなかった。研究者たちは依然として各部分での欠点と見られるものを指摘していたが、この作品の書評は一般の雑誌や新聞に多く載り、作品全体に対するその反応は圧倒的に好意的であった。

『バルドル』でフレイザーが新しい見解を示した重要な問題はもう一つある。ただし、それは序文の自説撤回の目録に挙げられていない。その問題は、すでに第一三章でふれたが、神話の起源と意味である。目録でそれが見過ごされたのは、ひょっとすると自分が考えを変えたと彼が気づいていなかったからかもしれない。論理的矛盾を常にもっていながらも、フレイザーは儀式尊重主義から離れて神話史実説《エウヘメロス》へと着実に向かっていた。一九〇六年の『アドニス・アッティス・オシリス』では、キリストの史実性を認める必要があると彼は考えついた。その後の数年間に、二人の研究者、彼の友人のジョン・ロスコーと有力なエジプト学者（サー）E・A・ウォリス・バッジ（一八五七―一九三四）の研究によって、彼はさらに神話史実説へと引き寄せられた。

一九〇七年に、ロスコーは「バガンダ族の戦の神、キブカ」に関する短い論文を『人間』誌に発表した(39)。それは以下のような状況で生まれた。一八八七年から九〇年のウガンダの内戦の際、イスラム教徒が古い宗教の寺院を数多く焼き払ってしまった。そのなかには、キブカを奉った巨大な神殿が含まれていた。しかしながら、賢明にもキブカの祭司は焼かれる前に聖なる場所から聖遺物を運び出し、それらを埋めて隠したのだった。隠した聖遺物には、神の盾、顎骨、臍帯、ミイラ化した生殖器等があった。そしてロスコーがその祭司に会った。祭司の財政的窮迫は、神聖な物を売ることによる良心のとがめより勝っていた。ロスコーは、現物を見ずにそれらを購入した。ウガンダ国内では遺物の入った包みを開かないと、祭司と約束をしていたので、ロスコーはそれをケンブリッジ大学の民族学博物館へと送った。一九〇七年にイギリスに戻って包みを開いたとき、彼は上記の品々を見つけたのだ。彼にとっては、これはキブカの人間由来説を示す確証であった。したがって、彼は次のように書いている。「[バガンダ族内で]たいていの人々は今ではキブカは霊魂のみの存在だと信じている。しかし、その身体的遺物という否定できない事実とともに、その歴史に当てられた新たな光は、この神が人間であったことを証明している」。その後、フレイザーがこの話を利用したことから、キブカの人間由来説についてロスコーがフレイザーをも確信させたことは疑いようがない。

一九一一年には、バッジが膨大な二巻本『オシリスとエジプトの復活』を出版した。そこで彼が主張したのは、オシリスは実際の人間、未確定な第一王朝の王ケント=アメンティと同一視されること、そしてそのオシリス崇拝のもっている紛れもない植物にかかわる側面は後世に付け足されたものだということである。その証拠となるのは、この神が高徳なケントの特質をもっていることであり、伝統的にオシリスの墓はケント王のものと同一視されること、そして（フレイザーの言葉を借りると）「この墓からは、豊富な宝石で飾られた女性の腕と、下顎骨の欠けた人間の頭蓋骨が発見され、それらはおそらく王自身の頭部と女王の腕であろう」ということだ[40]。

フレイザーにしても、驚くべき推論的飛躍だが、彼はこれらのエジプトの発見とロスコーのキブカとを結びつける。「オシリス＝ケント」の墓は、アビドスにあるオシリスの神殿から約一マイル半離れたところにあるようだ。

このように、オシリス崇拝とウガンダの死んだ王たちに対する崇拝とのあいだには、奇妙な偶然の一致が、それ以上ではないとしても、あるのである。ウガンダの死んだ王は神殿で崇拝された一方で、頭部がないその遺体はいくらか離れたところにある王族の墓に眠っており、下顎骨が欠けた頭部は王自身の手で墓の近くに埋められていた。同様にオシリスも、王族の墓から離れていない神殿で崇拝され、伝承では、王族の墓はオシリスの墓と同じであった[41]。

つまり、オシリスとキブカは、時間的にはたった五〇〇〇年、距離的には二〇〇〇マイル離れているだけで、身体は実際に分断され、崇拝されていた場所から離されていたという事実を共有している。そのため、フレイザーは次のように結論付けている。

ひょっとすると、結局伝承は正しかったのかもしれない。断言するのは性急すぎるだろうが、オシリスが歴史上実在した第一王朝のケント王にほかならないこと、墓で発見された頭蓋骨はオシリスの頭蓋骨であること、そして頭蓋骨が墓に納められていた一方で、ウガンダの死んだ王の場合と同様に、下顎骨は近接する神殿に聖なるあるいは神託の遺物として保存されていたことはありうる。もしそうであるならば、オシリスの墓で見つかった宝石で飾られた女性の腕は、イシスの腕であると、ほぼ結論を下さざるを得ないだろう。[42]

このような驚くべき戯言の寄せ集めとまったく同じようなものが、『麗しのバルドル』の最後にも出てくる。本文では、フレイザーは世界の火祭りを網羅的に概観した後に、バルドル神話、とくにその死についての話が、生贄をまねた物を火の中に投げ込む多くのヨーロッパの風習と大きく類似していると結論付ける。このヨーロッパの風習は、おそらく植物霊を表す人が生贄とされた原始時代からの遺風だろうから、バルドル神話も同様に、つまり儀式的に考えるともっともよく理解できただろう。

もし私の考えが正しければ、バルドルの話の悲劇的結末は、いわば神聖劇の基礎をかたち作った。その劇は、太陽が輝き、木々が育ち、穀物が実り、そして妖精や巨人、魔女や魔法使いの邪悪な術から人や家畜を守るよう、呪術的儀式として毎年演じられた。要するにその話は、儀式で補足されるよう意図された自然神話の部類に属していた。そしてたいていの場合、理論と実践の関係で神話が呪術を支えていた[43]。

しかしながら、同巻の注でフレイザーは異なったことを述べている。「アフリカのバルドル」と題された注Ⅲには、アフリカの族長たちについての話が多く集められている。彼らは、見たところつまらない武器によってのみ殺されるとされており、また「血肉を備えた現実の人間で、生存していたのはそれほど昔ではないので、部族の人たちはまだ比較的鮮明に彼らのことを覚えている[44]」。これらの話とバルドルの話との比較から、今ではフレイザーはより強く、次のように考えるに至っていた。

バルドル自身は実在の人物であり、生涯賛美され愛され、死後に、ちょうどアフリカの呪術師が今では洞穴で崇拝されており、崇拝者たちに雨や陽光を与えているのと同様に、神格化されたかもしれない、と思うようになった。総合的に見て、バルドル問題に対するこの解釈は、本文での私の主張、すなわちバルドルはヤドリギが着生したオークの神話的化身であるという主張よりも信じられると考えるようになっている。神話史実説に心を傾けさせたこれらの事実が私のもとに届いたのは、本が印刷に回されたときで、本文中の適当な場所に入れるのは手遅れだった。この仮説を受け入れても、ソグネ・フィヨルドの神聖な森のバルドルとネミの聖なる森のディアナの祭司とのあいだの類似性は、必ずしも否定されるわけではないだろう。じつのところ、ネミのディアナの祭司は実際に存在していて実際に殺害された存在だったことにまったく疑いはないのであるから、両者の類似性をむしろ強化しているとさえ考えられるかもしれない(45)。

この一三年前、『金枝篇』第二版の序文で、フレイザーはみずからを真実に身を捧げる者と表し、事実が導くところにはどこへでも従っていくと述べていた。そして、これらのアフリカでの事実に従って神話史実説の道を進んでいき、『金枝篇』全体での論をまったく台無しにしてしまったのだ。その混乱は全体的なものだ。「アフリカのバルドル」は実在した、それゆえに北欧のそのオリジナルも実在した。ネミのディアナの祭司は、神話のオークの精霊の代理として殺害されたが、実在した。それゆえに、いくらか逆転した論理によって、北欧のかがり火を囲んだ実在の者たちは、かつては人間であったが神話の存在となった神に仕えていたのかもしれない。このようにフレイザーが考えていたかどうか、私には確信がない。彼がどのようなことを考えていたにせよ、その文章は理解できない。『麗しのバルドル』の最後のこのような支離滅裂な論に匹敵するほどではなくても、矛盾と非論理性は明らかに存在する。しかし、それらを重要視しすぎるのは誤りであろう。なぜなら、『金枝篇』第三版全体から見ると、それらは取るに足らないことであるから。この版が出版され、その視野の広大さが一般に認められ始めたとき、時代を代表する知的業績の一つとしては不適当であるにもかかわらず、至るところで称賛された。『金枝篇』全体によって、教養ある人々が人類の歴史と現代の行動や制度とを理解する方法に根本的な変化が生じた、というのはしばしば言われたことだ。『金枝篇』第三版がこのように広範囲の批評的注目を集めたので、フレイザーの考え――あるいは少なくともその考えの総合的な趣旨は、二、三の中心となるイメージや隠喩とともに――は、一九二〇年代に教養として素早く英語圏に広まった。さらに、一巻一〇シリングの本代を支払えない多くの人々は、公共図書館で探した。フレイザーは、あらゆる人に対して何らかのものを提供した。教養人たちは、彼の散文様式を味わい、徹底的に調査されたその研究に感銘を受けた。彼らにとってこの研究は、大英帝国の役割をも包含し、明確にし、そして暗に正当化するようなものであった。新しく登場した、それほど教養があるわけではない中産階級にとって、『金枝篇』は、少なくともその簡約版は、思慮深い人なら誰でも知っていなければならない本の一つと新聞で言われているものであった。労働者階級のなかの独学の人たちや向上心に燃える知識人たち、そして急進主義者たちは、原始的な混乱と意見の相違の見られる状況のなかで社会や宗教がどのように始まったかの説明を求めて『金枝篇』を読んだ。この点から先に進めて考えると、フレイザーには二つの評判があると言えるかもしれない。関心の対象が、原始社会での社会構造や役割を研究することであり、原始社会を進化の階層のなかに位置付けることではない人類学者にとっては、彼の主張は何よりも見当外れのように見えた。彼が名声を得たときでさえ、同僚たち、とくに若い世代の者たちから、時代遅れとして退けられた。しかし一方で大多数の人々からは、彼の本は預言者や預言者の書として熱烈に迎えられていた。われわれの視点から見ると、どちらの評価にもいくらか正しいところがあるように思えるだろう。

出版事業としては、出版社と著者の双方にとって『金枝篇』第三版はとてつもない成功であった。第三版を完成させることができさえすれば財政的な悩みは解消するとフレイザーが信じていたことは、正しかった。時期は不明であるが、彼はマクミランとの出版協定の原則を変更しており、今や印税契約を結んでいた。『金枝篇』第三版に対する（イギリスでの）彼の印税は破格の二五パーセントであり、この本の大成功により、その総額はかなり大きなものとなったにちがいない(46)。

たとえ書評が非常に好意的であろうと、複数巻の作品やシリーズ物に対する読者の関心というのは急激に落ちていくものである。したがって、後の方の巻は初めの方より少ない部数を刷る、というのが出版社のあいだでの金言である。しかしながら『金枝篇』の場合、関心は終始高いままで、この金言はほぼ覆された。マクミランは、『金枝篇』第二版の印刷部数に合わせて初期の巻をまず一五〇〇部刷った。それらはすぐに完売し、続巻が出ると同時に増刷しなければならなかった。最後の二つの巻が出版される頃には、マクミランは思い切って初刷りの部数を二〇〇〇にしたが、それらもほぼすぐに増刷しなければならなかった。売り上げ高は、単にフレイザーの初期の著作との比較、あるいは人類学の分野内やノンフィクション部門のなかでの比較において言っているのではなく、無条件に大きなものだった。第一部『呪術と王の進化』が出版された一九一一年三月から、フレイザー自身の手による一冊本の『金枝篇』簡約版が出た一九二二年一一月までのあいだに、『金枝篇』第三版全巻で三万六〇〇〇部もが刷られた。簡約版（これは一冊一八シリングの値段で一一年間に三万三〇〇〇部以上売れた）の出版後でも、一二巻の版は一九二〇年代を通してずっと入手可能であり、この一〇年間に各巻二、三回増刷された(47)。簡約版は（一九五七年からはペーパーバックで）現在まで継続的に印刷されており、一二巻版は最近一九七七年にマクミランから再版された。

（1） TCC R. 8. 44, vol. 4, fol. 83v ＝ *Paus.* V, 223.

（2） *Adonis*, p. v.

（3） *Adonis*, pp. v-vi.

（4） フレイザーが生涯にわたって資料を拡充させていったことについて、みずからはっきりと述べた言葉は、『人類学選集』（*Anthologia Anthropologica* (London, Lund Humphries, 1938), p. viii）第一巻の序文に見られるだろう。

（5） 彼の研究分野の確立への関心は依然不完全である。なぜならオシリスに関する節の第九章「月の共鳴の原則」は、議論とはまったく無関係だからだ。

（6） L・R・ファレル「『アドニス』の書評」（L. R. Farnell, *Hibbert Journal*, 5 〈1906–67〉, 187–90）は、「極めて近い」あるいは「隣接した」人類学のみを慎重に扱うことを求めている。

（7） *Adonis*, p. 25. また pp. 164, 215–16, 227 も参照。

（8） 以下を参照。"Gibbon at Lausanne," in *C & E*, pp. 47–52.

（9） 神話的存在としてのキリストについては以下を参照。Grant Allen, *The Evolution of the Idea of God* (London, Grant Richards, 1897), "Immortality and Resurrection," in *The Hand of God* (London, Watts, 1909); J. M. Robertson, *Christianity and Mythology* (London, Watts, 1900), and *Pagan Christs: Studies in Comparative Hierology* (London, Watts, 1903).

(10) *Adonis*, p. 202.
(11) *Adonis*, p. 202 n. 2
(12) *Oxford Magazine*, 29 (4 May 1911), 289.
(13) *Magic Art*, I, viii.
(14) フレイザーは一九〇〇年にネミを訪れていたので、第三版での描写は以前のものよりはるかに精緻で詳細になっている。この拡充された説明の意味についての冷笑的な見方は以下を参照。Edmund Leach, "Reflections on a Visit to Nemi," *Anthropology Today*, 1 (April 1985), 2-3.
(15) *Magic Art*, I, ix.
(16) *Magic Art*, I, 111 と n. 2. 傍点は私による。
(17) *Taboo and Perils*, p. 214.
(18) *Taboo and Perils*, p. 217.
(19) *Athenaeum*, 15 July 1911, 77.
(20) *GB*^{2}, II, 56.
(21) *Man*, 8 (1908), no. 9.
(22) C. S. Myers, "Charles Gabriel Seligman, 1873–1940," *Obituary Notices of the Fellows of the Royal Society*, 3 (1939–41), 627–38.
(23) TCC Add. MS b. 37: 190.

（24） C. G. Seligmann, "The Cult of Nyakang and Divine Kings of the Shilluk," *Fourth Report of the Wellcome Tropical Research Laboratories, Khartoum*, vol. B, pp. 216-32. 件の箇所は、二三二頁から。一九一一年二月一日にセリグマンがフレイザーに送ったタイプライター印刷物は、『人類学選集』（*Anthologia Anthropologica*, I, 508-15）に掲載された。

（25） 例えば、一九二二年から一九二六年のあいだにフレイザーが書評した二四冊の本のうち一五冊はアフリカに関するものだった。

（26） E. E. Evans-Pritchard, *The Divine Kingship of the Shilluk of the Nilotic Sudan* (Cambridge, Cambridge University Press, 1948).

（27） フレイザーの主張する聖なる王殺しについての証拠を徹底的に再検討した後に、J・Z・スミスは（pt. 2, "Rex Sacrorum"と注で）、フレイザーの主張する形態がアフリカで実際にあったし、現在もあると、公平無私な評者が推断するだけの信頼できる証拠が存在すると結論付けている（p. 330）。より最近の検討については以下を参照。Gillian Feeley-Harnik, "Issues in Divine Kingship," *Annual Review of Anthropology*, 14 (1985), 273-313. ここでの言及に関しては、サー・エドマンド・リーチに感謝したい。

（28） H. Hubert and M. Mauss, "Essai sur le sacrifice," *L'Année Sociologique*, 2 (1897-98), 29-138; "Théorie générale de la magie," *L'Année Sociologique*, 7 (1902-3), 1-146; J. E. Harrison, *Prolegomena to the Study of Greek Religion* (Cambridge, Cambridge University Press, 1903); *Themis* (Cambridge, Cambridge University Press, 1912).

(29) *Spirits of the Corn*, I, vii.

(30) *Ibid.*, I, viii.

(31) *Ibid.*

(32) *Ibid.*, II, 40; II, 94.

(33) *Scapegoat*, p. 412 n. 1.

(34) ノエルディークは、ストラスブールの東洋言語専任教授であった。彼の長い手紙は、(フレイザー夫妻による)不完全な写しのかたちで残っている(BM Add. MS 45451, 83-85)。翻訳については、ジークフリート・ド・ラヒェヴィルツ博士に感謝する。

(35) チュービンゲン大学図書館所蔵。Md. 782, Fasz. 70. チュービンゲン大学の好意により引用。

(36) *Balder*, I, v-vi.

(37) これが、マーガレット・マレーの *The Witch Cult in Western Europe* (Oxford, Clarendon, 1921)とその後の著作の出発点である。

(38) *Balder*, I, viii-ix.

(39) John Roscoe, "Kibuka, the War God of the Baganda," *Man*, 7 (1907), no. 95 後の引用はここから。

(40) *Adonis* (1914), II, 197. バッジについては、*Osiris and the Egyptian Resurrection* (London, P. L. Warner, 1911), I, 40, 67, 320 を参照。

(41) *Adonis* (1914), II, 198.

(42) *Adonis* (1914), II, 197-78.

(43) *Balder*, II, 88.

(44) *Balder*, II, 312.

(45) *Balder*, II, 315.

(46) ベイジングストークにあるマクミラン法人記録保管所から得た印税協定についての情報では、彼の後期の著作での印税率は以下の通り。*GB*[a], 15%（アメリカ合衆国では10%）、*FOT*, 25%（同 10%）、*FOT*[a], 15%.

(47) 売り上げの数字はすべて、ベイジングストークにあるマクミラン法人記録保管所から。一九二二年一一月から一九三三年一二月までのあいだに、マクミランは『金枝篇』簡約版を三万三五一〇部刷った。記録の調査許可を与えてもらったことに対して、マクミラン社のT・M・ファーミロー氏に感謝したい。

第15章　王の誉れ

『麗しのバルドル』の序文は一九一三年一〇月一七日付となっている。とうとう『金枝篇』は完成した(1)。フレイザーは五年前リヴァプールから不面目にも戻ってきたとき、リリーに、ケンブリッジを去るのは『金枝篇』第三版を完成させてからにしようと約束をしたものと思われる。約束が果たされるにせよ、そうでないにせよ、その時はやってきた。一九一三年の遅くに、フレイザーは自分と妻が翌年ロンドンに向けて出発する計画を発表した。ただし出発の日取りはケンブリッジにある家がいくらで売れるか、また法学院のブリック・コート一番地の新居をどう確保するか、にかかってはいたのであるが。

フレイザーが四〇年ほど前に真面目に法律を勉強していたことが予期せぬ幸運な結果をもたらした。彼はミドル・テンプルの法学院へ入ることを許されていたので、そこでの住居の一つを申し込む資格をもっていたのである。これにより、リリーがフレイザーに住居のことで懇願していたことが叶えられることになった。彼女の懇願とは、適度な家賃で、二人にとって（そして彼の書斎としても）十分広く、また彼女が一人で切り盛りしていくには大きすぎない、快適なフラットに居を構えるというものだったのである。またこの新しい暮らしでは、彼らは以前に比べて幾分うまく生計を立てられそうだった。もはや彼の著述のはかどり具合が生活の切盛りのための唯一の基準ではなくなったのであり、ゆえに彼女の望みも満たされた。

『金枝篇』の完成やケンブリッジでの最後の生活が、一九一四年の新年の還暦の誕生日とほぼ同時であったことが、彼の友人や同僚の目に止まらないわけはなかった。そのような機会に贈り物や追想のための記念品を渡すのは習慣的なことだったので、彼の友人たちは集まって何を渡すべきかを決めた。当然ながら恒例の肖像画と記念論文集が候補にあがった。しかしフレイザーは虚栄心のまったくない男で自分の仕事以外に関心をもたなかったため、彼に心から喜んでもらえるようなものを考えつくのは簡単なことではなかったはずだ。そこで誰かが最高のアイディアを出した。フィールドワークを行う人類学者に旅費を報酬として与える目的でフレイザー記念人類学研究基金を立ち上げることだ。委員会の秘書であったF・M・コーンフォードはフレイザーに手紙を出してその提案を説明し、彼の承認が得られるかどうか尋ねた。もしうまくいけば委員会は動き出すことになる。

それから手紙のやりとりが続いたのだが、それらは感動的であると同時に笑いを誘うものだった。[2] 二月一日、フレイザーはコーンフォードに対して、その考えを嬉しく思い、またそれに携わることを光栄に思うと手紙で述べた。彼は自分の名前が使われることを好まなかったが、もし委員会が彼にちなんで基金に名前を付けることが望ましいと考えるならば、それはそれでよいと思った。しかし一週間後（二月八日）、彼は別の考えを抱いた。彼は基本的には基金の話を気に入っていたが、「私は、私を称えて基金を設立するという提案には反対します。この反対はどうしても抑えられないものです」。彼がためらっていたのは、友人たちが集まっていくら価値ある企画に寄与しようとも、それは彼に敬意を表するためだったからである。「私の友人は哀れな人たちばかりです。そのうちの多くが家族を養わなければいけないし、また金銭面で家族にいろいろと負担をかける者もいるのです」（彼は誰のことを考えていたのか。ほぼすべての学者が紳士階級であったなかで、おそらく学者仲間のうちではハッドン、ロスコー、マリノフスキーだけが比較的苦しい生活環境にいた。学者以外の友人たちにおいては、一ギニーか二ギニーを寄付金として払う見込みだけで生活が破綻する人はいなかった。ただ一人でも貧乏な友人がいれば、彼は最悪のことを考えてしまうのである）。彼は、何人かはそうするだけの財力もないのにお金を出そうとし、そのために自分や愛する者の生活費を切り詰めざるを得ないか、それが無理ならお金を出すことを断るかどちらかしかない、ということを、前もって想像していた。どちらにしても彼は周りの人々に苦痛を与え、怒りを買う原因を作っていることになる。そのため、彼は研究基金の考えを好ましく思いながらも、また編成委員会に参加して財政的に支える気持ちさえあったのだが、彼は自分の名前を貸すことには同意できなかった。

コーンフォードの返事の内容は、フレイザーがその後に彼に送った手紙（二月一四日付）から推測できそうである。コーンフォードはおそらく次のように言った。人類学の遠征のための基金はこの世の福祉活動のうちでもかなり優れたもので、また人々の気質も考慮に入れてみると、やはり基金の成功の可能性は彼の名前が付けられなければ無に帰する、と。この主張が正論であることを悲しくも認めたフレイザーは、それに同意し自分の名前が使われることに対して二度目の許可を出した。

コーンフォードは即座に、学者や文人らの世界のなかでこの意見を支持してくれそうな人々の多くに手紙を書き始めた[3]。現在、一九一四年春以降の返事が数多く残っているが、一つの例外を除いてすべてが賛同の意を示していた。名前を挙げると、政治界ではガウアー卿、A・J・バルフォア、ブライス子爵、A・H・ホーキンズ、学者ではフランツ・キュモン、ヘルマン・ディールス、ヴィルヘルム・デルプフェルト、エミール・デュルケーム、エドワード・ウェスターマーク、ゲオルク・ウィッソーワなどがいた。例外というのは、オックスフォードで新しくできた学科である英文学の教授であるウォルター・ローリー卿であった。ローリー（一八六一―一九二二）は学者としては小粒だったかもしれないが、慧眼の批評家であった。彼は個人的にこの基金発足の機会を記念した贈り物をフレイザーに贈ったが、彼はフレイザー的（あるいは他の種類の）人類学に携わることに関心がなかった。

フレイザーは（端麗な文章を駆使する著述家でありながら）本質的には頑固で勤勉な合理主義者であり、彼の著作は宗教的信念への統計学にもとづいた、長たらしい風刺なのです。私は彼を愛しています。そしてそんなことまったく信じていません。人間というのは態度をくるくる変える動物で、しかしいつも遊戯をします。フレイザーはよき主のことを深刻に考えすぎです。（スコットランド人が言ったように）神は個人として、人前で演じなければいけない自身の公的な行動をひそかに茶化すこともある、とフレイザーが聞けば、彼はびっくり仰天してしまうでしょう。[4]

（名前は定かではないが）他の人々は、フィールドワークの性質上どうしても活動費がかさむという点から、別の反対意見を示した。どうしても資金が底をついてしまう（ひと握りの遠征隊だけが援助を受けた後でさえもすぐそうなるであろう）ときに支援者がいつでも基金を補完できる状態でないかぎり、この企画は呆れるほど短命なものに終わってしまうだろう、ということだ。[5] このような状況のなかで、多くの人々が集まってきて参加に同意し、また実際にいくらかお金が集められたのだが、ちょうどこのとき、多くの学問的計画がそうなったように、基金の話は戦争の勃発とともにいったんわきに置かれてしまうことになった。

フレイザー一家が住むようになった住居は、一九一四年三月には三階の四部屋を占めていたが、やがて彼の書斎が加わるようになった[6]。六月中旬には彼らは法学院に事実上移動した。彼がすぐにそこを気に入ったことは、六月二七日のゴスへの手紙で分かる。「私はこの場所の魅力にすでに取りつかれています。私にとってそれはトリニティに劣らないほどの力を秘めた魔女のように思われます」。この魔力の一部は彼のお気に入りの作家の一人ジョゼフ・アディソンとのつながりによるものである。フレイザーは彼のエッセイを二巻本で編集したのだが、それは法学院での新生活で初めて彼が引き受けた仕事だったのだ。一九一五年二月に出版されたアディソン著作集は、フレイザーが『金枝篇』を完成させるにあたって息ぬきとして許した文学的間奏曲であった。『スペクテイター』誌のなかで直接法学院に関連しているものはないが、その場所自体はアン女王時代のロンドンを輝かしく象徴するものであった。彼には風景に対する感受性と一八世紀初頭への生涯にわたる愛着があったため、おそらく必要だったのは彼の想像力をかき立てる窓からの眺めだけだった。法学院にいたときのフレイザーはリヴァプールにいたときと正反対であり、今回は人と環境とのあいだに完全な調和があったのだ。

アディソンのエッセイ集に付けられた序論では、彼はアディソン特有の雰囲気に浸ることに喜びを示している。一九一二年のウィリアム・クーパーの手紙を編集する際にフレイザーは序文にかなり長い伝記的エッセイを付けたが、今回はそのような手堅い体裁のかわりに、軽いはったりをきかせて楽しんでいる。それは、アディソンが創造したロジャー・

ド・カヴァリー卿〔『スペクテイター』誌に登場する架空の人物〕の文体を模倣するというもので、予想外であるだけに成功の見込みのあるアイディアだった。序論は、彼(つまり編集者フレイザー)が新たに発見した『スペクテイター』誌だという想定で、書かれたのである。彼はこの調子で、ロジャー卿についてアディソンが書いた未出版のエッセイという名目で魅力的な一連の折りにふれての文章をさらに書き続けた。これらは一九一五年から一九一六年にかけて雑誌に載り、のちに『ロジャー・ド・カヴァリー卿とその他の文学的断片』として一九二〇年にまとめられ、さらに一九二七年、それに新たにつけ加えられたロジャー卿雑文集とともに『ゴルゴンの頭』のなかにふたたびまとめられた。

六月二二日、フレイザーはナイトの爵位を与えられた。よくあることだが、この勲章をきっかけに、その他の栄誉も数多くフレイザーに授けられることになった。一九二〇年六月に彼は、人類学者としては初めての英国学士院の会員に選ばれた。同じ月に彼は、リリーがとくに評価したにちがいない名誉を受けた――とうとう彼はケンブリッジから文学博士に認められたのである。そのときの祝賀会では、同じくウォード、ゴス、J・J・トムソンなど彼の友人たちも、アンリ・ベルクソンとともに同大学の博士となった。一九二五年彼は、最近創設されたばかりのメリット勲位の受勲者の一員になった。その勲位の受勲者は科学、文学、芸術において秀でた業績をあげた人だけで構成されており、一時に二四人以上を抱えることがなく、たいていはそれより少なかったという点で、非常に大きな

名誉なのである。(7)

いつもどおりの引っ込み思案なフレイザーがこれら社会的評価の証しを数々受け入れたのは、主に妻を喜ばせるためだったように思われる。彼女はレディ・フレイザーになることに歓喜し、自分が誰であるかを人に忘れてもらいたくなかった。(8) リリー・フレイザーはあらゆる点においてフレイザーよりもはつらつとした性格の人であった。彼女は真面目な学者という仮面をつけ続けなければいけないと思い煩うこともなく、夫よりはるかにあけすけで直截的にしゃべることができた。彼女の手紙は彼のよりも刺激的でまた熱の籠ったもので、彼女のフランス系イギリス人の文体は誰に真似できるものでもなく、また句読点の使い方は息をする間もとれないほど独特なものだった。それがもっとも顕著なのは、彼らの旧友であるM・J・ルイスへ書いた一連の手紙である。フレイザー一家はロンドンに移住する前の数年間、ルイス一家と親交をもっていた。移住後リリーは、耳が悪くて電話を使うことができなかったため、ルイスとは手紙でやり取りを続けていた。以下は一九一四年七月二六日付の、リリーがロンドンから出した手紙の一部である。それはフレイザーがナイトの爵位を受けたことを心から祝福してくれたルイスに対する返事である。そこから分かるのは、フレイザーの友人のすべてがさほど寛大であったわけではないということだ。

ただ私に分かるのは、あなたのお手紙はとくに素敵でわれわれ二人にとって非常に大きな喜びであるということです。私はフレイザーにそれを読んで聞かせましたが、（正直に言いますと）あなたが戯れに使われた「遺憾に思う」という言葉を飛ばしました。「彼に対して、おめでとう、そして（遺憾に思う）という気持ちです」のくだりです――その理由はトリニティの以前の研究員――（私が彼のことをしゃべってもいいですよね――あなたがそれにふれることは絶対にないと思いますので）ワイズ氏なんですが――が二つのぞっとするような手紙で私たちを深く傷つけたのです。それらの手紙は、精神錯乱だと言わんばかりに勲章（つまりナイト爵位）やここに住むことや他のすべてのことに対して反対していました！ 不運な事態のめぐり合わせにより、最初の非難!! がやって来たのは、フレイザーが、（借りてきた）帽子を被ってきらびやかに表情を輝かせながら授与式から戻り、宮殿の美しさや六月の晴れた日にきらめく壮観なすべての衣装を褒め称えているときでした。それは私たちのまばゆい空を曇らせ、傷つけました。ですからあなたのご親切な冗談――「遺憾に思う」は読み上げるときには押し殺しました。フレイザーを知っているあなた方みんなと同じく、ワイズ氏も、夫が勲章を受け取ったならば、結果的にこの私が彼の名誉を公的に分かち合う機会を得たのだということをちゃんと分かっています。夫はまた、もし夫の母が生きていれば、母は称号を傲慢に拒絶するより素直に受け取った方が威厳があるので息子にそうしてもらいたいと考えていただろうとも思っています――いずれにしても彼は（初めに少しためらった後）喜んでいましたし、今でもそうです――。ワイズ氏は厄介な人でいつも引きつった偏見の塊みたいで、ただ私を傷つけようとしたのでしょうが、自分の友人のことをほとんど分かっていませんでした。私を通してフレイザーを傷つけるのは彼を二重に傷つけるようなものです！　それは私たちの香油の中にいる唯一のハエであり、あなたの温かいお祝いの言葉は、その後にW氏から二つ目のもっと乱暴な手紙が来たあとだけに、よりいっそう歓迎すべきものでした。フレイザーはすぐに仕事をするうちにそれらすべてを忘れるでしょうし、彼は今気分が大変よく、体の調子も大変よく、全力投球で仕事をしています。（中略）フレイザーはいつも大変ぴりぴりしていて、過労のせいでしょうが、あのゆったりした態度からは想像できないほど大変繊細で、神経質な人と言えるほどです。私はその過労を減らす努力をしていますし、これまでも彼が夕食後に仕事をしないと約束させるなどしていくらかうまくやってきました。（中略）追伸。（多くの人がそうするように）人々が「いったいあなたはどうしてケンブリッジを離れたりしたのですか」などと言ったりして、フレイザーのなかの郷愁をかき立てなければいいのですが。それはお決まりの言葉でしかないのですが、フレイザーはすべて文字どおりに受け取ってしまうのです！[9]

フレイザーにナイト爵の称号が与えられたのが一九一四年だったのは時期がよかった。その年の夏は（比喩的に言うと）イギリスでその先四年以上は味わえないであろう最後のすばらしい天気をもたらしたからだ。木の葉が舞う季節よりも大分前に戦争が始まった。多くの中年、年配のイギリス人に対してと同じく、戦争は初めフレイザーの生活をほとんど変えなかったように思われる。「思われる」というのは、フレイザーの手紙のうち、一九一四年の後半のものは比較的ほとんど現存していないからである。おそらくそれは、ダウニーが私に説明してくれたところによれば、「アルコール中毒寸前」である彼の弟のサミュエルがその年の五月に死に、兄でありまた家族の看板を背負ったフレイザーが、明らかに土地財産やその他の家族間の問題の調停にかかわっていたからである。したがってわれわれは彼の出版物に目を向けなければいけない。家族内の変動と住居や書斎の引越しの苦労があったにもかかわらず、フレイザーは仕事の手を止めなかったし、マクミランへの手紙も途絶えていないからだ。

彼はひとたび本の山に埋もれた生活を始めると、仕事を再開したいという思いが強くなった。一九一四年遅く、彼はアディソンのエッセイ集の編集作業と『金枝篇』の『総索引』の巻の作成に没頭し、それぞれは一九一五年の二月と四月に予定どおり上梓された（一九一四年五月二七日にマクミランへ手紙で伝えている通り）。それらが片付くと彼の長大な予定表のうちで次なる主要な項目は、彼が一九〇七年から断続的に取り組んでいた『旧約聖書のフォークロア』であった。彼はタイラー、ダーウィン、リッジウェイの編集著書に寄稿した論文をその著書の中心として使うつもりであり、そこに旧約聖書をずっと研究してきた成果を付け加えることになっていた。[10]これら追加論文のうちでもっとも重要なのは、一九一六年一一月にハックスリー記念講演として行ったもので、世界中で広まっている大洪水の伝説についての長い論文であった。[11]（手紙に書かれてあるように）彼はその年の終わりまでに（一巻分の）本を仕上げてしまう予定だった。一九一五年四月一二日のマクミランへの手紙では、まだ彼は『旧約聖書のフォークロア』のことを「一巻本の比較的小さな作品」だと述べている。言うまでもなくそれは三年後の一九一八年一一月まで出版されず、また出版されたときには三巻本になった。出版が延びたのは主に彼のなかに著書をできるだけ大きなものにという強迫的な心理があったからだが、それがすべての原因ではない。フレイザーのような仕事に打ち込むひたむきな人間にとってさえも、戦争は徐々に影響を与えるようになってきたのだ。

『旧約聖書のフォークロア』とともにフレイザーは『不死信仰と死者崇拝』の第二巻にも取り組んでいた。一九一三年に出版された第一巻には一九一一年と一二年のギフォード講演が含まれていた。それは『金枝篇』出版という大洪水のなかで幾分見失われていたものだった。しかし、たとえ出版の時期が重ならなかったにしても、その本がいったい誰を読者に想定していたのかを想像することは難しい。なぜなら、それは死後の世界についての原住民の信仰に関する詳細極まりない報告に、ほとんどのページが割かれているからだ。

それは死後の世界のあり方についての普遍的な信仰についての調査であり、地理的な区分にもとづいて構成されている。この巻はオーストラリア・アボリジニーとニューギニアやメラネシアの原住民の記述にほとんど費やされている。第二巻、第三巻は同じ方法でそれぞれ、ポリネシアとミクロネシアの信仰を描写しており、一九二二年と一九二四年に出版された。

この点でその本は、人類学への彼の初期の個人的な調査論文——つまり一八八五年に人類学協会に提出された葬儀習慣についての論文——の主題に立ち戻っている。両論文の比較によってはっきりするのは、フレイザーは三〇年前よりもずっと多くの知識は得ているものの、理論的な側面においてはさほど変更されていない、ということだ。一八八五年の論文と同じく特徴的なのは、その著書の知的枠組みは明示的でなく、暗に示唆されているだけという点である。つまりフレイザーは（テイラー流に）単純に、未開人のあいだで信じられている死後の世界の存在についての基本的な証拠は夢によるものであると想定しているのである。そして一八九五年時と同じく、『不死信仰と死者崇拝』全体で想定していた第二の点は、葬儀に際して迷信が生まれる要因は死者と亡霊への恐怖だけであるということだ。原住民がこの世を去るものへの愛情や尊敬の念によって突き動かされているとか、彼らはこれまでに死んでしまった者に対して無関心であるかもしれない、などといったことを、フレイザーはどこにも示していない。要するに、彼が説明する心理は、宗教とは神々への恐怖か愛のどちらに根ざしているのかということを問題にした、四半世紀前のジャクソンとブラックへの手紙に書かれた心理とまったく同じなのである。啓蒙主義の最後にして最上の子孫であるフレイザーは、間違いなく恐怖の側についていた。彼はけっして、皮肉や風刺的な余談においてでも、「未開人の」信仰とキリスト教の類似を述べる機会を逃さなかったのであり、その意味で『不死信仰と死者崇拝』の三巻すべては『金枝篇』と同じ修辞的戦略を用いているのである。

一九一四年までフレイザーは、ほとんどの西ヨーロッパの知識人たちと同じく、ドイツを学問と科学の世界における中心として崇めていた。戦争の到来により、ほぼすべてのイギリス人と同様彼は愛国者になり、したがって激しくドイツに敵対する立場に立った。おそらく彼の愛国精神がよりいっそう強くなったのは、彼が六〇歳になって自国のために実質的に兵役につく能力もなく、自分の感情を行動に移すことができなかったからである。戦時中の数年間は比較的彼の手紙は少なかったものの、この方面での彼の活動についての証拠がいくらか残っている。

彼は疑似的に政治的な態度を何度かとった。一度目は戦争勃発のときである。一九一四年一〇月ギルバート・マレーは、それまでほぼ全面的に自由党に味方していたのだが、学者や著述家たちのうちで戦争を支持する声明文を配布し、とりわけフレイザーにそれに署名するよう求めていた。フレイザーはまさに生来の警戒心からそれを拒んだ――その文書は彼が見たこともないドイツ人の発言にふれていた――が、彼が単にことの内実を知らなかっただけだという可能性も無視するわけにはいかない[12]。ルイスへの手紙でリリーが言うには、この時期、新聞は戦争の記事で埋め尽くされていて人々の関心をしっかり摑んでいたにもかかわらず、フレイザーはそれに目もくれなかったのである。彼が生産的だったのは、一部では自分の仕事にかかわらないものはすべて遮断するという性向ゆえであり、リリーは学者の訪問を最小限に抑えることが妻としての役目の一つだと考えていたため、彼が時事に関心を寄せなかったのは昔からのことだったかもしれない。

二度目は、トリニティにおけるバートランド・ラッセルの講師職をめぐる有名な裁判事件のときだった[13]。ラッセルの一件が注目を浴びる前でさえ、人々は何らかのわけがあって、ケンブリッジには良心的な兵役拒否、反徴兵制運動、その他似たような「非国民的」大義を支持する者たちがたくさんいると感じていた。一九一六年一月二二日、フェローらの特別会議が開かれ、フェローは「違法でも不道徳でもない目的を掲げた集会を、クラブのメンバーの部屋で開いていいのかどうか」について、話し合いがもたれた。この会議はのちにカレッジ業務についてのカレッジ協議会の運営への信任決議を示したものと見なされるようになったが、当初は、戦争行為に対して批判的な組織である、民主主義管理連合のフェローの部屋で集会を開くことをカレッジ協議会が禁じたことに対して反対を唱えるために招集されたものだった。フレイザーは概してどんな公共の問題にも関心を示さなかったが、トリニティを愛しその繁栄を切に願っていたため、彼なりの相当の努力をして丸一日仕事をやめ、その会議に参加した。個々人のフェローらの賛否の投票がどうだったかについての記録は残されていないが、保守派が支持を得てカレッジ協議会の行動を是認した。のちの出来事の数々を考えてみると、彼もそれに賛同したと考えるのは妥当である。

一九一六年には、ラッセルは平和主義の大義を支持したことで悪い評判が広まってしまっていた。その年の六月、彼は戦時国土防衛法のもとで「国王の権力の強化や規律を損わせてしまいかねない発言」を公にしたとして告発され、一〇〇ポンドの罰金と訴訟費用を科せられた。この判決のために、カレッジ協議会は七月ラッセルから講師としての職を取り上げるための投票を行った。それへの反響が起こるまでしばらくかかったが、その年の一一月、二二人のフェローが請願書を協議会に提出しその処置に反対する不満を表明した。コーンフォードは四二歳で実際の軍務に就くには高齢すぎて、軍隊の砲撃の指導者になったのだが、それでも大学事情にも関心を向けることを忘れず、フレイザーにその請願書へのサインを求めた。彼はそれを拒んだ。一九一六年一一月一六日の手紙で、彼は、自分がサインしないのは「ラッセル氏の批判を深刻に見ており、カレッジの協議会が彼から職を奪ったことは正しいと考えている」からで、「私は今理由を説明するつもりはありません。おそらくこの件について話をするために近々あなたにお会いする機会はあるかもしれませんが、意見を変えるつもりはありません[14]」と述べている。

ラッセルは一九一八年にふたたび罪に問われたが、二年前の協議会の決定ののち彼はカレッジから除名され、このときはもはやカレッジの一員ではなかった。戦後、和解の態度表明として二七人のフェローが（ほぼ全員が戦時中実際に兵役に就いた若者であった）協議会に請願書を出し、ラッセルを復職させるよう求めた。ふたたびフレイザーは彼らの味方にはならなかった。しかし今回の彼らの請願書は成功してラッセルは復帰したが、二度と以前の職に就くことはなかった。

フレイザーはこの件に関して、ルイス宛の一九一九年一二月二八日の手紙の追伸で、彼なりの視点からコメントしている。数学者のG・H・ハーディはトリニティ内でのラッセル支持派をまとめるにあたっての主要メンバーの一人であった。そのため、ハーディがオックスフォード大学へ移ったことについてフレイザーがやや満足げに述べているのもしごく当然のことであろう。


カレッジにおいてハーディがオックスフォードへ出てゆくのはあまり悔やむべきことではないでしょう。彼が戦時中にとっていた方針は賢明なものでもなければ愛国的なものでもありません。いかに数学の能力に長けているとはいえ、彼は判断力と常識に欠けた男だという印象を強く受けます。バートランド・ラッセルも同じような人間に思われます[15]。

ラッセルが二七人ものフェローの要求で復職していたという事実を考えれば、フレイザーは間違っており――ラッセルとは違って、ハーディの異動を損失だと感じる人は大学内にたくさんいた――、彼の口調は思慮を欠いたもののように映るだろう。

しかし「ラッセル問題」はまったくの例外であった。フレイザーの人生のほとんどの期間は、劇的な色合いも、ましてやメロドラマ的な色合いもなかったが、ルイス宛のリリーの生き生きとした手紙（一九一六年四月五日付）の一つのおかげで、戦時中のフレイザー一家の家庭内での習慣が鮮やかな一場面を通して蘇ってくる。この手紙は数日前ルイスが突然見舞われた激しい嵐についてのコメントから始まっている。

> 電気を消して初めて、その夜は天気が悪いと分かりました。フレイザーが朝五時に起きるので、ブラインドをそのとき上げたのです。そうすることで彼がカーテンを手探りするときにものを壊したりしないようにするためです。私たちは仕事、『旧約聖書のフォークロア』にどっぷりと浸かっていて、私が『タイムズ』紙に少々目を通す――フレイザーは見ようともしませんが――以外には周りで何が起こっているのかほとんど知らないまま、私たちだけの生活を送っています。私たちは何もできないのだ

から、戦況を逐一追っていっても仕方ありません！　平和を祈るなんてことも無駄です。権威ある人に言わせればそれもまた間違っているみたいじゃないですか。私たちにできるのはあなたに倣って節約生活を送ることで、実際にそれを行っています、きちんとです。フレイザーでさえ、これ以上切り詰めることは不可能だと言っています！　今減らせそうな費用といえば彼の床屋代だけです。彼（フレイザー）は自分の髪（あるいはその少ない残り）を自分で切ると言い出していますが、でも今までのところは――床屋もまた値上げをしましたが、彼は数か月に一度は床屋をたよっているんですよ!!　彼の髪をいつも切る人は（中略）一九一四年の初めには外国人としか分かっていなかったのですが、その後セルビア人だと分かりました！　私たちは召使を雇っておらず、一人の女性が週に三度、掃除と洗濯をしに来てくれます。非常に穏やかな生活です。私たちは自分で朝食を料理します――私が書斎と台所で火を熾していま す。その一方で、フレイザーがガスストーヴ付きの居間で朝食用シリアル「グレープナッツ」を食べます。そして彼は（ヘブライ語の聖書のおかげで！）、朝食に長い時間をかけるのです。私たちは、歩いて五分ほどの、私が所属している小さなクラブ、「作家」へ昼食をとりに出かけ、私は一シリングの、私の特別客であるフレイザーは三分の一シリングのとても美味しい食事を食べるのです。夕食も自分たちで作る、というよりチーズがあればだいたいなんでも事足ります。九時半から一〇時までに消灯し、就寝します。まさに修道生活のようなものです。ただ数回だけR協会での講演があって、変化がありました。でも先日はそこで（コルダイト爆薬のような）爆弾がわれわれの目の前に落とされて、現在の残酷な現実を思い出させてくれたのですが。[16]

リリーは自分たちの生活を修道生活と呼んだが、実際彼らはともに長時間熱心に仕事に打ち込んでいた。戦争はフレイザー以上にリリーの生活に大きな影響を与えた。というのも彼女は学校の児童のためにフランス語で物語や寸劇を書くのをすぐにやめ、フランス語の翻訳家として活動し始めたからだ。[17]連合軍は信じられない量の反ドイツのプロパガンダを作り、戦意を高め、銃後の人々の怒りの炎をかき立てようとした。フランスの神聖な領域には憎むべき敵が存在したため、これはイギリス以上にフランスで実際にあった動きであった。彼女が主に携わっていたのはこのような種類の文書を英語に翻訳する仕事であった。一九一六年、彼女が訳したアンドレ・シェラダムの『仮面を剝がれたる汎独政策』やフィリップ・ミレの『戦友たち』が出版され、一九一七年にはポール・ロワゾンの『戦場の神々』が、一九一八年には『使徒フランスと戦争の倫理』という題名のロワゾンの三つの講演が、同じく彼女の訳で出版された（『戦場の神々』の前書きで、彼女は夫がその巻のゲラ校正を手伝ってくれたことに対して謝辞を述べている）。彼女の娘のリリー・メアリーも著名なフランス人著述家のルイ・マドランの『マルヌの勝利』を一九一七年に翻訳していたので、リリーは彼女にも仕事に協力してもらった。

家内工業におけるフレイザーの役割は小さいものだったが、それでもゲラ校正だけにとどまらなかった。一九一七年彼は、一九一四年以前なら取り上げたり、ましてや読むことなどしなかったであろう本の序文を書いたのだ。それはウラジスラヴ・R・サヴィックの『南東ヨーロッパの再建』という本であった。それは、正義と便宜の両方の面から戦後のセルビアの復興を嘆願した本で、フレイザーの二ページにわたる序文（一九一六年一二月二二日）は著者の立場を温かく擁護している。サヴィックがどのようにフレイザー一家の仕事の軌道に入ってきたのか、フレイザーがバルカン半島の政治について何を知っていたか、また何が彼に序文を書く気にさせたのかは、すべて不明である。サヴィックはリリーが掘り出したと推測できる程度である。フレイザーが明確な政治的態度を表明したのは、これが最大のものである(18)。

一九一四年までにフレイザーはすでに、個人的素質や組織内での立場によってではなく、自身の学識と出版物によって、年配指導者あるいは少なくとも何人かの若手研究者の師という立場をとっていた。彼の人見知りの性格、自虐的なまでの仕事のスケジュール、あるいは徐々に発展してきた人類学の学界支配層からの孤立、などを考えると、彼は多くの次世代の人々と交流することはなかっただろうし、それゆえ彼につく若者も多かったはずはない。彼が十分な援助をしてきた二人はこの物語の中にすでに登場している。ブロニスワフ・マリノフスキーとジョン・ロスコーである。

マリノフスキーは一九一四年にはオーストラリアとメラネシアにおり、たとえ彼が望んだとしても、ドイツ海軍の太平洋包囲攻撃が止まるまで、ヨーロッパに戻ることはできなかった。フレイザーは彼のためにできることをした。例えばギルバート・マレーに一九一八年二月に手紙を書き、ニューギニアで総督をしている彼の弟ヒューバートに接触してもらい、マリノフスキーを法的には敵国籍（オーストリアの）外国人であるポーランド人として認めることで妨害されずに研究活動が続けられるように要請した[19]。この手紙を別にしても、フレイザーとマリノフスキーが戦時中お互いに手紙をやりとりしていたことは、後者の『厳密な意味での日記』に彼らの文通が載せられているところからも分かる[20]。彼らの初期の手紙は残されていない。残っている分はマリノフスキーからフレイザー夫婦に送られた大量の手紙からなり、一番初めのものは一九一七年付になっている。

以下はその重要な初めの手紙（一九一七年一〇月二五日）の冒頭で、パプアへ行く途中にSS・マカンボ号の船上で書かれたものである。

あなたからの一九一七年七月五日の手紙以上に、私は、心温まる、そして刺激的な励ましの言葉をもらったことはありません。どの民族学者でもわれわれの学問分野であなたを先導者と見なして尊敬するのも当然でしょう。またそこで示されたご親切で寛大な称賛は、かつてもこれからも私の将来の仕事にとって最も有益な刺激となります。あなたからお手紙をいただいたとき、私は体調が優れず、ほぼ一年仕事を休んで、ようやく再開しつつあるところだったため、かなりの強い刺激が必要でした。そのためにニューギニアへの三度目の遠征は延期されましたが、今は体調もずっとよくなり、ふたたびトロブリアンド諸島に向かっています。

あなたはご親切にも私が自分の仕事を報告するのを許してくださるので、今からあなたに私の計画をお伝えし、また思い切って時折私が民族学の分野でしていることをあなたに説明しようと思います。もしご丁寧に私へのお返事として忠言と批評をしていただけるなら、私はいつもそれに感謝し、それに倣って私の研究方法を高めていく意気込みをもてるだろうと思います。

あなたの著作を研究することによって、私は原住民の生活を描写するには特に鮮やかさと彩りが重要であることを痛感するようになりました。『トーテミズムと外婚制』のなかであなたがそれぞれの部族が住んでいる国を絵画のように描いたのを見てどれほど助けになったかを思い出します。実際私は、あなたが自在に説明されているなかで、風景と「雰囲気」が多く示されれば示されるほど、その地域の民族誌は想像力により力強く訴えかけ、かつより把握しやすいものとなったのです。私は自分の能力を最大に生かして、かの地独特の色合いを説明し、その背景と舞台装置の特質を描写してみましょう。

原住民の心理に関するかぎり、私が「集合的意識[21]」を批判していることにあなたが賛同してくださることは大きな喜びでした。そのような形而上学的概念は、ヘーゲル的壮麗さという名のボロ切れに包まれていて、これまで以上の節度を求める現代人に合うようにほんの少し飾りを付け、色を塗り直されただけのものです。それはフィールドワークを台無しにしてしまうでしょう。それらの概念は現実の問題をぼかし、さらにむやみに推し進めれば、観察のための人工的で捻じ曲がった方法を生み出してしまいます。

あなたはおそらくお気づきでしょうが、現在、一人か二人の中心的な実地調査を行う民族学者と一人の著名なエジプト学者に支援されているのですが、彼らが「心理学的手法」と呼ぶものを攻撃する傾向が広まっています[22]。個人的な考えですが、私たちは民族の制度と彼らの心理を別々に研究することはできません。それらを並べて研究することによってのみ、またある観念がある社会的配置にいかに適合しているかを調べることによってのみ、両方の側面が明確になるのです。外国の制度をどこまで理解したかを測るためには、個人がその国に「住んで」そこの制度に適応する能力が求められます。イギリスにいる外国人で、そこの言語や気質、通念、ものの見方における趣味や流行などを理解できない人は、イギリスの制度のなかで生活することはできないでしょうし、彼らのスポーツや娯楽を楽しむことも、イギリスの学校や大学に馴染むことも、イギリスの社会生活を居心地よく感じることも、イギリスの政治に参加することもできないでしょう。一方、もしその人がイギリスの制度から距離を取っていれば、イギリス人の心理の深みにまで入り込むこともできないでしょう。「少々の違いはあるにせよ」、私が見るかぎり同じことは原住民の社会にも当てはまります。彼らとともに暮らし、彼らの言語を学び、彼らの習慣や制度に馴染み、常にそれらの習慣や制度についての考え方を調査すると同時に、(できる限り)彼らのすることを倣い、彼らの本能や好き嫌いを理解しようと努めること――これらが原住民族を研究するに当たって同時に行うべき二つの方針だと私は思います。

私の研究の主題に関していえば、私は全領域に目を通して実際に重要ないかなる側面も見逃さないでおこうと努力しています。個人的にもっとも関心があるのは原住民の心的生活や、宇宙に対する彼らの信仰や考え方です。しかしこれは具体的なかたちとして表れているものを研究し終えた後に初めて理解できることだと気づきました。あなたの著作、特に『金枝篇』を研究することで、私は一方で呪術と宗教、他方で園芸、漁業、狩猟など経済活動とのあいだの内密な関係を確信できました。そして私は原住民の生活の経済的側面を入念に研究してきました(23)。

一つ目と三つ目の段落はややお世辞臭いものだが、この箇所の調子を強調すれば二人の関係をゆがめることになるだろう。タイラーが死に――彼は一九一七年に世を去ったが、彼はすでに世紀の変わり目あたりから知的活動はできなくなっていた――フレイザーが実質的に「我々の学問分野での先導者」となった。加えて彼はマリノフスキーの友人で、かつ生涯そうだったため、マリノフスキー側のへりくだった態度は愛情の交じり合ったものであった。

この手紙には、民族学的手法と民族誌の記述の仕方についてマリノフスキーがのちに考えたことの萌芽が含まれている。そこからうかがえる通り、行動と信仰を鮮やかに描かれた一つの背景の上に置くことで、その背景によってその行動が意味づけられ読者に理解可能なものになることの重要性を、彼は認めている。二人がその点に関して意見が食い違っていたにせよ、マリノフスキーはフレイザーの文体に感銘を受け、おそらく彼を散文家のモデルと見なしていたようである。(24) 二人が異なるのは、当然、行動と信仰のための適切な背景が何であるかという点である。マリノフスキーは呪術と宗教がともに社会的交流の複雑な過程のなかで因果関係を作っていると考えていたのに対し、フレイザーはただ、その行動が何を「意味する」のかのみに関心をもち、その意味を西欧の知的観点から還元的に理解し、また外的に与えられた進化論的尺度によって測ろうとした。要するに先の手紙では新しい人類学の構想の多くが具体的に述べられている一方で、その手紙を受け取った人間が古い人類学の権化であったというのは、奇異なことではないにしても痛ましいことであった。

マリノフスキーがフレイザーを心底評価し敬愛していたからといって、皮肉めいた批判が入り込んでこなかったわけではない。その種のコメントが友人に伝えられるときは遠回しな言い方にならざるを得ない。手紙の最後の段落でマリノフスキーが、『金枝篇』を読んで、一方における呪術・宗教と、他方における経済活動とのあいだの関係が分かったと述べていたのはそのよい例である。もしそれが『金枝篇』の与える教訓ならば、他の誰もそれを学んだことはないように思われる。おそらくマリノフスキーが『金枝篇』を読んだときに関心をもったのは、フレイザーが考察の埒外に放置しておいたあらゆるものだった。フレイザーが認識していたのは、彼だけでなく一般の人類学者たちも原始社会の経済的基盤を見逃していた、という点だったことは確かだ。彼は、一九二二年のマリノフスキーの『西太平洋の遠洋航海者』に寄せた称賛に満ちた序文において、十分そのことを認めている。

もっとも野卑なものからもっとも高次なものまで、人間生活の進展のあらゆる段階で経済力が根本的に重要であることを知るには、とくに論じるまでもありません。（中略）もしこれまで人類学者が不当にもそれを無視してきたのなら、おそらくそれは、彼らがむしろ人間の本性の高次の側に惹かれてきたからであって、低次のものが重要であり実際に必要であることをわざと無視し過小評価したのではないからだと考えられます。[25]

マリノフスキーの複雑な意図がどこにあれ、マカンボ号の手紙を過度に重視することは彼をフレイザーから引き離してしまう。そのような偏重はかなり無理に作り上げられたものである。というのは、フレイザー自身の比較研究は実地調査の研究者たちの活力と勇気によって可能になるゆえ、彼は常に彼らへの深い感謝をはっきり示していたからだ。彼は自分の態度をよく変更し、また自分の発見が暫定的なものであると常々強調していたが、それは、あらゆる犠牲を払ってでも追従しなければいけない権威的正論を打ち立てるような独裁者からは限りなく離れた、もっとも穏やかなタイプの専門家としての人格を生み出すことになった。そして、マリノフスキーが彼と会ってからよく分かったように、フレイザーは性格の点からいうと確かに人に好感を与える人ではなかった。フレイザーは自分の見解を尋ねられたときには常に答える心積もりをしていたが、けっして、マリノフスキー（あるいはその他誰であっても）が「あなたに倣って自分の研究方法を高めていきます」とまで大胆に言い出すことを期待したこともなく、またそうしてほしいと願ったこともなかったろう。

一方のマリノフスキーは、一九二〇年代と三〇年代にロンドン大学のロンドン・スクール・オヴ・エコノミックスで人類学講座で高位のポストを得たとき、多くの学生を受け持ち、人格的な面でも専門家としての面でも彼らの人生をほぼ完全に方向付けていく立場に立った(26)。これは、彼が自分が学者としての人生を選んだ動機をフレイザーに負わせようとする心理学的な投射が働いている例かもしれない。あるいは別に、このような、学生の学問外の利益を牧歌的なまでに素朴に気遣ってやる心理をマリノフスキーの教師としての偉大さと見なすこともできるかもしれない。他方フレイザーは、おそらく生まれつきの引っ込み思案な性格ゆえに、イギリスに到着してすぐにフレイザーを探し出したマリノフスキーを除けば、若い世代の誰とも個人的関係をうわべだけであっても結ぶことができなかった(27)。

マリノフスキーの教え子の輝かしい第一世代のうちでは、おそらくレイモンド・ファース卿が師のことをもっともよく知っていた。ファースの証言によれば、マリノフスキーは時に並外れたお世辞で人々をほめ上げては、のちに他人に向かってその人々をあざけるのが好きであった。ただし私は、一九一七年のこの手紙がそのようなあざけりの例だとは信じない。ファースは、マリノフスキーがフレイザーに対して「いくらか軽蔑的な愛着」を示していたことを語っている。つまり、その軽蔑は思想家としてのフレイザーに、そして愛着（と尊敬）は人としての彼に向けられたものであるというのである。マリノフスキーはしばしば学生にフレイザーを読ませ、自分自身の批判を際立たせようとしていたとファースは言っている。彼はフレイザーを時代遅れだと見なしていたにもかかわらず、もし彼の著作に何も価値が見出せないと判断していたならば彼を持ち出すことなどしなかったであろう(28)。

戦後マリノフスキーは健康を害したままヨーロッパに戻ってきた。彼はトロブリアンド島での成果をまとめあげているあいだも休養に多くの時間を割かなければいけなかった。そのあいだずっと彼はフレイザーと親密に連絡を取り合い、彼に現在取り組んでいる仕事や体調について知らせていた。彼は本当にフレイザーのことが好きだったけれど、彼はフレイザーが有用な人間であることにも気づき、実際やたらとそのことを強調した。一九二一年二月一〇日の手紙の調子はそういう次第である。「エルネスト・ルナンについてのあなたの講演の増刷を受け取り、本当に感謝しておりますし、もう一部送っていただけたら嬉しく思います。方法としての比較研究や、とくにそれを宗教的問題に適用することについてあなたが言わなければいけないことは、現代の人類学にとって最高の価値と重要性をもっています(29)」。確かにこのマリノフスキーのお世辞は鼻につく。

フレイザーの別の弟子、ジョン・ロスコーにおいては、状況はまったく異なっている。彼らの友情は両方ともに曖昧さのないものだからである。ロスコーは数か月イギリスで過ごした後、一九〇七年にウガンダに戻って行った。ウガンダで彼はフレイザーが大幅に作り直したアンケートのコピーを人々に配布し、バガンダ族における親類の法則と外婚制についての師の特定の疑問に答えるために調査を行った。結果的に彼の情報は『トーテミズムと外婚制』中のアフリカの巻で大きく取り上げられた。彼は一九〇九年にイギリスに戻り、教会の伝道活動の実務から退き、フレイザーの激励によって現在でも有用なアフリカの民族誌を二つ書き上げた。一つはフレイザーに捧げた『バガンダ族』(一九一一)、もう一つは『北バントゥ族』(一九一二)である。それらがいまだ価値をもっている理由の一つは、ロスコーがフィールドワークで、現地語を流暢に話せることやそこの民族に対して共感をもてたこと以上に、ある特殊な利点を生かしていたからである。彼は「カティキロ」という現地の首長と仲良くなったため、その首長がほぼ原住民全員に、とくに白人たちが来る前の時代を覚えている老人たちに、ロスコーの質問にしっかり答えるよう命じており、そのため彼はそれ以外の方法では得られないはずの情報を入手できたのである。一九一〇年、フレイザーの助力も一部にはあって、ケンブリッジは彼に民族学と人類学への貢献のために名誉修士号を授与し、さらに重要なことには、その報奨には、ノーフォークでの聖職者としての生活を保障することも含まれていた。

ついに伝道活動を自由にできるようになったロスコーは、人類学的な仕事で原住民の住む奥地に戻ることを切望し、フレイザーはできるかぎりの助力をした。その後の数年間、彼は様々な慈善団体——とくにアメリカとイギリス両方のカーネギー財団——の関心を引きつけ、遠征の費用を出してもらおうとしたが、成功しなかった。個人的に頼るところがなく、彼は公的なルートをふたたび使い、何か月ものあいだ嘆願書を出したり政治活動を行ったりしたのち、一九一四年四月には、植民省に対して、ウガンダでの人類学調査を一年間実行する契約を取り付けることに成功した。[30] もちろん戦争の勃発によってこの企画は中断し、それによってロスコーは現地、とくにアフリカで過ごすことはもはやできないと思っただろう。しかし意外にも、フレイザーが頑なに主張したこともあって、戦後ピーター・マッキー卿が英国学士院の運営のもとでロスコーを中心としたアフリカ遠征を後援することに同意した。それから一九一九年から二〇年、ロスコーは六〇歳近かったが、ウガンダに戻り、以前の滞在ではほとんど接触のなかった部族のいくつかを調査した。その成果は『バキタラ族』(一九二三)、『バニアンコール族』(一九二三)、『バゲス族』(一九二四)に表れている。

戦時中のフレイザーが学問面で主に進めていた計画は『旧約聖書のフォークロア』であり、それは休戦協定が署名された翌日の一九一八年一一月一二日に出版された。この本は、『金枝篇』が生み出した読者層に訴えかけた結果、多くの読者が常に宗教的疑問と聖書に関心をもっていることも相まって、出版部数の面で即座に成功を収めた。高額(三巻本で三七シリング六ペニー)だったにもかかわらず、一二五〇〇部の初版はすぐに売り切れ、八か月のうちに合計で四〇〇〇部にも達する増刷が二度も必要となるほどだった[31]。

ヘブライ語聖書にあるフォークロア的な要素を論じるというのはよい考えで、また解説書として見れば、この著書は関心が広汎で脱線好きであるというフレイザーの好みがよく発揮されている。それでもその人気にもかかわらず、それは彼の主要業績のうちでもっとも期待はずれなものであろう。人々の期待どおりそれは修辞的な文体でしっかりと書かれていたが、その本の良質の部分が多くの大きな欠点——包括性、バランス、方法——のために台無しになってしまっているのである。

『旧約聖書のフォークロア』を、それとかなり似通っていそうなパウサニアスの解説書と比較することによって、新しい発見が得られる。一目見たかぎりでは『旧約聖書のフォークロア』の方がより優れている。それはパウサニアスのおよそ半分の長さで、パウサニアスが断続的に一四年間もかかったのとは違って、三年で一気に書かれたものだからである。加えてそれは、パウサニアスのような無数の細かな注釈よりもむしろ比較的少数の長い——時に非常に長い——論評から成り立っている。これらの要素があれば、えてして作品は引き締まり、読みやすいものとなるはずだ。

しかし現実はそうではない。『旧約聖書のフォークロア』の最終版は書き上げられるまで三年かかったが、実際にはその内容は約一一年以上にわたって練り上げられたものだった。なぜならその著書における概念や方法は、一九〇七年のタイラー記念論文集にフレイザーが寄稿した、聖書における民話への注釈をもとにしているからである。フレイザーはそれら初期の論評をつなぎ合わせて拡大し、それから不特定の順序で書いた大量の論評や注釈をさらに付け加えたため、その著書はおざなりな編集の跡をとどめている。

もちろん注釈といったものがもつ本質的に融通のきく特質は、そのような雑多な側面を許容する傾向にある。結局のところ、本文というものは、議論に値したりしなかったりするものや、もしくは妥当な議論の量や種類などをさし示せるような目印などを内に含んでいないものなのだ。しかしまさにそれゆえに、注釈者は、特殊な学識に馴染みのない一般読者に向けられたこの著書などにおいてはとくに、何を語るべきか、何を黙ってパスすべきかといった、注釈者が行うもっとも基礎的な決定についての基準をどこかで説明しなければならない。フレイザーは聖書のなかにフォークロアが存在することをどうやって知ったのかを実際に説明することはなかった。ただ問題になっている一節がどこかの民族の信仰や習慣と類似していると想起させることだけが重要だったのだ[32]。

彼が、満足のいかないものながら、序文でこの問題にふれているのは妥当なことである。そこでは彼は自分がとるべき一見客観的な指針を示唆しているだけでなく、この先間違いなく学者たちが展開させていく主題に対する予言的な展望をも見せている。

文明に潜む野蛮を発見するための手法は比較であり、それを人間の身体に適用した場合、低次の動物的生活の形態からの物理的進化を辿ることができるようになるのと同じく、人間の精神に適用した場合にも人間の知的道徳的進化を追うことができるようになる。つまり、身体と同様に精神に対しても比較解剖学というものがあるのであり、それは人類の将来にとって思弁的であるばかりか実用的であるような、広大な結果を少なからずもたらしてくれることを約束している。[33]

このような前途の明るい出だしの後、彼はそこから脱線してヘブライ人の遺物を説明するのに用いられてきた比較方法の歴史を素描し、当面の問題になかなか戻ってこない。人はどうしてフォークロアの存在を知りうるのかということ、そして比較方法はその意味を説明するために用いられるべきであるということが、ふれられないのである。この問題を彼が避けているのは、彼が事実どんな方法ももっていなかったから、あるいは彼はフォークロアの存在が——少なくとも彼のような専門家にとっては——自明であると言おうとしていたからであろう。フォークロアとは、それ自体の本質としては初期の時代から意味もなく残存してきたもので、かつては物語という大木において突き出て目立っていたが、今はその大木の合理的で繊細な肌理のなかで折れ残った枝として知られているだけなのである。別の比喩を使うと、それは『金枝篇』の最初のページあたりでネミでの奇妙な儀式と比較していた、イタリアの滑らかで広い芝生を台無しにするような巨岩のようなものである。つまり、ここではフォークロアの存在を、フォークロアとは別のもの、つまり文化との比較対照によって見つけるのである。

フレイザーは非常に深くこの比較方法に傾倒していたため、それが解明してくれないものをすべて簡単に切り捨ててしまっていた。その欠点が表れるのは、例えば、神話や伝説が生まれ流布したときの仕組みとして、各地域独自の創造によるのか、地域間での伝播によるのか、という問題が起こるときである。つまり、彼が一八八五年以降主張してきたように、もし人間の精神が本質的にどこでも同じで進化論的な展望のうちで進化していくのなら、比較方法にできることといえばせいぜい同じ心理傾向を示す例を集めて並べるぐらいなのである。

一見したところ比較方法は文化的流布の研究に適用した方がよいように思われる。というのもそこでは、様々なものを注意深く集めれば、民話や物語のモチーフが広がっていく様式についてヒントが確かに得られそうだからだ。しかしフレイザーは民話やモチーフの流布については小さなハエのような煩わしいものとしか考えず、関心を示さなかった。彼にとって比較方法の長所は、人間の心理を「解剖」ができるところまで近づけて見せてくれる点にあるのだ。

さらに言えば、似たもの同士を比較するためには、用いるすべての情報は進化の同じ段階にある社会（もしくは精神）からのものであることが重要である。逆に似ていないもののを比較することはその方法を危うくする。しかしフレイザーはこの基本的な点に注意を払っておらず、結果的に彼の比較の多くは無意味なものとなっている。人類の創造（「創世記」一―三）について議論している一番初めの注釈でそれがよく表れている。彼は「創世記」における二つの異なる説明が存在していることを指摘し、（おそらく）二つのうちの初めの方を分析した後、それに対応するものとしていくらか類似した物語を数多く紹介する。「より類似した」物語はヘブライ人とおよそ同じ社会的発展段階にある社会から取られており、他方の「さほど類似していない」ものはまだまだ未成熟の文化から取られている。「ギリシャ人、ヘブライ人、バビロニア人、エジプト人に共通した人類の起源に関する荒けずりの観念は、野蛮で未開の祖先から古代の文明化された民族へと受け継がれたのだということを疑うことはできない」と彼自身言うものの、論理的に考えれば、それは、いかなる伝播をも証明することにはならない㉞。一方、各地域独自で創造が行われたという可能性は、人類の起源のような普遍的な関心が話題になるときにはとくに、簡単に見過ごすわけにはいかない。というのも、このように比較のための証拠が不足していることは、比較解剖学の比喩から見てもとくに問題であるからである。われわれの身体と同様、精神も内在的な発展の法則を辿っていくなら、例外的な状況が支配しないかぎりどこでも同じ結果が期待でき、どうやって「荒けずりの観念が……受け継がれ」るのかを議論する必要がなくなり、「野蛮で未開の祖先」を引き合いに出す必要もまったくなくなってしまうのである。

この方法上の混乱はさておき、旧約聖書で示されている多様な類型と、われわれをその民族とその時代から分け隔てる地理的、年代記的、文化的距離を考察してみるならば、焦点がフォークロアであれ何であれ、大きな視野と規模でもってそれに注釈を与えるためには、非常に大きな計画を立てる必要が求められる。とくにこれが当てはまるのは、注釈の調子が作品全体の基準を決め、読者に対してはっきりとあるいは暗に注釈者が重要だと見なすものをはっきりさせる最初の段階においてである。簡単に言うと、この著作のような大規模な作品は「建築術」を要求するのである。しかし、フレイザーはけっしてそれを意識して作業をしたことがなかったようであり、このいい加減さは初めから彼の聖書研究のややぞんざいな展望のうちにもともと備わっていた態度であったようだ。一九〇七年にマクミランに送った手紙を思い出そう。そこでは彼は、旧約聖書におけるフォークロアについての本を書くのは、客観的な注釈で構成し無際限に拡大しうるために取り組みやすい仕事であると言っていた。彼は自分の著書をまとまったものと見なしたこともなかったし、一連の聖書の書物がすでに用意してくれたもの以上の枠組みを設定する必要を考えたこともなかったように思われる。

その結果、『旧約聖書のフォークロア』はかたちのはっきりしない、というよりもっと正確に言えば、いびつなかたちのものとなってしまっている。第一巻は五六九ページもあるが、それは聖書にまったく対応しておらず、そんな量になったのは印刷と製本の工程の問題でしかない。その巻は一連のヤコブの物語を研究し尽くしているわけではなく、ましてや「創世記」全体はなおさらである。さらに言えば、かなり長さの異なる七つの論評だけしか含んでいない。もっとも短い二つは、カインとバベルの塔に焦点を当てたものであるが、それぞれたった二五ページしかない。それに比べ、ノアの洪水と末子相続――遺産を長男（エサウ）ではなく末子（ヤコブ）に受け継がせるという法的制度――についてのもっとも長い二つの論評はそれぞれ二五七ページと一三七ページもあり、合わせると著書全体の三分の二を占める。

そのような量的な不釣合いにより第一巻はいびつになり、またそれによって作品全体がほぼ「モーセ五書」（そしてそのうちでもとくに「創世記」）に異様なまでに集中しているのだが、それは今述べた二つの主題が圧倒的に重要であったからである、というのが唯一の妥当な理由であろう。またそうなると、そのような非常に広い適用領域を正当化するためにも、注釈自体が不確定の性格のものでなければならないだろう。しかしこれらの注釈が膨張してしまった本当の理由は、そういった内的な動機とはほとんど、あるいはまったく関係がない。私が思うにそれは心理的なものである。研究を終えてもフレイザーはそこから身を離すことができなかった。反対に、大洪水の物語について行われたハックスリー記念講演は一時間以上はできなかったため、彼はそのような機会には厳しく自分を制限しなければならなかった。しかしページの上ではそのような制限はなく、彼は驚くべき長さですべてを提示することができたし、実際にしたのである。そのほとんどがノアの洪水の物語とは歴史的あるいは他の点で関連がないということは、最終的には重要ではない。否定しようがないのは、フレイザーの学識が、彼のうちにある事実崇拝とそれら事実については余すところなくふれずにはいられない性向と結びついて、絶対的な力を振るったということである。

この雑食的で強迫的な特質を見事に示してくれているのは、末子相続制についての二番目に長い論評である。彼がこの主題に関心をもったのがいつで、どのようにしてだったかは不明である。その主題は一九〇七年の雑録集の一部にはないし、その他のところにも表れていない。このテーマへの関心の出所がどこであれ、この論評でフレイザーはこの相続制度について彼が知っている多くの事例を隈なく紹介している。彼の説明によれば、人々がまだまばらにしか住んでいなかった牧歌的世界においては、それぞれの家族の息子たちは大人になると家畜を引き取って自立して出ていくので、一番若い弟を家に残し、残った財産を継がせるのである。こうして彼はこの相続制度の起源を簡単に理解できるものとして結論付けている。この習慣はヘブライ人の牧人たちが農業をする頃にはすでに忘れられていたが、長子相続制だけを知っていた、のちのヤハウィストあるいはエロヒストの著述家は、ただヤコブをトリックスターに変えることによって、この一見異常な末子相続制を説明することができた。しかしこの穏当な結論に辿り着いたあと、フレイザーは突然、彼がすでに言及した上で捨て去った末子相続制の起源についての二つのこじつけの理論に立ち戻ってしまう。これにより彼は二つの長い脱線、一つは初夜権について、二つ目は複婚制についての脱線の口実を得る。フレイザーが長々と証拠をふるい分けた後に認めているように、少なくともヨーロッパでは初夜権は虚構であり、末子相続制と複婚制の関係はおそらく存在しないもので、存在したとしてもせいぜい根拠薄弱であるため、それら二つの脱線はまったくのところ無益なものである。どちらもヤコブとは何の関係もない。

構造上の問題がさらにひどいのは、第一巻と第二巻の三分の二——一〇〇〇ページにもわたる——が「創世記」だけを扱っていて、「モーセ五書」の残りと「預言者」と「聖文集」の全体が最後の五〇〇ページに無理やり詰め込まれてしまっているからである。さらに、フレイザーは「創世記」が最上の文学的技巧によって作られた物語から成り立っていることにまったく関心がない。物語の作者や登場人物らの心的態度や知的発達の詳細な説明、そしてそれらが世界中の「低次の文化」のものと類似しているそのありようだけでそのテーマが成り立っているというふうにしか彼は理解していないのだ。したがって彼は、「創世記」の作者が確実に知っていて利用したフォークロアに関して、それをどのように扱ったかには関心をもっていないのである。彼には比較方法によってフォークロアの地層の存在を実証し何度も繰り返して主張するだけで十分なのである。

説教師にとって聖書の一節（text）は口実（pretext）として機能しているだけであるのと同じように、彼が聖書の物語に関して見せた注釈はこうしてほとんどが不確かなものである。彼は問題となっている章と句を示した後、すぐにそこから離れて雑多な比較対象を寄せ集め、聖書を置き去りにしてしまう。こうして洪水の物語のもたらす深い恵みは以下のようになる。家父長と原始人はともに大洪水の物語を信じているため、家父長の精神は原始人のそれと同程度に未発達なものであった、というのである。フレイザーが扱っているのは完全に認識構造の問題であり、ヘブライ人や北西セム人が、例えば北アメリカの原始社会よりも技術的に発達していたという明らかな証拠があったにせよ、それは彼には何の関心も呼び起こさず、たとえその洪水の物語が並置されようとも言及されることはないのである。

『旧約聖書のフォークロア』は、それゆえ、『金枝篇』で詳細に描かれたのと同じ未開人の精神の働きを例証するための原始社会について言うなら、それらの社会の類似物、そしてそれら社会の「残存物」の寄せ集めである。彼は「古代ヘブライ人の高度な道徳的宗教的な発達」に言及する箇所の冒頭で、それに対して義務的に帽子を脱いで敬意を払っているにもかかわらず、この著書の潜在的な目的は、聖書におけるフォークロア的な地層を強調することで聖書そのものを過小評価し、それを野蛮性と結びつけるところにある、と言えるだろう。『旧約聖書のフォークロア』はまさに、フレイザーがヘブライ語聖書について、そして暗にそれにもとづく諸宗教についてたった一つの単純な点を繰り返し主張するために、自分の広い学識を用いた巨大な大地なのである。

『旧約聖書のフォークロア』のなかででっち上げられた点についてはこれで十分である。なぜこの著書が好評だったかを説明するために、それが現実にもっていたインパクトについても述べておくのが公平であろう。以下は短いながらも象徴的な一節である。ここでのフレイザーのテーマは「民数記」の原句、「苦い水」(五11—28)である。それは、不義の責めを負った女性が、無罪を誓うにあたって真実を述べているかどうか確かめるための神判による試練として苦い水を与えられる箇所である。彼の議論はそれ自体として三ページ分あり、そのまるまる半分はその「民数記」の一節に費やされている。彼はその原句の奇妙な点(なぜある要素が繰り返し述べられているのか、など)をいくつか説明した後、彼自身の言葉で神判の儀式をふたたび描写している。それから結論として以下の意見を述べ——どの主張もそれ以上に重要なものはないのだが——、その後一〇〇ページ以上にわたってアフリカ、インド、その他異国の地域における毒による神判を語り続けることになる。次の一節がその「結論」にあたる。

神判による試練は、それが頻繁に行われるところならどこでも、罪を確証するための、野蛮ゆえの無益な慣習である。またそれは、法と慣習の保守的な性質ゆえに、文明化がかなり進んだ地域の民族のあいだでも長く残されていくだろうが、それが生まれるのは野蛮な無知と軽信がまかり通る時代だけである。人々が真実を引き出すために求めた神判の様々な形態は数多くあって、人間の愚かさの程度と多様性を説明するのに十分である。(35)

この説明の証拠はまったく提示されていないため、そのレトリックは聞き手に説教するときの態度と同じにちがいない。神判などの原始儀式が流布していた頃の初期の時代と文化の(彼が見ている通りの)聖書的風習のこの残存物は、艶出しも飾りつけもされずに提示されているのだが、その提示の前提となっているのは、その残存物自体が語るのであってそれ以外の結論は考えられないという発想である。もちろんそれ自体が語るということはなく、天地創造の物語についてなされたのと同じ種類の反論が、一〇〇ページにわたる毒による神判に関する議論にも向けられるだろう。フレイザーが嘆くような口調で行った、無知と野蛮と愚かさの織物としての聖書に対するギボン並みの批判は、完全にレトリックの次元にある。普通比較用の情報と聖書のあいだには何ら論理的、歴史的関連はないにもかかわらず、そのレトリックによって、読者はそれら持ち出された情報の総合的な効果によってこの一般的な命題の真実を信じるように求められているのである。

この著書の大部分が擬似論証的な仰々しいかたちをとっているにもかかわらず、それは非常に好評であった。この評判のよさは一部には出版の時期によるのかもしれない。世間では戦争の終結が「すべてのものにおさらば」という気分をあおっていたので、社会秩序の中心的支柱の一つを一貫して過小評価するフレイザーの姿勢は、真に原始的で野蛮な状況にあった大戦中の四年間の最後の頃に広まっていた憔悴感と白けた雰囲気のなかで脱力していた人々に直接訴えかけたにちがいない。実際多くの読者にとって、『旧約聖書のフォークロア』の核心部分は――旧約聖書とは野蛮な思考様式にもとづき、またそれに覆い尽くされたものだ、という見方――戦後世界の大部分を説明してくれるものだった。現実世界に幻滅した読者がその著書に没頭し、社会の基礎が腐っていると信じるようになったことは想像に難くない。実際社会の腐敗はその通りだったはずで、それはただ、フレイザーのような勇気ある人間がかつて暗闇だったところに光を投げかけるまで世に知られていなかった事実なのである。

他方、学者たちからの評価はまったく異なっていた。フレイザーは個人的な批判などはできない真に偉大な人物だと皆感じてはいたが、『金枝篇』第二版、第三版に対する概して批判的だった評価はまだ続いていたのである。予想どおり、もっとも鋭い批評はマレットによるもので、彼はそのときにはラングの、方法というより役割を受け継ぎ、フレイザーにとってのいくらか公的な批評家になっていた。[36] マレットは『旧約聖書のフォークロア』の出版の機会を利用してその作品を批判しただけでなく、前世紀の中頃から発展してきたフォークロア研究の理論的前提をも分析した。彼の主張によると、それらの前提は現実の主題を扱うには不十分であるばかりか、実際にその主題をぼかして見えにくくしてしまったという。もしフォークロアが単なる事実の集積や分類に終始するものでないなら、それは社会学的、心理学的なものでなければならなかった。伝統的な民族学者——マレットはフレイザーがそのなかでもっとも偉大だと称賛している——はその名に値する社会心理学を用意しておらず、また彼らはフォークロアを生み出す過程は本質的に単純明快であると考えているため、彼らが手を伸ばす領域は不毛なものとなり、博物館研究の一分野にしかなり得なかった。これらの洞察深い批評を通して、マレットは、フレイザーには心理学的な面では限界があることをとくに強調した上で、聖書のフォークロア研究としての彼の業績の価値を判断している。

フレイザーにとって、民族の心理は問題ではない。彼は彼らの精神を、彼らの行動、この場合では伝承、の特質を通して知っているのであり、それは『金枝篇』において原始人の精神を知っていたときと同じ方法でなされている。まさにローマの滑らかな芝生の上に野生の巨岩が落とされたかのように、民族の粗野な信仰や行動がヘブライ人の立法者や預言者らの道徳的高揚感のなかに割り込んできたのだ。しかしながらフレイザーは聖書の歴史に関心がないため、未開人の行動はけっして何らかの途上段階で始まったのではないことを問おうともせず、むしろ遠い太古の過去にのみその起源を見出している。

マレットの批判の重圧は明らかに『旧約聖書のフォークロア』をはるかに超えて広がっている。第二次世界大戦以来、フォークロアの分野は危機的状況に立たされてしまった。その主題と方法とはいったい何なのか。それは他の関連する学問分野とどう違うのか。それは「民族」とどう関係しているのか。結局、アングロ・アメリカ系のフォークロアは、実践のレベルでは旧式の化石収集的な方法はほとんど捨ててしまっているが、マレットが提示した社会学、心理学への道を避けて通ってきた。大規模な旧式の研究書の最後の一つである『旧約聖書のフォークロア』の登場の折になされたマレットの批判は、この重要な知的軌道修正のための重要な一段階に位置するものであった。

（1）初期の批評家たちは、増補された索引によってこの著書全体はかなり有用なものになったこと、またそれが一九一五年になされたこと、を指摘している。しかしそれはまったくのところ、校合と校正の機械的な問題でしかない。
（2）MSS: Cecil and Clare (Cornford) Chapman; quoted by permission.
（3）コーンフォードは『タイムズ』紙 *The Times* (21 May 1914, p. 15) において宣伝とともに基金の創設を知らせている。
（4）BM Add. MS 58428. ローリーには心境の変化があったにちがいない。彼の名前は一九一二年のA・E・ハウスマンの演説のなかの支持者リストに入っている。

(5) Warren G. Gawson (ed.), *The Frazer Lectures 1922-1932* (London, Macmillan, 1932), pp. ix-x.

(6) そこでのフレイザーの生活状況と住居についての情報に関しては、ミドル・テンプル法学院での記録を保存していた図書館司書・管理員のミス・E・マクニールに感謝したい。

(7) ダウニーが私に言ったところによると、フレイザーがメリット勲位を受けたとき彼は授与式のためにバッキンガム宮殿に真冬に行かなければならなかった（勲章を受けた人のリストは元日に発表されるのである）。彼はコート・ドレスの下に入念に長い羊毛の下着を身に着けていた。しかし道中の馬車の中で、彼のコートはよれ曲がり、彼のその実用本位の下着が見えてしまった。馬車が到着し宮殿の従僕が扉を開けると、フレイザー夫人が夫のちぐはぐな下着を隠し整えようとする姿が見られた。従僕はその作業が終わるまで扉を閉めておいた。

(8) ダウニー（*FGB*, p. 66）は、フレイザー夫婦が法学院の教会に参列したとき、王室一族のために場所を空けてもらえないかと頼まれたときの逸話を語っている。フレイザー夫人はそれを拒否したのだが、それは彼女の言葉によれば、ジェイムズ卿は法学院の名誉幹部であるため王室の公爵の地位より上にいたからである。この逸話はいくつかの不正確な事実が含まれているが、彼女が拒否したことは信じるに足るものである。ミドル・テンプル法学院図書館の利用者案内係のA・S・アダムズ氏の協力に感謝したい。

（9） TCC Frazer 1: 32. 古典学の講師でトリニティのフェローであるウィリアム・ワイズ（一八六〇—一九二九）はフレイザーの旧友の一人であった。死が近づくにつれて彼は健康を損ない、苦しい思いをした。このことは彼の手紙からうかがえるはずだ。リリーがワイズについて思ったことが何であれ、彼はフレイザーの友人であり続けた。以下を参照。JGF's *Times Obituary*, "Mr. William Wyse," rpt. in GS, 254-57.

（10） レン図書館（the Wren Library, TCC Adv. c. 20-23）にあるフレイザーが所有している四巻本の『ヘブライ語と英語の旧約聖書』（*The Holy Scriptures of the Old Testament Hebrew and English*, Berlin, British and Foreign Bible Society, 1903）の本の余白は、書き込みで埋め尽くされている。彼は聖書の各本の研究を終えるたびに、それぞれの版の原本の最後のページに注釈を付けている。例えば「一九〇六年四月一八日水曜日、ヘブライ語の創世記を読み終える」といったふうに。ゆえに彼の聖書研究の足取りはしっかりと辿っていけるかもしれない。彼は創世記を再読し、それから一九〇六年から一九〇九年にかけて旧約聖書を通読した上で、すぐに初めから読み直した。一九一五年には彼は最後の通読の段階にいた。創世記がその他の聖書に比べて不釣合いなほど手がかけられているのは、彼がその本を五回も（最後の回には「ほとんど辞書なしで」）読んだからかもしれない。聖書を読もうとするその他の多くの人たちと同じように、彼の関心はモーセ五書を読むあいだに衰えてきた。なぜならば、彼は出エジプト記とレビ記を三回、民数記と申命記をそれぞれ二回も読了した。彼はヨシュア記と志師記を四回、後の方の預言者と雑録集はおよそ一度だけ読んでいる。

(11) "Ancient Stories of a Great Flood," *JRAI*, 46 (1916), 231-83.

(12) "The War: Declaration by British Authors," dated September 1914 (Gilbert Murray Papers 26:1, Bodleian Library); JGF to Murray, 14 October 1914 (Bodleian).

(13) この事件の全貌は以下に記されている。G. H. Hardy, *Bertrand Russell and Trinity* (Cambridge, Cambridge University Press, 1972; orig. pub. 1942).

(14) MS: Cecil and Clare (Cornford) Chapman; quoted by permission.

(15) MS: TCC Frazer 1: 28.

(16) MS: TCC Frazer 1: 33.

(17) 例外として、個人的体験にもとづいた愉快で洞察的な彼女の著書 *First Aid for the Servantless* (1913) がある。

(18) このバルカン半島について書いたときと同じような調子で彼は「ヴェニゼロスの呪い」という論を、一九一七年二月に *The New Europe* (rpt. in *GS*. pp. 205-11) という短命の雑誌に書いたが、この作品は政治的でありながらフォークロアにもとづいたものとなっている。

(19) JGT to Murray, 6 February 1918 (Gilbert Murray papers 35:177-78, Bodleian).

(20) 以下を参照。Malinowski, *A Diary in the Strict Sense of the Term*, trans, N. Guterman (New York, Harcourt Brace, 1967), pp. 108, 134, 212, 216, 272.

(21) Malinowski, "Baloma: Spirits of the Dead in the Trobriand Islands," *JRAI*, 46 (1916),

353-430. 集合的意識については p. 423, n. 1 を参照。そこではマリノフスキーはデュルケームの影響を認めているが、「集合的表象物」や「集合的魂」などの概念は支持できないと不満を述べ、「集合的意識という仮定は民族誌的観点から観察をする者にとっては不毛で明らかに無益である」と結論付けている。次の注と注(24)の参照文献に関してと同様、ここでの文献の認証に関してはエドマンド・リーチ卿に感謝したい。

(22) その「中心的な実地調査を行う民族学者」とはW・H・R・リヴァーズ、「エジプト学者」とはG・エリオット・スミスである。

(23) TCC. Ad. MS b. 36: 175.

(24) 以下を参照。J. Thornton, "'Imagine Yourself Set Down....': Mach, Frazer, Conrad, Malinowski and the Role of Imagination in Ethnography," *Anthropology Today*,1 (1985), 7-14.

(25) "Preface" to *Argonauts of the Western Pacific* (London, Routledge & Kegan Paul, 1922): rpt. in *GS*, 391-98. 引用は三九二ページにある。

(26) 以下を参照。Raymond Firth, "Bronislaw Malinowski," in Sydel Silverman (ed.), *Totems and Teachers* (New York, Columbia University Press, 1981), pp. 101-39. 学生に対する彼のほとんど専制者的な関係については以下を参照。Firth, "Malinowski as Scientist and as Man," *Man and Culture* (London, Routledge & Kegan Paul, 1957), pp. 1-14.

(27) レイモンド・ファース卿が一九八五年一一月私に語ったところによると、マリノフスキーは彼を一九二四年にフレイザーに紹介している。ファースがニュージーランド人だと聞くとすぐに、フレイザーはマオリ族のことについて何か知っているかと尋ねてきた。ファースはほんの少し前にマオリ族の教会の礼拝に参加したところであったため、彼が見たものを簡潔に描写した。それに対するフレイザーの返事は「私はそれには興味がない」であった。フレイザーはこの言葉を口にしたとき礼儀を失ったわけではなく、彼はただそのような「非原始的な」行動よりもタブーなどの信仰にだけ関心をもっているということを伝えたかっただけなのだった。この一件はファースの言葉で言えば、フレイザーの社会的「不器用さ」と当時の心理的厳格さを示している。

(28) 彼のへつらいについては『トーテムと教師』(*Totem and Teachers*)、一一二ページを参照。彼の「フレイザーに対するいくらか軽蔑的な愛着」については一二三ページを参照。

(29) TCC Add. MS b. 36: 179.

(30) TCC Add. MSS b. 37: 59ff.

(31) これは、ベイジングストークというマクミラン社の法人文書記録からの売り上げの数字である。一九二二年の『金枝篇』の一巻本の簡約版がかなり成功したことにより、フレイザーは一九二三年には『フォークロア』の一巻本の要約を書き、それもよく売れた。

(32) この主観的な基準を超えると、さらに否定的な制限が加わることになり、彼が別のところで書いたテーマ、例えばスケープゴートの形象やピューリム祭などを省略しなければいけなくなるだろう。

(33) *FOT*, I, viii.

(34) *FOT*, I, 8.

(35) *FOT*, III, 306.

(36) Marett, "The Interpretation of Survival," *Psychology and Folk-Lore* (London, Methuen, 1920), p. 120 ; orig, pub. in Quarterly Review, 231 (1919), 445–61. Citations are to *Psychology and Folk-Lore*.

第16章　古典への回帰

フレイザーは常に執筆を続けていた。続行中の仕事がまったくない時期など考えられもしなかったし、時には二、三の仕事が同時に進行していた。『旧約聖書のフォークロア』がついに完成すると、相当の印税収入が見込まれたので、フレイザーは、金銭を得るためではない何らかの仕事に目を向けるようになった。一九一八年の九月二七日には、旧友でローブ叢書の共同編集員になっていたW・H・D・ラウスに宛てて、シリーズのうちの一冊を編集できる可能性があるかを尋ねる手紙を書いている。この打診は、結果として、直接はアポロドーロスの『ビブリオテーケー』の監修に、間接的にはオウィディウスの『祭暦』の監修に結びついた。一九二〇年代におけるフレイザーの主な業績は、つまり晩年の主な業績ということになるが、すべて古典関係であった。

　ラウスへの手紙は、フレイザーの古典への回帰のきっかけとなったが、これがローブ叢書との最初のかかわりだったわけではない。そもそも、両者のかかわりは叢書の創刊時より始まっていた[1]。一九一〇年一〇月一五日付のマクミランへの手紙には、アメリカ人銀行家で古典愛好家であった叢書の創始者、ジェイムズ・ローブ（一八六七―一九三三）が、年間六〇〇ポンドという驚くべき報酬で叢書初の監修者になってくれるよう持ちかけてきたとある。フレイザーの気持ちはこれを承諾する方にかなり傾いた。これほどの収入があれば、たび重なる金銭的な困窮とは確実に縁が切れるからであった。しかし、結局、二つの理由から断ってしまった。フレイザーはローブに、マクミランが出版元になるのを同意してくれた場合にかぎりこの申し出を考えてもよいと伝えた。しかし、マクミランはそれを商業的リスクが大きいとして受けつけなかった(2)。彼はまた、このシリーズの監修が執筆の時間を奪ってしまうのを恐れた。いくら金銭的に困っていたとしても、自分の研究を犠牲にしてまで金を稼ぐことはできなかった。

フレイザーは金銭的な理由以外においても、この申し出に心惹かれていた。人文主義と自由主義を組み合わせたローブの思想には、とても自分に近いものを感じていた。ユダヤ人に対してもっていた親近感もある。ローブが反ユダヤ主義をよしとするはずはなかった。もちろん、リリーも乗り気だっただろう。彼女にとって、これは、ケンブリッジを去るための、長いあいだ待ち焦がれていた天与の切符に思えたにちがいない。必要としていた収入、人に敬われる地位、フレイザーが研究を続けられる時間のすべてを叶えてくれるからだ。しかし、フレイザーは、ビジネスと出版のアドバイザーとして、友人であるマクミランを味方につけておかねばならなかった。マクミランが異議を唱えた以上、ほかの誰かとそのような関係をもつことは考えられなかった。フレイザーの心配やためらいからすると、これを断ったのは正解であった。不安や困難な状況につながる可能性が大きすぎたのだ。

もちろんこの叢書は刊行にこぎつけたのであるが、マクミランとフレイザーのかわりとなったのは、W・H・ハイネマンとベテラン研究者であるT・E・ペイジ（一八五〇—一九三六）であった。そして、このページがラウスをメンバーに引き入れた。古典学界は、このシリーズの出現には無関心だった。ある歴史学者は、「偉大なる人々は冷笑的であった」と書いている。[3] 叢書が刊行されてすぐ、第一次世界大戦が始まり、他の学問的事業と同様に、活動は休止状態に陥った。しかし、最初は冷たく受け取られたにもかかわらず、戦争が終わると、学校での古典教育が衰退し始め、それにかわるものとして叢書はしだいに人気が出てきた。おそらく、『旧約聖書のフォークロア』を完成させた直後のフレイザーは、せっかく親しくなりかけていたローブに、編集を断った申し訳なさを示そうと望んだのであろう。理由は何であれ、フレイザーは、このシリーズの一冊を編集することで、古典研究のかたちを借りた息抜きをしようと考えたのだ。

以上が、ラウスへの申し出の背景である。現存するラウスとの手紙では、話題はいきなり核心から始まっているが、フレイザーは、以前にもヘロドトスへの関心を示したことがあったのであろう。民族学的な研究の可能性からすれば、「当然」対象となる作家である。一九一八年六月五日の手紙で、フレイザーは、ヘロドトスの作品の編集と注釈をマクミランが了承してくれたことを感謝している（マクミランがその作品を出版するという構想については何も述べられていないので、ローブ叢書からの出版を指しているのは確かだ）。ところが、フレイザーは、A・D・ゴドリーがヘロドトスの編集に興味をもっていると知り、喜んでそれを彼に譲ってしまった。「おそらく彼は、私よりもはるかにすばらしいものを作るでしょう。彼は軽妙な筆致と新鮮なスタイルをもっています」。

ヘロドトスでないとすればどの作家がよいだろうか。フレイザーは、ラウスへの手紙で、自分が探しているのはどんな作家か分かっていると書いている。

ヘロドトスほどは有名でなく、手垢のついていない作家で、まだ英語に翻訳されていないものですが、見つけるのは難しそうです。すでに踏み固められた道を進むのは骨が折れるように思えます。それよりも、未踏の荒野を進んでみたいものです。私の頭に浮かんだ作家は、アポロドーロス（『ビブリオテーケー』）、ポルピュリオス（『禁欲』と『妖精の洞窟』）、そしてディオニシウス・ハリカルナセンシス（『ローマの遺物』）です。ラテン文学では、ラクタンティウスのテーマと流麗な文体の双方に魅力を感じています。これらのいずれか、あるいはすべてが叢書に入る予定があるのでしょうか。もしそうでなければ、おそらくラテン文学よりギリシャ文学がよいと思われますが、このうちのどれかに取り掛かってみたいと考えています。その場合は、私のペースで仕事ができるようにしていただければ幸いです。私はこれまで自分で仕事を選んで自分のペースで進めるのに慣れており、せかされると何もできなくなってしまう傾向があるのです。

ところで、プルタルコスの『モラリア』はどうでしょうか。なかなか面白い作品ですし、『英雄伝』に比べるとよい文体で（気取りがないからですが）書かれています。しかし、これまで何度も翻訳されていますし、叢書の方でもすでに企画があるのではないかと案じています。(4)

この手紙の内容は明瞭であるが、ラウスは誤解したらしい。次の手紙（一〇月一七日付）でフレイザーはその誤解をとかねばならなかった。先に挙げたいずれかの作家、ましてすべての作家に対する編集の権利を先取りするつもりなど、フレイザーには毛頭なかった。フレイザーの意図は、出版予定の有無を確認するだけで、『モラリア』以外は手付かずであると分かって喜んだ。名前を挙げてはいるが、そのなかで選ぶものはたった一つだけなのだ。ついには、どれを選ぶのであれ、作業が軌道にのるまではいかなる発表もしないようにラウスに申し入れた。時期尚早の発表はフレイザーを苛立たせ、計画の撤回につながってしまう。それからフレイザーは、楽しんで作業を続けられるような何人かの作家や作品を検討している。例えば、キケロのいくつかの作品、とくに『トゥクルム荘対談』や

『神々の本性について』、イサイオス、イソクラテス、アンティフォン、リシアスなど。ラテンよりもギリシャ古典の方が多かった。いくつかは（例えばキケロは）民俗学的注釈の余地がなかったので、彼はそれ以外に、複数のものを心に描いていたのだ。

この件について、現存しないが、いくつかの迅速な手紙のやりとりが二人のあいだであったにちがいない。作品の選定を依頼するラウスからの手紙、フレイザーがアポロドーロスの名前を挙げた手紙、ラウスからの正式な依頼状、ハイネマンからの連絡などがあったはずである。次に私たちが読むことのできる手紙では、すべてが整えられている。わずか三か月後（一九一九年一月二七日）にフレイザーは次のように書いている。「ローブ叢書に入れるアポロドーロスの『ビブリオテーケー』の翻訳を終えました。ギリシャ語の原文を入れれば一巻の本になるでしょう。イギリスには原文の写本が二種類（一つはオックスフォード大学に、一つは大英博物館に）ありますので、原文と翻訳を印刷に回す前に参照したいと思っています[5]」。

ラウスは、一八八〇年代終盤、フレイザーにとっての人類学研究者仲間の一人であった。一八八八年から一八九四年にクライスト・カレッジで古典学のフェローを務めた後、現代ギリシャやインドの民間伝承の研究と編纂を行い、一九〇二年にはケンブリッジのパース・スクールの校長になった。そこで彼は、古典言語の音声教授法の先駆者となっている（そして、その過程において、蓄音機を使用した言語教育の可能性に興味をもっていたリリー・フレイザーと仕事をしたこともあった）。ゆえに、ラウスはフレイザーが非常に勤勉であるのを知っていた。しかし、いくらそうであるとしても、この仕事の完成の早さは、おそらくラウスにも信じがたいものであったろう。ラウスの反応はそのようなものであったと思われるが、彼が自分の目が信じられなかったとしても不思議はない。しかし、どう見ても、その本は完成していたのである。

フレイザーの手紙には、翻訳が終わっただけだと書かれている。フレイザーがいつも翻訳作業を楽しんでいたのは間違いない。翻訳の才能があったことも確かである。学部生のときでも、古典専攻の優等卒業試験《トライポス》で抜きん出た成績をおさめていた。しかし、メインの皿である注釈の前では、翻訳は前菜にしかすぎない。ところが、残念なことに、ローブ叢書の形式では、少なくともフレイザーが満足できるような注釈を施す余地がなかった。叢書の形態は、原文《テキスト》と翻訳が見開きになっており、専門家ではない読者にとっての必要最低限の注釈が載せられていた。ローブ叢書は、古典研究者が研究に使用する原文と、アマチュアや他分野の研究者のための翻訳とを提供するように意図されていたのである。編者の博識を過度に見せ付けたりせずに、現在の学問的成果を実際に示してみせることが狙いであった。手紙にそれとなく述べられているところから分かるが、ラウスは、フレイザーの著作が分量過多になる傾向と叢書における自身の職務を考慮して、今度ばかりはフレイザーが最低限に抑える努力をしてくれて、手紙に書かれていた原本との校合ぐらいの比較的短くて軽い編集作業におさまるように願ったにちがいない。

ラウスがそう望んでいたとしたら、彼は落胆することになる。フレイザーにしてみれば、手紙で伝えたのは、ようやく編集作業を本格的に開始する段階に至ったということだ。結局、アポロドーロスの本が世に出るのは、二年以上後の一九二一年四月五日になる。この本は、一巻ではなく二巻になった。フレイザーは様々な原文写本を参照せずに、先行研究者のテキストをめぐる検証成果をふまえて作成した(6)。

ここで間違った印象を与えたくないのであるが、(ローブ叢書の基準からすれば)この膨大な分量の注釈は、ただ珍しかっただけであり、外聞が悪いというわけではないし、嫌がられるたぐいのものでもなかった。フレイザーは注のなかで相当量の解釈を提示したが、そのほとんどは、アポロドーロスの神話を他のギリシャ作家の作品で見られる神話と効果的に比較している。さらに、第二巻に付けられた長大な補遺は、様々な神話のモチーフを論じた、短い論文からそう短くないものまで、合せて一五〇ページに及んでいるが、その注釈は冗長でもなければ的外れでもない。比較の対照のための証例を求めて全世界の人類学上の屋根裏部屋をあさりまわった作品『旧約聖書のフォークロア』とは異なり、本書の注釈の箇所(補遺とは対照的に)においては、彼は古典研究者なら妥当と認める範囲の作業をひたすら続け、時に、原始の人々に混じって散歩をするだけにとどめている。

『ビブリオテーケー』は、その英文のタイトルは『ライブラリー』であるが、フレイザーの言葉を借りると、文学的な材源のなかに見出されるような、「ギリシャの神話と英雄伝説の飾り気のない集大成」である。しかし、アポロドーロスには、口承伝承を利用する意図はいっさいない(7)。実際、この作品は、民間伝承のような骨子だけの叙述よりはるかに大きな重要性をもっている。そのわけは、それ以前の失われた多くの書物を編集した、唯一現存する記録にあたるからである。それゆえに、失われた叙事詩や悲劇の再現や、花瓶絵の修復のような解読に関心をもつ研究者にとっては計り知れないほどの価値をもっていた。これは二次的な参照文献として極めて意義あるもので、ギリシャ文学者は繰り返し利用する文献である。

フレイザーはアポロドーロスを紀元後一、二世紀の人と見なしているが、その本人についても、彼の他の作品についても、何も分かっていない。それゆえ、読者の関心はこの作品にのみ集中する。アポロドーロスは、人類の創造から始まって、ギリシャの国の歴史を『オデュッセイア』の後日談にまで辿っていく。その文体は、古代の百科事典の編集者や概説者や匿名記事の筆者が書く癖のない散文である。しかし少なくとも翻訳家としてのフレイザーはこの作者の意図を常に理解していた。

フレイザーは、なぜアポロドーロスの作品を選んだのか説明していない。おそらく、神話的な内容から『ビブリオテーケー』に魅力を感じていたのであろう。それがあれば、比較可能な類似例を挙げ、その内容を豊かに輝かせることができるからだ。また、おそらく、原文が欠損の少ない状態にあると知っていたことも理由に挙げられる。単調で気の進まない作業をせずにすむからだ。しかし、ローブ叢書の仕事に手をのばしたことは、どこか正道を外れたところがあった。その切りつめた形態では注釈者としてのフレイザーの本領が発揮できないし、またこの作品の面白味のなさは彼に文学的な楽しみを与えてはくれなかったからだ。

しかし、フレイザーは、この仕事から少なくとも一つの喜びを得ることができた。『ビブリオテーケー』は、「私の古い師で友人でもある、ヘンリー・ジャクソン・メリット勲位受勲者」に捧げられた。だが、喜ばしいことはこれだけだったかもしれない。というのも、結局は、フレイザーには、この仕事は努力に値しなかったと思うようになるからだ。出版時には、彼は当然、エドマンド・ゴスに一冊献本した。驚いたことに、ゴスの正規の専門分野から大きく隔たっているにもかかわらず、彼は書評を書いてくれた(8)。このゴスの好意に感謝する手紙(一九二一年八月二八日付)で、フレイザーは次のように述べている。

温かく好意的な書評をありがとうございました。あなたのおかげで、このぱっとしない古風な作家を少しはよく思うようにしてみようかとさえ感じたほどです。もし、冥府の裁判官ラダマンテュスの前にすえられて、自分の人生について語るよう求められ、眉をしかめて「アポロドーロスについてはどうなのだ?」と言われたら、私は、頭を垂れて、約三年もの歳月をこのつまらない作家のために費やした罪を認めなくてはならないと恐れています。ですが、弁護側の証人としてあなたを呼ぶことができるでしょう[9]。

フレイザーは否定的な見方をしているが、この本には見どころがないというわけではない。フレイザーらしいことだが、それは序文にある。短くはあるがフレイザーにしては広範囲を視野に入れながら、神話の性質についての理論的見解が述べられている。

この論は、神話、伝説、民話という三つのキーワードの定義をめぐって展開する。神話とは、「人間の生活や外界の自然に起こる現象について誤ってなされた意味付けである[10]」。このような意味付けは、私欲からではなく、本能的な人間の好奇心から、つまりはるかのちに科学を生み出した、物事の原因を突き止めようとする必要性と同じものから生まれたものだ。それに比べ、伝説は、「過去の人間の運命を語ったり、必ずしも人間が関係している必要はないが、実在の場所で起こったとされている出来事を伝えたりするための、口承もしくは記述された言い伝えである。このような伝説には真実と嘘が入り混じっている。もしまったくの真実であれば、それは伝説ではなく歴史となる」。ここで問題なのは、他の場合と同様に、フレイザーが伝説と神話の定義付けを真理値の基準にのみおいて主張している点、そして伝説は真実か虚偽かという真偽二価の不適切なロジックによって主張している点である。

民話は三番目である――、「無名の人によって創り出され、最初は口承で世代から世代へと伝えられていった物語で、つまり実際にあった出来事を語る体裁をとっているが、本当のところは完全な作り事で、聞き手を楽しませる目的しかなく、その信憑性はまったく保障できない物語」である。フレイザーは、物語を語ったり聞いたりするのが人々の普遍的な楽しみであることを認めてはいたが、またもや歴史の信憑性の問題を基準にして、このような物語は「実際にあった」物事を叙述したものとされてはいるが、せいぜい娯楽にすぎないものとみて軽視している。

この図式は、欠点は何であれ、少なくともフレイザーがアポロドーロスの作品を分析するのに使用した物語の類型学となっている。残念ながら、序文においてフレイザーは議論を先に進めることなく、メリーガ、メランパス、メディア、グラウカス、ペルセウス、ペーレウス、テティスらの物語を「物語作者の技術の片鱗がみられる」例として挙げるにとどめている。(11) 注釈でも補遺でもこの図式は発展しない。であるが、『不死信仰と死者崇拝』のような著作をみると、様々な名前を列挙する（特定の地理上の範囲において）だけが唯一の体系化の方式となっており、それからすれば、ローブ叢書の編集形式による制限に感謝すべきかもしれない。そうでなければ、木の名前が際限なく列挙されたあげく、森の存在が暗に示されたようなものだけしか見えなかったということになりかねなかった。

この翻訳は大げさで装飾的な調子をおびている。しかしフレイザーは、自身の文章を英語で書くときはあまりにも古文調であり、他人の文章を翻訳するとなるとさらに擬古典調になりがちであった。確かに、歴史的な影響のもとにある現在の私の好みで判断しているかもしれないが、二〇世紀後半の古典の翻訳では、迅速さや率直さ、透明性といった性質が高く評価され、原文の前では個性を消すような翻訳が広く推奨されている。そのような現在の感覚からすると、もとは味気ない語調のアポロドーロスに対するフレイザーの大げさな調子の翻訳は、当時はとくに古臭くはなかったかもしれないが、今日では悪い意味で古びていると言うほかない。

以上のことから、フレイザーの語感やニュアンスに対する感覚が鈍かったと言いたいのではない。いくら注釈に重点をおいていたとはいえ、フレイザーはいつも真剣に翻訳に取り組んでいた。ラウスは、当時出版されていたすべてのローブ叢書の本がフレイザーのもとに届くよう手配してくれた。そのうちの三人の翻訳家の仕事について、フレイザーは感想を述べている。一九二〇年二月八日付のラウスへの手紙では、H・ラッカムの『善と悪の究極について』の翻訳（「非常にすばらしいものです」とフレイザーは書いている）とA・T・マーレーの『オデュッセウス』の翻訳が称賛されている。後者についてフレイザーは次のように述べる。

この翻訳者が〔S・H・〕ブッチャーや〔アンドリュー・〕ラングの古典調を用いていないのは、喜ばしいことです。ホメロスのもうひとりの翻訳家、わが愛するクーパーは、文体を含めてあらゆる気取りにはうんざりさせられると言っていますが、私も同感です。どうして、いったいなぜ、あのもったいぶったいやらしい古典調のテオクリトスの翻訳〔J・M・エドモンズによる〕をお許しになったのですか？　いくつもの箇所について、英語でよりもギリシャ語で見た方が明確になります。翻訳者の意図を理解するためにギリシャ語の本文を見なくてはなりません。しかし、私の思い違いでなければ、実際あのような悲惨な本も楽しめるのでしょう。蓼食う虫も好き好きですから[12]。

これには、われわれは、「アーメン」と言うしかない。おそらく、ワイルドやボードレールならいざ知らず、それ以外の人は皆、気取った文体を嫌悪するクーパーやフレイザーに同意するであろう。ここでは、次のようなことをはっきり述べておかねばならない。フレイザーの文章が時に重々しくなりすぎると指摘したが、アポロドーロスを訳した文章が読めないようなしろものであると言うつもりはない。文体や文脈への対応の規範が一九五〇年頃から大きく変化し、フレイザーの基準や嗜好が現在のものとは違うというだけなのだ。

休戦記念日に続く目まぐるしい日々、イギリス人はみな、第一次世界大戦終結の高揚感で一体になっていた。しかし、この興奮状態はすぐにおさまって、人は戦後の日常業務に冷めた調子で戻っていった。フレイザーもまた自分が政治につかのま媚びていたのを忘れて、学問の世界に帰っていった。フレイザーは、ロスコーの東アフリカへの遠征計画に専念していた。これは、急に現実的なものとなり、今や目の前に迫っていた。フレイザーは、ロスコーと、一方では遠征の支援者であるピーター・マッキー卿、他方では植民省と英国学士院の主事であるW・B・ハーディとの仲介役を買って出た。フレイザーはこのような種類の仕事は好きではない。自分の側のミスからロスコーを傷付けてしまうのをいつも恐れていたからだ。彼はただ友情からこれを行っていた。

しかし、一九一九年の二月と三月にはすべてが中断されてしまう。リリーの娘、リリー・メアリーが、おそらくインフルエンザの流行の犠牲となって、フランスで急死してしまったのだ[13]。フレイザーとリリーはパリで六週間過ごしたが、その期間にリリーの健康状態がまた悪化してしまった。四月にはフレイザーはロンドンでの仕事に戻ったが、すでに他の何人かに勧められていた新約聖書にうかがえる民間伝承についての姉妹編を書く仕事には、決心がつきかねていた。彼はその構想が気に入っていたが、たまっているほかの仕事の最後にまわさなくてはならなかった。アポロドーロスを完成させねばならず、まだ人類学の研究も続けており、長らく中断されていた『不死信仰と死者崇拝』の第二巻の仕事も待っていた。

リリーの健康状態がよくないため、夫妻は一九一九年から二〇年にかけての冬をギリシャの太陽のもとで過ごすことに決めていた。しかし、ギリシャには行けなくなってしまった。リリーが再び倒れたので、パリから出られなくなってしまったのだ。リリーは、心臓の不整脈だけでなく肺炎に罹り、クリスマス直前には深刻な病状になった。しかし危機を脱し、一九一九年一二月二八日にフレイザーがケンブリッジのＭ・Ｊ・ルイスに宛てた手紙によると、彼らはホテル・ルーテシアで心地よく過ごしており、実際、ロンドンの法学院の自宅にいるときよりも快適な生活をしていた。というのは、その自宅のフラットでは、使用人がおらず、部屋で調理をするのが禁止されていたからだ。リリーはベッドから起き上がって、数週間ぶりに他人の助けを借りずに何とか数歩歩くことができた(14)。

一方、イギリスの学問界の戦後復旧にともなって、フレイザー基金の企画もふたたび話題にのぼるようになった。一九二〇年の初めには、以前から設立の中心的な役割をしていたコーンフォードが、フレイザーへの手紙によりこの計画を持ちかけている。そのときフレイザーは療養中のリリーとフォークストーンにいた。このとき、リリーがほぼ回復していたのは明らかだ。二月二四日には、ルイスに宛てて長い手紙を書くほど元気になっている。そのなかには次のような言葉が見られる。

私は、コーンフォードさんにお手紙を書いて、ロンドンにいらっしゃるときに、いつでもよいのでお会いできるようお願いしてみようと思っています。フレイザーを顕彰するには、よく考えて行動する必要があります。彼、フレイザーは、絶対にそれを聞き入れてくれません——絶対に、これまでずっとそうでした——つぼみのうちに握りつぶしてしまうのです。今は彼［フレイザー］には何も言わずにいるつもりです。私は、自分自身でコーンフォードさんにお会いしたいと切に願っております。[15]

「フレイザー記念講演講座」の立ち上げについての公式な説明では、戦争のため物価が急騰し、戦前に発表されたフレイザー基金の長期にわたる実行が現実的に不可能になったとされている。[16]このため、企画者たちは、基金創設の計画を講座設立へと変更することに決めた。これならば、その当時あった助成資金の範囲で問題がなさそうだった。

しかし、リリーの手紙の内容はこれとは少しそぐわない。ふたたび持ち上がった例の基金の計画をフレイザーが拒否し、彼女が意見を変えるよう夫を説得し、コーンフォードとの調整を考えついた。断定できる証拠は残っていないが、リリーの思い入れの強さからして、このような流れの方が一層ありそうな話に思える。おそらく、実際に、金銭的な理由からこの基金は講座計画に使用することに変更されたのであろう。しかし、初めて世間に夫を認知させるにあたり、彼の謙虚さといった小さなことでそれをつぶしてはならないと説得するのに、リリーがひと役買ったのは明らかである。
この同じく烈しい調子の手紙において、リリーは、非常に強い確信に満ちた様子で、自分の健康状態の悪化が自分自身よりもフレイザーに与えたショックが大きかったとルイスに伝えている。彼女が瀕死の状態になったとき、フレイザーは恐れをなして、予想どおりの反応をした。「人生におけるあらゆる困難な場合において——それは私の小さなかかとにできた霜焼けでも、歯痛でも、インフルエンザでも——彼にとって万能薬が言い渡されるのです——「ケンブリッジへ帰るのだ!!!」。これは偉大なる思想家によくあるように、彼の頭にこびりついた考えで、どんなものをしても変えることはできないのです」。この強迫観念は次のような段階にまで至ったほどである。

私の意見の方が道理にかなっているのですが、去年の夏、私、それに逆らったんです。夫は〔H・マクラウド・〕アイネス氏〔トリニティの会計課長〕にカレッジの部屋を貸してくれるように願い出ました。しかし、それは評議会によって退けられてしまったのです。私のような人や女は矛盾したところがありますから、その拒絶には随分憤慨いたしました!! フレイザーはやけになってしまいました。彼は、ずっとトリニティを避難のための港として頼りに思ってきたのですから! しかし、親愛なる友人である貴方、一時的な滞在やちゃんとしたポストのためにではなく、ただケンブリッジに戻るなんて——少なくとも私の生きているうちは——あまりにもばかげていると思います！　夫がカレッジの部屋にいるあいだ、私はどこで休めばよいのですか？　この歳で、しかもこの予断を許さない健康状態で、かつて何年間もそうしたように再び往復定期便に乗って、夫の研究室に行ったり来たりするのでしょうか？　彼には私が必要なのです。

　これに続く四ページには、実際のものも想像にすぎないものも含め、フレイザーに対して、ひいては夫よりもはるかに感じやすい彼女自身に対して与えられた侮辱が並べ立てられている。

　こんなことを書いているは、個人的なプライドからではありません——ただただ真実だからです。フレイザーの仕事は世界の思想に影響を与えているのですから、夫に機会を与えなければ、トリニティは後悔することになるでしょう。カレッジが一年のうちの二学期間、夫に数回の講義をさせたとしても、それは夫の仕事を妨げることにはなりません。それはのちに著作になるからです。ケンブリッジに戻るためならば、きっと夫は、カレッジのハイ・テーブルの！、給仕の仕事でさえ引き受けるはずです！　夫は尋常ならざる悲願をもっているのですから！　もちろんポストが手に入れば、そしてカレッジの部屋を書斎にできたなら、私たちの他の必要経費や支出は減り——そうすればケンブリッジから頻繁に外に出ることもでき——、それならば、私も、故G・ハンフリー卿の言葉を借りて言えば、生きる気力も死ぬ気力ももてなくなってしまうようなあの空気を我慢するつもりです。

これをはじめとするリリーの感情の爆発に苦笑するのは簡単だが、フレイザーが自律的な性分で、リリーに会う以前から自分自身のペースで仕事をするのに慣れており、人付き合いの必要性を感じていなかったのは幸いだった。フレイザーと親しくなった人がいたとしても、その多くはリリーによって遠ざけられてしまっただろう。また、フレイザーが彼女の支配を受け入れたのもよかった。そうでなければ、彼の結婚生活はとても不幸せなものになったところだが、実際はそうならなかった。彼女の子どもたちは、この強烈な母親が夫に夢中になったのを幸いに感じたかもしれない。でなければ、彼女は子どもたちの生活にはるかに大きな干渉を加えたにちがいないからだ（娘リリー・メアリーはパリに、息子グレンヴィルはストックホルムにというように、二人の子どものどちらもが遠くに住んでいたのは偶然ではないはずだ）。また、彼女は、子どものことを気にかけはするが、夫のために生きる妻としての務めに充実を感じるタイプの女性であったことも確かだ。おそらく、直接付き合うならば、扱いにくい人物であったろう。この点においては、証言は一致している。

トリニティがフレイザーの希望を断った隠された理由の一つは、彼女がふたたびやってくることを懸念したからとも考えられる。とにかく、リリーは、夫のキャリアを向上させ、待ちくたびれた夫に対する功労表彰を手に入れようと必死になっていた。

フレイザーの申し出がトリニティに拒絶されてしまったので、二人はロンドンに戻ってきた。夫妻は、一九二二年八月まで、合計すると八年間法学院に暮らした。そこを引っ越そうと決めたのは、出費の増大のためというよりも（戦前には安かった家賃が値上げされていたが）、そこでの生活が不便になってきたためであった。というのは、食事はすべて外食で、リリーが部屋にたどりつくのに三階分の階段を上がるのがしだいに困難になってきたからだ。戦後の数年間はリリーにとってつらいものであった。呼吸器官が虚弱なリリーにとって、抗生物質のなかった当時、インフルエンザや肺炎は命取りになる可能性があり、何度も床に就かねばならなかった。二人は、一九二二年の夏にロンドンの法学院を出て、ホテルに泊まりながらイギリス国内やヨーロッパを転々とする一年間の生活を始めた。そのあいだに、彼らは自分たちの家を建てさせていた。ケンブリッジに、である。二人のあいだでは話がついたようだ。リリーは法学院の不便な生活から解放され、フレイザーは宿願を果たしてケンブリッジに帰ることになった。

フレイザーが法学院のあるブリック・コートから出した現存する最後の手紙の一つは、ローブ叢書の編集者であったT・E・ページに宛てたもので、一九二二年四月二八日の日付になっている。

もしよろしければ、また、まだそちらで出版予定のない適当な作家がありましたら、ローブ叢書の新たな一冊に取り組んでみたいと思っています。私の頭に可能性のある作家として浮かんでいるのは、キケロの『トゥクルム荘対談』と『アカデミカ』、オウィディウスの『祭暦』、イサイオス、アリストテレスの『魂について』と『詩学』、あまり有名ではないギリシャの神話作家たち（アントニヌス・リベラリス、コノンなど）です。(17)

『ビブリオテーケー』の出版からわずか九か月後にこの手紙が書かれたことからすると、ゴスに対してアポロドーロスをこき下ろしてみせたのは、単なる執筆の疲れが表に出ただけだったのかもしれない。いずれにせよ、ここに名前を挙げられたいくつかの作品は、一九一八年のラウスへの手紙にも書かれており、フレイザーが長いあいだ関心をもっていたのが分かる。『祭暦』とともに、このうちのすべてのギリシャ語の作品は、比較人類学の観点からの幾分長めの注釈が付けられる可能性をもっていた。結局、フレイザーは『祭暦』を選んだ。ホテルに泊まりながら転々としているあいだでも翻訳の作業はできる。しかし、注釈については蔵書が必要であった。フレイザーの仕事が再開できるまで、『祭暦』

の出版権は正式に確保されていた。

これと同時に、フレイザーは別の作品の翻訳の約束を取り付けていたことも分かっている。ローブ叢書でページの秘書をしていたミス・バックリーへの一九二二年六月一〇日付の手紙には次のようにある。「『トゥクルム荘対談』と『祭暦』の出版リストに私の名前があるのを喜んでくださって光栄です。私が仕事に取り掛かるのはもう少し後になるかもしれません。というのも、近いうちに法学院の部屋を引き払う予定で、私の蔵書はすべてトリニティ・カレッジに移され、そこで完全に再整理しなくてはならないからです[18]」。キケロの『トゥクルム荘対談』は、一九一八年にも候補とされているので、これ以前の何年間かフレイザーのために取り置かれていたと見なしてもよいだろう。

『祭暦』には当初計画したよりもはるかに長い時間がかかってしまったので、フレイザーがキケロの翻訳に着手することはついになかった。『トゥクルム荘対談』は高潔なストア派調の対談で、死の恐怖、苦痛に対する忍耐、幸福な生活のための美徳の充足といった哲学的なテーマであった。自分が歳を取れば取るほど、フレイザーはキケロに惹かれていったのかもしれない。もしも、七〇代の後半でフレイザーがキケロを翻訳していたとしたら、その成果は記念すべきものになったはずだ。近づきつつある自身の死によって、フレイザーはこの作品に強い共感を寄せた編者となっていただろう。

一九二〇年代の初め、フレイザーはアポロドーロスの編集を行いながら、これからの古典研究の計画を進めつつ、アフリカのロスコーと文通し、『不死信仰と死者崇拝』の第二巻を執筆していた。さらに、人類学の地位を向上させるために自身ができることにも取り組んでいたが、それは、ほとんど、イギリスに戻りロンドン・スクール・オブ・エコノミクスで教壇に立っていた、ブロニスワフ・マリノフスキーの存在を強調するものだった[19]。フレイザーがロスコーに送った手紙には、常に人類学に関するニュースが簡潔に書かれていたが、一九二〇年にはそこにマリノフスキーの名前が現れ始める。五月二八日、フレイザーはマリノフスキーの原始経済学の講義を聴いている。マリノフスキーは、原始経済を「資本主義的」と見なしていた。七月七日までに、フレイザーとリリーはマリノフスキーと何度も面会しており、マリノフスキーを「第一級」と考えていた。一〇月一二日には、ウガンダ総督が人類学に理解がある人物で、総督府の常設民族学者の任命を考慮していると知って、喜んだとフレイザーは書いている。

そのポストの適任者として提案されていた人物の名前に心当たりがありません。私は知らない人のようです。そのうち、真の第一人者である、B・マリノフスキーという人を迎えることができるでしょう。彼なら、あなたの中央アフリカでの仕事を喜んで引き継いでくれると思います。彼は語学が堪能で、すぐに言葉を習得するでしょう。しかし、あと二年ほどは無理なようです。というのは、彼の見積もりによると、現在彼はトロブリアンド諸島に関するたくさんの資料を集めており、それについての本を書くのに、二年かかるそうなのです。……そのトロブリアンド諸島の本が完成したら、彼はフィールドワークを再開したいと思っており、中央アフリカに派遣されることを希望しています。思うに、そちらの気候はニューギニアよりも快適でしょう。[20]

一九二一年三月二日に、フレイザーは、自分の友人を支援するためにマクミランに手紙を書いている。その友人が最近提出した原稿のテーマとは、

南太平洋における原始の交易です。私と親交のある若手の人類学者のなかでは、断然、彼がもっとも有能で、もっとも哲学的、もっとも洞察力があると思います。私は彼に大いに期待しています。昨年の夏、ロンドン・スクール・オブ・エコノミクスで彼の講義を聴きましたが、このテーマに関しては、彼が斬新な考えの持主であり人々に強い関心をもたれるはずであることを私が保証します。……マリノフスキー博士の本は、数年にわたるもっとも望ましい状況で行われた実地調査にもとづいていることは言うまでもありません。おそらく、彼は、原始経済に関する綿密な研究が非常に重要であると認識した最初の研究者でしょう。

まずいことに、これまでこのようなことが何度もありすぎた。フレイザーがあまりにたくさんの人類学者をマクミランに売り込んでいたので、マクミランは、「非常に学問的価値は高い」が売れない本を摑まされ出版することになるのを警戒するようになっていた。そのため、『西太平洋の遠洋航海者』はマクミラン社に無視されてしまい、このマリノフスキーの著作は、フレイザーの賛辞溢れる序文を付けて、一九二二年にラウトリッジ社から出版された。

このように、七〇代に入るまでの数年間、フレイザーはこれまでどおり熱心に仕事を続けていた。そして、そのころようやく——リリーからすれば、長いあいだ延び延びになっていた——世間からの評価を得るところとなった。一九二〇年六月二五日、彼は英国学士院の一員に任命された。これは、極めて名誉なことである。これにフレイザーが抜擢されたのは、世界でもっとも古く権威ある学士院が、人類学を学問分野として認めたことを暗に示している。栄誉はこれだけにとどまらない。この頃同時に、「フレイザー記念講演講座」の設立が、コーンフォードの長年にわたる懸命の指揮によって（もちろん、フレイザーがそれに賛成するようにリリーが説得して）、ついに実現にこぎつけたのである。

フレイザー記念講演講座では、年に一度、いくつかの大学が持ち回りで社会人類学の講義を開催し、それぞれに大学の名前が付けられるよう提案がなされた。その大学は、グラスゴー大学、ケンブリッジ大学、オックスフォード大学、リヴァプール大学である。オックスフォード大学が含まれたのは、あくまで、学問の世界における儀礼であった。フレイザーとオックスフォード大学との唯一の公式のつながりは、一八九八年、パウサニアスの本の完成に際して授与された名誉学位である。そして、おそらく同じような儀礼的な問題によって、ケンブリッジ大学は第一回の講演の開催をオックスフォード大学に譲らざるを得なかった。第一回講演は、一九二二年、シドニー・ハートランドによる「親族制の進化――一つのアフリカ研究」であった。

オックスフォード大学での式典は感動的であった。圧巻は、フレイザーの友人のＡ・Ｅ・ハウスマンが執筆し、かつフレイザーの友人、同僚、支持者らの有名な人々のあいだで順々に朗読されたフレイザーを称える短いけれども感銘的な式辞である。リリーは、この夜の喜びを強く噛みしめたにちがいない[21]。期待どおりに、初期の講演は、ほとんどフレイザーと個人的につながりのある人々によって行われた。そのなかには、ロスコー（一九二三）、マリノフスキー（一九二五）、マレット（一九二七）、ウェスターマーク（一九二八）、ハッドン（一九二九）らの講演がある。第二次世界大戦による中断を除けば、この講演は現在まで続けられ、世界的に著名な人類学者たちが講師を務めている。

連続的に授けられた三つの栄誉の最後にくるのは、一九二一年一一月一九日、ソルボンヌ大学から授与された名誉博士号である。通常は感情的にそぐわない英仏関係において、しばしば突発的な友好関係が生じる場合がある。このときはちょうどそういった時期で、フランス国内でも有名な二人の英国人文筆家、フレイザーとラドヤード・キプリングが学位の授与に招待された。この出来事は、オックスフォード大学での式典にも比べものにならないほど輝かしいものであった。これは、単に公式の行事であるだけでなく、フランスの国家的行事でもあった。アングロサクソンの国の人々にはほとんど想像もつかないような、例のフランス様式のもので、学問の世界の著名人だけでなく、政府の高官までもが栄誉を授けられる著述家のために出席した（英国で仲間たちによって与えられたフレイザーの栄誉にさえ大いに喜んでいたリリーは、夫が壇上でフランス大統領のとなりに立ち、しかも抱擁まで受けているのを見て、いったいどれほどの感動をおぼえたであろうか）。

フレイザー夫妻は、フランスで非常に温かい歓迎を受けた。長い目で見れば、これはリリーの内助の功、彼女が自分の母国で夫を有名にしようと長らく努力したおかげであった。リリーの功績とは、『金枝篇』第二版を皮切りに、ほぼすべてのフレイザーの主要な著作がフランス語に翻訳されるように取り計らったことである。ジョージ・マクミランは、おそらく自身がこの件についての煩わしさから逃れるためであろうが、そしてリリーが無遠慮に介入してくることは分かっていたので、かなり以前に、翻訳家を探しその監督をする権限や翻訳家との契約をかわす権限を彼女に委託していた。それればかりでなく、リリーは、『アドニス』の冒頭と、簡約版の『金枝篇』全体をみずからフランス語に翻訳したほどであった。博士号の授与は、フランス人が二〇年という歳月をかけてしだいにフレイザーの業績を受け入れていった、自然な成りゆきの成果である。この博士号以外に、フランスでのフレイザーの業績を象徴する出来事として、一九二〇年のエルネスト・ルナン協会での講演、一九二三年ソルボンヌ大学におけるルナン生誕百周年記念式典での講演、一九二二年ストラスブール大学からの博士号の授与、一九二七年フランス学士院の客員会員への任命などがある。

フレイザーが法学院で執筆した最後の本は、ベストセラーになった一巻本の『金枝篇』簡約版で、一九二二年一一月に出版されている。ともかく分量を増やす傾向の強いこの男が、自分の著作から大量の削除を行うのはさぞかし困難であったろうと思われるかもしれないが、この場合はそうではなかった。一一巻もの本を一巻に凝縮するのは無理であるなどと、マクミランに苦情を言ったりはしなかった。それどころかフレイザーは、これを精力的かつ能率的に進めていった。ページの節約は、もっぱら脚注の削除と、ジャングルのごとき多量の事例を手入れのしやすい庭へと刈り込んでいくような作業で可能になった。この剪定により、論点が明確になり、理解しやすくなった。もちろん、簡約版は削除のみによってできたわけではない。要約や項目の入れ替えだけでなく、新しい記述もかなり必要であった。フレイザーは、ロンドンにいるうちに本が出版されるのを見届けたいという気持ちがあったので、これを迅速にやってのけた。このきつい仕事の気晴らしをするため、彼は一五年来の信念を曲げ、『タイムズ文芸付録』紙に人類学関係の書評を書くことを承諾した。文芸評論家として再生したフレイザーは、一九二二年五月から一九二六年九月までこの任を務めた[22]。

一九二二年から二三年を大陸で過ごしたフレイザー夫妻は、二人とも懸命に仕事に励んでいた。蔵書が必要な仕事はできなかったので、一九二三年初頭のフレイザーの主な仕事は、『旧約聖書のフォークロア』簡約版の作成となった。この簡約版の作業は、一一巻を一巻にするという『金枝篇』の場合ほど徹底したものではなく、三巻を一巻にすればよかった。当初フレイザーは、妙案として次のようなことを思いついた。長く分析的な目次や、欄外の要約、注、索引を削り、本文には手を加えずに必要最低限の一巻本を作ればよい、と。マクミランは、これには反対で、その作業の結果でき上がる本はどう考えても簡約版とはいえない、それゆえ、売れ行きもよくないであろう、それに何より、完全版を買ってくれた人は自分の買った本にあるのと同じ本文がより安い値段で手に入るのに気を悪くするであろう、と辛抱強く説明しなければならなかった。フレイザーは、マクミランの意見に説得力を感じ、削除と新たな執筆を行うことになった。

一九二三年の初め、フレイザーはマクミランに一〇〇〇ポンドの前払い金の支払いを要求している。マクミランは快く応じてくれた。しかし、そのかわりとして、フレイザーに対し、簡約版の出版にもかかわらず、まだ増刷が続き（少しずつではあるが）売れ続けていた完全版『金枝篇』の印税の計算と支払方法の変更に合意してくれるよう依頼した（一月二四日付）。これ以降、フレイザーは利益の半分ではなく、二五パーセントの印税を受け取るものとし、これにより、可能なかぎり支払いが均等化され、出版社にとっても著者にとっても望ましい現金流出入になるだろうと期待された。フレイザーは、以前のシステムでは収入額の変動が大きく「毎年同じ収入を期待するのは不可能なので、大きな悩みの種だったのです」と伝え、喜んで承諾した（一月二五日付）。彼はマクミランに対し、長年金銭的な利益を配慮してくれたことや、ケンブリッジに建設中の新居の支払いに必要であったかなりの額を、気前よく前金として渡してくれたことへの感謝を述べている。

リリーは、夫婦であの忌まわしいケンブリッジに戻らなければならなくなったら、「自分の」家、たまたま売りに出されていた家ではなく、自分の注文によって建てられた、小さな切り盛りしやすい家を持とうと心に決めていた。ところが、ヒルズ・ロードに建てた、「ランファイン」と名付けられた家に夫妻が住んだのは、一九二四年の約五か月のあいだだけだった。いつどこで起こった出来事かは述べていないが、ダウニーは、フレイザー夫妻が自分たちのために建てた家にまつわるあるひとつの話を伝えている。[23] 移り住めるようになる前に、リリーはその家をよく点検していた。あるとき、彼女が浴室に入った。しかしその際、彼女の握っていたドアの取っ手が取れてしまったので、浴室に閉じ込められてしまった。ものすごいヒステリーの発作を起こしたが、ようやく脱出できたのは、職人がドアを破って彼女を救出したときで、こんな家には絶対に住まないと彼女は言い放った。二人が建てた家は「ランファイン」だけなので、このおかしな事件が起こったのは、この家であったにちがいない。

「ランファイン」についてフレイザーはほとんど書き残しておらず、なぜそれほど急に家を売ってしまったのかは分からない。一九二四年一月二七日、彼はロスコーに宛てて、「引越しをして、新しい家はたいへん快適です。私たちの希望どおりではありませんが」と、書いた[24]。四月二九日のマクミランへの手紙には、「私はこの家を処分するつもりです。私たちには合わないのです」とあり、七月二五日には、「〈ランファイン〉を売却しました」となっている。

引越しからすぐに、夫妻は家を売りに出したのであろう。ダウニーによると、二人は一〇〇〇ポンドの値を申し出た最初の人に売ってしまった。これは、手痛い損失である。なぜなら、建築には、この四、五倍の費用がかかっているからである。ケンブリッジに自分自身の家が持てないとすると、リリーは、このいまいましい場所の別のどこかに定住する気はなくなった。それで、二人はイギリスをあとにし、一年のあいだ方々をまわって、主にフランスで生活した。

一九二五年一〇月、夫妻はロンドンに戻り、セント・ジェームズ・パークそばの「アン女王の館」と呼ばれる大きなアパートに移った。彼らはそこで三年間過ごした。「ランファイン」の巨額の損失が残念だっただけでなく、フレイザーにとっては皮肉なことだが、トリニティ・カレッジが、ちょうどこのときに（一九二四年四月）、蔵書の保管のほかに、それ以上のことを許可してきたのである。研究のための部屋をも提供するというのである。かくして、リリーが浴室に閉じこめられたのが原因で家を売り払ったとき、結果的にはフレイザーを彼の最愛のトリニティからも締め出し《ロック・アウト》してしまったのだ。

フレイザーの一九二〇年代の代表作、オウィディウスの『祭暦』の編纂（一九二九）について述べる前に、この時期のいくつかの他の出版物にふれるべきであろう。セオドア・ベスターマンの図書目録には、多くの項目があるが、このほとんどはフレイザーの著書の外国語への翻訳書である。その他のものもとりたてて新しい内容ではなく、あまり重要ではない。フレイザーは何冊もの本が書けるほどの資料を集めており、執筆の妨げになるあらゆるものを嘆いていた。執筆が可能と思えば、ファイルを調べ、すぐさま本が完成するようになっていた。そういった著作の一つとして、一九二〇年代半ばでは卓越した作品である『自然の崇拝』がある。扉では、この本が第一巻となっているが、第二巻以降は存在しない。これは、一九二四年と二五年にエジンバラで行われたギフォード講演の原稿にかなり加筆されて本となったものだ。テーマは、印欧語族、非印欧語族双方における、空、地、太陽の崇拝である。この続きは、太陽崇拝の研究を他の自然物に対する崇拝の調査と合わせて完結するはずであった。この本の視点は包括的で、『不死信仰と死者崇拝』の以前の三巻にもわたる目録にみられるような個別的に区分する方式がとられている。古代全体を一巻にまとめなくてはならなかったので、必然的に『不死信仰と死者崇拝』のような驚異的に詳細な記述はできなかったが、『不死信仰と死者崇拝』と同様にそれは地理的に構成されている。

　ほかに注目に値する出版物というと、幾分逃避の目的で書かれたものも含め初期の作品を集めた初めての本がある。『ゴルゴンの頭と文学的小品』というタイトルが示すように、人類学とは関連のない随筆、講演、詩、その他雑文といくつかの未発表の作品をまとめたものである。この本の中心となっているのは、ロジャー・ド・カヴァリー卿「アディソンとスティールが『スペクテーター』誌のなかで創造した一種の登場人物で、イギリスの代表的田舎紳士。好人物で奇癖に富む」の行った流儀でアディソンをまねて創作したパロディ七編で、かなりの傑作である。このほかに、一九二一年王立科学研究所で行った例示に富んだ二つの講演、「小プリニウス時代のローマの生活」と「アディソン時代のロンドンの生活」、それから、四つの略伝と文学的雑録があり、そのうちの重要な二つは、ロバートソン・スミスとロリマー・ファイソンとA・W・ハウィットの追悼文である。この最後の雑録のなかで、フレイザーらしくないという理由でもっとも面白いのは、「西欧支配による平和――西欧諸国の同盟」という短いタイトルの随筆だ。フレイザーは、一九〇六年にこれを書き、『インディペンデント・レヴュー』誌に投稿したが、掲載を断られた。その後原稿の行方が分からなくなり、紛失したと考えられていたが、おそらくたび重なる引越しのときに見つけられたのだろう。この作品は、イギリスとフランスが他のヨーロッパ諸国も加えて同盟を結び、興隆してきたドイツ軍国主義に立ち向かうことを提案している。一九二六年という見晴しのよくなった視点から見れば、もし彼の案や他の同様な意見に従っていれば、世界は結果的に起こった大量の流血を防げたであろう、とフレイザーには思えたにちがいない。執筆完了から二〇年経って印刷し直したとき、「シビラの書のように見えるかもしれないな」と、フレイザーは言った。この本のタイトルにもなっている「ゴルゴンの頭」は、未発表の長編である。かなり古いもので、一八八五―八六年にパウサニアスの翻訳の息抜きに書かれている。ファンタジーというかたちにするために、単調で詩的情緒を抑えた作品で、ペルセウスの物語の語り直しとなっている。

規模や完成度の点でパウサニアスの翻訳にかなうフレイザーの作品は、オウィディウスの『祭暦』の翻訳・編集しかない。大きなスケールで、またフレイザー以外の者には不可能といえる視点から注釈を施すにふさわしい重要度があり、かつ難解なラテン語の作品といえば、『祭暦』以外にあり得ない。もちろん、取るに足らないあら探しや多少の批判もあったが、全般的に批評家の評判はすこぶるよかった。これをよく示すのは、シリル・ベイリーの書評の冒頭にある一文である。「戦後イギリスで出版されたラテン文学の翻訳のうちでもっとも優れているのが、フレイザーの『祭暦』であるのは間違いない」[25]。

一九一八年のフレイザーからラウスへの手紙にあるリストには、『祭暦』は含まれていないが、じつは、もっと注目に値するような別のリストに載っている。それは、一八七五年、フレイザーがトリニティに入学した当時に作成した読書リストである。ヴィクトリア朝のイギリスでは、学生が独力でオウィディウスを読むとしても、対象となる作品は『祭暦』ではなく、『恋愛術』であった。一八七〇年代の学部生の頃に『祭暦』に出会っただけでなく、それを読んでいることは、フレイザーの関心が広い範囲にわたっていたことを証明する。ある意味で彼は大人になってからの人生はずっと『祭暦』とともに過ごしていたといえるのであって、この作品を非常によく知っていたのだ。

『ビブリオテーケー』も『祭暦』も、パウサニアスのときのような戦場のごとき困難な仕事ではなかった。また、学問上の必要性に応えるかたちで制作されたものでもない。いずれも、フレイザーが取り掛かる以前に、かなり伝統的な様式ではあるが、きちんとした監修がなされていた。そして、論争を呼ぶような作品ではない。どちらにしても、ヴィラモヴィッツのような古典文献学者の目を気にする必要はなかった。どちらも高い評価を受け、学問的に有益な作品と見なされているが、歴史的な認識全般に変革をもたらしたというほどではない。けれども、両作品とも、ここ半世紀以上ものあいだ、このフレイザーの翻訳が典拠とすべき訳書となっている。この二つの作品があるのも、フレイザーの長年に及ぶ研究への専念があってこそである。

『祭暦』の翻訳の出発点は、フレイザーとローブ叢書のかかわりであったのだが、ローブ叢書から出されるはずだったささやかな一巻本が、マクミラン社から出版された豪華な五巻本に変わってしまったところをみると、明らかに何ごとかが起こったのである。これに対する答えは、マクラミンへの返事としてパリで書かれたフレイザーの一九二三年一月二五日付の手紙を見れば分かる。驚くべきことに、この大規模な翻訳を提案したのは、ジョージ・マクミランだということになっている。なぜ驚くべきなのかというと、パウサニアスの翻訳、『トーテミズムと外婚制』、三つの版の『金枝篇』を出版したあとも、マクミランがそれ以上の仕事を望んでいたことになるからだ。しかし、フレイザーも人類学もほとんど知名度のなかった一九世紀の終わりとは状況が大きく変わっていた。つまり、二〇年代半ば、『金枝篇』と『旧約聖書のフォークロア』がとくに簡約版で圧倒的な成功をおさめたため、世間はフレイザーの著作ならどんなものでも――『祭暦』のような専門書にさえ――関心をもつようになっていた。さらに、好景気による金余りの状態が続いていた。このため、その企画には金銭的なリスクがあるようには思われなかったのである。

フレイザーはすでに原文と訳文をローブ叢書のために手元に用意していたが、マクミランに対し、手紙に書いている――構想にあったのは「原文と少しの注がついた翻訳だけです。これは、蔵書が手元になかった数か月の間、私の頭のなかにあったものです。ラテン語の原文抜きで三巻（八ツ折本で）になることもあると仰っしゃっていたので、おそらくはるかに念の入ったものをご期待でしょう」、と。このような、これまでの二人の立場の奇妙な逆転はまだまだ続く。大がかりな注釈付きのテキストを作るというマクミランの提案について、フレイザーは二つの点に関して、的を得た反論を唱えている。

それほどの注釈は必要ありません。というのは、既存の廉価な英訳と独訳版には（中略）必要と思われる解説がついているからです。私はただそれらを繰り返し使いたくはありません。（中略）そのような手の込んだ仕事には多くの時間がかかるでしょう。そんな時間があれば、むしろ人類学の研究に充てたいと思います。現に、書きたいと思っている人類学関係の本がたくさんあるのです。すでに幾度も改訂が重ねられたラテン語の専門書を改訂し直すよりも、こちらの方が学問の歴史上はるかに有意義と思われます。

その企画は考慮するとだけフレイザーはコメントしている。しかし、六週間後の三月一〇日、フレイザーはマクミランに翻訳の完成を知らせている。その後、二つの理由により、この仕事は中断されてしまった。それは、蔵書が手近になかったためと、他の仕事に専念していたためだった。その仕事のうちの有名なものは、『旧約聖書のフォークロア』簡約版（一九二三）と『不死信仰と死者崇拝』（一九二四）第三巻である。『不死信仰と死者崇拝』が完成した後、フレイザーは『祭暦』の注釈にふたたび取りかかったはずであるが、その後三年間はマクミランとの手紙のやりとりには『祭暦』の名は出ていない。しかし、一九二六年一月一二日、この沈黙が破られる。フレイザーは、ラウスに会ったと書いている。二人は親しく話し合い、二、三週間後、いつかは打開されるべき行き詰まった状況は終わりを告げた。

本当のところ、問題となったのは、ローブ叢書の編集者であるハイネマンが、一巻本のフレイザーの『祭暦』を出版するつもりでいたことである。それは、印刷を待つばかりであった。一方、マクミランは、フレイザーが注釈を作成しつつあった五巻本の『祭暦』に巨額の出資をし、ハイネマンの側の出版中止を望んでいた。J・G・フレイザー監訳の『祭暦』が、ほぼ同時に二つのバージョンで出版されるなどというのは普通ではない。マクミランにとって、先にローブ版が出版されることは、市場を混乱させ、後で出版される大規模なマクミラン版の売り上げに深刻な影響をもたらすことを意味していた。

紳士的な協議をした結果出てきた妥協案は、いくらか一方的ではあるが、合理的である。ハイネマンは、マクミラン版が出版された後の二年間は出版を見合わせることになった。ハイネマンが二年のあいだ出版を待ってくれるかわり、フレイザーは補償として印税を放棄することになった。また、ハイネマンがマクミラン版の注釈をある程度使用してもよいこととなった。かくして、ローブ版の『祭暦』がマクミラン版の『祭暦』の出版の妨げになる恐れはなくなり、いずれにしても異なる読者層を対象としたローブ版は、フレイザーの詳細な注釈の一部を恩恵として受けることになった。出版を見合わせることでハイネマンが得たものは多くない。おそらく、この友好的な和解をもたらしたのは、フレイザーとジェイムズ・ローブとの長年の友情と、「高貴なる者は寛大である《ノブレス・オブリージュ》」というローブの思想であったのだろう(26)。

不思議なことだが、この話は現存するいくつかの文書にもとづいたもので、それとはそぐわないフレイザー自身の記録を無視しているわけではない。マクミラン版の序文でフレイザーが述べているところによると、『祭暦』は最初ローブ叢書に入れる一巻本として始まったのだが、注釈を書き始めるとすぐに以前アポロドーロスに充てられた分量（二巻）さえも超えてしまった。「ローブ氏に伝えると、ある程度の期間をおいてローブ叢書からも一巻本を出版する条件さえ承諾するならば、長い注釈の全部を出版してくれるというマクミラン社の申し出を私が受けてもよいと快く同意してくださいました(27)」。しかし、大がかりな本の出版を提案したマクミランの手紙が書かれたのは、一九二三年一月であり、それはフレイザーがローブ叢書のための翻訳を完成させるよりも前で、まして注釈には取り掛かってもいない時期である。

このような細かな伝記上の謎はさておき、『祭暦』という作品そのものについて述べておきたい。オウィディウスは、現在では、官能的な詩（『恋愛術』）と、『変身物語』のような神話の壮大な書き直しで知られている。それらとは異なり、『祭暦』は、ローマの暦という、現代の詩では考えられないような大きなテーマをもっている（祭暦 fasti は、「特別な」日、祭りを意味する）。これは、オウィディウスの、詩人としては円熟期の作品で――彼は死の際まで著述を続けている――、神話や伝説を巧みに詳述する長い物語という点で『変身物語』にもっともよく似ている。『アエネーイス』と同じように、『祭暦』は一二巻になるはずであったが、六巻（一月から六月）までが完成しているだけで、未発表の遺作を管理していた人物の判断により残りは発表されなかった。ローマの暦を詩にすることは、一見成功の見込みのない試みのように見えるが、実際には、ロムルスとレムスの昔からアウグスティヌスの治世に至るローマ史について詩のかたちによる再考を成し遂げたものであって、また、その独特の言い回しによるすばらしい効果でも大いに成功している。この作品は、叙事詩でも年代記でもない。暦というものが提供する骨組みで支えられた、一種のローマの歴史的モザイク、ローマの解説であって、作者は詩のかたちをとった語りで一つの話から別の話へと軽快に移動し、たくさんの公的な祝祭や歴史的な記念日の起源や意義を説明している。

おそらく、オウィディウスは、『祭暦』をみずからの知識の弱みも強みも超えたものとして捉えていたのであろう。互いに関連性の薄いいくつもの挿話からなる構造のため、作者は深刻な話も軽妙な話も含む多くの物語を語ることになり、彼に欠けていた叙事詩に必要な道徳的な重みや持久力は必要とはならなかった。パウサニアスと同じく、オウィディウスのこの詩も、歴史だけでなく宗教も扱っている。暦のなかの特別な日のほとんどは宗教的な意味をもっているからだ。ゆっくりとした季節の巡りのなかで、なかには不正確なものもあるが、作者はいくつもの星座の言い伝えを描いている。全体的にオウィディウスの作品の特徴である洗練された雰囲気があり、やはりこの作品は偉大な詩人の代表作といえる。

二つの点で、『祭暦』はフレイザーのような学者の注釈が適した、また、そのような注釈を必要とする作品である。第一点には、その文体が挙げられる。オウィディウスの文章は、本質的に常に曖昧で隠喩に富み、現代の読者にとっては適切な解説が不可欠である。これは、人類学者というよりも文学批評家の務めだ。もちろんフレイザーは、人類学と文学の両方面の才に恵まれていたので、注釈を施す上で大きな強みをもっていたといえる。実際には、書評家たちの目は民族学的な面に向けられたが、注釈のほとんどは、このような徹底的な「テクスト分析《エクスプリカシオン・ド・テクスト》」からなされている。

第二点は、この詩の書かれた時期と関係がある。オウィディウスは紀元前四三年生まれで、紀元後一七年頃、共和国の消滅直後に亡くなっている。これは、単なる政治的展開期であるという以上の意味をもつ時期だ。というのも、古代ローマの都市国家が終わりを告げたばかりでなく、同時に古代ローマの精神も失われた時期とも広く考えられているからだ。『アエネーイス』は帝国、国際的なローマという未来を見つめているが、『祭暦』は、家族や氏族が口頭で伝える文化しかなかった頃の、より素朴で地方色豊かな古いローマという過去に目を向けている。特筆すべきことには、オウィディウスが詩を作るためにローマの暦を調べてみると、後世に伝えられた歴史的な出来事の由来のほとんどが過去の歴史のなかに埋もれており、司祭たちでさえ古い伝統を知りもせず重視してもいないと分かった。オウィディウスは国の歴史的な記録や宗教の制度に残る民間伝承を調査する必要を感じたが、それはすなわち自身の意識や知性を試すことにつながっていった。宗教的儀式、民間伝承、伝統的なしきたりと、それらについてのその当時の説明など、オウィディウスが苦労して収集したその調査の結果は、『祭暦』にまとめられてのちの世に伝えられ、もちろん安易な理解をしてはならないが、現代のわれわれがローマの宗教を知る上で計り知れないほど貴重な資料となった。これらのことを考えると、人類学と古典学の両面において意義をもつこの作品を完璧に扱える人物は、フレイザーをおいてはない。彼は、まさに理想的な解説者だったといえる。

この重要な作品をそれにふさわしい本にするために、フレイザー版は、五巻、二〇〇〇ページを超える分量になった。まず第一巻では見開きのページに原文と散文体の訳文が載せられ、第二、第三、第四巻はそれぞれ『祭暦』の二巻ごとの注釈、そして最後の五巻には多くの図解、地図、数値的な表と、この版全体を読む上で便利な二つの優れた索引からなっている。

フレイザーがマクミランへ手紙で知らせているように、アポロドーロスの作品と同様に、この作品の原文は比較的最近、よく整ったかたちで編集されていたので、出典の整っていない多くの未解決の問題がある原典を調べる場合とは異なり、今回も煩雑で時間のかかる仕事をする必要はなかった。しかし、原本を調べなかったアポロドーロスの翻訳のときとは違い、オウィディウスに関しては、フレイザーはすべての主要な原本を写真で手に入れて、それらを入念に比較していた。多くの編者と異なり、フレイザーは自分の解釈による本文《テキスト》を作りはしなかったが、意味が明確になると考えれば、自分の判断で、時には信頼性の低い版の文章も使用することがあった。批評家たちは、フレイザー版は良識の記念碑のようなものである（批評的な才能があるというより）という点で意見が一致した。また、多くの者がフレイザーの先駆的な民族学の視点が作品に新しい光を当てていると指摘している。[28]

『祭暦』は、約五〇〇〇行に及ぶ詩である。散文のかたちにするとしても、やはりこれほど大きな作品の翻訳はそれだけで立派な業績であり注目に値する。一九世紀に五回英語に翻訳されているが、フレイザーはそのいずれも参照していない。[29] その理由ははっきりと述べられていないが、先入観や他者の影響による印象抜きで原文に接したいと考えたのであろう。文学についてもほかのことと同様に、フレイザーは活動の自由を非常に重んじた。

翻訳にあたっては、様々な文学的な困難があったが、フレイザーがとった解決方法は、できあがった作品や彼の感受性を考えるヒントとして興味深いものをもっている。問題の核心となるのは、次のようなものだ――オウィディウスは非常に凝った文体を用いる詩人で、ラテン語で『祭暦』を鑑賞できる人ならば、その名人芸を大いに堪能できるのである。詩作上のあらゆる技法が次々と披露される――途切れることのない言葉に対する鋭い感性は、多くの言葉遊びやラテン語の特徴である頭韻や類韻といった多様な音声形態をとり、詩のなかで互いに共鳴し合っているのである。このような詩を散文に翻訳すると、その語感のほとんどが失われてしまうのはやむを得ない。それは、散文という形式によるものでもあり、ラテン語と英語の文法や語法が根本的に異なっているためでもある。多くの技法や効果は、移植、再生することが困難であるからだ。優秀な翻訳者の例にもれず、フレイザーはできるかぎり原文の効果をとどめるよう努め、かなり成功している。このため、ラテン語を理解できない読者でも、フレイザーがどれほど原文に肉薄しているか意識はしなくとも、オウィディウスの技法上の秀逸さを知ることができる。

それと同時に、その独創性や音楽性によって、オウィディウスは型にはまった癖のある作家であったといえる。オウィディウスは、主題が許すかぎり言葉遊びや流麗な文体を用い、自意識過剰に走るきらいがあった。このことは、同時代の古代ローマの批評によって明らかにされ、現在でも継承されている。セネカは、嫌味のきいた文章で、オウィディウスは「詩以外では自由に言葉を操ることができない。詩のなかで、彼は自分の欠点を分かっているが、むしろ、その欠点を気に入っているのである」と述べる。[30]また、あら探しの好きなクィンティリアヌスも、「私が思うに、オウィディウスの『メーデーア』には、もし作者が自分の才能を浪費することなくそれを制御していたならば到達し得たであろう高みを垣間見ることができる[31]」と書いている。およそ二〇〇〇年後の一九七〇年、E・J・ケニーは、『ブリタニカ百科事典』で、道徳的考察は避けながらも、オウィディウスの奇抜さや技巧に凝る傾向を指摘する。

オウィディウスは初期の修練により、ロマンティックで現実回避する傾向を強めていった。（中略）オウィディウスの作品には、それ以降長く続くことになる美文調の詩の台頭のきざしがうかがえる。（中略）彼はローマの詩人のなかでも、アレクサンドリア文化の特性をもっとも強くもっている。オウィディウスの狙いはひと言で表現できる。つまり、なだらかさや流麗さや均整によって伝えられる効果だ。オウィディウスは、これを達成するために、すでに先人たちが作り込んでいた技巧的な詩の言葉を、その本質的な制約のなかで、ほぼ完璧な表現手段となるように作り上げていった。[32]

逆説的にみると、フレイザー自身の古典調の美辞麗句や言葉遊びを好む傾向は、アポロドーロスのような没個性的な作家や、パウサニアスのような技巧に劣る作家を訳すにはふさわしくなかったが、オウィディウスのような文体に癖のある作家については、むしろうってつけであった。

注釈こそが、フレイザー版の存在価値であった。それを構成しているのは（フレイザーが脱稿前の一九二六年一月二九日にマクミランに伝えたところによると）、

『祭暦』で例証されている、古代の作家の作品や、文献、遺跡です。そのなかには比較民俗学的なものは少なく、考察はほとんどありません。実際、以前からの問題点に新しい光が投げかけられるのを期待する読者が、がっかりするのではないかと心配です。ほとんどの場合、私は十分に実証された事実から逸れないようにしており、事実かどうかはっきり判断できない場合は、率直に不確実であるとことわっています。

これは、一九二六年当時のフレイザーの意見だが、作成中であった注釈には民族誌的側面があることを、それとなく宣言している。それまで、古典研究者は古典に人類学の光が当てられるとは、ほとんど考えてもいなかった。フレイザーのこの新しい着眼点は、大いに彼らの注目を集めたにちがいない。それだけでなく、反宗教的なテーマがあらわな『旧

約聖書のフォークロア』と比較すると、『祭暦』の注釈は、学術的な客観性を備えた手本になり得るもので、今日でも十分に活用できる。

今回のフレイザーは、『旧約聖書のフォークロア』のようにキリスト教を標的にはしなかったが、宗教をまったく無視したわけではない。ゼウスの宗教であろうとエホバの宗教であろうと、宗教は迷信の原動力であり、フレイザーにとって攻撃対象であった。ヌマ王による閏月の導入を論じるにあたり、フレイザーは、陰暦と陽暦のずれを埋め合わせようとするヌマ王の制度が、ちょうど四日間ずれているのを指摘している。

四年間で四日間余分になるというこのずれは、明らかに、当時広く使われていた陰暦の一年を正確な三五四日ではなく三五五日で数えたローマの習慣による。マクロビウスとセンソリヌスの考えによると、この誤りは、奇数の方が好ましいというばかげた迷信から生じている。これは、迷信が科学や実生活に入り込んだときに起こり得る弊害をもっともよく示した例といえる。[33]

さらに、ライオンのような老練な比較研究家としての彼は、眠っているのではなくて、じつはまどろんでいたにすぎないと示すかのように、「閏日や閏月は概して不吉と見なされる」[34]と、フレイザーは軽い調子で見解を述べる。そのように口火を切っておいて、アステカ人やティグレー語族、バフィオティなどの民族にみられる閏の信仰について、二ページにわたって解説を始める。聖書についての注釈での脱線とは違い、この脱線の二ページ後にはローマ人やオウィディウスの話題が再開されている。『旧約聖書のフォークロア』では二度とヘブライ人の話題に戻ることはなかったのだ。

この違いには、二つの理由がある。一つ目は、露骨ではあるが重要である。ローマの宗教の火はすでに消えており、批判を加えるのは可能であるが、攻撃する必要まではなかった。一方、キリスト教は今も強い力をもって存続しており、容赦のない攻撃を集中的に行う必要があった。したがって、ローマについて論じるとき、フレイザーの反宗教的な表現は比較的穏やかになり、テキストから離れることはなかった。二つ目には、オウィディウスの作品が文字どおり記録集であった点が挙げられる。この作品の特性やその歴史から、どこに注釈を付けるべきか自然に分かってくる。このように、テキストがフレイザーを執拗に呼び戻してくれるので、彼はいつまでも木馬に乗って遊んでいるようなわけにはいかなかったし、実際にそうしなかった。

フレイザーの解説がどのようなものであったかを示すよい例として、神秘的でオルギア的な古代のルペルカリア祭に関する二七ページにも及ぶ解説がある（『祭暦』ii. 二六七）。断っておくが、オウィディウスは、その祭りにはっきりとした見解をもっているわけではない。おそらくオウィディウスが材料としたものが明確ではないのだ。現在に至るまで、その起源や特徴、意義について歴史家の意見は分かれている。したがって、解説者としてのフレイザーの第一の務めは、混乱した証拠を整理し、数多い疑問点について説明し、他の研究者の意見を紹介し、論争の結果迷宮入りした問題点に助け舟を出すというかたちで、自分の意見を示すことであった。このため、フレイザーは、まずこの正体のはっきりしない祭りでどんなことが行われているかを説明している。この祭りでは、裸の男性司祭（ルペルクスの神官）たちが走り回って山羊の皮で若い娘たちを打っていた。これは、パンに似たファウヌスという土着の神とつながりがある。それから、フレイザーは、その二重の意味を指摘する。この祭りは、浄罪の意味がある一方で、女性の多産を祈って行われた古代の儀式を連想させる。この儀式が行われていた時期は男性が妊娠にどんな役割を果たしていたか知られていなかったときまでさかのぼると、フレイザーは言語学的な根拠から主張している。

この点においては、大いに評価できるほど、フレイザーによって認識の範囲が広げられた。

この儀式とその理念にみられる古代人特有の性質から、ルペルカリア祭は元来宗教的な儀式というよりも呪術的な儀式であると分かる。とすれば、特定の神との関連はなく、人間によって行われてきた、あらゆる時代とあらゆる国の、悪霊の力を退けて善い霊の力を解放するための数限りない儀式、人間や動物、土壌の豊穣を促す儀式のうちの一つにすぎないことになる。このような祭式は、通常周期的に、たいていは一年ごとに行われ、悪魔や幽霊のかたちをした害悪を駆逐する効果がある。これらの邪悪な侵入物を徹底的に排除すれば、共同体は、当面は安全で幸せな状態になると考えられる。そして、旧来の問題がふたたび生じて、また同じような救済が必要となるまで、この状態は続く(35)。

予想とは異なり、フレイザーはこの文章を踏み台にして、『金枝篇』においてそうであったように古代人の精神の発達史を論じようとしているわけではない。反対に、ローマの世界に徹底的に密着していく。古代人であろうと中世や現代の人間であろうと、信仰や儀式は自分自身や共同社会の浄化のために行われているのだと、フレイザーには、そして世界中の人々にも分かっている。このため、この論は推測された仮説によって展開することはない。生殖の生物学的構造を知らないオーストラリアのアボリジニーの信仰とルペルカリア祭を結びつけるまでもなく、穏当で説得力のあるものになりうるのだ。

さらにフレイザーは、ルペルクスの岩屋の語源についての三つの異なる見解を提示した上で、かつての助言者であったヴィルヘルム・マンハルトの説を支持する。ルペルクスの神官が走り出す前に、数匹の山羊を殺し、儀式ではその皮が鞭として用いられる。すべての山羊を殺すと、ルペルクスの神官はそれに使ったナイフの先端を良家の二人の若者の額に当て、その後、血はすぐにぬぐわれる。マンハルトは、これを死と再生の儀式と解釈する。マンハルトとフレイザーは次のような共通の見解をもつ。山羊の格好をしたルペルクスの神官は「草木の精霊」を体現し、二人の若者の象徴としての死と再生は、生命の復活を具現し促すものとして意図されている。フレイザーが結論の直接の拠り所としたのは『金枝篇』であろうが、ここでは全面的に古典の根拠にもとづいて論を進めている。

さて、ようやくフレイザーは、初めて本題を逸れてケニアで見られる似通った儀式の解説に移る。この祭りでも、まず山羊がはじまりを飾る。ケニアの儀式とローマの儀式は、この点のみでなく、無花果《いちじく》の樹とのかかわりにおいて類似している。論考は次のように続く。ローマの真夏の祭りルペルカリア祭では、雄と雌の無花果の樹の受精が行われるが、不妊の女性に子どもが恵まれるようにと、儀式に無花果の乳白色の樹液が用いられる。これは、ケニアの祭りでも共通している。

この論は、さらに続く。ナツメヤシと無花果の受精方法が似ていることと、バビロニア王（フレイザーは「聖なる王」と呼んでいる）のナツメヤシの受精の彫刻が残っていることから、フレイザーは、「ギリシャ人やローマ人が無花果の受精を祝した祭りを行ったように、ナツメヤシの受精も同様の宗教的な儀式によって祝われた」可能性を提案する。(36) そして、無花果とナツメヤシの古代の生育地と分布を調査し、それにもとづいて次のような最終的な結論が導き出されている。

このことから、バビロニア、エジプト、ギリシャなどの大文明が興る以前に、それと比べると野蛮であるが、より均質の、ナツメヤシや無花果《いちじく》の耕作にもとづいた一つの文明があったと考えても的外れではないといえる。その範囲は、おそらく、東はチグリス・ユーフラテス川沿岸から北アフリカ全土を含み、西は太平洋岸、さらに小アジアの地中海北岸からギリシャ、イタリアにまで支流のように広がっているものと思われる。そして、この広範囲にわたる文明の宗教は、主食にしていた果物の樹を中心に成り立っていたのではないだろうか。（中略）ところで、話がオウィディウスから大きく逸れてしまった。そろそろオウィディウスの話に戻るべきだろう。[37]

本当にそろそろオウィディウスの話に戻るべきだ。だが、オウィディウスの話が始まる前に、われわれの目は大きく開かされ、これまで夢にさえ見なかった可能性が示されてしまった。とくに、一九二九年の平均的で保守的な古典学者であれば、なおさらそうであったろう。もちろん、このうちのすべてが真実であるわけではなく、この先史の偉大なる無花果《いちじく》・ナツメヤシ文明に関する論考は、今の時点で手に入る根拠に照らし合わせてみるかぎりでは、夢物語として片付けられるにちがいない。しかし、この目も眩むような離れーの業を狭量な評価で退けてしまえば、その大きな重要性を見落としてしまう。フレイザーの結論のような非常に包括的なものに本能的な反発を感じてしまう読者は、もっぱら古典学の視点で語られる信頼度の高い喚起的なルペルカリア祭についての記述を読み、ケニアに関する言及が始まる三分の二ほどのところでやめて、残りは読み飛ばせばよい。しかし、今も昔も、研究者にとって、たとえ最終的には受け入れられないとしても、常に通常考えられるよりも広い視野の見解に出会うのはよい経験である。

もちろん、ルペルカリア祭についての説明は、非常に長いという点を除いては、この本の解説の典型的な例というわけではない。けれども、以上のような話から、フレイザーが古典に関する題材についても、古典学者にも認められるようなかたちの優秀な大家であったと理解していただければ本望である。そのような素養がなければ、他の箇所についてもこのような仕事はできなかっただろう。この例から、フレイザーにとっての古典は、異なる手法で研究される人類学の一種であり得たといえる。しかし、常にそうであったとはかぎらない。民族学的特徴を微塵ももたない解説も多くある。だが、そう考えてしまうのも無理からぬことであろう。

その長い生涯をかけて、フレイザーは古代の宗教研究という大きな布を織りあげ、西洋の古典研究において高い地位を与えられている、イスラエル、ギリシャ、ローマの三つの文明の宗教を糸のように織り込んでいる。二〇世紀末から見ると、古代人に関するフレイザーの書物には難点も多いように見える。しかし、古代ギリシャ・ローマに関する作品についてはそうではない。とくにそのうちの二つ、パウサニアスの翻訳と『祭暦』の翻訳は、研究者のあいだでいまだに活用されている。このなかでも『祭暦』は、フレイザーの学究生活の頂点を示すもので、ほぼ間違いなく、彼のもっとも優れた著作であるといえる。

（1）ローブ叢書とのかかわりの発端については、W・M・カルダー・Ⅲ世「ウルリヒ・フォン・ヴィラモヴィッツ＝メーレンドルフからジェイムズ・ローブへの未発表の二通の手紙」W. M. Calder "Ulrich von Wilamowitz Moellendorff to James Loeb: Two Unpublished Letters," *Illinois Classical Studies*, 2, (1977), 315–22 参照。

（2）マクミランによる辞退は、一九一〇年一〇月一二日のリリー・フレイザーへの手紙(BM Add. MS 55500 (2), p. 886) で伝えられている。「数週間前にこの計画全体を入念に検討させていただきましたが、私どもが科学的な視点と呼んでいるものからみて、また、実際の出版という点からみても、賛成しかねるという結論に達しました。年間三〇〇ポンド〔原文〕というフレイザー氏の収入につきましては、間違いなくたいへん喜ばしいものと存じますが、この企画自体が業績として役立つものとは考えられません」。

（3）Calder, 319.

(4) MS: W. H. Heinemann.

(5) *Ibid.*

(6) とくに、一八九一年、それまで紛失していた『ビブリオテーケー』の抜粋を発見、編集し、一八九四年にトイブナー古典叢書から編集した全編を出版したリチャード・ワーグナーのもの。

(7) *Library*, p. xvii.

(8) 『サンデー・タイムズ』紙に掲載されたゴスの書評は、"Gods and Heroes" というタイトルで *More Books on the Table*, (London: Heinemann), 1923, pp. 29-35 に再掲された。

(9) 一九二一年一一月一四日付のクロッドへの手紙（MS: Harry Ransom Humanities Research Center, University of Texas at Austin）に、フレイザーは次のように書いている。「あなたがアポロドーロスをお好きと分かって嬉しいです。とはいうものの、やはり、私はこの作家のために費やした時間を後悔してしまうのです」。

(10) *Library*, p. xxvii. これに続く二つの定義は、pp. xxvii-xxix と p. xxix。

(11) *Ibid.*, p. xxxi.

(12) MS: W. H. Heinemann.

(13) JGF to Clodd, 11 April 1919 (TCC Add. MS b. 35: 195).

(14) TCC Frazer 1: 28.

(15) この引用と次の引用は、TCC Frazer 1: 34 から。トリニティによる拒絶には正当な理由があったことについて、リリーはふれていない。戦争からの帰還者の人数が増え、スペースが不足していた。一九二〇年一月二九日付のラスコーへの手紙（TCC Add. MS b. 37: 132）で、フレイザーは「学生数が急増して部屋の需要が非常に高くなっている」と述べている。フレイザーがそれに理解を示しトリニティの拒絶に打ちひしがれたわけではないことは明らかだ。ここでもまたリリーが脚色を加えている。評議会の議事録をチェックしてくださった、トリニティ・カレッジの副図書館長のティモシー・ホッブズ博士に感謝の意を表したい。

（16） Warren R. Dawson (ed.), *The Frazer Lectures 1922-1932* (London, Macmillan, 1932), p. x.

（17） MS: W. H. Heinemann.

（18） MS: W. H. Heinemann.

（19） 一九二〇年一二月五日、ロスコーに伝えられた人類学のニュースは次のようなものである（TCC Add. MS b. 37: 147）。「南アフリカ総督府がケープ・タウン大学の社会人類学講座長を任命しようとしています。ハッドン、リヴァーズ、マレットとともに、私も諮問委員に加わるよう依頼されました。適当な候補者をご存じないでしょうか。かつてトリニティにいた、A・R・ブラウンが立候補しているのではないかと思います。彼は南アフリカにいて、しばらく前に私に推薦書を送ってほしいと手紙を書いてきました。私は彼に推薦書を送りましたが、それに礼を言ってはきていません。彼は、有能ではありますが、変わり者です」。

(20) 一〇月一二日付の手紙（TCC Add. MS b. 37: 141）の追伸には次のようにある。「私の妻は、あなたがおっしゃっているのは、〔J・H・〕ドリバーグのことだと言っています。私はその人物についてはまったく知りませんが、あなたが判断されたのは根拠がおありになってのことでしょう。N・W・トーマスは職を探しているようですが、私は、人類学者としての彼を高く評価していません」。

(21) ハウスマンの演説の文章は、*The Frazer Lectures*, pp. xii-xiii に引用されている。フレイザーの返答は印刷され基金の支援者全員に配布されたが、*GH*, pp. 365-66 にある。

(22) この書評は、*GS*, pp. 297-418 に再掲載。

(23) FGB, p. 25.

(24) JGF to Roscoe, 27 January 1924, TCC Add. MS b. 37: 166; 25 July 1924, Add. MS b. 37: 170.

(25) *Classical Review*, 44 (1930), 235.

(26) この後も続くフレイザーとロープの友好関係については、一九二六年一月二九日付のフレイザーからマクミランへ宛てられた手紙の追伸を参照。

(27) *Fasti*, I, xvii.

(28) 次の全般的に好意的な書評を参照。H. J. Rose, *Journal of Roman Studies*, 19 (1929), 235-39; Salomon Reinach, *Revue Archéologique*, 31 (1930), 225; A. Ernout, *Revue*

Philologique (1930), 429–31; J. Toutain, *Journal des Savants* (1931), 105–20. ライナハとトゥータンはどちらも古くからの友人で、トゥータンはフレイザーの著書のうち二冊をフランス語に翻訳している。

(29) 翻訳は、Thynne (1833), Butt (1833), Taylor (1939), Riley (1851), Rose (1866)がある。なかでも、ライリーによる翻訳が卓越している。

(30) Seneca, *Controversiae*, II, 2, 12 (ed. Winterbottom): verbis minime licenter usu est〔Ovidius〕nisi in carminibus, inquibus non ignoravit vitia sua sed amavit.”

(31) Quintilian, *Institutio Oratoria*, X, 1, 98 (ed. Butler): Ovidi Medea videtur mihi ostendere, quantum ille vir praestare potuerit, si ingenio suo imperare quam indulgere maluisset.” クィンティリアヌスのオウィディウスに対する他のコメントは、*Inst. Orat.*, X, 1, 88, 93 参照。セネカとクィンティリアヌスの出典については、ダブリンのジョン・オマーラ博士に感謝の意を表したい。

(32) オウィディウスの詩の言語に対する別の視点からの見解ついては、L. P. Wilkinson, *Ovid Recalled* (Cambridge, Cambridge University Press, 1955), p. x 参照。「〔一八世紀の翻訳家の〕語彙は技巧的な傾向があるが、オウィディウスそのものは通常、平明で直接的である。翻訳の方は古臭いが、オウィディウスは概して現代的である。これは、オウィディウスの語法が詩的でないという意味ではない。奇異をてらったり、趣向を凝らしたり、古風な言い回しをしたりするところがないという意味である」。

(33) *Fasti*, II, 37.
(34) *Ibid.*, II, 38.
(35) *Ibid.*, II, 335.
(36) *Ibid.*, II, 354.
(37) *Ibid.*, II, 356.

第17章　余波

フレイザー夫妻は、一九二八年の秋、「アパート・アン女王の館」を出たあと、放浪を繰り返すもとの生活形態に戻ってしまった。一九二八年から二九年にかけての冬はパリで過ごした。このパリで、フレイザーはオウィディウス『祭暦』の校正刷りの点検を終え、フレイザー夫人はフランス・フォークロア協会の設立に奔走していた(1)。このあと、二人は、春の季節の大部分をローザンヌで過ごし、六月にはロンドンに戻って、そこで仮住まいの宿として利用するために、テンプル法学院のなかに小さなフラットを借りた。これ以後、二人の二十数年間にわたる晩年の生活にあっては、二人は一定の場所にとどまることのない生活を続け、決まった住居をもつことはなかった。フレイザー夫妻は、テンプル法学院のフラットを出たあと、二人の属するロンドン・クラブ（アルベマール・クラブ）や、ロンドンやパリのいくつかのホテルや、ケンブリッジの賃貸フラットなど、転々と住居を変えた。

オウィディウス『祭暦』が、一九二九年の一〇月、ついに出版されたとき、フレイザーは七六歳で、健康かつ元気であったので、人類学の研究に復帰するのを楽しみにしていた。彼は、多くの書物を著すのに十分なだけの資料をすでに収集しており、それらの書物を書き上げるには、残りの人生のすべて費やさねばならないほどであった。オウィディウス『祭暦』が出版界に出回るようになるやいなや、彼は、この多量のメモの山に取り組んだ。ここからただちに生まれた最初の成果は、『火の起源についての神話』であって、一九三〇年二月に出版された。これはしかし、『不死信仰と死者崇拝』や『自然の崇拝』と同じ種類のもう一つの不毛な書物である。この本は、大きな労力を注いで網羅的なものにすることを目指し、そのタイトルに示されたテーマに関する古代および原始時代の諸民族の様々な信仰を、地理的配置に従って編成し、提示しただけのものなのである。

この時期に書かれた手紙はあまり残っていない。フレイザー夫妻は、ほとんど止むことがないといってよいほど転居を繰り返す生活を続けていた。だから、手紙は、夫妻が気にいって泊まった鉄道ターミナル駅のホテルからひんぱんに書かれている。フレイザーは、自分の蔵書にもとづいて行う仕事は何もできなかったので、彼の書簡類のほとんどは彼の仕事と無関係の内容である。ただ一つ例外があって、それは、トリニティ・カレッジの学寮長であったJ・J・トムソンに宛ててパリからしたためた、一九三〇年二月七日付の手紙である。(2) 彼は、二十代の中頃に、将来ケンブリッジ大学に戻るときの条件の一つとして、同カレッジ内の大きな部屋の使用が認められていた。夫妻が自宅「ランファイン」が大失敗であったのでケンブリッジを離れなければならなくなったとき、フレイザーは、自分の蔵書をこの部屋に保管していたのであった。もっともオウィディウスの翻訳をするのに必要になると思われた、あのかなり少数の書物だけは持ち出しておいたけれども。彼は、今の時点になって、この部屋と専任フェローにあてがわれる一組の部屋とを交換してほしいと、学寮長に申し出た。というのは、彼は、ケンブリッジ大学で人類学の研究に復帰したいと願っていたからであって、これは自分の蔵書をできるだけ手近に置いておきたいということを意味していた。彼としては、もしトリニティ・カレッジが復帰を許可すれば、一年に少なくとも一〇〇日はカレッジ内に住むつもりであった。彼にとってありがたいことに、この要求はただちに認められた。しかしながら、この翌年に病気で倒れたため、彼は大学内での居住生活には二度と戻れなかった。

フレイザー夫妻の収入の大半はフレイザーの出版物の印税によるものであったので、リリーは敏感にも、一般の人々に対してフレイザーの知名度を保つことが重要だと感じていた。もちろん、これを確実にする最良の道は、フレイザーがもっと多くの書物を執筆することであった。彼は確かにベストを尽くした。しかし彼の作品が次に出版されるまで、長く期間のあくことが多かった。この傾向は改まりそうになかったので、リリーは次善の策として、すでに発表したことのある論文を収録し直して出版することを考えた。彼女は、事実、一九二四年にこれを行ったことがあって、それは、フレイザー夫人精選『「金枝篇」

抜粋集』という書物である。この本は、『金枝篇』を子ども向けに編集した本であって、それは、フレイザー本人の言葉によって、神話・伝説、民話、祝祭日の成り立ちについての説明など、すべて比較的若い読者にふさわしいように解説した文章を収めた、物語風の抜粋集であった。

一九二九年の初め、彼女はもう一つ別のよいアイディアを思いついた。パウサニアスの最終巻に添付されている地図を、旅行者たちが利用しやすいように、それぞれ別個の地図帳として出版し直してはどうかと、マクミランに話をもちかけた（当時、ギリシャの地図製作技術はあまり発達してなかった。それで、三〇年前に作成したフレイザーの地図は、いまだに利用価値があったのである）。一九二九年七月一〇日、フレイザーは、この提案を補足するために、マクミラン宛に手紙を送った。このなかで、この地図帳に付け加えるべきものとして、主要な考古学的遺跡についての案内図と、ごく最近発見された遺跡をも盛り込んだ短い解説文が必要であると主張した。彼は、これまで長年にわたって考古学から遠ざかっていて、自分自身でそうした解説文を書くことができず、そのような仕事のできる人をすでに見つけていた。その人物は、ローマのアメリカン・スクールの校長、A・W・ヴァン・ビューレンであった。この話はまとまった。こうした経緯を経て、一冊の本が一九三〇年一月、出版された。『古代のギリシャ――パウサニアス「ギリシャ案内記」のための解説地図と案内書』である。

『古代のギリシャ』の出版が発表されたとき、イギリスの著名な考古学者A・J・ウェイスは、マクミラン社に対して、過去三〇年のあいだに見られた種々の発見を編入して、フレイザーのパウサニアス翻訳の全面的補遺版を出版してはどうか、これにより、フレイザーの名著を最新版に改め、最終的にはこの書の利用価値（と販売数）を拡大できるのではないかと提案した。フレイザーは、この新著が補遺版となり、今後は揺るぎないものとして残る決定版テキストとなるものと考えてご機嫌であった。しかし、こうした補遺版刊行の計画が進み、議論が重ねられるなかで、フレイザーのこの本をめぐる風向きが変わった。この決定的な計画は、アメリカ考古学会によって推進され、ウェイスから報告が出たものだが、それは、これまでとはまったく異なる提案であった。すなわち、注解は、最新の研究成果を反映できるように、各節単位に、いろいろ異なった学者たちによって書き改められるべきであって、原著の注解はそのなかの正確といえる部分のみを残しておけばよいというものであった。これに対して、フレイザーは真正面から、そしてまったく正当にも、異議を唱えたのである。

一九二九年、ボドリアン図書館が、フレイザーに、彼の著作の見本を提供してほしいと依頼してきた。そこで彼は、一八七九年の特別奨学研究員賞受賞論文であったプラトン論の手書き原稿を寄贈する決心をした。それゆえ、彼は、一九三〇年一月一七日、マクミランに――彼の事務室のなかに、当該原稿は保管されていた――この原稿をお手数ながら送り返してほしいと頼んだ。マクミランは、このときまでこの論文の存在を知らなかったのだが、この論文そのものがもっている興味深い面を勘案し、また同時に、四五年にわたるフレイザーとの友情を讃えるしるしとして、ただちにこの論文を出版したいと申し出た。フレイザーは、論文には修正を加えないという条件で、出版を了承した。この論文は、一九三〇年五月に出版された。

彼の次の著書『穀倉に貯えられた束』(一九三二)は、葬儀の慣習と信仰について論じた一八八五年のエッセイに始まる一連の人類学関係の研究論文を収集したものであって、一九二七年出版の『ゴルゴンの頭と文学的小品』を理解するのに役に立つ参考書であるといえる。この年に出たもう一つの著書は、刊行が随分遅れていた、一巻本のローブ版オウィディウス『祭暦』であった。

しかし、一九三一年の春、フレイザーの生涯の残された一〇年間を決定づける、ある一つの出来事が起こった。時は過去にさかのぼり、一九二〇年四月二〇日のことになるのだが、フレイザーは、王立文学財団が過去の生活のなかの二度にわたる危機に際して援助の手を差し伸べてくれたことへの感謝を表すために、この財団の終身会員になるつもりがあると、ゴスに手紙を書き送っていた。このとき以来、フレイザーとフレイザー夫人はロンドンに出てきたときは、いつも、この財団の年一回の晩餐会に出席するのであった。そして一九二九年、フレイザーは副会長に就任することに同意した。一九三一年五月一一日、彼は、同財団の宴会で講演することになっていた。ハロルド・ニコルソンの日記のこの日の記載事項には、そこで何が起こったのかが記されている——

王立文学財団の晩餐会。議長は、ヨーク公（のちのジョージ四世）。講演を行った者——ウェリントン学寮長と『金枝篇』のフレイザー。後者は、自分で書き記した手書きの講演原稿を用意していた。そして彼は、問題の箇所にさしかかったとき、そこを読むことができなかった。そこに、大きな、恐ろしい時間の空白があった。この間、フレイザー夫人は、夫のそばで、まったく押し黙ってしまった聴衆と同じく、次の言葉を待ち望んで輝かしい微笑みを浮かべ、夫を見上げていた。彼女は、胸につけるポータブル式の無線補聴器でいつも武装している。あるとき晩餐会の席で彼女の隣に座ったときなどは、この機械が、家禽類の飼育についてのぼんやりと遠くから聞こえてくる講演の声に混じって、ジャズのような不思議な音を発していたことがあった。今、私は、いったい何が起こったのか知るには、しばらく時間がかかった。(3)

ダウニーが語るところでは、フレイザーが原稿を読み始めると、「彼の両眼が血液でいっぱいになって、真っ暗になった」（たぶん、両眼の血管が切れたのだろう）。彼は痛みを感じなかった。しかし眼は見えなかった。彼は、過去三〇年のあいだ、眼の障害を抱えていて、視力を回復するための手術を何度か受けたことがあった。しかし、今回の眼の出血は何の警告もなく襲ってきた。フレイザー夫人は、ただちに、夫をヨーロッパでもっとも有名な眼科医たちに診察してもらうために連れていった。しかしなすすべもなかった。フレイザーの眼は、二度と見えるようにならなかった。

当初の衝撃がひとたび治まり、医者たちが一致して視力の回復する見込みがないと診断を下すと、フレイザーとリリーは、この新しく生じた状況をきちんと判断した。フレイザーは、これ以後、リリーへの依存度が必然的に大きくなっていったが、それにもかかわらず、二人は、この衝撃によってフレイザーの研究を停止してはならないし、またそれは望ましくないと、心のなかで強く思った。フレイザーにとっては、研究は日常的な仕事であるばかりか、生きる根拠そのものでもあった。彼の心は傷つけられることはなかった。むしろ逆に、彼は強くなり、健康状態が良くなった――研究をしないのなら、彼は何を望んだだろうか？　こうして、彼は、助手や代筆者たちの助けを借りて、一九三〇年代の大半の期間、執筆と出版の活動を続行することを望み、かつ実行したのである。これらの刊行物のなかには、若い頃に用いた資料を再使用したものが多少あったが、大部分のものはそうではなかった。彼の長い生涯のなかで、この晩年に発表した研究作品について考えてみると、なかでももっとも印象的なのは、この晩年の仕事は今日まで生き延びているということである――つまり、彼は、実際上は生涯の終わりまで研究活動を続けることができたのであった。

晩年、フレイザーの仕事を手伝った人々が、夫妻と一緒に過ごしたこの時代の生活について多くのエピソードを残しているから、この最後の一〇年間（もっとも痛ましくて、関心を引きつけるものが少しもない時代であったにもかかわらず）についての詳細な情報は、それに先立つどの時代についてよりも豊富である。[4] そこに描かれている光景は、時に涙をさそう。フレイザーは盲目で、リリーは耳が聞こえなかった。フレイザーがしだいに無力になっていくにしたがって、リリーは、彼を時々精神的にだけでなく、文字どおりじゃけんに扱うことがあった。彼は少なくとも、どんな部外者にも話を聴いてもらうことに、まったく不満を感じなかった。しかし、これとは反対に、リリーの方は、そんなフレイザーと部外者の両方に強い不満を覚えたのであった。もし彼の新生活が困難なものであるならば、彼女の新生活は二重に困難を極めるものであった。なぜなら、彼女は、みずからハンディキャップを負った身であるだけでなく、フレイザーの介護までしなければならなかったからである。彼女は、みずからが愛した人で、今は病人となっている夫が大きな負担となっていたのであって、彼女の人並みの性急さも偏執的性格も、この際役立たなかった。彼女は、夫に障害をもたらすものなら、どんなものも遠ざけるという方針を貫いた。これにより、なるほどフレイザーの生活は平穏なものになった。しかし、このことによって明らかになったのは、フレイザーの生活が、この一家のなかの彼以外の者にとって、少なくとも秘書たちにとっては、いっそう厄介なものになったということである。秘書たちは、自分で書き記した回想録のなかで、この復讐を行っている。

フレイザーの助手たちが、フレイザー夫人と毎日、および時には毎時間にわたって衝突を続けながら、どんなことを感じていたかはさておき、フレイザーに必要な元気の源は仕事への没頭であった。フレイザーは、一九三一年、めったに与えられない名誉であるが、ミドル・テンプル法学院の名誉会員に選ばれた。しかし彼は実質的な仕事を必要としていた。それゆえ一九三二年、その翌年の早々にオックスフォード大学のザハロフ講座にて講演を行ってほしいとの依頼が舞い込んだのは、ありがたいことであった。彼は喜んで受諾した。というのは、フランスの啓蒙主義学者コンドルセに敬意を表す絶好の機会が与えられると同時に、そうした趣旨の講義を行うことによって、啓蒙主義思想が支えていた――コンドルセ自身もまた賛同していた――秩序、合理主義、規律の精神を訴えることに貢献できる機会も与えられたからであった。フレイザーは、一九〇八年のリヴァプール大学教授就任記念講演において、当時の実情では四方八方を反合理主義の動きに取り囲まれた文明の脆弱さについて一つの洞察を述べたことがあったが、今回、『コンドルセの人間精神発達論について』において、混乱と破壊をはらんだ現代的諸暴力の勃興を見て取り、いわば第二の洞察のようにして語ったのであった。これらの現代的諸暴力のうちで主たる典型的な例はボルシェヴィキ革命であって、こうした暴力が現れてくるのは、「純粋に思索的な思想家や夢想家」の小集団が起こす正気を欠いた妄想の結果であった。全体的にながめてみると、一九三〇年代のヨーロッパは、エドマンド・バークのジャコバン党批判の激烈な演説を少し人名を入れ替えて読めば、そのままソ連共産党非難に応用できるという程度の違いがあるものの、一七九〇年代のフランスに似ているように思われた。残念ながら、フレイザーの結論は、今回は曖昧で不確かなものであった。コンドルセは理性の行使による人間の完全性を信じていたが、フレイザーはそれほど楽天的にはなれなかった。「というのは、不幸にも、人間の判断力の秤にあっては、理性が命じる明晰な指示は、往々にして、感情の盲目的衝動の方が重くて、それに負けてしまうからである」[5]。

フレイザーは、ひとたび仕事に取り掛かると往年のテンポを取り戻した。講演原稿を書きながら、その一方で、自分の残している資料メモを掘り起こして、そのなかから、例の長年にわたって執筆計画を温めてきた著作群のなかの一冊を生み出したのであった（助手と秘書の手助けがあったけれども）。この著書は、『原始宗教における死者への恐怖』と題するもので、一八八五年の昔、最初の人類学のエッセイでもって始まった彼の研究体系が、完成に達したことを示す業績であった。彼は、一九三二年と一九三三年に、トリニティ・カレッジにおけるウィリアム・ワイズ記念講座の講演として、この研究を発表した。ワイズはというと、一九一四年、フレイザーに寄こした悪意に満ちた手紙がリリーをたいへん怒らせたことがあった人物だが、フレイザーを含めてみんなを驚かせたのは、ワイズ自身の専門である古典学ではなくて、社会人類学の分野の講座を開設するために、トリニティ・カレッジに基金を寄付したことであった。フレイザーは、ワイズの親友として、またトリニティ・カレッジに所属する人類学の偉大な学者として、講座開設を記念する連続講演を担当するには最適任の人物であった。彼の二度にわたる連続講演は、一九三二年と一九三三年に行われ、それらは、一九三三年と一九三四年、二巻の本となって出版された。彼は、また、同じテーマで第三巻（一九三六年）を出すために講演を続けた。

一方、フレイザー夫人は、フレイザーの卓越性を世間に思い起させようと、またこれに時を合わせて、一九三四年一月一日の彼の八〇歳の誕生日には、それにふさわしい贈り物をプレゼントしようと決心した。一九三二年の終わり、あるいは一九三三年の初めの頃、彼女は、後年著名な書誌学者となるが、このときにはお金に困らない本好きの一介の若者にすぎなかったセオドア・ベスターマン（一九〇四―七六）を雇って、フレイザーの五〇年にわたる長大で錯綜を極めた全著作《ウーヴル》の書誌の製作を準備するように委託した。

この時代になると、経済不況が出版界に激しい打撃を与えていた。マクミラン社も、ほかの出版社と同様、後退を余儀なくされていた。もはやどの出版社も、利益をあげることなどはいうまでもなく、刊行経費を取り戻せる見込みのないこの種の書籍を、見栄を張ってでも世に出そうとする余力はなかったのである。さらに、ジョージ・マクミランとは、フレイザー夫妻はほぼ五〇年にわたって交際してきたが、このときマクミランは健康が勝れず、実質的には会社の経営活動から退いていた（彼は一九三六年に死亡する）。彼の後継者たちとサー・ジェイムズとのあいだには、フレイザー夫人の止むことのない執拗な要求に応えるだけの確かな友情がなかった。そして彼らは、この要求を我慢して受け入れることを望まなかった。それゆえ、会社としてはこの書誌の出版は認めたものの、あくまで予約出版のかたちでしか受け入れられないというものであった。すなわち、彼女が損失を補償するのに足るだけの金額を先払いしておくかぎりにおいてのみ、出版するというのであった。

フレイザー夫人は最初怒った。そして、フレイザーがいかに多額の利益を過去何十年にもわたってマクミラン社にもたらしたかを、何ら気後れすることなく彼らに思い起こさせようとした。彼らは頑として応じなかった。彼女はついに、この書物を何としてでも出版するためには、新しい状況を受け入れるしかないと悟ったのであった。彼女は、不屈の闘士であるとともに、抜け目のない戦略家であった。それゆえ彼女は、慎重に、出版作戦を立てた――本書の出版をもって、今後数年にわたって行なわれる多数の刊行作戦の第一号とする、と。彼女は、フレイザーがかつて長年にわたって名ばかりの副会長を務めているフォークロア協会の協力を取り付け、この協会会員にフレイザー書誌の内容見本を配布した。もっと重要なことに、彼女は、イギリス国内および海外にいる多くの友人や知人たちの皆に手紙を送り、フレイザーに敬意を表して一部ないしはそれ以上の部数を購入するように依頼するとともに、さらに主要な研究機関の図書館にも購入要請を行ったのである。最終的には、彼女の孤軍奮闘にもかかわらず満足のゆく予約購入者を確保できなかったにしても、生じるかもしれない損失に対しては埋め合わせを行えるという保証を示すことができた。

ベスターマンは、かつて私に、この計画は熟練した書誌学者にとっても難しい仕事であっただろうと語った。彼は、このとき、まったく未経験であった。[6] 彼は、フレイザーのファイルの山に近づいたものの、新しい書名のものも時々混じっている、出版物と再版出版物からなる迷路のなかを歩むことは、まったく心安らかではなかった。しかしながら、書誌作成の技術的な問題は、フレイザー夫人と一緒に仕事をすることによって生じてくる諸問題に比べれば、何でもなかった。彼女は、書誌の形式についてコロコロと考えを変えた。彼女は、多くの予約購入の申し込みを受け取ったが、その名前を彼に教えるのをよく忘れた。しかしそれにもかかわらず、予約購入者の名前が名簿に載っていないと、彼を非難するのであった。しかも彼女は、これらの予約購入者たち――彼女の友人たち――を呼ぶ称号については俗物的といえるほどにうるさかったのである。

書誌出版をめぐる予約購入計画は、これ以後の数年にわたり、順調な実績を記録した。経済不況は、マクミラン社を非協力的な出版社に変えてしまったばかりではなかった。フレイザー夫妻の財力は、実際その大部分を、出版物からの印税とトリニティ・カレッジ配当金に依存していたのだが、この財力をも壊滅させてしまったのだ。フレイザーは、人類学者たちにとっては、今や将来性のない旧式タイプの研究者であった。また同時に、書物を購入する読者層には、思索的な人類学の高価な書物を買うよりも、目減りした収入で購入したい重要なものがほかにたくさんあるのである。それゆえ彼女は、何か新しい収入源を早急に探さねばならなかった。さもないと、フレイザー家の経費のかさむ家計はただちに立ち行かなくなるおそれがあった。しかし不況のさなかにあっても、お金は、目の付け所を知っておりさえすれば、見つかるものである。彼女は、ドレイパーズ社が時々慈善的な資金提供を行っているという情報を入手して、ほかならぬカンターベリー枢機卿、総理大臣、トリニティ・カレッジ学寮長、英国学士院院長らの推薦状を多数集めたのであった。こうした支援を求める活動が効を奏して、たぶん驚くべきことではないのだろうが、一九三三年、彼女は、サー・ジェイムズが自分の仕事を続けられるようにと、彼の雇用した秘書に支給するための資金として、ドレイパーズ会社から三年間にわたり一年当たり四〇〇ポンドの助成金を獲得することに成功したのである。この助成金支給は、一九三六年、もう三年間にわたり継続するものとして更新された。一九四〇年には、最後の助成金一〇〇ポンドが付与された。これらの資金は、その一部が秘書たちの給料として支給されただけで、フレイザー夫妻が生活の窮状を切り抜けるのに極めて重要なものとなった。(7)

フレイザーは、友人たちへは口述筆記による手紙を送り続けたが、リリーの方はマクミラン社との連絡役を引き継ぎ、そして同社に粘り強く頼み込んで、フレイザーの最後のエッセイ集を出版してもらうこととなった。『原始社会の宇宙論における創造と進化、およびその他エッセイ』（一九三五）は、最近執筆した追悼文数篇と、既刊の自著にはどういうわけか収録されていないエッセイ数篇とともに、コンドルセについての講演原稿と二篇の感動的で重要な自伝的エッセイ（フレイザーの最後の初出作品）を収録している。

彼女は、また、マクミラン社を説き伏せて、『余波』（一九三六）と『トーテム学』（一九三七）を出版した。これらの二冊の著書は、(8)『金枝篇』と『トーテミズムと外婚制』につながる痕跡を残している著作と見なすことも、あるいはこれらの著書のそれぞれの第四版と第二版にあたる著作と見なすこともできるものである。ある意味で、フレイザーは、自分の著書というのは、基本的には様々な事実を収集した貯蔵庫そのものであると考えていたので、これまでの自分の出版物はすべて不本意であった。そもそも出版というものは、どこか適切な情報を排除してしまうものである。なぜならば、そのような情報は看過されてしまうか、そうでなければ、書物のなかに収める時期を失して遅くなってしまう。それゆえ、フレイザーは、自分の本が出てそれを受け取るやいなや、その本に対して注釈と増補を行う作業に取り掛かるのであった。

これらの二冊の書物は、既刊自著の後続書にあたるとされ、その後産《あとざん》として大幅に遅れて世に出た作品であるが、不思議な出版物である。これらの書物は、まず読者がこれらの既刊の初出オリジナル本を所有していることを前提にして刊行しており、読者には、実際にそれらの本を机の上に広げてもらうことを想定している。というのは、これらの続編書の各章——その多くは、一ページか二ページだけ長くなっている——は、既刊オリジナル本のなかのその章に相当する箇所と結びつけられているからであった。これらの書物は、新しい事例が収められただけで、新説は含まれていない。そこには変化や進歩はまったく見られず、ただ同じ内容をさらに多く書き足しただけのものだということは、フレイザーの長い学究生活の最後を飾る著作としてこれらの書物を手にした人にとっては、重苦しくて、たぶん痛ましいものが感じられよう。この、再検討を加える意向がなかったという理由は、『余波』の序文において建築的比喩を用いてほのめかされている——「本書において、私は理論の基本構造を改造しないで、この基盤を拡張し強化することに努めた。私には、全体的にみて、この基本構造を変更する理由は見つからない」[9]。フレイザーにあっては、数多の理論(「基本構造」)は、収集された事実それ自体(「基盤」)の上に不安定なままで打ち立てられているのだが、このような収集された事実に対して再検証の必要を認めないという彼の確信は、一九一五年の『金枝篇』が完成してからのちも、また一八八五年以後も、おそらくはその年以前からも、何ら変更の手がつけられることなく連綿と維持されてきたものである。彼の考え方に従えば、『トーテミズムと外婚制』と『余波』は——その意味では、これらの二冊の書物のなかに収められた事実の集積は——、ひたすら今日の時点でも通用する状態に保たれる必要があった。この仕事を、彼は今、完成したのだった。

彼は、不幸にもその後何も学ばなかったから、何も変更を加えなかった。これらの書物は、フレイザーの過去の名声という強みがあるため書評には取り上げられた——もっとも時に乱暴に、あるいは軽蔑的に書評されたけれども。しかしこれらはつまらない作品であって、彼の性格の強靭さを物語る記念碑として注目されるだけである。せめてものこととして、彼と同年齢で彼のようにハンディキャップを負った人ならば、長編作品で、かつ従来の癖である堂々たるスタイルを貫いたといえるこのような二冊の書物は、ほとんど執筆できなかっただろうし、また出版界に登場させることなどは望めなかったであろう。ダウニーは、これらの二冊の書物を文字通り原稿に書き記した人物だが、一九三六年の『余波』と一九三七年の『トーテム学』のあいだに、フレイザーの心身は著しく衰退したと書きとめている。『余波』の執筆については、このご老体が何とか気力を集中できたのは丸一日であって、あとは、ダウニーが読み上げる原稿の下書きを頭のなかで整理して、練り直すことができるだけだった。しかしながら『トーテム学』の執筆のときになると、彼はもはやそうした精神的気力を維持することはできず、この書物の大部分は、羅列されたパラグラフと、全体が資料集から採った言葉がそっくりそのまま編入されただけのページとから成っている。

ダウニーは、フレイザーに対しては大きな愛情を深めていったけれども、フレイザー夫人とはこれ以上長く一緒にやっていくのは不可能だと分かった。彼は、夫人から何の説明もなく解雇され、またそのあとでもとの状態に連れ戻されるという生活の繰りかえしのなかで、夫人がよく起こすヒステリー、激しい非難、その後の涙を交えた撤回発言について語っている。彼は、『トーテム学』の完成のあと、フレイザーと共に従事していた骨の折れる仕事から離れた。しかし翌年、ふたたび、彼は呼び返された。今回の計画は、サー・ジェイムズが残していた人類学関係のメモ帳の出版であって、長く議論を呼ぶことになる書物である。ダウニーは、これらのメモ帳の内容は、地理的配置に従って整理し直すべきだと提案し、これにフレイザーが同意した。ダウニーは、本書に使用できる抜粋部分を選び出し、それらの抜粋資料を並べる順序を定めながら、この仕事を実行した。彼の名前は編者としてタイトル・ページに記された。これらのメモ帳は、四巻からなる大型本として印刷され、全巻合わせて、『文化人類学資料選集』という書名が付けられた。これらは、一九三九年と一九四〇年に出た。マクミラン社は関心を示さなかった。これらの選集は、ランド・ハンフリーズ社により高価な自費出版本として出版されたのである。

『文化人類学資料選集』のあと、ダウニーはフレイザーのもとを離れた。そのあとは、ケンブリッジ大学図書館の経済的に恵まれていなかった助手、P・ウィリアム・フィルビーに引き継がれた。彼をめぐる物語も、フレイザーはこのときすでに脳卒中で倒れていたので、彼を助ける男性の手伝いの者が四六時中必要であるという点を除けば、ダウニーの場合と同様、悲喜こもごもであった。フレイザーは、最低限の知的活動しかできない状態が続いていた。これは、フレイザー夫人にとっては、夫は、毎日、自分の著作物の一節を朗読してもらうのを聴くことが可能である、ということを意味していた。フレイザーは、他の人のものならいざ知らず、自分自身の言葉など聞きたくないと異議を唱えたが、そのとき、彼女はそんなことを聞き入れようとしなかった。彼女は、夫にとって何がもっともよいことであるか分かっていた。それゆえ、フィルビーが何かご禁制の朗読資料をひそかに持ち込んでいないかどうかを確かめるために、半端な時間に突如部屋に顔を出すという行為を繰り返したのだった。フィルビーはやがて去っていき、そのあとをセアラ・キャンピオンが引き継いだ。彼女は、フレイザーに仕えた助手全員のなかで、たぶん、もっともフレイザー夫人とうまくやれなかった人物であったろう。彼女の働いた時期は、一九四〇年の春であって、それゆえ、もっとも短い期間であった。

一九三九年、ダウニーがふたたび雇用された。フレイザー夫人は、彼にサー・ジェイムズの伝記を執筆するよう希望した。これは、彼が適切にやってのけた。『ジェイムズ・ジョージ・フレイザー——一学者の肖像』は、一九四〇年に出た。ダウニーは言っている。フレイザー夫人はこの本に、ほんの少しの批判さえ含まれるのを望まなかった、と。彼女は、ダウニーが執筆中、文字どおり彼の肩越しにこの原稿を読むのであった。

このような悲しい喜劇は、一九四一年の五月七日まで続いた。この日、サー・ジェイムズ・フレイザーは、老衰による合併症により、ケンブリッジにて死亡した。フレイザー夫人は、彼女自身、少なくとも一回は脳卒中で倒れたことがあるものの、夫が彼女を必要としていたがゆえに、ただ意志力だけでみずからを支えてきたのだが、ついに解き放された。彼女は、夫が死亡したのと同じ日の数時間のちに死亡した。トリニティ・カレッジの教授たちのあいだでささやかれた冗談に、このようなものがある――彼女は、夫には一人で楽しむ平安の時をたった一日も許そうとしなかったのだ、と。彼らは、二人とも、ケンブリッジのセント・ジャイルズ墓地に埋葬されている。

（1）このとき、ジェイムズ・ジョージ・フレイザーは、フランス語で、短い開会記念講演を行った。これは、フォークロアとは過去の時代の遺物から成っているという、彼がよく述べていた考え方を繰り返した内容である（GS, pp. 286-87 にて再録）。
（2）この項目と次の項目については、UL Add. MS 7654 F46, F4 を参照。
（3）(Sir) Harold Nicolson, *Diaries and Letters 1930-1939*, ed. Nigel Nicolson (London, Collins, 1966), pp. 74-75. ジャズと家禽類の飼育とは、当時の補聴器が調子がおかしくなると発する雑音について、冗談を交えて言及したもの。
（4）FGB, pp. 119-27; P. William Filby, "Life under the Golden Bough," *Gazette of the*

Grolier Club, n. s., no. 13 (June 1970), 31-38; Sarah Campion, "Autumn of an Anthropologist," *New Statesman*, 41 (13 January 1951), 34-36.

（5）ライオネル・トリリングは、このエッセイを誤読して、フレイザーはナチの脅威を予知していたと確信した〔"On the Teaching of Modern Literature," in *Beyond Culture* (New York, Viking, 1965), p. 15〕。事実、東洋における恐怖は、ヴォルシェヴィキによって引き起こされたものである（"Condorcet," *C & E*, p. 85. これは、この引用の出典でもある）。

（6）ベスターマンは、一九七四年私に、フレイザー夫人は「この仕事の匿名の提供者であった」と語った。これについては、彼は次の書物の序文のなかで言及している。*A Bibliography of Sir James George Frazer O.M.* (London, Macmillan, 1934), p. ix.

（7）ダウニーは週五ポンドの給金（当時ではよい給金）をもらった（*FGB*, p. 120）。これは、フレイザー夫人がドレイパーズ社からの年四〇〇ポンドの助成金のうちの約三分の一を蓄えることができたことを意味している。ダウニーは、助成金は年七五〇ポンドであったと言うが、それは不正確である。一九四〇年二月二六日付の、ドレイパーズ社の財務委員会の記録を参照。これは、助成活動の歴史を概括する資料である（フレイザー関係のファイル全体のコピーを私に送ってくださった、ドレイパーズ社の教育部門役員のR・R・ブラウン氏に感謝を申し上げたい）。『余波』は、ドレイパーズ社に献じられている。さらに付け加えて、フレイザー夫人は、イギリス系ユダヤ人の慈善事業家サー・ロバート・モンドからも、少なくとも一回の助成金を獲得していた。『トーテム学』は、彼に献じられている――「高貴な民族の学識豊かで立派な後裔にあたる寛容の友人、サー・ロバート・モンドに献じる」。

(8) これらの二冊の著書の執筆についての説明は、*FGB*, pp. 122-24を参照。

(9) 『余波』vページ。

訳者あとがき

玉井　暲

本書、ロバート・アッカーマン著『評伝　J・G・フレイザー――その生涯と業績』は、Robert Ackerman, *J. G. Frazer: His Life and Work* (Cambridge: Cambridge UP, 1987) を全訳したものである。

著者アッカーマンは、ジェイムズ・ジョージ・フレイザー（一八五四―一九四一）の生涯を、出身地であるスコットランドのグラスゴーにおける少年時代の家庭環境から説き起こした。そしてグラスゴー大学とケンブリッジ大学での勉学ぶりを紹介し、ケンブリッジ大学トリニティ学寮の特別研究員（フェロー）時代から人類学の研究に没頭し始めた研究生活の展開を活写し、代表作『金枝篇』にはじまる数々の著書の紹介を交えて、その八七年の長きにわたって学問一筋に生きた人生を鮮やかに描き出している。フレイザーの伝記は、このアッカーマンのものが唯一信頼できるものと言えるので、本原著はフレイザーの専門家にとっては研究に不可欠の基本図書であるとともに、一般のフレイザー・ファンにとっても愛読すべき貴重な書となっている。

アッカーマン著『評伝　J・G・フレイザー』において特別興味深いのは、その代表作とみなされている著書を中心にしてフレイザーの学者生活のありようが詳細に追跡され、そのためフレイザーの生涯がまとまったかたちで鮮明に理解できることである。原始宗教と神話を扱ったこれらの業績のもつ意味が、出版当時の学問的・文化的背景から考察・解明され、そのうえで、これらについて今日的観点からのコメントが加えられて判定が下される。この叙述により、フレイザーという超人的な一人の個人において体現されていた人類学の誕生と発展というプロセスが、適切なパースペクティヴをもって見つめられる視点が読者に与えられることになる。フレイザーの生きた跡を追うことは、一九世紀に始まった新しい学問分野である人類学、民族誌学、民俗学をめぐって活躍していた研究者たちの群像を生き生きと浮き彫りにすることにもつながっている。

評伝の持ち味は、取り上げる対象人物をめぐる新鮮な資料、しかも個人的な、未知の隠された資料の発掘によって決まる。その点からいっても、アッカーマンが用いた資料は秀逸である。みずから、「私は可能なかぎり一次資料から引用した」と誇らしげに語るように、アッカーマンは、この本の虫であった人物、しかも人付き合いが悪く、内気な性格で、「膨つかみどころのない人物であったとのイメージが定着しているフレイザーについて、「膨大な量の日記や草稿に加えて、実に数百にも及ぶ未公開の書簡を見つけ出し」、それらを存分に活用している。さらに、フレイザーの知人、その子孫にも会って話を聞いたり、入手困難な資料を用いたりして、ここに新鮮なフレイザー像を描き出すことに成功した。

アッカーマンのフレイザー伝を通して伝わってくるのは、彼が、フレイザーの人類学や比較宗教学それ自体に対しては今日的な研究の水準に鑑み時代遅れであることを正確に見取りつつも、なおフレイザーがその著作のなかで自家薬籠中のものとした、喩え話の紹介や比較方法的にさまざまな物語を自在に引用してくる文学的叙述のスタイルについては、そこに何か今日のわれわれに訴える力を秘めている面を認めていることだ。さらに言えば、いわばこの秘密を明かしその意味を探るのが本書フレイザー伝を執筆した動機ではなかったかと言ってもけっして的外れではないだろう。

アッカーマンのフレイザーを見る眼差しは限りなく優しい。アッカーマンは語る——「ある人物の伝記を書くことは、その人への敬意と関心を暗黙のうちに表明することにつながるが、フレイザーはそうした敬意と関心を払うに値する人物である」。

フレイザーの代表作は、アッカーマンが力をこめて紹介しているように、『金枝篇』(第一版、第二版、第三版、簡約版)、『パウサニアスの〈ギリシャ案内記〉』、『王権の歴史についての講義』、『サイキの仕事』、『トーテミズムと外婚制』、『旧約聖書のフォークロア』などであろう。これらの著作には、人類学や民俗学の専門家だけでなく、文学者の関心を惹きつける面を多々含んでいる。こうしたフレイザーが文学者に与えた大きな影響力については、ジョン・ヴィッカリー『「金枝篇」の文学的衝撃』(一九七三)やロバート・フレイザー『サー・ジェイムズ・フレイザーと文学的想像力』(一九九〇)などの研究書で詳しく論じられているが、例えば、T・S・エリオット、ジョゼフ・コンラッド、D・H・ロレンス、ウインダム・ルイスらのモダニズム系の作家、W・B・イェイツ、J・M・シングらのアイルランドの作家、またアイリス・マードックやソウル・ベローらの現代英米の小説家たちは皆フレイザーから文学的インスピレーションを得たと考えられている。

私が、一人のアマチュア・ファンとしてフレイザーに関心をもった理由の一部にはこうした文学的なものがあったことは確かであるが、この度アッカーマンの伝記を詳しく読む機会を得て確認したのは、フレイザー自身も文学者や文学作品に強い興味をもっていた事実であった。彼は、イギリスの一八世紀の文人ジョゼフ・アディソンや詩人ウィリアム・クーパー、それにドイツ詩人ハインリッヒ・ハイネに特別な関心を抱いている。

この度のアッカーマン著『評伝 J・G・フレイザー』の翻訳が、フレイザーの人類学者としての専門分野からの再検証だけでなく、こうした文学的方面からの読み直しも行われるきっかけとなることを期待したいと思う。

最後に本書の翻訳について。本書の刊行に至るまでの経緯については、小松和彦氏が「日本語版序文」にて記されているから、繰り返すことはさし控えたい。私としては、小松氏が大阪大学文学部の元同僚であったというご縁で共同の仕事に携わる機会を与えていただいたことに対し、同氏には心より感謝したい。

訳文の作成については、私のかつての大学院生諸君と現在の大学院生諸君に助力を依頼し、大変お世話になった。感謝したい。アッカーマンの英語は長文が多く、翻訳は必ずしも容易ではなかったが、まずこれらの諸君に下訳を作ってもらって、それに私が手をいれるかたちで訳文の最終版を作成した。ここに出来上がった訳文は、これらの諸君と私との共同作業の結果である。したがって、翻訳担当箇所の明記は不要と考えて割愛した。ご了解をいただきたいと思う。

最後に感謝すべきは、出版元・法藏館の編集部の方々である。誰よりも岩田直子氏の行き届いたご配慮、訳文への適切なアドヴァイス、粘り強い編集には頭が下がる。心よりお礼を申し上げたい。また、前編集長の上別府茂氏も本書の出版を力強くご支援して下さった。お礼を申し上げたい。

二〇〇八年一二月

文庫版あとがき

本書は、二〇〇九年、法藏館より出版された、ロバート・アッカーマン著『評伝　J・G・フレイザー――その生涯と業績』（原著、Robert Ackerman, *J. G. Frazer: His Life and Work* [Cambridge: Cambridge UP, 1987]. 以下『評伝フレイザー』と略す）を文庫版（上・下二巻）にしたものである。このたび、本書が、「法藏館文庫」として新しい装いのもとで再版される機会に恵まれたことを大きな喜びとしたい。

イギリスの一九世紀末から二〇世紀前半にかけて、人類学者、民俗学者、古典学者として活躍し、ユニークな学問分野を拓いた学究の徒ジェイムズ・ジョージ・フレイザー（一八五四―一九四一）は、日本において根強い人気を保っている。本書、アッカーマン著『評伝フレイザー』は、その八七年の長きにわたる生涯を描いた評伝を翻訳したものであるが、およそ一〇年前のこの訳書の出版に際しては、幸いにして、フレイザーと専門を同じくする方々のみならず、文学に関心を持つ方々からも、広く好意的に受け入れられた。

これは、訳者冥利につきる、うれしい幸運に違いないにしても、そのときそうした読者からの好評をいただいた根底には、やはり日本に広範なフレイザー・ファンに支えられたフレイザー人気なるものが潜在していることを認識した次第である。

アッカーマンの『評伝フレイザー』は、こうしたわれわれ現代人のフレイザーに対する関心に応えてくれるものを豊かにもっている。フレイザーの個性的な発想への関心については、古くは柳田国男や南方熊楠が強い興味を抱いていたことは知られているが、そのフレイザーの業績に対する現代における学問的状況を踏まえた専門家からの評価については、本書の初版に付された「日本語版序文」の筆者である小松和彦氏のコメントにお任せしたい。ただ私としては、ひとりのフレイザー・ファンとして、この評伝が、イギリスの得意とする伝記文学の伝統を彷彿とさせる魅力をたっぷり備えているのを見逃すことはできないだろうと思うのだ。

たとえばフレイザーの代表作『金枝篇』（一八九〇年）の物語的魅力について。『金枝篇』は、古代イタリアのネミの村の森で行われていたとされる不思議な習俗についての描写から始まる。この森の祭司は、やがて、「金枝」（ヤドリギの枝）を折ってやって来た者により殺される運命にあり、これにより新しい王が誕生する。王殺し、王権の交代である。フレイザーは、『金枝篇』の出版に際して、「口絵にターナーの『金枝』を版画で入れ、カバーの色は緑を使い、ヤドリギの模様で飾ること」、という注文をつけたという（本書上巻第6章）。この意図を反映して、『金枝篇』冒頭の描写は幻想的な風景描写で始まる。つまり、『金枝篇』は、原始種族の住む森で起こる凄惨なミステリーが、このような美的とも文学的とも言える設定の中で展開していくのである。著者アッカーマンは、ここに、科学と文学との二つの魅力ある世界のあいだで揺れているフレイザーの姿を見てとる。かくしてわれわれ読者は、この古代世界の中で示される習俗や出来事や、それらをめぐるさまざまな仮説については、その真正を問う検証などへの関心は放念して、この幻想的な物語世界のなかに誘われていくのである。

この古典的名著が誕生する舞台裏をもう少し見てみよう。アッカーマンによると、フレイザーは、この著を執筆する時点までは、古典学者として、パウサニアスの『ギリシャ案内記』の翻訳と注釈に夢中になっていたという。ところが、フランスの東洋学者で歴史学者・作家であるエルネスト・ルナンの劇作品『ネミの祭司』に魅了されたことにより、『金枝篇』執筆へと方向転換が起こったというのだ。「僕は、一八八六年の暮れに、どうしてもほかの仕事のことが気になりだして、パウサニアスが手につかなくなった」という手紙を、アッカーマンは紹介している。

アッカーマンは言う、「私の推測はこうだ」――「フレイザーは、一八八六年の暮れにその劇『ネミの祭司』を読み、すぐさま強い衝撃を受けて、ある本を着想する。その本がどうしても観念的になるのは仕方なかったが、それでも、ルナンが空想をめぐらせて描いたことを、新しい科学的な方法で解説しようとする野心作であった」（上巻第5章）。

ところが、こうして出来上がった『金枝篇』には、ルナンにも『ネミの祭司』にも言及はまったくなかった。なにゆえなのか？　アッカーマンによると、これは、フレイザーの友人で恩師であった聖書学者ロバートソン・スミスに配慮したためであろうという。スミスによると、ルナンは「批評的厳格さを犠牲にして自身の極端に旺盛な想像力を前面に出しすぎている。……個人的な意見を学問的見解として通用させようとするインチキ学者にほかならない」とみなしていたという。

もしスミスが学問的科学的厳格さを求める宗教学者だとすれば、ルナンは個性的な想像力を駆使する文学的人文学者となろうか。フレイザーの研究姿勢とその資質に窺うことのできる科学的側面と文学的側面の二面性の存在を、ルナンに対する対処の相違を叙述することにより、アッカーマンは鮮やかに描き出している。ちなみに、『金枝篇』は、ロバートソン・スミスに献じられている。アッカーマンが提示する、フレイザーにおける『金枝篇』出版にまつわる状況を捉えた洞察に満ちたまなざしは、イギリスの一九世紀末の知的世界にあって、宗教と科学との対立、あるいは事実と想像力との乖離を、程度の差こそあれ、大きな問題として悩んだ知識人たちのありようを、ひとつの事例研究として描いた見事な叙述といえよう。

フレイザーの生涯のなかで、見落としてはならないのは、フレイザー夫人の存在であろう。一八九六年四月二二日、フレイザーは、フランス人で、二人の子供を抱えた未亡人エリザベス（リリー）・グローヴと結婚した。このフレイザー夫人については、その性格、家庭での振る舞い、夫の友人たちとの交際、ケンブリッジ大学を中心とする社交生活での行動等については不明な部分が多いとされていたが、アッカーマンは、そうした資料の不足にもかかわらず、さまざま文献や書簡等の一次資料を駆使して、フレイザー夫人像を生き生きと描き出している。夫人については、周囲の者は同じ印象をいだいていたようだ。「よく言って気難しいという印象から、ひどく言えば堪えられないというものまで、どれもその辺の表現ばかりだ。ひと言で言うと、気性の激しい女丈夫ということになろうか」（上巻第7章）。

しかし、フレイザー夫人は、夫フレイザーにとっては良妻であった。いわば、「悪妻」が夫を育て、出世させた典型のひとつと言えるかもしれない。夫人は、夫のために周りに友人やいろんな人びとが近づくのを警戒し、その学究生活の環境の維持を画策して、夫が、『金枝篇』第二版（一九〇〇年）、第三版（一九一一―一五年）、『旧約聖書のフォークロア』（一九一八年）をはじめとする巨大な業績を作るのに助力した。しかし、夫人は、一九一〇年頃になると両耳が聞こえなくなり、補聴器が離せなくなる。夫も一九三一年五月一一日、王立文学財団の講演中に目から出血し、その後盲目となってしまう。盲人となった夫は難聴者の妻に支えられ、学者としての晩年の一〇年余りを、口述筆記により著述活動を続けた。フレイザーの伝記執筆を依頼された助手のR・アンガス・ダウニーが伝えるところによると、フレイザー伝を執筆していると、フレイザー夫人が「文字通り彼の肩越しにこの執筆中の原稿を読むのであった」という。なぜなら、「夫人はこの本に、夫へのほんの少しの批判さえ含まれるのを望まなかった」からだと、アッカーマンはコメントする（下巻第17章）。フレイザー夫人が、学者としてのサー・フレイザーの名誉を守りとおすために、周囲の人びとに悪い印象を与えながらも、奮闘した姿が成功と失敗の交錯するさまざまなエピソードを踏まえて描かれている。ひとりの学者としての生活を裏面から捉えた風景が、このフレイザー評伝の大きな魅力のひとつであることは間違いない。

フレイザーは、一九四一年五月七日、老衰により死去した。フレイザー夫人は意志力だけで夫を支えてきたのだが、ついに力が尽きた。夫が死亡した同じ日に、夫の死の数時間後に死去した。

『評伝　J・G・フレイザー——その生涯と業績』の原著は、一九八七年に出版されたが、その高い評判に支えられ、ケンブリッジ大学出版の「キャント版叢書（Canto）」の一冊に加えられ（一九九〇年）、ペイパーバック版にて入手が可能となっている。

また、『金枝篇』については、ケンブリッジ大学のフレイザー研究者であるロバート・

フレイザー（Robert Fraser）教授により、その簡約版（一冊本）が編集され、オックスフォード大学出版の「ワールズ・クラシックス版」（一九九四年）の一冊として出版され、安価で入手できる。

このようなフレイザーをめぐるイギリス出版界の状況は、フレイザーの本国にあっては、彼の業績を受容する読者層が確実に存在することの証左であろう。

日本では、フレイザーの著作のすべてが翻訳されてはいないにしても、主要なものは訳書で紹介されている。入手の容易なものを紹介しておきたい。

『金枝篇――呪術と宗教の研究』、全10＋別巻1（石塚正英監修、神成利男訳、国書刊行会、二〇〇四年より刊行中）

『初版　金枝篇』（上・下）（吉川信訳、ちくま学芸文庫、二〇〇三年）

『図説　金枝篇』（上・下）（S・マコーミック&M・ダグラス編、内田昭一郎&吉岡晶子訳、講談社学術文庫、二〇一一年）

『金枝篇』（全5冊セット）（永橋卓介訳、岩波文庫、二〇〇二年復刊）

『火の起原の神話』（青江舜二郎訳、ちくま学芸文庫、二〇〇九年）

本書の文庫版について。本翻訳書の初版を文庫版化するにあたっては、新しい面として、

「索引」を付けたことを報告したい。本書の索引は、原著に付されていた索引をふまえ、かつ、本文の中より必要と思われる事項を新たに拾い上げて追加し、人名篇と書名篇に分けて、索引を付けることにした。これにより、読者の便宜を図ることを期待するものである。

ただし、原著の冒頭に記載されている著者の「謝辞」はスペースの都合により割愛せざるをえず、また一葉の写真は版権の問題により掲載を断念せざるを得なかった。

また、訳文については、監訳者である玉井暲の責任により、本書の初版の訳文に対して再度の点検を行った。読みやすい日本語を目標に加筆・修正を加え、また、思いもかけない読みの思い違いがないかどうか、適宜、原書を参照しながら点検を行い、また、書名・人名・地名等の表記の統一についても検討を行い、よりよい訳書をめざして可能な限りベストを尽くした。それでも不備が残ることを恐れる。お気づきの点があればご教示をお願いしたい。

この翻訳書は、初版出版のおり、私の周囲にいた若い友人たちの助力のおかげで実現できたものである。この下訳を作って協力してくれたのは、山田雄三、鴨川啓信、平井智子、中村仁紀、金崎八重の皆さんである。改めて、感謝を申し述べたい。

最後になったが、この翻訳書は、小松和彦氏との出会いがきっかけで始まり、こうして文庫版として再版されるという僥倖に恵まれることになった。小松氏との幸せなご縁に重ねて感謝する次第である。

そして忘れてはならないのは、版元・法藏館と法藏館編集部の方々への感謝である。特に、大きな熱意と寛大な親切でもって文庫版出版にむけてご指導いただいた法藏館出版編集長の戸城三千代氏には心より感謝を申し上げねばならない。

二〇二〇年六月

玉井　暲

ワ

マ

ヤ

ラ

ナ

ハ

書名索引

ア

カ

ラ

ワ

ヤ

マ

ハ

ナ

タ

サ

カ

索　引

人名索引

ア

〈訳者紹介〉

山田雄三（やまだ　ゆうぞう）
1968年生まれ。大阪大学文学部英文科卒業、大阪大学大学院文学研究科博士課程修了。英文学専攻、博士（文学）。現在、大阪大学文学部教授。業績に、『ニューレフトと呼ばれたモダニストたち』、『感情のカルチュラル・スタディーズ』など。

鴨川啓信（かもがわ　ひろのぶ）
1967年生まれ。大阪大学文学部英文科卒業、大阪大学大学院文学研究科博士課程修了。英文学専攻、博士（文学）。現在、京都女子大学文学部教授。業績に、『グレアム・グリーンの小説と物語の繰り返し』、エイザ・ブリッグズ『ヴィクトリア朝のもの』（共訳）など。

平井智子（ひらい　さとこ）
1968年生まれ。大阪大学文学部英文科卒業、大阪大学大学院文学研究科博士課程修了。アメリカ文学専攻、現在、広島国際大学総合リハビリテーション学部准教授。業績に、「『河を渡って木立の中へ』の肖像画――ヘミングウェイと異界の入口としての絵画」など。

中村仁紀（なかむら　よしき）
1981年生まれ。大阪大学文学部英文科卒業、大阪大学大学院文学研究科博士課程修了。英文学専攻、博士（文学）。現在、大阪医科大学講師。業績に、「S. T. コウルリッジにおける仮説思考の射程――経験科学における Hypothesis/Hypopœēsis の方法論的問題と想像力概念」など。

金崎八重（かなさき　やえ）
1981年生まれ。大阪大学文学部英文科卒業、大阪大学大学院文学研究科博士課程修了。英文学専攻、博士（文学）。現在、近畿大学経済学部講師。業績に、「ミルトンの庭」、「なぜコウマスは逃げたのか――『コウマス』における自然」など。

〈著者紹介〉

ロバート・アッカーマン (Robert Ackerman)

1935年生まれ。フィラデルフィア芸術大学人文学部長、ケンブリッジ大学クレア・ホール客員教授。著書に、『J・G・フレイザー――その生涯と業績』、『サー・J・G・フレイザーの書簡選集』、『神話と儀式派――J・G・フレイザーとケンブリッジ儀式主義者たち』など。

〈監修者紹介〉

小松和彦(こまつ　かずひこ)

1947年生まれ。埼玉大学教養学部教養学科卒業、東京都立大学大学院社会科学研究科博士課程修了。文化人類学・民俗学専攻。大阪大学文学部教授、国際日本文化研究センター教授、同所長を歴任、現在、国際日本文化研究センター名誉教授。文化功労者受賞。著書に、『神になった日本人』、『いざなぎ流の研究』、『百鬼夜行絵巻の謎』、『異人論』など多数。

〈監訳者紹介〉

玉井　暲(たまい　あきら)

1946年生まれ。大阪大学文学部英文科卒業、大阪大学大学院文学研究科修士課程修了。英文学専攻、博士(文学)。大阪大学文学部教授を経て、大阪大学名誉教授、現在、武庫川女子大学教授。著書に、エイザ・ブリッグズ『ヴィクトリア朝のもの』(監訳)、メリッサ・ノックス『オスカー・ワイルド』、J・ヒリス・ミラー『小説と反復』(共訳)など。

評伝《ひょうでん》 J・G・フレイザー 下
――その生涯と業績――

二〇二〇年七月一五日 初版第一刷発行

著　者 ロバート・アッカーマン
監修者 小松和彦
監訳者 玉井 暲《あきら》

発行者 西村明高
発行所 株式会社法藏館
京都市下京区正面通烏丸東入
郵便番号 六〇〇-八一五三
電話 〇七五-三四三-〇〇三〇（編集）
〇七五-三四三-五六五六（営業）
装幀者 熊谷博人
印刷・製本 中村印刷株式会社

ISBN 978-4-8318-2611-4 C1198

法蔵館文庫既刊より

さ-1-1
増補 いざなぎ流　祭文と儀礼
斎藤英喜 著
高知県旧物部村に伝わる民間信仰・いざなぎ流。中尾計佐清太夫に密着し、十五年にわたるフィールドワークによってその祭文・神楽・儀礼を解明
1500円

キ-1-1
老年の豊かさについて
キケロ 著
八木誠一
八木綾子 訳
老人にはすることがない、体力がない、楽しみがない、死が近い。キケロはこれらの悲観的通念を吹き飛ばす。人々に力を与え、二千年読み継がれてきた名著。
800円

た-1-1
仏性とは何か
高崎直道 著
「一切衆生悉有仏性」。はたして、すべての人にほとけになれる本性が具わっているのか。日本仏教に根本的な影響を及ぼした仏性思想を明快に解き明かす。
1200円

さ-2-1
アマテラスの変貌
中世神仏交渉史の視座
佐藤弘夫 著
童子・男神・女神へと変貌するアマテラスを手掛かりに中世の民衆が直面していたイデオロギー的呪縛の構造を抉りだし、新たな宗教コスモロジー論の構築を促す。
1200円

て-1-1
正法眼蔵を読む
寺田透 著
さまざまな道元論を世に問い、その思想の核心に迫った著者による「語る言葉（パロール）」と「書く言葉（エクリチュール）」の「講読体書き下ろし」の読解書。
1800円

い-1-1

地　　　　獄

石田瑞麿著

古代インドで発祥し、中国を経て、日本へとやってきた「地獄」。その歴史と、対概念として浮上することとなった「極楽」の歴史を詳細に論じた恰好の概説書。

1200円

く-1-1

王法と仏法
中世史の構図

黒田俊雄著

強靭な論理力と斬新な学説で中世史の構図を一変させ、「武士中心史観」にもとづく中世理解に鋭く修正を迫った黒田史学。その精髄を示す論考を収めた不朽の名著。

1200円

な-1-1

折口信夫の戦後天皇論

中村生雄著

戦後「神」から「人間」となった天皇に、折口信夫はいかなる可能性を見出そうとしていたのか。折口学の深淵へ分け入り、折口理解の新地平を切り拓いた労作。

1300円

あ-1-1

禅仏教とは何か

秋月龍珉著

仏教の根本義から、臨済宗・曹洞宗の日本禅二大派の思想と実践までを体系的に叙述。難解なその内容を、禅の第一人者が簡潔にわかりやすくあらわした入門書の傑作。

1100円

ほ-1-1

増補
宗教者ウィトゲンシュタイン

星川啓慈著

ひとつの孤独な魂が、強靭な理性と「神との和解」のはざまで悩みぬく。新発掘の二つの『日記』等をめぐる考察を縦横にもりこんだ、宗教学からの独創的アプローチ！

1000円

ア-1-1・2

評伝　J・G・フレイザー
その生涯と業績　上・下（全二冊）

R・アッカーマン著
小松和彦監修
玉井　暲監訳

大著『金枝篇』で世界に衝撃を与えた人類学者の画期的評伝。研究一筋の風変わりな日常から、出版をめぐる人間模様、悪妻とも評された妻との結婚生活まで。未公開書簡や日記も満載。

各1700円